Meu querido jardineiro

Meu querido jardineiro

DENISE HILDRETH JONES

TRADUÇÃO
Júlio de Andrade

MAGNITUDDE

MAGNITUDDE

Meu querido jardineiro
Título original: *First Gardener*

***Magnitudde* é um selo da Lúmen Editorial Ltda.**

1ª edição - maio de 2012

Direção editorial: *Celso Maiellari*
Coordenação editorial: *Fernanda Rizzo Sanchez*
Projeto editorial: *Estúdio Logos*
Preparação de originais: Gabriela Ghetti
Revisão: Sandra Almeida
Projeto gráfico, capa, e diagramação: Moré Designer

Dados Internacionais de Catalogação na Publicação (CIP)
(Câmara Brasileira do Livro, SP, Brasil)

Jones, Denise Hildreth
Meu querido jardineiro / Denise Hildreth Jones ;
[tradução Júlio de Andrade]. -- São Paulo :
Lúmen, 2012.

ISBN 978-85-7813-065-7

1. Ficção norte-americana I. Título.

12-03581 CDD-813

Índices para catálogo sistemático:
1. Ficção : Literatura norte-americana 813

Lúmen Editorial Ltda.
Rua Javari, 668
São Paulo - SP
CEP 03112-100
Tel/Fax (0xx11) 3207-1353

visite nosso site: www.lumeneditorial.com.br
fale com a Lúmen: atendimento@lumeneditorial.com.br
departamento de vendas: comercial@lumeneditorial.com.br
contato editorial: editorial@lumeneditorial.com.br
siga-nos nas redes sociais:
@lumeneditorial
facebook.com/lumen.editorial1

2012

Impresso no Brasil - *Printed in Brazil*

Para aqueles que já precisaram de um amigo
com quem caminhar por lugares difíceis da vida...
E àqueles que já os têm.

NOTA DA AUTORA

Como cidadã de Franklin, no Tennessee, estou ciente de que o atual ocupante do Palácio do Governo em Nashville não se chama Gray London. Peguei emprestados sua casa e alguns dos muitos desafios enfrentados por ele e seus antecessores, e os adaptei por causa da minha história. No entanto, muito do que você vai ler aqui sobre a área de Nashville e o Palácio do Governo é absolutamente verdadeiro, o charme do centro de Franklin, as belas e ambientalmente responsáveis renovações realizadas durante o governo de Phil Bredesen, a controvérsia sobre o Conservation Hall e a antiga residência de Minnie Pearl ao lado da casa do governador. Infelizmente, as inundações devastadoras de 2010 também foram realidade, assim como o surpreendente espírito de solidariedade que emergiu como uma de suas consequências. Esse espírito de amor ao próximo e de servi-lo foi parte da inspiração para este livro. Eu posso ter mexido um pouco com o palácio para efeitos de minha história, mas nunca me senti mais orgulhosa de ser parte do Estado dos Voluntários, o Tennessee.

JEREMIAH

Os lados da minha mortadela enrolaram naquela minha frigideira de ferro fundido e daí uma bolha de gordura espirrou pra fora. Caiu em cheio no jornal da manhã que eu tinha botado ali do lado para ler mais tarde.

Mas nem dei bola pra esse jornal, ora essa. Ele não tinha feito nada mais do que magoar a gente a semana toda, e já estávamos até a tampa de mágoa. Eu acho que derramei mais lágrimas nesses últimos setes dias do que chorei quando perdi minha Shirley no verão passado. Shirley e eu ficamos casados uns bons 57 anos!

A dona Mackenzie chorou comigo naquela época.

Agora é a minha vez de chorar com ela.

Eu via a foto dela na frente daquele jornal, tentando se esconder atrás de um chapelão preto. Mas não dá pra esconder esse tipo de dor. O fotógrafo foi lá e pegou ela direitinho, com seu lenço de papel apertado contra o nariz. E todo mundo se espremendo ao lado dela como se a mulher fosse cair a qualquer minuto. E aquela criança olhando para ela com os olhinhos cheios de perguntas... Isso foi de partir o coração, pode acreditar em mim!

Eles me deixaram ficar pra trás ontem até que a última limousine fosse embora. Dois jovens foram chegando e pararam ao lado daquele buraco aberto na terra. Os dois puxaram pra cima aquelas tiras e rolaram pra longe aquele tapete verde de grama falsa, daí arrumaram aquela geringonça que desceu o caixão pra baixo. Então observei enquanto os dois moleques foram buscar uma retroescavadeira. Mas parecia que meu coração ia se partir bem ali se eu não entrasse em cena.

Levantei minha mão e disse:

— Tem problema se eu tomar conta disso aí?

A cara dos dois estava molhada, o suor pingando por causa desse calor lazarento de agosto que meu velho Tennessee jogava pra cima de nós, mas não é que eles foram até bem educados?

— Esse é nosso trabalho, senhor.

Mas nem dei bola se eles iam protestar ou não, arranquei aquele paletó preto que tinha pego emprestado e joguei em cima de um galho daquele carvalho enorme que estava ali, bem ao lado. Pareceu até que a velha árvore estendeu os braços, como que pedindo pra eu pendurar ali o paletó. Como se ela quisesse tirar um pouco do peso das minhas costas...

— Olha, rapaz... Foi meu trabalho nos últimos três anos cuidar do jardim dessa família. Então eu tava pensando se vocês podiam dar essa graça prum velhote que nem eu. É importante cuidar desse um, gente. Agora, um de vocês podia me buscar uma pá.

Aqueles dois meninos robustos ficaram me olhando. Eu sabia que eles podiam perder o emprego se fossem embora. Eles sabiam disso também. Eu podia ver esse pensamento se debatendo estampado na cara deles dois, apesar de não falarem nadica de nada.

— Vai buscar uma pá pra mim. Daí vocês dois moleques ficam aí sentadinhos me olhando. Desse jeito vocês num se metem em encrenca e podem também garantir que eu num faça nenhuma besteira. Olha só, eles tão me vigiando também.

Apontei pros dois policiais ainda sentados ao lado do portão principal.

Aqueles dois rapazes deram uma risadinha nervosa.

— Tem certeza que deseja fazer isso, senhor? Somos mais jovens e temos uma retroescavadeira, e você...

Eu ri e puxei o lenço do meu bolso de trás.

— E eu sou tão velho quanto essa terra toda que estou pra jogar em cima do caixão. Só que eu faço isso todos os dias, então já me acostumei. E preciso muito fazer isso, entendeu? Então, se vocês puderem dar um passinho pro lado...

Eles encolheram os ombros e um deles foi buscar uma pá. Peguei o cabo e deixei que caísse nos sulcos formados entre os meus calos da mão. Ele sabia bem onde se encaixar. E eu e aquela pá, nós dois, começamos nosso trabalho, enquanto aqueles dois moleques ficaram olhando pra gente, sentados no chão, quase que em reverência.

Depois que bati a última leva de terra, apoiei a pá no chão e enxuguei a testa, a camisa branca grudada nas minhas costas, como o suor em um copo de limonada gelada no verão. Um dos meninos se mexeu como se fosse entrar em ação, mas levantei minha mão mais uma vez. Ainda não tinha acabado. Ele sentou a bunda na terra de novo, sem dizer uma palavra.

Pus de volta o gramado que os dois tinham empilhado em grandes pedaços quadrados ali ao lado, coloquei tudo direitinho, bem suave e com cuidado, pressionando por cima pra que a raiz ficasse enfiada na terra.

— Vocês dois tratem de não esquecer de colocar água aqui nas próximas semanas, entenderam?

Então fui pra perto do caixão e peguei aquele enorme cobertor de rosas brancas que vinha por cima e coloquei de atravessado na cova. Afastei um pouco e fiquei estudando todas aquelas outras coroas e buquês que estavam ali de lado, esperando. E como jardineiro que sou, montei o arranjo mais bonito, tão bonito como a vida que vive naquelas flores.

Peguei a última e deixei meus olhos, do melhor jeito que eles ainda podiam fazer, avaliarem a faixa que cruzava de fora a fora. Quando espetei as três pernas de metal no gramado, a pequena bandeira do Tennessee amarrada no alto caiu nos meus pés. Fui lá pegar a bandeira e esfreguei pra fora a sujeira que tinha se agarrado nela. Aquela sujeira estava grudada mesmo, com mil demônios. Daí ela veio pra cima de mim, que era o que eu estava querendo fazer. Ficar com ela só um tempinho.

Quando terminei de esfregar tudo, botei a bandeirinha de novo no seu lugar, espetada naquela faixa, e pareceu que a faixa engoliu a bandeira no meio daquele mundo de rosa vermelha.

Peguei meu paletó de volta do galho da árvore e senti como se eu devesse mostrar alguma gratidão, ou coisa parecida, para aquela velha árvore. Mas só joguei o paletó de volta atravessado no ombro. Olhei de volta para os moleques. Os dois estavam me olhando do mesmo jeito que eu acho que o pessoal olhou pro doido do Noé.

Acenei com a cabeça. Então fiz a mesma coisa para aquele gramado cheio de flor. Daí caminhei de volta para o carro num borrão de lágrimas e num fardo de orações.

CAPÍTULO 1

DEZ DIAS ANTES.

O calor do chão do banheiro de pedra aqueceu o corpo todo de Mackenzie London enquanto ela dava os primeiros passos do dia. A beleza a rodeava. Cada utensílio, cada tecido, cada elemento nesta casa tinha sido refeito até a perfeição pelo morador anterior. No dia em que ela se mudou, tinha decidido que iria apreciar cada instante que passasse naquele lugar tão requintado, porque ela sabia que aqueles momentos estavam contados.

Podem não existir muitas certezas neste mundo, mas no mundo de Mackenzie havia uma certeza: ela não iria morar ali para sempre. Ela soube disso no momento em que passou pela porta de entrada. E sua herança ítalo-irlandesa a forçou a abraçar cada faceta da vida com paixão, descontrolada e completamente. Ela estava determinada a não desperdiçar um momento sequer desta oportunidade que lhe tinha sido dada.

Hoje, no entanto, o palácio era a última coisa em sua mente.

— Uau, mas que belo homem é esse parado na frente do espelho?

Ela se encostou à bancada de mármore marrom e deu um sorriso triste para o marido.

Gray London estava inclinado sobre a pia, o barbeador elétrico em uma das mãos. A outra mão puxava a base do pescoço, em que ainda havia salpicos de barba apegados. Seus olhos azuis encontraram os dela, e ela percebeu que Gray ficou deliciado com sua chegada:

— E como está minha garota?

— De coração partido...

Ela se escondeu por trás do marido, passando os dois braços ao redor da cintura dele e descansando-as em cima da toalha que estava amarrada em torno dos quadris. Então, deitou a cabeça contra as costas nuas e ficou ouvindo o zumbido do aparelho de barbear se evaporar. O coração dela parecia pesar demais dentro do peito.

Ele depositou o aparelho de barba na pia de mármore e colocou suas mãos em cima das dela.

— É uma nova fase de nossas vidas, hein?

Ela respondeu, movendo seu queixo para cima e para baixo contra as costas.

Ele riu e se virou, assim podia olhar nos olhos dela. Seu metro e oitenta e dois se erguia sobre o metro e sessenta e cinco dela. Ele passou um braço ao redor de Mackenzie, levantou o queixo dela e enxugou uma lágrima que tinha deixado seu rastro molhado descendo ao lado de seu rosto.

— Eu sei que é bobagem — ela limpou o nariz com um lenço de papel. — É apenas jardim de infância. Mas talvez a gente devesse ter esperado até que ela fizesse seis anos. Você sabe, ela é ainda muito nova com cinco...

— Ela é uma menina madura para cinco anos, Mack.

Ela apoiou a cabeça no peito dele.

— Ela já era madura com dois...

Ele riu:

— É mesmo, ela era sim... Mas a gente conversou sobre isso, e ela quer ir. Eu sei que vai ser difícil, e para mim também, mas é uma coisa que só vai acontecer amanhã. Então, vamos aproveitar o dia de hoje e deixar para lidar com o amanhã... Amanhã.

Ela levantou a cabeça e piscou. As lágrimas caíram livremente. Ela sabia que o marido estava certo, mas isso não mudava a maneira como ela se sentia. O parto natural tinha sido menos doloroso.

Ele se inclinou e apertou os lábios contra o rosto da mulher, em seguida levou a boca para os ouvidos dela enquanto uma das mãos roçava a pele do ventre.

— Além disso, quem sabe? Você pode ter outro bebê daqui cerca de nove meses.

— Eu rezo para isso.

Ele se inclinou para trás.

— E então, você quer que eu lhe dê a injeção antes de entrar no chuveiro?

Ela moveu as mãos até a curva suave de seus quadris, um sorriso lutando com as lágrimas.

— Você só quer olhar para o meu bumbum...

— O mais bonito que eu já vi.

O sorriso ganhou. Ela estendeu a mão para outro lenço de papel e passou em seus olhos, então caminhou de volta para seu lado do banheiro. O Pregnyl[1] ficou à vista dentro da gaveta.

Gray e ela tinham levado quase dez anos para conceber sua Maddie, dez anos além de quatro abortos espontâneos e milhares de dólares. Mas quando Maddie chegou, Mackenzie finalmente recebeu aquilo que faltava em sua vida, uma criança. E agora, cinco anos mais tarde, ela estava desesperada para ter outra. Queria tanto outro filho como uma dor na alma deseja ansiosamente um curativo.

A última rodada de tratamentos de fertilidade tinha começado novamente quase um ano atrás. Eles tinham contornado o Clomid[2] por completo desta vez e ido diretamente para as injeções. Até o momento, a única coisa que eles tinham para mostrar era o traseiro dolorido de Mackenzie.

Ela soltou seu robe, que caiu sobre o piso de mármore. O conjunto preto de lingerie era tudo o que restava. Ela viu a expressão no rosto de Gray mudar:

— Só a injeção, bonitão. Você pode entrar em ação nesta tarde, mas, agora, apenas a injeção.

Ele tinha sido um bom parceiro nessa jornada. Embora às vezes se cansasse da rotina, ainda assim estava em todas as consultas com o médico, compartilhava cada notícia dolorosa e era até um enfermeiro muito bom. Inclusive se tornara um perito com aquela agulha. Quando ela se encostou ao armário da pia do banheiro, subitamente teve um ataque de riso.

Ele parou o movimento e trouxe a agulha para trás.

— Você tem que ficar parada, senão a agulhada pode ir parar do lado, e aí vai ser ruim. E o que há de tão engraçado assim?

---

1. Pregnyl é um preparado de gonadotrofina coriônica humana, o qual desempenha um papel importante na fertilidade e na reprodução humana. É essencial para o crescimento e maturação dos óvulos nas mulheres, para a produção de espermatozóides nos homens e para a produção de hormônios sexuais como a testosterona e a progesterona.

2. Clomid é um estrogênio sintético geralmente prescrito por médicos para provocar a ovulação nas mulheres.

Ela mal podia falar na hora. As risadas a tinham dominado completamente.

— Eu estava pensando o que os eleitores iam pensar se soubessem que seu governador estava dando agulhadas no bumbum da esposa nesta manhã. Isso daria uma foto de primeira página nos jornais!

— Pois eu vou lhe dizer o que eles pensariam — retrucou Gray. — Diriam: "Eu sabia que esse governador era capaz de fazer tudo. Ele é o cara!".

Ela virou seu rosto para ele e isso foi tudo. Mackenzie jogou a cabeça para trás e riu até que se viu enxugando um tipo diferente de lágrimas. Ele cruzou os braços, a seringa ainda entre os dedos. Mas levaria mais cinco minutos antes de o governador ser capaz de cuidar de sua primeira tarefa nesta bonita manhã de domingo no Tennessee.

A viagem de vinte minutos do Palácio do Governo em Nashville para o centro de Franklin, onde Mackenzie cresceu, englobava quase tudo o que ela amava com relação ao Tennessee. A percepção do povo norte-americano sobre a região parecia ser limitada à música *country*, aos caipiras e ao termo NashVegas. Mas os nativos como Mackenzie sabiam que havia muito mais. Uma descida rápida pela rodovia Franklin a levou de sua casa atual diretamente para seu lar na infância. E durante aquele trecho de dez quilômetros, ela passou por vinte e uma igrejas, por acres de terras agrícolas suavemente onduladas, com gado pastando e cavalos, campos de golfe, escolas, casas da época pré-guerra civil e dezenas de *meat-and-three* — mais conhecidos no Sul dos EUA e na Inglaterra —, restaurantes que servem um prato que consiste em uma carne e três acompanhamentos vegetais, além de chás e tortas de chocolate deliciosas, como se fossem feitas em casa por sua mãe.

Claro, Mackenzie amava aquelas tortas. Sua mãe declarava que nenhuma daquelas tortas e nenhum daqueles pratos de restaurantes seriam tão bons quanto os dela. E Mackenzie não poderia discutir essa afirmação porque sua mãe era uma das melhores cozinheiras sulistas que ela jamais conhecera. E os jantares das noites de domingo com Eugenia Quinn eram um ritual tão arraigado quanto as sextas-feiras de futebol à noite no outono.

A porta de tela da casa vitoriana recentemente remodelada bateu contra a caixa de madeira branca, o ruído foi potencialmente ouvido por duas quadras ao longo da rua Main.

— Por acaso vocês ainda estão levando minha neta naquela igreja onde o pastor fala "porcaria" no púlpito? — a mãe de Mackenzie perguntou.

Eram as mesmas palavras que os saudavam todos os domingos de tarde desde que eles tinham levado Eugenia à igreja deles. Isso aconteceu apenas uma vez, quando o pastor usou naquele domingo uma palavra que ela desaprovava. Desde então, ela nunca mais os deixou esquecer isso.

Eugenia estava carregando um grande buquê de margaridas de seu jardim, mas ainda assim ela conseguiu estender a mão e pegar a neta em seus braços.

Gray deu-lhe um beijo na bochecha.

— O quê? E você não faz isso, mãe?

Eugenia afastou seu rosto rosado e empoado para longe dele, com uma expressão zombeteira de desgosto, e dedicou sua afeição a Maddie, beijando-a várias vezes na bochecha. Maddie gargalhava debaixo daquela chuva de beijos. E quando Eugenia se inclinou para trás, um sorriso largo se abriu em toda sua boca de lábios pintados com batom cor-de-rosa.

Mackenzie riu e balançou a cabeça diante daquela cena. Eugenia esteve quase tão desesperada por Maddie quanto por ela própria. Desde que Mackenzie era ainda uma criança, as esperanças de Eugenia de ganhar netos repousavam praticamente todas sobre ela. Uma carga da qual ela raramente se esqueceu.

Maddie colocou os braços em volta do pescoço de sua avó.

— Gigi, hoje eu aprendi tudo sobre anões!

Eugenia ergueu suas expressivas sobrancelhas sobre seus olhos azuis cristalinos e girou a cabeça, seu penteado loiro acentuado pelo branco se movendo junto no mesmo movimento, como uma coisa só. Os dias de salão de beleza eram todas as segundas-feiras. Amanhã ela teria o cabelo refeito para que ficasse exatamente igual como hoje.

— Mas que bom que você aprendeu isso — respondeu ela à netinha, olhando diretamente para Mackenzie —, o pastor sempre fala a palavra começada com "p", então por que ele não haveria de ensinar sobre os anões, não é mesmo?

Eugenia colocou Maddie no chão, deu a ela o buquê de flores para que segurasse e seguiu na frente pela casa até a cozinha, seus chinelos prateados pisando o recém-remodelado soalho de ripas de pinho. Quando a porta do forno se abriu, um aroma celestial inundou o ambiente. Sua antiga e fiel assadeira de metal continha o banquete dominical, coberto por folhas de alumínio que se empilhavam em um monte.

Mackenzie sabia o que estava embaixo dessa cúpula de prata. O paraíso. O aroma já tinha vazado para dentro de todos os poros de sua pele.

Ela caminhou até a bancada e tirou os óculos:

— O cheiro está delicioso, mamãe.

— Já está quase tudo pronto.

Eugenia pegou as flores que Maddie continuava segurando e começou a arranjá-las no vaso de vidro lapidado que estava assentado sobre a mesa da cozinha.

— Fui lá fora colher estas flores um pouquinho antes de vocês chegarem. Elas parecem tão bonitas quanto as do jardim da casa do governador e...

A porta de trás se abriu. Mackenzie olhou para cima e viu a manga da blusa saindo debaixo do paletó de linho azul-bebê. Ela mesma ainda não tinha se trocado depois de ir à igreja. Eugenia frequentava a Igreja Batista desde antes mesmo de Mackenzie ter nascido, e os batistas se vestiam muito bem para o culto dos domingos, outra coisa que Eugenia fazia questão de apontar frequentemente para Mackenzie.

Eugenia afofou o cabelo no mesmo instante em que a voz de Burt Taylor irrompeu pela cozinha.

— Olá, todos, boa-tarde!

Gray se aproximou dele com a mão estendida:

— Boa tarde, Burt.

Eugenia, ainda ocupada arrumando as flores, falou com Burt como se ele fosse um convidado de última hora que tivesse chegado de surpresa:

— Olá, Burt, que bom que você pôde se juntar a nós. O almoço estará pronto em poucos minutos.

Mackenzie sufocou um sorriso. Fazia muito tempo que ela não via sua mãe tão nervosa assim. Eugenia sempre foi um símbolo de força para Mackenzie, que a tinha visto chorar uma única vez, quando o pai morrera, dez anos antes. Mas assim que o funeral terminou, Mackenzie nunca testemunhara outra lágrima, apenas ouviu Eugenia chorando algumas vezes por trás de uma porta fechada do quarto.

Eugenia era durona, uma verdadeira rocha. Isso era uma coisa que Mackenzie invejava sobre ela. Se alguma coisa acontecesse com Gray, ela não tinha ideia de como poderia sobreviver sem ele.

— Ei, Burtie! — Maddie gritou e deu um salto em direção aos braços abertos de Burt. Ele deixou escapar um som que era meio uma risada, meio um gemido.

— Calma, Maddie! — disse Gray.

— Pode deixar, está tudo bem! — respondeu Burt, agachando-se e estalando um beijo na bochecha de Maddie. — Não consigo mais ver meus netos com a mesma frequência de antes depois que eles se mudaram, então acho ótimo ter um desses pequeninos em meus braços de novo.

As dobras do casaco xadrez de Burt se enrugaram sob o peso da menina.

— Maddie — pediu Gray —, vamos nos sentar lá fora com o senhor Burt enquanto Gigi e sua mãe terminam de preparar o jantar. Você vai poder contar a ele o que tem aprendido na escola dominical sobre anões.

Sua risada irrompeu quando ele se voltou para Eugenia.

E ela abanou as mãos em direção a eles:

— Pois eu acho essa uma ótima ideia. Xô, saiam todos vocês de minha cozinha, vamos!

Maddie saltou dos braços de Burt e os três saíram para a varanda da frente.

— Eu acho que o anão se chamava Zach-sei-lá-o-quê... — as palavras de Maddie iam desaparecendo conforme a porta de tela se fechava atrás dela.

Mackenzie começou a colocar gelo nos copos.

— Burt tem vindo bastante ultimamente, hein?

Eugenia nem sequer ergueu os olhos do que estava fazendo para responder:

— Ele é velho, está sempre com fome, e eu sou uma bela cozinheira...

— Isso é verdade — replicou Mackenzie. — Mas você e suas amigas são um bando bem assanhado...

Sua mãe bufou enquanto puxava o assado debaixo das folhas de alumínio e o depositava numa travessa branca.

— Ninguém é assanhada coisa nenhuma, Mackenzie London. Apenas saio com algumas senhoras de idade que ficam sem fôlego ao jogar Skip-Bo — jogo de cartas — e pensam que Starbucks é um planeta recém-descoberto pela Nasa. Acredite em mim, sou uma companhia muito chata...

Entre todos os adjetivos que Mackenzie usaria para descrever a mãe, tinha certeza de que "chata" não estaria entre eles. Ela era uma dama por excelência, uma mestra em jardinagem, amante da beleza, mas lhe rogaria uma praga se não fosse com sua cara, embora jamais fizesse isso dentro da igreja. Eugenia mantinha a arma calibre doze do marido debaixo da cama, e era do tipo que atirava primeiro e perguntava quem era você depois. Era teimosa e sua língua poderia ser totalmente venenosa... Mas era uma pessoa leal... Ferozmente leal.

E se um dia o mundo acabasse, Mackenzie tinha absoluta certeza de que Eugenia Madeline Pruitt Quinn sozinha poderia colocar tudo de volta no lugar.

Como de costume, Maddie foi a primeira a irromper pela porta Palácio do Governo quando eles finalmente chegaram em casa tarde naquela noite. Mackenzie podia ouvir a filha correndo pelos degraus escada acima até os aposentos da família enquanto ela e Gray ainda passavam pela porta da frente.

Seguindo os passos da filha pela escada, ela foi recebida primeiro pelo vestido da menina, largado descuidadamente entre um degrau e outro. Os olhos de Mackenzie seguiram a trilha de roupas de Maddie que saíam do último degrau e percorriam o corredor até o quarto dela. Gray tinha sido o primeiro a usar a palavra "caca" para definir o que Maddie costumava fazer repetidamente com suas coisas. Mackenzie achara esse termo meio grosseiro, mas Maddie tinha cinco anos... E adorava! Então, o termo pegou. Em menos de dois minutos, Maddie tinha feito "caca" com a camisa, com a blusa, com seus sapatos e suas meias, deixando uma trilha de roupas escada acima.

Mackenzie suspirou. Quando Maddie tinha três anos, esse hábito até que era engraçadinho. Mas agora, nem tanto assim... E embora eles tivessem trabalhado com a filha sobre isso durante todo o ano passado, em momentos como esse Mackenzie duvidava se todo o esforço tinha valido a pena.

— Maddie! — sua voz viajou pelo corredor enquanto ela apanhava a saia do chão.

A vozinha veio de um lugar que ela presumiu que fosse o quarto da filha:

— Sim, mamãe?

— Quer vir aqui fora brincar?

— Estou indo...

— Bem, por que você não vem aqui primeiro e vê como isso vai acontecer logo.

Ela ouviu os pezinhos caminhando pelo corredor. Maddie ficou no topo da escada, com os shorts *jeans* já abotoados, mas ainda sem blusa... Ela olhou para baixo e riu:

— Oops...

— Sim, oopsss... — respondeu Mackenzie, segurando a saia.

Maddie pegou a saia e o resto de suas roupas e correu de volta, subindo os degraus:

— Maddie fez caca! — anunciou enquanto percorria o corredor do andar de cima, preenchendo-a com riso.

Mackenzie tinha que sorrir. Ela era muito tolerante com Maddie, sabia bem disso. Como se não fosse o suficiente, Gray a lembrava disso sempre que podia, e sua mãe fazia a mesma coisa. Mas não conseguia evitar... Maddie era seu bebê milagroso. E nenhuma criança tinha morado no Palácio do Governo desde os anos em que Lamar Alexander vivera por lá. Mackenzie sentia-se extremamente grata por ela e Gray terem sido capazes de trazer este tipo de vida de volta para esta casa magnífica.

Restaurada pela ex-primeira-dama em um projeto de reforma maciça, o palácio exibia toda a beleza que a residência do governador deveria mostrar. Mas havia um probleminha sobre ter crianças em uma casa como essa... Elas deixam impressões digitais nas obras de arte e mãos sujas de geleia nas mesas laterais de mármore. As crianças também traziam carrinhos para o saguão e uma ligeira irreverência a um ambiente que muitas vezes era pedante. Jantares formais poderiam ser interrompidos para que um dos ocupantes do palácio fosse ler histórias de ninar, e aqueles corredores forrados com imagens de ex-governadores poderiam se transformar em estúdios de dança para as pequenas bailarinas. Mas o melhor de tudo, Maddie e seus amigos traziam um riso contagiante que toda a equipe do governador amava.

Mais passinhos se ouviram, e um vislumbre de roupa de camuflagem passou diante de seus olhos, deixando o cheiro de um menino suado em sua esteira.

— Oi, Oliver! — disse Mackenzie, enquanto seu vizinho de sete anos de idade passava correndo por ela subindo as escadas.

Ela olhou o relógio.

— Mas nós só chegamos em casa faz cinco minutos!

— Eu sei, eu tava vigiando lá de casa. Vou subir pra falar com a Maddie, tudo bem, senhora London? — os cachos desgrenhados de cabelos saltavam na cabeça do menino enquanto ele subia a escada de dois em dois degraus.

Mackenzie riu.

— Faça de conta que a casa é sua, amigo.

O fato de que ele tinha acabado de entrar na casa onde vivia uma autoridade e sua família, o governador do estado, nem passou pela cabeça de Oliver, que nem tinha se dado ao trabalho de, pelo menos, bater na porta. Mas Mackenzie não se importou. Ela gostava de ter aquele menino por ali.

Oliver e Maddie tinham se tornado amigos do peito desde o último verão, quando a família dele se mudou para a antiga casa de Minnie Pearl bem ao lado.

Sua mãe, Lacy, tentou mantê-lo longe, mas Mackenzie garantiu que Maddie o amava. E ele tinha se tornado uma pessoinha permanentemente presente por ali, assim como Eugenia. O pessoal da segurança e os funcionários da casa sabiam que ele podia entrar e sair à vontade. Maddie o adorava, e ele também a ela. Gray havia declarado que o casamento estava em seu futuro.

Mackenzie alcançou o topo da escada e entrou nos aposentos da família, no mesmo instante em que Maddie e Oliver apareceram do outro lado:

— Mamãe! Mamãe! — gritou Maddie. — Oliver aprendeu uma palavra nova em francês!

A família de Oliver tinha vivido na França durante dois anos, e ele realmente sabia um pouco de francês, mas na maior parte do tempo ele simplesmente dizia uma ou outra palavra com um sotaque francês. Mas para Maddie, que era norte-americana e sulista da ponta dos pés até o último fio de cabelo, ele poderia muito bem ser um cantor francês.

— Oh, é mesmo? — respondeu Mackenzie. — Qual é a sua nova palavra?

Maddie se intrometeu:

— Ele sabe falar *escola* e *teatro!*

— Uau! — Mackenzie tentou não sorrir. — Vá em frente, Oliver. Fala pra mim.

Ele balançou a cabeça como se tudo isso fosse apenas uma grande bobagem, mas sua expressão denunciou o prazer que estava sentindo em ser o centro das atenções. Encolheu os ombros como um cavalheiro francês e soltou:

— *Escolá* e *teatrô*!

Mackenzie assentiu com a cabeça, pressionando seus lábios firmemente para manter a compostura e não se arrebentar de rir.

— Isso é maravilhoso, Oliver. Continue ensinando a Maddie e, antes que a gente perceba, ela vai falar francês que nem você...

As duas crianças sorriram. Maddie jogou as mãos pra cima, acenou gritando "Tchau, mãe!" e os passos retumbaram mais uma vez, desta vez se dirigindo para o quintal dos fundos. Mackenzie se encaminhou até as enormes janelas que ornavam a sala de estar dos aposentos da família do palácio. As duas crianças dispararam por cima do tapete verde da grama do quintal e foram direto para os escorregadores e a cama elástica. Sua energia poderia fazer desabar uma parede de tijolos e argamassa.

Mackenzie sorriu enquanto afundava no sofá macio e pegou sua pasta rosa listrada de branco que estava apoiada no tampo de vidro de uma mesa lateral de ferro. Sua assistente, Jessica, sempre preparava a programação semanal nas tardes de domingo e deixava naquele lugar para que a primeira-dama revisasse. Ela folheou seus compromissos para a próxima semana. Amanhã ela estava escalada para falar aos educadores do estado sobre voluntariado nas escolas de ensino básico durante um almoço.

Esse era um tema caro ao coração de Mackenzie, uma parte estimada de sua herança como natural do Estado dos Voluntários. Esse termo a fazia lembrar a guerra de 1812, quando o general Andrew Jackson reuniu milhares de cidadãos voluntários para lutar contra os britânicos no sul do país. E foi reforçado durante a Guerra Mexicano-Americana, quando o então governador do Tennessee, Aaron Brown, solicitou dois mil e oitocentos homens e trinta mil apareceram para lutar... E ainda se aplicava ao Tennessee de hoje, pelo menos até onde Mackenzie sabia.

Convencida de que a iniciativa do voluntariado precisava começar cedo, ela havia ajudado a elaborar um currículo para o ensino fundamental que poderia ajudar até aos mais jovens a ver não só a importância do voluntariado como também as infinitas oportunidades. Ela era alguém que acreditava piamente que, se você relembrasse as pessoas para que fim haviam sido criadas, elas se ergueriam a fim de enfrentar o desafio; e quanto mais cedo isso acontecesse, melhor.

Sua própria experiência como uma jovem voluntária tinha começado sobre uma tigela de quiabo frito, que Eugenia colocara à sua frente durante um dos almoços de domingo. Mackenzie, que normalmente adorava alimentos fritos, tinha estalado uma daquelas bolinhas empanadas com farinha de milho dentro da boca e detestado aquilo. Realmente detestado. Aquela primeira reclamação resultou em uma viagem até o centro da cidade, para dar de comer aos sem-teto e aos famintos:

— Da próxima vez que você reclamar sobre o quiabo que eu peguei do meu próprio jardim e fritei com minhas próprias mãos — disse Eugenia a ela —, pense sobre as pessoas que não têm comida e adorariam esse prato de quiabo da sua mãe.

Essa experiência não fez mudar a opinião de Mackenzie sobre o quiabo, mas fez mudar sua vida de maneira significativa. O ato de ajudar a alimentar os mais necessitados tocou seu coração de maneira tão profunda que começou a reclamar da comida só para ser "obrigada" a ir até lá novamente. Eugenia percebeu o "truque" depois da terceira vez e, a partir de então, elas começaram a trabalhar regularmente como voluntárias na Missão de Auxílio de Nashville.

Mackenzie tinha se formado em ciências sociais na Universidade do Tennessee e mais tarde trabalhou como advogada em casos de crianças que sofreram violência doméstica. Agora, tinha em mãos a oportunidade de ajudar os pequenos a reconhecer suas próprias necessidades. Esse foi um dos benefícios de seu papel como primeira-dama. Ela poderia ser uma porta-voz para as causas que lhe eram mais importantes.

Mackenzie escreveu um lembrete para rever as anotações para seu discurso antes de deitar e de verificar sua agenda para ver o que mais a semana lhe reservava. Essa seria uma semana cheia, especialmente por causa do primeiro dia de Maddie no jardim da infância, e do grande sarau na quarta-feira à noite em homenagem aos voluntários e aos heróis de uma série de desastres naturais que tinham atingido aquela área nos últimos anos.

Tudo começou com a horrível enchente de alguns anos atrás, um desastre sem precedentes para o Tennessee. Durante os dois primeiros dias de maio, algumas regiões receberam recordes de chuva. Foram registradas vinte e uma mortes e mais de um bilhão e meio de dólares em danos. A devastação incluiu alguns dos mais preciosos marcos de Nashville: o Grand Ole Opry, o Ryman Auditorium e o hotel Opryland, e o Centro de Convenções. Mas como pouca gente fora do estado ficou sabendo da inundação, que coincidiu com o vazamento de petróleo no Golfo do México e com um atentado de carro-bomba em Nova York, os habitantes foram em sua maior parte deixados para se defender sozinhos.

Mas a população do Tennesse fez o que sabe fazer. Não reclamaram. Nem culparam ninguém. Apenas se colocaram firmemente de pé e ajudaram... uns aos outros.

Mackenzie se viu bem no meio desses esforços, e depois no meio de empenhos semelhantes no rastro de um enorme tornado, no noroeste do Tennessee, e de uma tempestade de gelo que ilhou dois terços do estado durante uma semana inteira. A cada evento, ela acabou reconhecendo o espírito que faz de seu Estado um lugar especial.

Essa era a razão para o jantar de quarta-feira. Mackenzie estava determinada a homenagear os heróis locais com os quais ela mantinha contato dia após dia durante aquelas catástrofes, aqueles heróis que as grandes redes de TV ou as revistas mais conhecidas jamais entrevistaram. Ela se envolvera em cada um dos detalhes dessa celebração e não via a hora desse dia chegar.

— O que você está fazendo, querida?

Ela olhou para cima. Gray estava usando seus shorts de corrida e sua camiseta Nike vermelha. O suor se grudava ao seu rosto e brilhava quando a luz o atingia. Ficou andando pelo quarto, tentando se refrescar.

— Estou vendo o que a semana me reserva. Treinou bastante?

— Foi ótimo!

Ele se inclinou e a beijou levemente nos lábios.

Ela fechou a pasta e colocou-a de lado.

— Está com fome?

Gray já tinha voltado ao ritmo normal:

— Estou... Dá tempo de tomar uma chuveirada?

— Claro, Maddie está lá fora com o Oliver e vai adorar brincar mais um pouco.

Ele enxugou a testa com a manga da camiseta:

— E ela já decidiu qual pizza vai querer hoje à noite?

As noites de domingo no Palácio do Governo eram as da pizza. O tipo de jantar de que Maddie mais gostava. A menina conseguia sentir o cheiro de uma pizza de *pepperoni* a seis quarteirões de distância. Ela via os entregadores de pizza mais rapidamente do que Mackenzie notava um belo par de sapatos.

— Não se preocupe, querido, ela não está diversificando seus gostos nesta semana, se é isso que você queria saber.

Ele riu:

— Eu acho que, depois de quase três anos da mesma pizza todo domingo, eu deveria parar de ter esperanças... Mas o que é a vida sem um pouco de esperança, hein?

Ela sorriu.

— Pois é... Esse pouco de esperança nos levou bem longe, não é mesmo?

— Foi exatamente isso que eu estava dizendo...

O telefone tocou na mesa ao lado de Mackenzie. Ela o atendeu e, depois de alguns poucos minutos, disse:

— Claro, Joseph, pode mandar subir.

Gray olhou para ela:

— Era para mim?

Mackenzie assentiu com a cabeça, mostrando algum desapontamento.

— Era...

Ela havia esperado passar um dia inteiro até ter um tempo só para eles, sem nenhuma interrupção.

Ele olhou para o relógio.

— Bem, quase conseguimos as vinte e quatro horas juntos. Pena que nem todas elas foram no mesmo dia.

A campainha tocou na entrada dos aposentos da família dentro do Palácio do Governo. Mackenzie ficou assistindo enquanto Gray descia aquele longo corredor acarpetado.

Essa parte dos sacrifícios realmente a incomodava. As intrigas políticas, bem, isso ela tentava ignorar. Os protestos fora do palácio eram encarados por Mackenzie como um direito, o direito que as pessoas tinham de manifestar suas opiniões. O interesse da mídia nas escolhas de Gray para seu café da manhã era apenas uma coisa boba. Mas as constantes interrupções no tempo em que podiam passar juntos e as pesadas exigências com relação ao seu horário realmente eram desafios que azedavam seu humor, até mesmo em seus melhores dias.

Gray abriu a porta para Kurt Green, seu visivelmente exausto chefe de gabinete. A camisa polo branca de Kurt caía folgadamente sobre sua bermuda cáqui enquanto passava apressadamente pela porta. Ele estava nessa correria desde que Mackenzie o conhecia. E com exceção de sua cabeça calva, Kurt parecia praticamente o mesmo desde quando ele e Gray integraram a ordem Kappa Alphas na Universidade do Tennessee.

Gray fechou a porta e se dirigiu ao amigo:

— O que aconteceu com seu telefone? Bastava me ligar. Hoje é domingo. Você devia estar fazendo alguma coisa. Algo com a família.

Os enormes chinelos de Kurt batiam contra seus calcanhares enquanto ele seguia Gray através do grosso tapete damasco e entrava na sala.

— Tudo bem, pode deixar, da próxima vez eu telefono — ele estendeu o braço que segurava uma pasta. — Mas hoje a gente tem uma ação judicial em nossas mãos.

Gray estendeu a mão e pegou o arquivo das mãos do amigo.

— Eu sei. Aquela ação do grupo de defesa das vítimas contra a libertação de prisioneiros — ele ergueu uma sobrancelha na direção de Kurt. — Esse é o processo que concordamos em ver na semana que vem.

— Isso foi antes da imprensa tomar conhecimento e decidir que seria uma ótima manchete para a manhã de segunda... — Kurt passou as mãos através de seu crânio calvo, um mau hábito que Gray brincava ter sido o responsável pelo estado atual. — Coisas como essa são do tipo que destroem completamente a possibilidade de uma reeleição.

Kurt vinha pensando sobre a reeleição desde o dia em que Gray fizera seu juramento ao tomar posse do cargo. Talvez até antes disso.

Gray passou os olhos pelo processo:

— A campanha de reeleição não vai me impedir de fazer o que precisa ser feito, Kurt.

Kurt balançou a cabeça.

— Bem, certo, Gray, mas nós temos que responder a isso agora. Há tanto democratas quanto republicanos que querem que você caia fora.

— E há democratas e republicanos que vão mudar seu modo de pensar amanhã. São esses mesmos democratas e republicanos que deixaram este estado sem escolha a não ser cortes. Eu preferiria também não libertar prisioneiros. Mas são acusados apenas de crimes não violentos, e é melhor isso do que dispensar professores — Gray fechou a pasta e a devolveu a Kurt. — Embora eu ainda não tenha descartado a ideia de fechar o governo e deixar todo mundo uns dois meses sem receber o salário.

Kurt olhou para o arquivo em suas mãos, depois de volta para Gray, com uma expressão absolutamente pasma.

— Nós... Nós estamos a apenas pouco mais de um ano das eleições... Gray, fizemos um enorme progresso neste Estado, apesar de todas as questões orçamentárias que enfrentamos, e existe ainda muito mais que precisamos fazer. Não podemos deixar que uma coisa como esta ação judicial venha a impedir que os eleitores compreendam o impacto real que você tem deixado aqui. Lembre-se, os eleitores têm memória curta.

Gray deixou escapar um pesado suspiro que foi percebido em toda a sala. Mackenzie sentiu que os ombros do marido tinham caído. Ela sabia que Gray iria trabalhar agora.

— Tudo bem, você tem duas horas — disse a Kurt.

As veias na testa de Kurt pararam de pulsar na mesma hora:

— Vou ligar para o Fletcher. Ele pode vir e nos ajudar a elaborar um comunicado.

— Você pode chamá-lo ao meu escritório.

Ele apontou para as escadas, mas Kurt já estava lá. Gray chegou mais perto de Mackenzie, deu-lhe outro beijo suave e passou a mão pelos cabelos negros e macios da mulher:

— Desculpe-me, querida, guarde um pouco de pizza para mim.

Ela franziu os lábios:

— É, também sinto muito... E ninguém gosta de sua pizza, esqueceu?

Ele riu. Gray tinha intolerância ao leite, por isso sua pizza nunca tinha queijo. Maddie achava repulsivo. Já Oliver achava intrigante.

— Então até que é uma coisa boa, hein? Sempre sobram algumas fatias!

— Duas horas só, né? É domingo. Até o governador merece descansar um pouco — retrucou Mackenzie.

Ela viu o sulco na testa dele, e ele abriu a boca para falar.

— Eu sei. Eu sei — interrompeu ela. — Sabíamos dessa parte quando você assumiu o cargo.

— Voltarei assim que puder.

Ela observou enquanto o marido descia as escadas em direção ao escritório que mantinha em casa. E suspirou. Nos últimos três anos, ao que parece, Mackenzie tinha visto mais ele indo do que vindo.

CAPÍTULO 2

— Berlyn, dá um tempo! Não tenho um pingo de atração por esse homem. É sério, você e Dimples precisam arrumar uma coisa melhor pra fazer na vida!

Eugenia pegou as cartas de Skip-Bo que estavam espalhadas pela mesa de tampo de vidro e colocou a pilha na frente de Sandra.

Ela conhecia desde o primeiro grau essas mulheres que estavam ao redor da mesa. Suas mães eram amigas, e assim a progressão dessa amizade pareceu uma coisa natural, embora Eugenia fosse a mais nova daquela turma. Elas chamavam a si mesmas as quatro remanescentes naturais de Franklin, já que a maioria das pessoas da cidade tinha vindo de outros lugares. E mesmo que ela soubesse que jamais poderia viver sem essa gente, elas também tinham a capacidade de fazê-la ficar mais furiosa do que uma vespa!

Dimples, a mais velha do grupo, aos setenta e quatro anos, pegou um dos bons guardanapos de tecido de Eugenia e tossiu direto nele. Eugenia tentou lançar-lhe uma repreensão com os olhos, mas a pobre Dimples tinha apenas um olho bom. O outro era tão estrábico que a coitada precisava inclinar a cabeça para olhar alguém diretamente. Por isso Eugenia tinha certeza de que a amiga nem mesmo vira seu olhar de desaprovação. Por que, se tivesse visto, ela teria deixado de tossir nos guardanapos quarenta anos atrás.

Berlyn levantou-se da mesa e puxou a blusa decotada onde havia tentado enfiar à força seus seios enormes. A explosão floral que se seguiu apenas ampliou a sensação de quão grandes eles eram. Berlyn era um ano mais velha que Eugenia, setenta e um, mas ainda fazia seus netos dizerem às pessoas que ela estava com trinta e nove anos. Eugenia tinha absoluta certeza de que Berlyn acabara se convencendo de que isso era mesmo verdade.

Berlyn pegou sua garrafa de vidro de Coca-Cola, a única maneira de convencê-la a tomar o refrigerante, e foi em direção à lixeira.

— Bem, você pode falar o que quiser, Eugenia Quinn, mas todo mundo sabe que você e Burt Taylor não tiram os olhos um do outro. Desde que a mulher dele morreu de ataque cardíaco tentando derrotar você na competição pelas melhores hortênsias de Franklin, o velho tem arrastado uma asa para seu lado.

Eugenia bufou:

— Você fala como uma menina de doze anos, Berlyn. Mary Parker Taylor não morreu tentando me derrotar em coisa nenhuma. Ela morreu de pneumonia no inverno e era uma boa senhora que nunca esteve em nenhum tipo de competição comigo como você.

Berlyn bufou de volta, mas foi Eugenia que continuou a falar:

— Além disso, eu só me interessei por um único homem, e isso foi tudo.

Sandra levantou-se do outro lado da mesa e pegou seu copo vazio de chá gelado. Sua fatia de limão estraçalhada jazia no fundo do copo como se descansasse depois de ter passado a tarde com uma piranha.

Sandra, na verdade, era apenas dois meses mais velha do que Eugenia, mas sempre havia se comportado como se fosse idosa. Ela era a mais aprumada, a mais adequada e, de acordo com Eugenia, a mais pudica das quatro. Ela não sabia como não estar sempre arrumada, e na maioria das vezes o colarinho de sua blusa parecia estrangular o pescoço. Até as blusas de mangas curtas tinham colarinhos franzidos.

— Ele é um homem distinto, Eugenia — disse Sandra. — Tão garboso e refinado. Não haveria nada de errado se você dois saíssem para um encontro. Mas eu concordo que a caracterização de Berlyn é simplesmente espalhafatosa.

Berlyn agarrou um palito de dentes e atolou ao lado da boca, coisa que Sandra havia jurado que as damas jamais faziam:

— Você leu muitos desses romances baratos, Sandra. Saia desse mundo dos livros e entre na terra dos vivos. Ninguém mais disse *espalhafatoso* desde Scarlett O'Hara.

Dimples inclinou-se ligeiramente para a direita, como se ela estivesse tentando seguir Sandra com seu olho bom.

— Eu acho ele um tesão — anunciou ela.

Eugenia quase engoliu seus dentes por causa desse comentário, ela e Berlyn eram as únicas naquela sala que ainda não usavam dentaduras. Sandra iria negar que usava dentadura até a hora da morte, mas Dimples simplesmente tirava a sua da boca para limpar na hora que achasse mais conveniente.

— Dimple Bass — perguntou Eugenia. — Com mil diabos, o que você sabe sobre alguém ser um tesão?

Dimples entrou na cozinha e coçou a cabeça, os cachos azuis sob a mão dela se movendo para cima e para baixo enquanto ela fazia isso:

— Bem, aprendi isso com minha neta de quinze anos que fala isso ao ver aquele rapaz que canta as canções sobre *pop*...

Berlyn se colocou ao lado da amiga e se inclinou, dizendo perto dos ouvidos:

— Você quer dizer, canta canções *pop*.

— Isso mesmo, canta essas canções *pop*. Ela fala que ele é um tesão, um T! E eu vi o Burt Taylor, e... Uau! — disse ela, encostando-se na pia de granito mais para se apoiar do que por qualquer outra coisa. — Ele é um tesão!

Pronto, agora era demais da conta. Eugenia praticamente varreu todas elas para fora de sua casa e trancou a porta. Enquanto voltava para a cozinha, ia deixando cair suas roupas pelo chão e andou pela casa completamente nua, fez isso apenas porque podia fazer. Serviu-se de um pouco de chá doce, pegou seu iPod, entrou na banheira e clicou no novo álbum de Kenny Chesney.

Quem se importava se ela tivesse emprestado o CD do menino que morava naquela casa logo acima na rua? Mackenzie iria chamar isso de roubar... E o falecido marido de Eugenia, que era juiz, provavelmente iria concordar.

Mas depois de uma noite como aquela, Eugenia apenas chamava isso de terapia.

CAPÍTULO 3

Gray saiu de casa no início da manhã e se alongou, deixando escapar um grunhido alto. De repente, ele ouviu a risada de Jeremiah. Se não fosse por ela, Gray jamais teria visto a figura magra subindo a entrada de carros com todos os jornais da manhã do governador debaixo do braço:

— Dando bom-dia pra manhã, governador?

— Isso aí... — Gray pousou suas mãos no cós de sua calça cáqui. — Achei que iria vencer você hoje, Jeremiah.

— Tem uma coisa que você tinha que saber sobre mim, governador. Eu sempre vou estar aqui às cinco e meia, de modo que boto os meninos pra trabalhar cedo. E também vou sair todos os dias às cinco e meia da tarde. Foi assim nesses últimos vinte e cinco anos, e num acho que as coisas vão mudar muito até me aposentar. Sem falar que essa é a melhor hora pra cuidar do jardim.

Ele estendeu o maço de jornais para Gray com outra risadinha:

— E tem outra coisa... Eu num sabia que a gente ia apostar corrida...

— Eu estava brincando. Só vim mesmo lhe dar um alô. Quando você deixa os jornais na cozinha, começo a ler e fico tão entretido que acabo me esquecendo de vir cumprimentar. E como estão as coisas até agora?

— Hoje parece um vale verdinho de tão bonito... — e Gray viu um faiscar dos dentes brancos de Jeremiah brilhando na escuridão. — E a gente pode se reunir lá, se quiser.

— Obrigado, eu realmente gosto de conversar só com você.

— Bem, isso é mesmo demais. Também aprecio falar com o governador, é um honra pra esse velho aqui.

Gray tinha gostado da companhia de Jeremiah desde o dia em que sua família havia se mudado para o Palácio do Governo. Gray podia quase sempre vislumbrar a cabeça de seu jardineiro por perto, podando os arbustos nas proximidades ou trabalhando na estufa das plantas. E depois de seus vários choques de realidade como governador, quando aprendeu que seu trabalho seria ainda mais difícil do que o esperado, Gray encontrou um ótimo ouvinte nesse senhor idoso tão gentil.

Não que Jeremiah não fosse genioso. Na verdade, às vezes ele podia ser teimoso demais. Gray conhecia a história dele. E também sabia que detinha a autoridade para dar a Jeremiah uma vida melhor. Mas Jeremiah jamais permitiria que ele fizesse uma coisa dessas. Dizia sempre que o que ele tinha era o que ele tinha. E Gray respeitava os desejos do velho homem. Mas isso não o impediu de buscar a companhia de Jeremiah sempre que pudesse.

— Na verdade — disse Gray —, eu queria lhe fazer uma pergunta. Você sabe que tivemos prisioneiros por aqui durante anos, cuidando dos jardins e das terras do Palácio do Governo. E como você ficou supervisionando esse pessoal durante todo esse tempo, eu queria sua opinião sobre uma coisa.

— Eu num sei muito, governador. Mas sempre fui muito bom em escutar as pessoas.

Gray enrolou os jornais debaixo do braço.

— Você ficou me escutando por esses últimos três anos, não foi?

— E fiz isso com muito gosto, senhor. Cada dia desses três anos...

— Como você se sente sobre essa libertação de prisioneiros que fizemos?

Jeremiah balançou a cabeça lentamente:

— Óia, do jeito que eu vejo as coisas... se alguém aparece e dá limão estragado, você num vai conseguir fazer uma limonada que sirva pra beber... E a vida nem precisa ser do jeito que as pessoas pensam que seria. Eu bem que gostaria de cuidar do Jardim do Éden, mas ele num tá mais aqui, né não? O que a gente precisa fazer é... fazer o melhor com o que a gente tem nas mãos.

— Bem, eu fiz o melhor que pude, Jeremiah. Minhas outras opções eram ainda piores.

Jeremiah esticou o braço e tocou os ombros de Gray. Ele sentiu os ossos pontudos da mão do idoso através da camisa branca puída:

— Sei muito disso, governador. Sei muito bem...

— Obrigado. Eu aprecio suas palavras.

— Sabe, uma vez eu tava bem desgostoso do jeito que minha vida tinha ficado, daí minha Shirley falou pra mim: "Seu Jeremiah Williams, você tem duas escolhas. Ou se pega naquilo que você sabe que é verdadeiro, ou vai fazer alguma coisa com esse troço de arrependimento. Porque num tem nada pior que uma vida cheia de arrependimentos!".

— Concordo com a senhora Shirley — Gray bateu os dedos nos jornais. — Bem, é melhor eu começar a ler estes aqui, hein?

Jeremiah soltou um sopro de ar.

— Como o governador quiser... Eu, de minha parte, vô conversar um pouquinho com aquelas florzinhas ali. Aposto que meu jardim tem um perfume melhor que o seu!

Gray soltou uma gargalhada:

— Sim, mas o que eu tenho no meu jardim é a única coisa que fará o seu crescer.

O jardineiro deu uma leve risada e disse:

—Pode deixar, num vou contar pros políticos que o governador acabou de dizer que eles são tudo esterco!

Jeremiah riu e desapareceu virando o canto do casarão.

Gray fechou a porta da entrada norte, puxou o jornal de Memphis do pacote e o desdobrou para ler a manchete: "Grupo de proteção às vítimas entra com processo sobre a liberação de prisioneiros". Ele balançou a cabeça e enfiou o jornal debaixo do braço mais uma vez.

A imprensa queria um governador relegado às frases bombásticas. O povo de seu estado queria um governador que soubesse seus nomes e respondesse às suas necessidades. E Gray aspirava apaixonadamente a ser esse último. Tinha falhado em alguns momentos e sabia bem disso. O cansaço por si só podia fazer isso com qualquer um. Mas ele realizava o melhor que podia para significar uma diferença real ao povo de seu estado. E nunca trocaria o tempo precioso de sua família por alguma coisa que fosse menos do que isso.

O governador empilhou os jornais na beira da mesa da cozinha, o *Tennessean*, o *Knoxville News Sentinel*, o *Chattanooga Times Free Press* e o *Daily News* de Memphis. Já havia acabado com o *The New York Times* e o *Washington Post* durante seu exercício na esteira. E também usava seu tempo levantando pesos para se concentrar em seu coração, limpar a mente e conversar com o Criador, que era alguém muito mais capaz de tomar conta do Tennessee do que ele.

Aquela ação judicial era notícia de primeira página em todos os jornais. Já a resposta do gabinete do governador tinha sido relegada à sexta página.

— Bom-dia, segunda-feira! — Gray friccionou as mãos e apoiou os cotovelos na pia. — Rosa, hoje acho que eu quero *waffles* com *cream cheese*, amoras com açúcar e xarope de bordo morno.

Rosa assentiu com a cabeça.

— Absolutamente, *senõr* London.

Ele tomou um longo gole de suco de laranja, a polpa espessa descendo garganta abaixo. Rosa colocou o prato em frente a ele no instante em que o copo era depositado na mesa. Nele havia uma omelete com espinafre, cogumelos, tomate e pimentão.

Gray estudou o prato e então ergueu os olhos para Rosa. Os olhos negros dela não se mexeram até que um largo sorriso estampou o rosto do governador:

— Perfeito!

Ela bateu-lhe com uma toalha úmida que trazia atravessada sobre o ombro. Ontem, o pedido tinha sido panquecas de chocolate com recheio de chocolate, e recebera isso. Mas para que se mantivesse em forma a fim de exercer o ofício de governador e de perseguir pela casa uma criança de cinco anos de idade, ele se concedia essas comidas ridiculamente pouco saudáveis apenas nos fins de semana. Assim, Rosa sabia que, não importava o que ele pedisse de segunda a sexta-feira, sempre receberia uma omelete.

Antes de sair, ele deu um beijinho na bochecha de Rosa, deixando vermelho de vergonha seu rosto cor de azeitona, e levou seu segundo copo de laranja e os jornais pelo corredor até o escritório que mantinha na residência. Ele poderia passar pelo menos duas horas por lá antes mesmo que Mack abrisse os olhos.

O escritório era elegante e aconchegante, com painéis de madeira nas paredes e estantes que iam do piso ao teto e abrigavam a maioria dos livros de sua vida anterior como advogado, e mais as autobiografias que ele devorava com prazer. Gray afundou na cadeira de couro e se recostou, colocando o copo de suco bem à sua frente. Esse copo tinha sido presente de Natal de Mack, com a foto da família gravada nele.

Comparado à maioria dos governadores, ele era bem jovem. Havia sido empossado aos trinta e nove anos e agora, aos quarenta e dois, os planos para a reeleição estavam avançando. Mas ser governador não tinha sido um plano ao longo de sua vida. Bem longe disso. Mesmo agora, havia momentos em que ele colocava a mão na consciência avaliando a direção que sua vida tinha tomado.

Na verdade, houve realmente um breve período na faculdade quando ele avaliou a possibilidade de entrar no ministério. Ele tinha sido presidente da irmandade de Atletas Cristãos da Universidade do Tennessee, onde ele teve uma temporada muito boa como *quarterback*[3] da equipe. Mas ele não era nenhum Peyton Manning, um dos maiores jogadores de futebol americano da história, por isso seguir carreira nessa atividade não estava em seus planos. Nem a política, tampouco. Gray London sempre se interessou pelas pessoas e finalmente decidiu que aplicar a lei seria uma boa maneira de servi-las.

Mas então veio um julgamento, durante o qual um homem obviamente inocente foi para a cadeia por causa de um juiz questionável e as palhaçadas horríveis tanto da parte da defesa quanto da promotoria. Gray assistiu a tudo isso ao vivo, da primeira fileira, e concluiu que seu estado estava prestando um desserviço. Ele tinha se tornado um advogado para defender as pessoas, para protegê-las, para fornecer uma voz a quem nem sabia que possuía uma ou que não podia pagar por ela. Mas talvez isso não fosse o suficiente. Talvez ele precisasse trabalhar para mudar o sistema. Foi dessa forma que ele começou sua carreira política que, com o tempo, o levou até o Palácio do Governo.

Mas a política pode ser uma coisa brutal, e isso foi uma coisa que ele aprendeu rapidamente. E ainda havia um monte de fatores complicadores, tais como a necessidade de reeleição. Assim que assume o cargo, é o que parece, você tem que começar a pensar sobre como ser reeleito. Kurt havia organizado um comitê de campanha há muito tempo e lançado as bases para a próxima campanha. Mas Gray tinha jurado que não se envolveria pessoalmente nesse processo até o ano efetivo da eleição e que nenhuma decisão que tomasse como governador seria influenciada pelo desejo de ser reeleito. Tudo seria feito apenas e tão somente em benefício daquilo que fosse o melhor

3. Quarterback (lançador) é uma posição no time de futebol americano. Ele dita as táticas (tipicamente escolhidas pelo técnico) durante o huddle (reunião que todos fazem abaixados antes de começar a jogada). No começo da jogada, ele será posicionado atrás do Center para receber a bola. Durante a jogada, ele pode dar a bola a um Running Back, lançar a bola, ou carregar a bola.

para o estado, não importando se os democratas, os republicanos, os independentes e até mesmo sua equipe concordassem com isso.

Até agora ele tinha conseguido se manter firme nessa promessa, e avaliava que tinha feito muita coisa boa. Mas algumas questões se mantinham um desafio constante, como o orçamento do estado. Os anos de Gray no poder tinham coincidido com um enfraquecimento geral da economia nacional. A sequência de desastres naturais no Tennessee tinham deixado as coisas piores, especialmente com relação ao emprego para as pessoas. A cada ano, as receitas diminuíam e novos e profundos cortes se mostravam necessários. E a situação ainda não era muito ajudada pelos companheiros políticos de Gray, que obviamente concordavam que medidas duras precisavam ser tomadas, exceto quando essas medidas afetavam seus interesses pessoais.

E Gray era obrigado a admitir que havia tomado algumas decisões realmente ruins no começo. Ele abordara a questão do orçamento em seu primeiro ano com um machado, em vez de uma tesoura de podar, gerando raiva em vez de um espírito de equipe saudável na Assembleia. Mas aprendeu rapidamente que Robin Hood não realizaria sua meta de ser um unificador. Por isso fora obrigado a passar os últimos dois anos trabalhando de perto com seus colegas de legislatura. Mas a impressão que ele causou naquele primeiro ano ainda o assombrava, especialmente quando se tratava da imprensa.

O governador olhou para a pilha de jornais em cima de sua mesa e pegou a pasta que continha sua agenda de compromissos da semana. Seu telefone tocou.

— Bom-dia, governador — a voz familiar parecia cansada.

— Bom-dia, Fletch. Diga-me que você e Kurt dormiram.

— O que é dormir? — Fletcher Perry era o diretor de comunicação de Gray e também outro dos colegas de faculdade. — Seja como for, temos a reunião especial hoje com o Comitê de Supervisão da Educação e os membros da TEA antes de irmos para os votos finais. Você precisa de alguma informação antes da reunião? Algum anúncio que deseja fazer?

Gray se recostou em sua cadeira.

— Não, acho que estamos bem. Vamos fazer um anúncio depois que conseguirmos o voto. Alguns dos membros desse comitê ainda me acham um cara indeciso. Não quero lançar nada antes que saibamos que as coisas estão firmes.

— Parece bom. Você já está vindo para cá?

— Um pouco mais tarde. Hoje é o grande dia de Maddie.

— Oh, é mesmo, tinha me esquecido. Bem, vejo você mais tarde, depois que Mack recolher seus cacos.

Gray riu.

— Você não vai querer esperar tanto tempo, eu lhe garanto.

Gray desligou e olhou para o relógio. Suas meninas já deveriam ter acordado a essa altura. E ele sabia exatamente o que elas estariam fazendo.

CAPÍTULO 4

Se o céu tivesse um quintal, seria semelhante a este.

Mackenzie parou na varanda de trás do palácio, respirando a já pegajosa umidade do dia e desfrutando da deslumbrante beleza à frente dela. Quando foi construída em 1929, esta casa tinha sido chamada de Far Hills por causa da vista espetacular. Uma grande fonte e uma reluzente piscina adornavam o meio dos jardins, com os respingos d'água circundados por caminhos pavimentados de pedra que pareciam sustentar a fonte na palma de suas mãos. A partir de lá, os jardins imaculadamente cuidados se espalhavam. Enfeitados com algumas das flores e árvores mais bonitas do sul e pelo menos trinta variedades de rosas, esses jardins eram mantidos por condenados do sistema prisional do Tennessee sob a cuidadosa supervisão de Jeremiah Williams. Já há vinte e cinco anos trabalhando como encarregado desse solo, Jeremiah cuidava muito bem de tudo como poucos que ela conhecera e de forma tão amável como poucos que ela encontrara.

Mackenzie olhou para os balanços que ficavam no parquinho perto da cama elástica. Essa era apenas uma das razões pelas quais ela demonstrava tanto carinho por Jeremiah. Na primeira semana em que eles ocuparam o palácio, ela se viu tão ocupada em montar seu lar que teve muito pouco tempo para dar atenção a Maddie. Eugenia estava fora, desfrutando de um cruzeiro longamente planejado com suas amigas, por isso Mackenzie acabou contratando uma babá.

Mas Maddie se mostrou bem mais interessada por Jeremiah, que parecia saber praticamente tudo de que uma criança de três anos de idade precisava.

Ele garantiu que seu balanço estivesse pronto para ser usado desde seu primeiro dia naquela casa. E, quando Maddie se cansou de ficar balançando, ele reservou algum tempo para mostrar o jardim para ela e para a babá.

No fim daquela semana, Maddie já sabia que a flor do estado do Tennessee era roxa e que dava nome também a algumas outras plantas. E ao término da segunda semana, Jeremiah tinha acabado de construir para ela uma casinha de brinquedo, totalmente equipada com um banquinho e um pequeno jardim florido na frente.

Mackenzie olhou para aquela casinha de brinquedo e desatou a chorar. Sua emoção o assustou:

— Eu não quis fazer nada de errado, madame.

— Mas você não fez, Jeremiah... É só que... Bem, meu pai fez uma casinha igualzinha a essa quando eu era pequena e...

Ele assentiu:

— Conheci seu pai, madame. Ele era um bom homem, o juíz Quinn.

Ela olhou nos olhos pretos de Jeremiah e viu compaixão.

— Você... Você conheceu meu pai?

— É, sim. Encontrei ele uma ou duas vezes. Ele era do tipo que sempre fazia as coisas direito. Nunca ouvi ninguém falar nada de mal daquele homem... — ele riu. — Menos aqueles pilantras que ele botou na cadeia!

Ela também riu:

— Obrigada. Meu pai teria gostado da casinha da Maddie que você construiu.

— Ah, isso não foi nada. Eu só acho que as menininhas precisam de uma casinha dessas, só isso.

Ela se inclinou e beijou suas bochechas magras, assustando-o mais uma vez.

— É que você me deu um pedacinho de meu pai, Jeremiah.

Daquele dia em diante, uma amizade se fortaleceu entre os dois, daquelas que correm por lugares profundos e com força suficiente para lançar uma ponte entre um velho jardineiro negro e a jovem mulher branca do governador.

Mackenzie abraçou a si mesma, seus dedos friccionando a seda suave de seu robe Christian Dior azul-claro. Ela vinha até aqui praticamente todas as manhãs para saudar o dia. Mas hoje seu coração estava na garganta e ela se sentia exausta. Tinha ficado acordada até as duas da manhã deixando tudo pronto. Agora, cada vinco da saia da pequena Maddie estava perfeito. O colarinho branco de sua camisa polo estava de um jeito que parecia ter acabado de chegar da loja. E a pequena mochila tinha o lanchinho e algumas guloseimas secretas.

Madeline London estava pronta para o jardim de infância. Se a sua mãe estava pronta... Bem, isso era outra história.

— Estou aqui, mamãe.

A mãozinha de Maddie puxou o robe da mãe. A outra mãozinha tentava afastar o sono dos olhinhos enquanto procurava continuar agarrando sua boneca, a Lola.

Mackenzie olhou para baixo, para aqueles olhos de um azul infinito, e segurou na mão de Maddie para fazer o ritual matinal. Aquele tinha sido o ritual apenas de Mackenzie durante anos, mas desde que Maddie aprendeu a falar, ela decidiu que seria dela também. E, como se tivesse algum tipo de alarme interno, Maddie sempre aparecia na hora certa.

Mackenzie olhou para os dedinhos entrelaçados nos seus, dedinhos tão minúsculos que mal passavam os nós dos dedos da mãe, e pensou que aquele era o melhor momento do dia. Não havia nada mais em sua vida, nem os vinte países que tinha visitado, ou as centenas de eventos das quais participava ou as noitadas que ela organizava, nada disso significava tanto quanto esses doces momentos que passava com sua garotinha.

— Gostaria de começar, Maddie?

— Claro! — sua voz soou, repleta com a doçura que só uma criança poderia ter. — Pai nosso que estais no céu...

Mackenzie tentou se unir a ela, mas o nó em sua garganta era grande demais. Ela finalmente conseguiu dar um sussurro e, em uníssono, as duas acolheram o novo dia. Mackenzie tinha certeza de que ele as acolhera também.

— Excelente trabalho.

Ajoelhou-se e puxou Maddie para um abraço de urso. A menina tentou fazer o mesmo e lançou um dos braços em torno da mãe. O outro ainda segurava Lola:

— Ai!

Mackenzie riu quando a boneca veio de encontro às suas costas.

Maddie se afastou um pouco e deu aquele olhar para a mãe, um olhar de alguém de trinta anos que às vezes ela usava:

— Hoje é um dia importante, mamãe.

— É, eu sei, muito importante.

Ela deslizou as mãos pelos braços de Mackenzie.

— Eu sou uma menina grande agora.

Uma explosão de riso deteve as lágrimas.

— Sim, é isso que as meninas grandes fazem.

— É... Elas vão pra escola e conhecem os professores e tomam lanche.

O cabelo de Maddie balançou ligeiramente quando ela deu um tapinha no braço da mãe. Esse era o corte de "menina grande" que ela havia pedido para usar nesse verão.

Mackenzie se inclinou e beijou o rosto bronzeado de sua pequena rainha:

— E se a gente começar esse dia com um belo café da manhã?

Maddie bateu palmas:

— Êêê... Biscoitos com cobertura de chocolate!

A garotinha tinha voltado, e Mackenzie ficou agradecida.

— Em plena segunda-feira?

As mãos de Maddie se moveram para os pequenos quadros e pressionaram a minúscula camisola rosa de cetim na cintura:

— Bem, não é todo dia que se começa a ir na escola, mãe.

Mackenzie balançou a cabeça e agarrou a mão de Maddie.

— Você está certa. Onde é que eu estava com a cabeça?

Maddie levantou a boneca na mão.

— Para Lola também.

— É claro. Este é um grande dia para Lola também.

Mackenzie deixou a mão de sua filha escorregar enquanto ambas davam os primeiros passos para a nova vida de aluna do jardim da infância... E de mãe de aluna do jardim da infância.

CAPÍTULO 5

Gray se encontrou com Mack descendo as escadas, o suéter apoiado no braço e um par das meias de Maddie na outra mão. Ele não conseguia nem imaginar onde sua esposa poderia ter encontrado essas meias, provavelmente em cima da mesa do café. Ele esperou por ela no fim da escada, seus olhos azuis se encontrando com os dela. Mesmo depois de dezesseis anos de casamento, ele nunca se cansava de olhar para ela.

E hoje ela estava especialmente maravilhosa, embora com os olhos um pouco inchados. Ele adorava quando Mackenzie usava vermelho, e esse vestido era um de seus favoritos. Não tinha mangas e mostrava uma elevação suave nos bíceps, o que provava que, mesmo que cedesse à tentação e exagerasse nas doses de chá açucarado, a mulher ainda podia dar uma surra numa classe inteira de recrutas.

— Mas que linda primeira-dama! — ele se inclinou para beijá-la.

— Obrigada. E você também está muito bem.

Ela deixou as meias da filha e o suéter apoiados no corrimão da escada e endireitou a gravata listrada de azul e amarelo, embora estivesse perfeitamente arrumada. Ajustar a gravata do marido fazia parte de sua rotina matinal. E essa mulher amava a rotina.

— Nossa garota ainda está na cozinha? — perguntou Gray.

— Na cozinha, prestes a ser levada ao banheiro.

— É isso que você está indo fazer?

— Isso mesmo.

— E como está minha outra garota?

Ele sabia que a esposa estava lutando para evitar as lágrimas, mas elas brotaram antes que Mackenzie pudesse fazer qualquer coisa. Ela mordeu o lábio inferior e sacudiu a cabeça. Gray a puxou para perto, sua boca repousando perto de seu ouvido:

— Ela vai adorar isso, querida. Você vai ver, até o fim da semana ela vai implorar para a gente levá-la à escola.

Mackenzie descansou a cabeça nos ombros do marido, e ele pode sentir a torrente de lágrimas enquanto segurava o corpo dela contra o dele:

— Pois é exatamente disso que eu tenho medo — respondeu ela.

Gray deixou que ela ficasse assim até sentir-se pronta para ir. Finalmente ela se afastou e limpou com um lenço de papel a maquiagem borrada:

— Era melhor se eu tivesse meus ataques sem maquiagem, não é?

Gray riu e pegou-a pela mão, conduzindo-a até a cozinha:

— E como está minha Maddie hoje?

Ele pegou do cadeirão a menina e a abraçou, com dedos melados e tudo, bem apertada em seus braços.

Mack pegou uma toalha úmida para limpar o paletó:

— Ou você se troca, ou vai passar o dia se sentindo como uma mesa suja de lanchonete! — disse ela.

— Quem se importa com um pouco de xarope? — respondeu o marido. Ele beijou Maddie no rosto e a colocou de volta no lugar.

— É, ninguém liga pra um pouco de xarope, mãe — repetiu Maddie.

— Bem... — respondeu Mackenzie, saindo do paletó sujo de Gray para os dedos sujos de Maddie. — Já está na hora de lavar esse rosto e colocar as roupas nesse corpinho. E não se esqueça da Lola! — acrescentou, enquanto Maddie pulava da cadeira e corria para a porta da cozinha.

— A Lulu pode ficar aqui comigo — disse Gray sorrindo enquanto Maddie se virava, pressionando a mãozinha contra a curva de seu quadril e armando uma das pernas para fora, como tinha visto Mack fazer milhares de vezes.

Mack apertou os lábios para esconder o sorriso. Rosa voltou-se em direção ao fogão, os ombros chacoalhando.

— Pai, o nome dela não é Lulu, é Lola!

A indignação faiscava nos pequenos olhos azuis. Eles eram uma réplica perfeita dos olhos do pai, sua única contribuição à filha, pelo menos até onde ele podia detectar. Tirando isso, ela era uma cópia de Mack, desde sua estrutura baixa até sua nada pequena personalidade. E a garotinha estava crescendo depressa...

Ele pôs a mão sobre a boca:

— Oh, meu Deus, sinto muito, de verdade. Tinha me esquecido!

Ele estendeu a mão em direção à boneca, que ainda estava deitada na mesa perto do prato de Maddie.

— Lola, por favor, me desculpe! — disse Gray.

— Você diz isso para ela todos os dias — foi o lembrete de Maddie, com a mão ainda firmemente plantada no quadril.

— Eu sei. Mas eu preciso ser perdoado um pouco a cada dia. Além disso, o papai está ficando velho. Minha memória não é o que costumava ser.

Maddie caminhou até a cadeira em que Gray estava sentado. Ele se inclinou para ela, e a filha passou a mão pelos cabelos do pai:

— Você nunca vai ficar velho pra mim, papai.

É claro que Gray derreteu. Ele podia ser o governador do Tennessee, mas não era páreo para essa menininha especial de cinco anos de idade.

— Você atingiu meu ponto fraco, dona Maddie!

Ela deu uma risadinha:

— Eu sei.

Mack sorriu e agarrou a mão da filha:

— Venha, madame. Você precisa se arrumar para a escola, não quero que se atrase em seu primeiro dia.

Gray pegou a Lola e entregou à filha:

— Pronto, vai se embonecar, sua danadinha!

Ele sorriu e tomou um gole de café enquanto a ouvia saltando pelos corredores da casa.

— Estou pronta, pai!

Maddie saiu correndo pela porta de trás e se apressou para entrar na van preta do pai, tentando subir pela porta aberta. Mas Mack deu aquele olhar ao governador, sacudindo levemente a cabeça e com olhos suplicantes:

— Maddie, que tal se a gente for no carro da mamãe, já que a escola fica logo ali, na rua de cima?

Ele disse isso em voz alta o suficiente para que sua equipe e o pessoal da segurança do palácio ficassem cientes de seus planos. Enquanto o paradeiro do governador fosse conhecido e ele pudesse ser alcançado imediatamente, estaria tudo bem ficar sem motorista e dirigir seu carro.

— Mas por quê? — Maddie acrescentou novas sílabas a seu choramingo.

— Porque mamãe e eu queremos que este seja o nosso dia. Apenas nós.

— E Lola — lembrou a menina.

— É claro. E a Lulu.

— Papai!

Ele riu enquanto pegou a mão da filha e caminharam juntos até a garagem:

— Eu quis dizer que a Lola é bem-vinda.

Mack já estava sentada no banco de passageiros de seu SUV Volvo branco quando o marido entrou:

— Obrigada — sussurrou ela.

Ele esticou sua mão para o meio do console do carro e pegou a mão da esposa. Ela a ergueu aos lábios, beijou-a suavemente e olhou para trás para Maddie, que já estava empoleirada em seu cadeirão.

— Prenda o cinto de segurança, querida.

Mas Maddie protestou:

— Eu não quero amassar minha roupa nova!

— Bem — respondeu Mackenzie —, você não tem escolha. Nós sempre prendemos nossos cintos de segurança. Essa é a lei.

— Eu sei, mas às vezes você desobedece a lei quando não quer amassar a *sua* roupa.

Gray deu um olhar de soslaio para Mackenzie. Ele sabia que ela tinha feito isso, e ela sabia que ele sabia. Mas Mack não estava nem um pouco disposta a permitir que a filha vencesse essa:

— Tudo bem, *se* a mamãe fez isso — e enfatizou o *se* — ela foi muito má. E não vai mais fazer isso. Então, prenda seu cinto de segurança.

Um longo e profundo suspiro veio do banco de trás do carro quando o veículo começou a se mover.

A nova escola de Maddie ficava a apenas dois quilômetros do palácio, era a escola de educação infantil do bairro. Gray escolhera colocar a filha em uma escola pública como sinal de sua crença na educação pública, e Mackenzie concordou assim que verificou tudo pessoalmente. E sua verificação foi minuciosa. Ela voltara para casa com detalhes sobre tudo, desde o preparo dos professores, o que a escola oferecia de merenda até os uniformes. A partir de hoje, tudo isso passaria a fazer parte da vida da filha. Gray tinha toda a fé do mundo de que Maddie ficaria bem, mas ainda precisou engolir a seco enquanto ela descia do carro, agarrando fortemente Lola em seus braços.

Mack ajoelhou-se ao lado da filha, deixando a porta do carro aberta:

— Querida, hoje a Lola vai ter que passar o restante do dia com a mamãe.

Um olhar de descrença absoluta varreu o rosto de Maddie ao mesmo tempo em que seu lábio inferior começou a tremer.

— Ei, ei — Mackenzie apertou os braços da filha. — Este é o seu grande dia, você agora é uma menina grande. E a Lola ainda não cresceu bastante para poder ir à escola com você. Mas pode deixar, a mamãe vai tomar conta dela direitinho, e quando Lola crescer tanto quanto você, aí a gente pensa em levar ela para a escola também.

Um poço de lágrimas já havia se formado no fundo dos olhos de Maddie:

— Você vai levar a Lola para todos os lugares? — sua voz tremeu.

Mackenzie assentiu com a cabeça solenemente.

— Vou levá-la para todos os cantos.

Se Gray conhecia bem sua mulher, ao cair da noite haveria um relatório completo das aventuras de Lola.

— Ela gosta de comer biscoitos depois do almoço...

Agora as lágrimas enchiam os olhos de Mack, ou pelo menos era isso que Gray achava. Mas era difícil afirmar, porque a sua visão também estava um pouco embaçada.

— Entendido, biscoitos depois do almoço.

Mack estendeu sua mão e esperou pacientemente até que Lola estivesse nela. Em seguida, colocou-a no banco do carro e fechou a porta:

— Pode deixar, vou tomar conta dela direitinho — e dizendo isso, mãe e filha dirigiram-se para a escola.

Quando Gray finalmente foi buscar Mack dentro da sala de aula, encontrou Maddie engajada numa animada conversa com duas outras garotinhas, totalmente esquecida de que seus pais estavam lá. Ele a observou durante um longo minuto, então pegou a mão de Mack e voltou para o carro. Quando abriu a porta para a esposa entrar, Lola estava lá sentada, olhando para ele.

Mack e Lola choraram durante todo o caminho de volta para casa. Gray foi obrigado a trocar de camisa quando voltaram. Com as manchas de calda ele até conseguia lidar. Com a maquiagem, nem tanto.

CAPÍTULO 6

Mackenzie não se achava uma pessoa invejosa. Mas aquelas lindas pernas balançando sob a barra da saia cáqui de Jessica Ryan a fez reconsiderar. Ela seria capaz de pagar por apenas alguns centímetros daquelas pernas. Mack havia inclusive dito a Gray que, se os cirurgiões plásticos já estivessem oferecendo alongamentos de pernas, essa seria uma cirurgia que faria com o maior gosto. A ideia é que, se ela tivesse uma área maior de distribuição, então todo o chá doce que ela gostava de beber não seria mais um problema e ela não teria que tomar sem açúcar.

Sua mãe lhe dizia que ela estava comprando toda aquela bobagem de Hollywood ao acreditar que o açúcar fazia mal para a saúde. Ela dava tapinhas nas próprias coxas e dizia:

— Seu pai adorava essas aqui. E foi o açúcar e o óleo vegetal que as fizeram desse jeito. Funcionou muito bem para mim, então, você não acha?

Como você poderia discutir com isso? Mas Mackenzie ainda cobiçava aquelas pernas.

— Tivemos uma mudança na programação para hoje, senhora London.

Jessica colocou a pasta rosa e branca ao lado do lugar que Mackenzie ocupava no balcão da cozinha.

Isto era o que as duas faziam todas as manhãs. Jessica lembrava Mackenzie de todos os seus compromissos, e Mackenzie os cumpria. Gostava da maioria deles. Tolerava alguns. E quase sempre aguardava com expectativa a chegada do fim do dia e o momento de poder jantar com a família. Sempre que a agenda de Gray permitia, os três jantavam juntos. Mas mesmo quando o marido governador não estava lá, ela e Maddie jantavam juntas, depois se enrolavam no sofá para ler um livro e molhar os biscoitos de aveia feitos por Rosa em um copo de leite.

Porém, ainda iria demorar muito tempo para chegar a hora do jantar. E Jessica não significava nenhuma outra coisa que não afazeres.

— Quer um pouco de biscoitos com calda de chocolate? — perguntou Mackenzie à sua assistente, colocando lentamente outra garfada na boca e observando a reação de Jessica.

Os lábios de Jessica se ergueram levemente para cima:

— Não. Não, obrigada. Já comi.

Mackenzie olhou para Rosa e deu-lhe uma piscadela. Rosa virou-se para o outro lado enquanto um sorriso varria seu rosto. Se não fosse feito de algum tipo de folha, Jessica não comeria. Rosa até havia refletido um pouco certa manhã e especulara em seu inglês debilitado que Jessica devia tomar suco de espinafre pela manhã. Isso realmente tinha feito Mackenzie gargalhar.

Não que Mackenzie não apreciasse hábitos saudáveis. Na verdade, ela havia alterado drasticamente os costumes alimentares de sua família nos últimos anos, incentivando o uso de alimentos orgânicos e tentando eliminar gradualmente os carboidratos simples e as gorduras saturadas, para grande frustração de Rosa. Mas ela ainda estava em desvantagem com um pai meio italiano, uma mãe sulista, uma cozinheira do México e uma criança que pensava que macarrão com queijo era um vegetal.

Mackenzie abriu a pasta e olhou para as mudanças em sua agenda. Ela sabia do almoço com os educadores e do encontro com o *chef* para o jantar de quarta-feira. Mas ela não tinha planejado a reunião com o pessoal da Coalização em Defesa das Crianças do Tennessee, de quem ela era a porta-voz:

— Aaaah, que dia atarefado...

— Sim, senhora. Nós temos muito a realizar hoje. E Chandra precisa ter uma conversa com a senhora hoje ou amanhã sobre o currículo dos voluntários com as crianças. — Jessica permaneceu firme de pé ao lado do balcão com Mackenzie, obviamente ansiosa para que ela terminasse de comer.

Mackenzie tinha três pessoas em sua equipe do escritório, que funcionava independentemente do pessoal de assuntos domésticos. Susan tomava conta do escritório, atendendo telefonemas, fazendo a triagem dos *e-mails*, dando conta de todos os detalhes aborrecidos e da papelada. Chandra cuidava de todas as iniciativas das quais a primeira-dama Mackenzie fazia parte. E Jessica era sua assistente-executiva, companheira de viagens e a única pessoa além de Eugenia que estava oficialmente autorizada a dizer a Mackenzie o que fazer.

Não que isso significasse que ela ouviria:

— Por que você não se senta, Jessica? Tem certeza de que não deseja comer alguma coisa?

Jessica puxou outro banco e sentou-se. Seu bracelete simples de ouro chocou-se contra a bancada de mármore branco quando ela fez isso, e ela logo começou a tamborilar com os dedos sem notar que estava fazendo isso.

Jessica era do tipo de pessoa que não se saía bem esperando os outros. Ela demonstrava uma tendência de ser tensa, um pouco hiperativa. Era o equilíbrio perfeito, segundo Gray, para a atitude de Mackenzie de sempre desafiar seu cronograma. Mackenzie poderia passar uma hora ou mais conversando com as pessoas depois de um evento, mesmo se ela tivesse uma programação apertada. Mas ela não conseguia evitar isso. Ela nunca apreciou viver com pressa. Ela adorava um plano. Mas simplesmente não queria se apressar para cumpri-lo.

— Um verdadeiro sulista nunca está com pressa — costumava dizer a Gray quando o marido reclamava das demoras.

Ela era exatamente como sua mãe nesse aspecto, e essa era uma coisa que tinha deixado seu pai louco também. Um natural de Nova York com uma impetuosa mãe italiana e um enérgico pai irlandês, Lorenzo Quinn caiu de amores por Eugenia durante o breve primeiro semestre dela como caloura no Instituto de Tecnologia da Moda de Nova York. Ele era veterano da Columbia naquela época e permaneceu por três anos na faculdade de direito, enquanto ela se mudou de volta para casa em Franklin e trabalhava em uma floricultura. Mas logo que concluiu seus estudos, ele se mudou para o Tennessee a fim de se casar com aquela garota cronicamente atrasada, um pouco geniosa e muito sulista, que havia roubado seu coração. Aqueles sulistas o deixaram maluco até o dia em que morreu, mas ele sempre se mostrou disposto a aturá-los por causa de Eugenia.

Mackenzie sabia que ela quase levava Jessica à loucura também, mas isso nada tinha a ver com o fato de ser do Sul. Jessica tinha nascido e sido criada em Nashville. A questão era que sua assistente era naturalmente tensa e se mostrava aparentemente alheia aos esforços de Mackenzie para relaxá-la. Mackenzie já tentara praticamente todas as táticas de seu arsenal, desde alterar sua agenda na última hora até saltar de trás das portas para assustá-la. Mas todos esses esforços pareciam apenas fazer o nervosismo de Jessica piorar, e Mackenzie tinha praticamente desistido. Com seus cabelos pretos apertados em um coque, seus óculos de aro de tartaruga e um colar de pérolas de duas voltas, Jessica provavelmente já havia atingido todo o progresso que podia.

Mackenzie limpou a boca e colocou o guardanapo ao lado de seu prato. Ela correu as mãos pelo que restava de sua tentativa de enrolar os cabelos, mas a umidade tinha feito desmoronar os cachos em ondas vacilantes. Pensando nisso, talvez fosse uma boa ideia adotar a estratégia de Jessica e prender tudo num coque atrás da cabeça. Mas não, ela escolhera torturar a si mesma. Ela empurrou o banco para trás e pegou seu suéter vermelho de algodão com desenhos de diamantes, deixando-o cair livremente de sua mão esquerda.

— O café da manhã estava absolutamente perfeito, Rosa. Exatamente como a minha mãe teria feito, mas não diga a ela que comentei isso — deu uma piscadinha para Rosa e virou-se para Jessica. — Muito bem, então vamos.

Ambas deixaram a cozinha e se dirigiram para o escritório. Mas, então, Mackenzie avistou uma figura familiar através das janelas.

— Volto já, Jessica — ela não esperou para ouvir os protestos. — Jeremiah!

Mackenzie estava chamando a figura de pé sobre uma cama de hortênsias que formavam um mar de flores a seus pés.

Jeremiah Williams se virou quando ela saiu na varanda e sorriu quando ela desceu a escadaria de pedra.

— Tá atrasada hoje, dona Mackenzie — disse ele suavemente.

Ela se inclinou e beijou-o no rosto sardento.

— Minha vida mudou oficialmente, Jeremiah. Meu bebê acabou de sair da minha casa com uma mochila e com dinheiro para comprar o almoço, e eu não sei bem o que fazer comigo mesma.

Ele estendeu uma mão e pegou as dela, seus calos duros contra a palma da mão macia da primeira-dama. A outra mão estendia o mais perfeito botão de rosa vermelha sem espinhos.

— Bem, hoje ainda é segunda-feira...

— Esta é ainda mais bonita, Jeremiah.

Ele puxou um lenço azul do bolso de trás do macacão e enxugou o suor que gotejava em sua testa alta.

— A senhora diz isso toda segunda, madame. Mas o que eu sei é que ela é a mais bonita que a gente vai achar hoje.

A primeira-dama tirou sua mão das dele e apontou para as hortênsias.

— Você se importaria de me cortar algumas destas para o nosso jantar de quarta-feira?

— Pensei que uma florista fosse fazer suas flores pro jantar, madame.

— Ela vai, sim, mas as nossas são bonitas, e eu gostaria de usá-las — ela sorriu maliciosamente. — Vou deixar a Jessica contar a ela.

— É só me dizer quantas flor vai precisar e eu arranjo umas.

— Vou pedir a Jessica que o informe.

Ele balançou a cabeça.

— Ela já tá toda chateada, dona Mackenzie. E agora a madame vai chatear a moça mais um pouco.

Mackenzie riu. Jeremiah não perdia nada, e provavelmente sabia mais sobre o que acontecia na casa do que ela mesma.

— A Jessica sabe fazer bem o trabalho dela — respondeu.

Ele balançou a cabeça daquela maneira doce, como se fosse sua maneira de dizer que tinha que confiar na opinião da primeira-dama sobre esse assunto. E mudou de assunto:

— E como vai nossa Maddie hoje?

A emoção voltou, sólida:

— Foi ainda mais difícil do que eu pensava. Para nós, quero dizer. Mas ela nem percebeu que os pais tinham ido embora. O que ela disse para você nesta manhã?

— Nada... Ela se foi e pediu pra ir com ela...

Mackenzie riu.

— Tenho certeza de que ela fez isso. Ela teria arrastado você junto como se fosse alguém indo ao jardim da infância também.

— Minha menina, ela fez a mesma coisa no primeiro dia dela no jardim. Num sei o que tem entre as menininhas e a escola. Meus meninos, eles corriam pra escola o mais rápido que podiam assim que botavam o pé na calçada, e esqueciam o pai e a mãe. Mas não a minha menina, ela não. Minha menina queria eu do lado dela o tempo todo. E elas gostam também de uniforme bonito, não gostam?

— Puxa... E como gostam...

— A Maddie veio me mostrar o uniforme novo.

— Eu vi quando ela desfilou em torno de você.

Jeremiah deu um tapinha no braço de Mackenzie e falou, em sua cadência lenta e suave:

— Elas têm que crescer, dona Mackenzie. Mesmo se isso for duro pra mamãe — ele riu. — Sabe, do jeito que eu vejo as coisas, aquela menina vai ser a diretora da escola antes da primeira semana.

Mackenzie riu, agradecida porque esse comentário empurrou as lágrimas de volta para seu lugar:

— Você provavelmente está certo sobre isso — ela olhou para sua flor. — Bem, eu tenho um dia cheio. Obrigada por minha flor de hoje, Jeremiah.

Ele assentiu com a cabeça e voltou a trabalhar em sua magia. Ele fazia essa terra vir à vida de uma forma que rivalizava com o Jardim do Éden.

Se Deus foi o primeiro jardineiro, Mackenzie tinha certeza de que ele havia ensinado tudo que sabia a Jeremiah Williams.

Nenhum coração é maior do que o de uma criança. E em nenhum momento um coração é mais moldável do que na infância. Então, nosso trabalho é oferecer às crianças a oportunidade de ver onde residem as necessidades de sua comunidade. E eu estou confiante de que, quando as crianças aprenderem a enxergar essas necessidades, elas desejarão atender essas necessidades. Tudo o que temos a fazer é guiá-las. Eu estou disposta a fazer isso. E vocês?

Mackenzie deixou que o silêncio se demorasse sobre a sala. Em seguida, ela saiu do palco e voltou para seu assento. Lola estava sentada na cadeira ao lado dela. Mackenzie pegou a boneca e saiu apressada do auditório em direção ao banheiro. Ela puxou um termômetro de sua bolsa e mediu sua temperatura. O período de fertilidade a estava pressionando de novo. Ela ainda precisava comparecer a dois compromissos antes de chegar a hora de buscar Maddie na escola. Ela devolveu o termômetro para sua bolsa amarela de couro e saiu do banheiro.

Ela não podia ignorar as conversas pós-almoço, mas passou por elas mais rapidamente do que o habitual. Quando a porta de seu carro finalmente fechou, colocou Lola sentada entre ela e Jessica, observando a viscosidade no cabelo loiro de Lola e se perguntando quantas camadas de calda de chocolate deviam existir lá.

— Eu preciso fazer uma mudança em nosso itinerário de hoje — disse ela, sabendo muito bem que a simples menção de uma alteração na agenda iria fazer sua assistente se contorcer.

Mas ela já havia advertido Jessica de que, quando ela e Gray começassem a sua nova rodada de medicamentos para a fertilidade, em certos dias a agenda teria que simplesmente se adequar a essa nova circunstância. Felizmente, Jessica não fazia um monte de perguntas e, na maioria das vezes, lidava bem com as mudanças. Ela se contraiu um pouco mais dessa vez, mas Mackenzie poderia aceitar isso.

Em seguida, Jessica puxou a saia como se isto fosse consertar o que ela estava prestes a ter de desfazer:

— Estamos falando de mudar tudo ou apenas um compromisso?

— Bem, como está a agenda de Gray hoje?

Jessica vasculhou em sua pasta e tirou um pedaço de papel.

— Ele está terminando sua coletiva de segunda-feira à tarde — respondeu. — E ele tem uma reunião às duas horas com o Comitê de Educação e o TEA.

Mackenzie olhou para o relógio. Era uma e quinze, e o gabinete de Gray ficava a apenas dez minutos de distância de carro. Isso lhes dava trinta minutos antes que ele tivesse que sair para sua reunião.

— Perfeito — disse Mackenzie. — Vamos para a sede do governo. Transfira minha reunião com o pessoal da Defesa das Crianças para outro dia desta semana, se eles puderem. Diga que eu realmente sinto muito, mas isso é algo que não pode ser evitado. Pergunte a Chandra se nós podemos conversar no primeiro horário de amanhã. Então você pode transferir a reunião com o *chef* Robert para depois de eu apanhar Maddie na escola, e tudo ficará bem.

Pelo som da voz de Jessica quando ela começou a sua conversa com seus interlocutores, ela adivinhou que nem tudo estava tão bem com Jessica.

Por mais que ela já tivesse visitado o prédio do capitólio do estado do Tennessee, ela sempre sentia uma pontada de orgulho toda vez que se aproximava dele. Concluído em 1859, aquela réplica em calcário branco de um edifício grego, um dos apenas onze capitólios sem uma cúpula, tinha servido como fortaleza durante a Guerra Civil e ainda mantinha uma digna presença no meio da confusão do centro de Nashville.

Seu carro parou na entrada subterrânea. Mackenzie já havia avisado Gray de que ela estava vindo e que suas intenções eram completamente sórdidas. Ele soltara uma sonora gargalhada e respondera que isso era exatamente o que ele queria acrescentar ao seu dia. Embora às vezes se mostrasse cansado com o tipo de demandas que o tratamento de fertilidade exigia de suas vidas, nunca fizera objeções às visitas inesperadas como essa.

Mackenzie foi diretamente para o gabinete do governador e liberou Jessica para fazer uma pausa de trinta minutos. Ela sabia, porém, que sua assistente era uma pessoa incapaz de tirar um tempo de descanso, então imaginou que Jessica iria encontrar um lugar para trabalhar. Mackenzie tinha considerado forçar a jovem a tirar umas férias, mas ficou com medo de que Jessica sofresse um completo colapso emocional.

— Boa-tarde, senhora London — os senadores de Memphis e de Clarksville a cumprimentaram enquanto ela se apressava pelo elegante corredor.

— Boa-tarde, Stan, John. Espero vê-los na quarta à noite. Digam a Jane e Meredith que não vejo a hora de encontrá-las — ela deu mais dois passos em direção ao gabinete de Gray e se voltou. — John, como é que Carlton se saiu na sua corrida *cross country*? Eu me esqueci de perguntar a Meredith.

Os olhos do senador registraram sua surpresa:

— Ele ficou entre os dez primeiros.

— Nossa, diga-lhe que dou meus parabéns.

— Farei isso.

A espessura do carpete azul-marinho silenciava o ruído dos saltos do sapato enquanto ela entrava no gabinete do governador. Gray estava parado de pé na porta de seu escritório privado, encostado no batente da porta, sorrindo. Sua assistente executiva, Sarah Hughes, estava atrás de sua mesa, com os óculos empoleirados no topo de seu nariz, os dedos movendo-se como pica-paus por todas as teclas de seu computador.

Um jovem assistente jurídico olhou para cima na pequena mesa perto do corredor:

— Olá, senhora London.

— Oi, Troy, estudando muito?

— Sim, senhora. — ele se virou e olhou para o governador.

Mackenzie sorriu. Era evidente que o jovem queria que o governador soubesse que ele era esforçado.

Aquele comentário fez Sarah levantar a cabeça. Um sorriso estampou-se no rosto dela:

— Olá, Mackenzie. Nosso governador aqui está à sua espera.

Sarah e Mackenzie se conheciam desde que Mackenzie era uma menina, e desde que a filha de Sarah, Anna, ainda era a melhor amiga de Mackenzie. Sarah trabalhara no escritório de advocacia de Gray por dez anos, antes que ela se mudasse para o capitólio com ele. Havia muito pouco que ela não sabia sobre Gray, incluindo o que uma visita de Mackenzie no meio da tarde normalmente significava.

Ela tinha que estar informada de tudo para poder trabalhar. Mas sabia que isso ainda fazia o rosto de Mackenzie corar.

O sorriso de Gray era enorme enquanto ele recuava para seu escritório, com as mangas da camisa branca arregaçadas e a gravata afrouxada no pescoço. Ele fechou a porta por trás deles. Sarah iria garantir que os dois não fossem perturbados.

— Está na hora de fazermos bebê? — Gray perguntou enquanto se inclinava para dar um beijo na esposa.

Ela passou a mão pelo lado da cabeça dele, seus cabelos macios sob seus dedos. Ela adorava a maneira como ele usava o cabelo curto, limpo, com apenas um toque grisalho nas têmporas.

— Você só tem apenas alguns minutos — respondeu ela.

Gray olhou para a mulher e sorriu:

— Quer dizer que andou checando a minha agenda de hoje?

Ela arrebitou o nariz ao responder:

— Sim...

Ele a pegou pela mão e a levou por todo o selo amarelo e azul do Tennessee que estampava aquele tapete que cobria praticamente o escritório inteiro. Gray abriu a porta do pitoresco estúdio que ficava fora de seu escritório principal e permitiu que ela entrasse, pressionando sua mão contra a região lombar dela para guiá-la. Era ali onde lia os relatórios, fazia seus telefonemas e, às vezes, fazia amor com sua esposa.

Ele fechou a porta atrás deles, Mackenzie já o encarava, estendendo a mão para a gravata:

— Nós só temos cerca de vinte minutos. Eu sei que você não precisa de todo ess...

Ele tirou as mãos dela de sua gravata e empurrou-a ligeiramente para trás. Ela deu uma risadinha.

— Mas você pode usar todos os vinte minutos, se quiser.

Ele estendeu a mão e deslizou a jaqueta pelos ombros da mulher:

— Obrigado, acho que vou fazer exatamente isso.

— Imagino o que seus eleitores iriam pensar se eles...

Gray beijou-a no pescoço, suas palavras roçando sua orelha:

— Eu prefiro não pensar sobre meus eleitores agora, se você não se importa.

Mackenzie riu de novo. Ela não se importava nem um pouco.

Mackenzie refez o nó da gravata do marido no pescoço de Gray novamente. Ela o conhecia muito bem. Lembrou-se dos primeiros dias de namoro, quando ela começou a conhecer a sua história e, em seguida, suas peculiaridades. E, Senhor, dai-nos misericórdia, ele tinha lá suas peculiaridades.

A que mais a divertia era o jeito como as cobertas deveriam estar arranjadas na cama à noite. O lençol de cima tinha que estar caprichosamente dobrado sobre o cobertor, antes que ele pudesse realmente ir dormir. Mas ela gostava das cobertas bem presas debaixo de seu queixo. Depois de seu primeiro ano de casamento, ele finalmente havia desistido disso em favor da mulher.

Ele também tinha que dormir com um ventilador no quarto, ligado exatamente na direção dele. Toda noite antes de deitar na cama, Gray posicionava a ventilação de forma que soprasse precisamente sobre seu rosto. Antes de se casar com ele, Mackenzie nunca gostou de barulho à noite. Ela queria que o quarto estivesse completamente silencioso e totalmente escuro. Mas agora havia se acostumado com o som das pás do ventilador girando.

Ah, e ele não gosta de ser tocado quando está prestes a dormir. Gray queria que Mackenzie ficasse do lado dela, e ele do dele. Foi ali que ela desenhou a linha imaginária. Não podia evitar. Se ele ultrapassasse com o dedão dele que fosse, ela iria tocá-lo. E ele ou tinha se acostumado a isso, ou apenas havia cansado de reclamar.

O simples fato de pensar em cada uma de suas peculiaridades a fez sorrir.

— Obrigada, querido — sussurrou ela, enquanto ele abotoava o último botão de sua camisa.

Ele se inclinou e beijou-a suavemente nos lábios:

— Mack, não precisa sempre me agradecer por fazer amor com você.

— Eu sei. Apenas agradeci por sempre me fazer sentir tão bem-vinda.

Ela terminou de fazer o nó da gravata e a apertou mais para perto de seu pescoço. Mackenzie sabia que Sarah estava bastante ciente do que acontecia ali no estúdio, mas ainda não queria que fosse óbvio demais.

— Você é sempre bem-vinda, Mack.

Ela reclinou a cabeça no peito dele.

— Eu te amo, Gray London.

— Eu também te amo, menina.

— Vamos rezar para que dê certo.

Os lábios dele se moveram contra a testa da esposa:

— Mesmo que não funcione, sempre vou querer que você venha me visitar desse jeito.

Ela inclinou a cabeça para trás, rindo:

— Você gosta dessa mulher selvagem, hein?

— Adoro!

Mackenzie encaminhou-se para a porta e agarrou a maçaneta dourada, girando-a:

— Vejo você em casa.

— Me ligue quando você pegar Maddie — disse ele. — Estou doido para saber como foi o dia dela.

— E que tal se eu pedir que ela mesma telefone para você e conte?

Ele estava deslizando os pés para dentro dos sapatos:

— Seria ótimo. Amo você, Mack.

— Eu também te amo — Mackenzie voltou-se para ele e sorriu. — Querido, o zíper.

— O quê?

Ele se abaixou e percebeu sua exposição.

— Ora, isso não ia mostrar nada demais, certo?

— Podia mostrar mais do que você pretendia.

Dizendo isso, ela riu.

Ele fechou o zíper da calça enquanto ela cruzava seu gabinete e saía pela porta. Mack rezou silenciosamente que este fosse o dia. Que este encontro no meio da tarde pudesse resultar no menino que ambos desejavam e sentiam tanto que mereciam.

CAPÍTULO 7

Gray lutava para levar sua mente de volta para o trabalho. Foi difícil porque a visita de Mack tinha tomado todos os seus sentidos e captado todos os seus pensamentos.

A verdade é que todo esse processo de fazer um bebê o tinha deixado profundamente devastado.

Certamente que ele não se importava com os encontros imprevistos com sua esposa. E era verdade que ele queria outra criança, especialmente um menino. Ele não trocaria Maddie por nada que existisse neste mundo, mas ainda havia dias em que o seu coração ansiava por um filho homem. Gray queria tanto tudo aquilo que um pai poderia compartilhar com um filho, tudo aquilo que ele e seu próprio pai tinham compartilhado.

No entanto, o corpo de Mack não cooperava. E a realidade de outra daquelas rodadas de tratamentos de fertilidade estava começando a esgotá-lo. Ele estava cansado das mudanças de humor causadas em Mack por causa da medicação, cansado de ter de ordenar a sua vida sexual inteira em torno de termômetros e calendários, cansado de ter que se preocupar com a coisa toda. Parecia até que ele não tinha nada sobrando em seu prato. Ele era o governador do estado do Tennessee, pelo amor de Deus!

É claro que ele nunca poderia dizer nada disso a Mackenzie. Ela havia acabado de preparar seu coração para mais um bebê, e sofrera demais tentando ter filhos. Ambos tinham sofrido muito. A última coisa que ele queria fazer agora era pressioná-la.

Gray suspirou. Não fazia nenhum sentido ele se preocupar com o que não podia controlar. Melhor se concentrar no que estava ao seu alcance. Mack, Maddie e seu trabalho, que estava...

O telefone tocando interrompeu seus pensamentos.

— Sim?

Sarah estava na outra extremidade.

— Gray, estou com o Centro de Enfermagem Green Hills na linha dois.

Seu suspiro foi pesado. Por um momento ele tinha esquecido sobre essa preocupação em particular.

— Obrigado. — Apertou o botão. — Aqui é Gray London.

— Governador, aqui quem fala é Harriet Purvis — Harriet era a enfermeira que supervisionava os cuidados que seu pai recebia quanto à Síndrome de Alzheimer nas instalações do Green Hills. Não havia quase nenhuma chance de que ela estivesse ligando para dar boas notícias. — Seu pai não acordou muito bem hoje. Ele gritou com alguns dos outros pacientes, chamando-os de alguns nomes que eu prefiro não repetir. Sabe, aqueles nomes que ele deve ter chamado os norte-coreanos. E depois, bem...

Ela fez uma pausa, e Gray tomou forças antes de continuar:

— Vá em frente, diga-me. Ele está deixando cair as calças de novo de propósito?

Silêncio no telefone. Então:

— Nós o encontramos na cama com outro paciente. Um paciente do sexo feminino. E ele nos deu uma canseira e tanto quando tentamos tirá-lo de lá. Dizia que ela era... sua noiva de guerra. Quase não conseguimos arrancá-lo do quarto antes que o marido da pobre mulher aparecesse.

A risada quase saiu antes que Gray conseguisse sufocá-la. Ele sabia que a situação não era engraçada. Mas, às vezes, bem, é melhor rir para não chorar. Como naquela vez, quando seu pai ainda morava no Palácio do Governo, em que escapou de seus enfermeiros e se misturou com uma multidão de turistas.

— Governador, eu devo lhe informar que estamos recebendo reclamações. Ele parece cada vez mais agitado, e o médico está querendo mudar algumas de suas medicações.

A risada ainda subsistia. Ele sabia bem o que Harriet estava tentando dizer:

— O que você acha, Harriet? Você sabe que eu confio em você.

Isso era verdade. Os últimos cinco anos supervisionando seu pai durante seu lento declínio, antes mesmo de colocá-lo na casa de repouso, tinham rendido a ela toda essa confiança.

— Acho que é hora de dar uma mexida nos remédios.

Gray suspirou e respondeu:

— Tudo bem, vou falar com o médico sobre isso. E passarei aí nesta noite para ver papai.

— Ele gostaria disso.

Gray desligou o telefone e saiu pelos fundos de seu gabinete. Não é que ele estivesse exatamente envergonhado por seu encontro com Mack, mas não estava a fim de olhar Sarah nos olhos antes de sair para a reunião com a Comissão Mista Especial sobre Supervisão da Educação.

A sala de reuniões estava bastante movimentada quando Gray chegou. As cadeiras de couro de encosto alto se posicionavam atentas ao redor da mesa de mogno, como se estivessem cientes de que aquilo que se passaria dentro dessas quatro paredes seria importante. Democratas e republicanos de ambas as casas estavam lá, juntamente com três membros da Associação de Educação do Tennessee. O presidente da Assembleia estava em um canto conversando com Fletcher, enquanto Kurt se servia do que Gray tinha certeza de ser sua décima xícara de café. Assistentes zumbiam ao redor das paredes como abelhas à espera do enxame. Os membros da comissão ofereceram suas saudações e tomaram seus assentos ao redor da mesa quando Gray entrou na sala.

Gray se esforçava para ser um líder pelo exemplo. Ele não pedia a seu pessoal para fazer qualquer coisa que ele não estivesse disposto a fazer por si mesmo.

Quando ele lhes pediu para cortar seus orçamentos, ele cortou o seu. Quando lhes pediu para ficar até mais tarde, ele ficou até mais tarde também. Quando lhes fazia perguntas difíceis, todos podiam ter certeza de que essa pergunta já havia sido feita a si mesmo. Esse estilo de liderança foi gradualmente lhe concedendo um nível de respeito por parte dos dois partidos. Respeito era o que lhes tinha trazido até aqui hoje, durante um mês em que a Assembleia Geral não estava usualmente em sessão.

A economia o atormentava desde a sua chegada ao poder. Cada item descrito no orçamento do Estado, de escolas a autoestradas, parecia ser uma hemorragia constante de dinheiro, e Gray tinha sido forçado a ser drástico em suas medidas, tais como a controversa libertação de condenados por crimes não violentos, para tentar deter essa sangria. Mais ainda tinha que ser feito, e teria que ser feito agora. Apesar de haver pequenos sinais de que a economia estava melhorando, uma paralisação do governo ainda se mostrava uma possibilidade alarmante. As escolas também teriam que apertar os cintos, e era essa a razão dessa reunião de emergência nessa semana.

Gray se via obrigado a dar crédito aos membros do comitê no que dizia respeito ao projeto de reforma que estava tramitando para ser votado em caráter especial na quarta-feira. Todos tinham trabalhado diligentemente para não prejudicar a capacidade dos professores para realmente ensinar. Mas tinha levado meses para conseguir que todo mundo estivesse aqui e remotamente feliz.

— Senhor governador — o presidente da casa, Norm Johnson, começou, os cabelos brancos denotando uma medida de seu mandato e seu sotaque sulista denotando suas raízes —, há alguns professores que estão furiosos sobre essa legislação.

Gray assentiu com a cabeça. Ele tinha lido cada uma das centenas de cartas que havia recebido sobre o projeto de lei, a favor, contra e indecisas.

— Muitos deles adoram esse projeto — Ted Lamont, líder da maioria, puxou a parte traseira de sua peruca enquanto falava, um tique nervoso que indicava que ele não gostara do rumo que aquela conversa estava tomando.

Os três membros da TEA estavam sentados do outro lado da mesa, diante dele, assistindo ao início do diálogo sem oferecer nenhuma palavra. Eles tinham apresentado suas ideias e sugestões por escrito meses atrás, e hoje a coisa toda se tratava mais de formalidades. Essa era uma reunião final de consenso antes que o projeto de lei fosse para votação na Assembleia.

Johnson continuou:

— Acreditamos, no entanto, que esta seja a melhor decisão para o nosso Estado.

— Fico feliz em saber disso — agradeceu Gray.

— E tenho orgulho de dizer que temos votos suficientes para fazer o projeto de lei passar.

Gray recostou-se na sua cadeira.

— Marcus, e sobre o Senado?

— Estamos bem, governador — a voz polida de Marcus Newman combinava com seu terno de mil e duzentos dólares.

Uma das caras novas na capital, Newman vinha de uma longa linhagem de legisladores de Memphis. Ele era claramente um homem ambicioso, e ter sido designado para fazer parte desse comitê mostrava que vinha avançando rapidamente, mas até agora ele havia atuado mais como um jogador da equipe.

— Os dois lados concordam — continuou Marcus — que alguma coisa tem que ser feita, e acreditamos que ambos os lados têm sido bem representados.

A crise na educação havia deixado pouca escolha. Com os cortes no orçamento prestes a bater nas escolas, Gray precisava oferecer à população alguma coisa que a fizesse ver a educação pública como algo em que valia a pena investir. Então eles mudaram os padrões de graduação, bem como as diretrizes da avaliação dos professores. Professores e alunos estavam agora tendo exames adicionais na esperança de dar ao povo um sistema de escolas do estado que estimulasse as pessoas a enviar seus filhos para estudar. O governador tinha feito sua própria contribuição quando levou Maddie para a escola esta manhã.

A cadeira de Gray rangeu debaixo dele quando se inclinou para a frente e colocou os braços em cima da mesa:

— O que estamos dizendo aqui é que todo o debate já passou?

— Nós vamos votar amanhã, em nossa reunião da comissão especial. Essa votação terá de ser por procuração, é claro. Há um limite de pessoas que podemos trazer de volta para a cidade nesta época do ano, mesmo tendo em conta as circunstâncias especiais deste orçamento — Johnson tossiu e pegou seu copo d'água.

Ele fora o presidente da Casa durante os últimos doze anos e senador por trinta. Gray acreditava que era hora de ele se retirar, mas sabia que o homem iria morrer com o martelo na mão, ou batendo na cabeça do adversário com ele. Seja como fosse, Johnson não abriria mão desse martelo de presidente enquanto tivesse alguma luta para enfrentar.

O governador então olhou para Fletcher. A gravata borboleta listrada de azul e vermelho de seu amigo estava torta no pescoço, e sua cabeça de grossos cabelos castanhos parecia meio amarrotada:

— Organize uma assinatura pública para a manhã de quinta-feira — disse Gray a ele.

— Será feito.

— Bem, senhores, vou ver qual jornal terá interesse em escrever sobre mim amanhã — disse Gray, rindo.

As demais pessoas na sala também riram, provando que todos tinham lido o jornal da manhã também. Gray se levantou agradecido pela reunião ter corrido bem. Ele apertou algumas mãos e se dirigiu de volta para seu gabinete. Fletcher estava bem atrás dele, com Kurt em seus calcanhares.

— Eles podem dar um bote na última hora — disse Kurt, correndo para alcançá-los. — Não confio em Newman, ele é muito... muito... bonitinho.

— Eles vão assinar — assegurou Gray.

— Eles têm muito a perder se não fizerem isso — acrescentou Fletcher.

Kurt não se deu por vencido:

— Eles estão procurando uma razão para se livrar de você.

— Você lê jornais demais, Kurt — brincou Gray.

Fletcher riu e disse:

— Não, ele apenas está na política tempo demais...

Gray riu também. Kurt não.

— Vocês ficam rindo — retrucou ele —, mas não se surpreendam se eles fizerem uma jogada de mestre antes de quinta-feira. E a gente precisa se sentar e dar uma olhada nesse processo da Associação das Vítimas do Tennessee.

Gray olhou para o relógio. Quase três horas. Maddie estaria chegando em casa logo, e ele não queria perder essa chamada.

— Tudo bem — disse ele. — Você tem trinta minutos. Mas quando Maddie telefonar, seu tempo acabou.

Kurt bufou.

— Quando Maddie ligar, eu vou lhe dar uma pausa e então podemos concluir.

Fletcher deu um tapinha nas costas de Gray:

— Aguenta, foi você que o contratou.

Não há nada igual às amizades profundas, e essa era das mais profundas de todas. Os três jogaram beisebol e futebol juntos. Eles saíram juntos com as garotas e ganharam juntos a eleição de Gray como presidente do Centro Acadêmico da faculdade. E tinham prometido que estariam sempre juntos, não importava aonde a estrada da vida os levasse. Até agora, tinham feito exatamente isso:

— Pois é, fui eu. Essas promessas estúpidas que a gente faz na faculdade.

Kurt revirou os olhos. Fletcher e Gray riram. As coisas tinham sido dessa forma desde a faculdade. Gray estava grato de que nada tinha mudado.

CAPÍTULO 8

Mackenzie dirigiu por entre os portões de ferro altíssimos, olhando em seguida pelo retrovisor para vê-los se aproximando um do outro como amantes apaixonados. Além deles, ela teve um vislumbre do majestoso palácio. Ainda ficava espantada por essa ser a casa onde vivia.

Ela cruzou a pequena distância que a separava da escola de Maddie e estacionou em uma das faixas demarcadas. Ela nunca havia estacionado em uma dessas faixas destinadas a pegar os alunos antes. Tinha ansiado por este momento durante tantos anos, o dia em que começaria a se sentir como qualquer outra mãe que vinha buscar sua criança na porta da escola.

Lembrou-se de todos aqueles anos em que passava de carro pela porta de uma escola, desesperada por ter um filho seu, até que ela finalmente jurou nunca mais passar por uma escola de tarde, na hora em que as crianças voltavam para casa. Esse era um lembrete doloroso demais sobre aquilo que lhe faltava. E houve tantos desses lembretes: lojas de roupas de crianças, o Dia das Mães na igreja, comerciais de fraldas na TV, bebês no parquinho, mamães passeando e empurrando seus carrinhos de bebê. Todos eles, ela sentia como se fossem bofetadas em sua cara.

E as perguntas, essas eram as piores: "Quando você vai ter filhos? O que você e o Gray estão esperando? Você não quer ter filhos? Você não sabe os riscos da gravidez depois dos trinta e cinco anos?". Ela havia prometido a si mesma que nunca iria fazer uma dessas perguntas a ninguém. Se as pessoas não têm filhos, havia uma razão para isso e ela jamais pretendia adicionar mais dor pressionando a questão.

Os dez anos tentando engravidar de Maddie tinham sido profundamente dolorosos. Mas algo dentro dela tinha se apegado à fé, a fé de que ela teria um filho, uma criança que iria se parecer com uma parte dela e uma parte do marido. E finalmente isso aconteceu. No dia em que Maddie nasceu, ela e Gray tinham chorado lágrimas tão sentidas que Mackenzie nunca imaginou que pudesse existir tal profundidade na alma humana. E quando a enfermeira colocou Maddie em seus braços, ela reconheceu para que servira cada comprimido, cada injeção e cada frasco de sangue colhido.

Tudo tinha sido para realizar o milagre dessa menina. Mackenzie alcançou Lola e a endireitou no banco do passageiro.

— Agora você vai contar a ela o cuidado que eu tomei com você hoje, tudo bem? — lembrou Mackenzie. — Conte a Maddie sobre todas as pessoas que você conheceu no almoço e como nós deixamos a coitada da Jessica doida. Mas seria bom ser um pouco discreta e manter apenas entre nós duas o meu breve encontro com o pai dela.

Mackenzie olhou para baixo, no banco do passageiro e deu uma piscada para Lola. A boca pintada de Lola com um sorriso garantiu que ela faria isso. O telefone começou a vibrar no console entre o banco do motorista e onde a boneca estava pousada.

— Senhora London? — a voz de Jessica soou tensa. Se fosse diferente, a primeira-dama teria ficado surpresa.

— Sim, Jessica.

— Chandra acaba de me informar que a missão acabou de ligar. Eles disseram que precisam saber se podem receber um homem e sua esposa com oito filhos. Eles ficaram desalojados e precisam de um lugar para ficar até que a missão possa arranjar espaço para eles no abrigo.

Mackenzie balançou a cabeça. A economia tinha destruído as vidas de tantas pessoas trabalhadoras em seu estado. Ela nunca tinha visto uma situação como essa de agora.

Mas não hesitou.

— Diga-lhes que sim. E diga que eu faria isso no Palácio do Governo, mas com o grande jantar na quarta-feira, acho que não seria uma boa ideia. Seria comoção demais para todas aquelas crianças.

— É bom ouvir isso.

Jessica odiava quando Mackenzie recebia famílias no palácio. Argumentava que você nunca sabia quem estava deixando entrar em sua casa e que isso não era uma coisa inteligente de fazer. Mas Mackenzie tinha informado a Jessica que o palácio pertencia ao povo desse estado, e, se membros do povo precisassem de um lugar para onde se dirigir em uma emergência, a casa estava disponível. Durante os quase três anos que ela e o marido tinham vivido lá, quase doze famílias diferentes tinham feito daquele palácio sua residência temporária.

— Peça a Chandra para ligar a um desses *flats* na cidade, que têm sala de estar, geladeira e fogão. Que ela arrume quantos quartos precisar para acomodar a família e que passe em meu cartão de crédito pessoal. Informe a Mary da missão que nós vamos pagar por uma semana e, se ela precisar de mais tempo, diga para nos avisar. E não se esqueça de...

Só então Mackenzie viu uma cabeça escura flutuando acima da extremidade dianteira de outro carro na pista mais próxima à calçada. Os olhos azuis de Maddie apareceram o suficiente para ver sua mãe.

— Deixe para lá. Eu estou indo agora, porque acabo de ver a minha menina.

Mackenzie desligou o telefone.

Um dos professores estava ajudando um bando de gente pequena, sacos de livros pendurados como sacos de tijolos em suas costas, a cruzar a segunda faixa de carros e mergulhar em segurança nos braços de seus pais. Mackenzie estava esticando o pescoço para tentar ver outro vislumbre de Maddie quando a porta traseira se abriu. Maddie jogou sua mochila no assoalho do carro com um baque, em seguida puxou suas pequenas perninhas para dentro e saltou para o banco traseiro, com os pés balançando descontroladamente.

— Oh, mamãe, que dia! — ela jogou a cabeça para trás de forma dramática contra o assento de couro preto.

Mackenzie riu.

— Foi bom assim, é?

Maddie levantou-se e encostou-se no console entre o motorista e o passageiro da frente.

— Maddie, você sabe perfeitamente que deve afivelar imediatamente o cinto de segurança.

— Eu sei — respondeu a menina.

Com um suspiro pesado, ela subiu para sua cadeirinha de criança presa ao banco traseiro.

— Eu só queria estar perto de seu rosto pra contar sobre o meu dia.

Mackenzie procurou os olhos de Maddie no espelho retrovisor:

— Tudo bem, aqui estou eu. Pode me contar tudo.

— Onde está Lola?

Mackenzie passou a boneca de volta para Maddie e viu como Maddie embalou o bebê.

— Será que minha mãe cuidou bem de você?

— Lola e eu tivemos um dia muito movimentado. Mas nós queremos ouvir tudo sobre o seu primeiro dia na escola. Você comeu o seu almoço? Por acaso se lembrou de ir ao banheiro? O que você fez de bom?

— Foi ótimo, mamãe — respondeu Maddie. — A gente sentou num círculo e fizemos o Juramento à Bandeira. Eu já sabia por que papai sempre me faz repetir ele todo dia. Daí a gente teve que escolher as mesas e a professora *anotou* elas pra gente e tudo.

Mackenzie sorriu.

— Você quer dizer *indicou*.

— Não, ela anotou mesmo. Ela escreveu o nosso nome em um pedaço de papel e colocou em cima de cada mesa.

Mackenzie riu.

— Desculpe meu erro!

Durante o restante da curta viagem para casa, Maddie falou sem parar. Quando os portões de ferro começaram a se separar para dar passagem ao carro da primeira-dama, o celular de Mackenzie tocou. Era Gray. Ele não conseguiu esperar mais. Mackenzie pressionou o botão de viva-voz para que Maddie pudesse falar.

— Oi, papai! — gritou Maddie do banco traseiro.

— Ei, dona Maddie. Como foi hoje? Fiquei sabendo que você já é uma menina crescida!

— É mesmo! Eu vou ser ajudante durante a semana inteira na escola!

— Não me diga! Estou muito orgulhoso de você, garota! E que tal se você deixar o papai levar vocês duas para um belo jantar, hein?

— Pra comemorar? — respondeu Maddie com seu entusiasmo contagiante.

— Sim, para comemorar. Tudo bem para você, Mack?

— Claro. Você não precisa trabalhar até tarde hoje à noite?

— Hoje não — respondeu Gray.

— Eu quero ir no Rotier! — declarou Maddie.

Rotier foi o lugar onde Mackenzie e Gray jantaram na noite em que perceberam que se amavam. Nenhum deles havia expressado isso até o dia seguinte, durante o intervalo do jogo entre a Universidade do Tennessee e a Vanderbilt, mas eles sabiam. Maddie amava essa história tanto quanto ela amava os famosos *cheeseburgers* do Rotier no pão francês, que garantiram ao restaurante, durante onze anos seguidos, o título de melhor hambúrguer de Nashville. Seus *milk-shakes* e sanduíches Reuben eram tão bons quanto. Apesar de não merecerem um "muito bom".

A voz de Gray se espalhou pelo carro:

— Rotier, hein?

— Ou então Chuck E. Cheese's? — Maddie ofereceu uma opção.

A risada de Gray ecoou:

— Essa ia ser a minha segunda escolha. Que tal irmos ao Rotier mesmo? Quem sabe eu me apaixone por sua mãe de novo.

— Para mim está ótimo — disse Mackenzie.

— Pra mim também — repetiu Maddie.

— Bem, antes eu tenho que passar para ver meu pai. Eles estão querendo mudar alguns remédios, e eu quero falar com o médico.

— Você quer que eu vá junto? — perguntou Mackenzie.

— Não precisa desta vez. Então, passo para pegar minhas duas lindas meninas um pouco depois das seis para irmos comer uns *cheeseburguers*.

— Três meninas! — gritou Maddie, levantando Lola por um braço e sacudindo a boneca como se Gray pudesse vê-la.

E ele respondeu, como se tivesse visto mesmo:

— É mesmo, a Lulu virá conosco, certo?

— Paaaiii!

O carro de Mackenzie estacionou na garagem:

— A gente se vê mais tarde.

E, naquele momento, tudo estava perfeito em seu mundo.

JEREMIAH

Maddie saiu correndo do carro como se o vestido estivesse pegando fogo. Eu dou risada sozinho hoje em dia toda vez que penso naquela pimentinha miúda botando a escola de pernas pro ar, daquele jeito espertinho e com aquela boca que nunca ficava fechada, só mesmo se estivesse cheia de algum sorvete ou sei lá o quê. Aquela menina dá conta de uma conversa inteira, com aqueles olhos azuis e aquelas sobrancelhas grossas. Ela levanta os olhos, rola pra cima, fica vesga e, sem que você perceba, já contou tudo o que aconteceu no dia sem que você tivesse como abrir a boca.

— Jeremiaaah!

O senhor sabe bem que eu aprecio essa criança gritar meu nome. Demorou um tempinho até ela falar direito e se você tivesse uma ideia do que ela estava dizendo:

— Maddie!

Fiquei ajoelhado porque sabia que ela estava vindo. A lama do meu macacão ainda estava um tantinho úmida quando plantei meus joelhos rangendo na grama macia.

— Como vai a menina hoje?

Ela jogou seu corpinho contra meus ossos de um jeito que me atirou no chão de costas.

— Verdeee! — gritou a menina.

Isso faz minha barriga tremer toda vez. E a dela também. Ela dá aquela risadinha que me faz agradecer o Senhor por ter passado um bom tempo dando uma olhada nesse planeta velho de guerra, o suficiente pra criar as crianças. Toda vez que vejo a menina eu penso nos meus próprios netinhos. Em um dia que nem o de hoje, fico imaginando como eles devem ser. Como eles devem cheirar. Como eles devem falar. Nunca vi nenhum netinho meu. A vida passou e bagunçou bem todas as coisas. Mas quando sinto falta de abraçar meus netos e vontade de conhecer eles, eu agradeço o Senhor por ter me dado essa menininha.

Estava na hora de soltá-la e botar a Maddie de pé.

— Jeremiah, foi incrível!

Os dedinhos pontudos dela estavam ainda plantados no meu ombro como se fosse a professorinha, e eu, o aluno. Essa garotinha adora falar pros outros o que eles precisam fazer.

— Incrível, hein? Eita palavra difícil! — respondi.

Ela soltou meu ombro e se atirou em cima da grama que eu tinha acabado de aparar e daí deitou lá como se pudesse ficar bebendo o mundo inteiro, que nem um copo de suco pelo canudinho:

— A minha professora gostou de mim, sabia?

Eu joguei meu corpo de velho em cima daquele monte de grama fofinha e olhei pra oitava maravilha desse mundo doido que não para de voltear:

— Pois eu num tinha dúvida nenhuma disso.

E a menininha se ergueu, botando as palmas das mãos por trás dela, que nem uma menina grande faz:

— Você sabia? Quer dizer que quando eu saí hoje cedo você já sabia que a professora ia gostar de mim?

— Com certeza.

Ela cruzou as pernas:

— Como você ficou tão inteligente, Jeremiah?

Peguei um fiapo de grama e botei no meio dos meus dentes antes de responder:

— Num sei. Saí desse jeito, eu acho.

A pequena Maddie franziu o nariz, puxou os beiços pra cima e pegou pra ela um fiapo de capim que nem o meu:

— Sabia que ela falou que posso ser sua ajudante a semana inteira?

— Ela não vai arrumar ajudante mais capaz no mundo inteiro.

Ela balançou a cabeça enquanto mastigava a grama, concordando com o que eu tinha falado:

— Queria poder fazer isso o ano todo.

— Mas você tem que dar chance pras outras crianças também.

— Isso que mamãe me falou. Ela diz que eu tenho que compartilhar.

— Verdade — respondi. — Compartilhar é sempre uma boa coisa. Da maneira como eu vejo as coisas, se você deixa suas mãos abertas...

Ela caiu de costas na grama do jeito que sempre faz, olhando pra cima, lá pro alto daquele baita céu azul, e terminou minha frase:

— e Deus bota mais coisas nelas. Mas se elas ficam fechadas, você só fica com o que já conseguiu.

Não consegui segurar uma risadinha e comentei:

— Acho que eu já falei isso umas duas ou três vezes.

Ela levantou as mãos pro céu e girou os dedos:

— Trilhões!

Foi daí que espiei uma coisa grande e enfeitada que estava vindo, era dona Eugenia descendo as escadas, degrau a degrau, toda vestida numa roupa amarela. Eu sabia que ela ia se comportar do jeito do canário que ela estava parecendo. A dona Eugenia parecia que vivia aqui no Palácio. Aparecia na hora que achava que devia e não tinha jeito de guardar seus palpites para ela mesma. Ela pensa que toda criatura do Senhor precisa saber seus pensamentos. Eu sei que o Senhor não comete erro, mas com a dona Eugenia... Bem, ele chegou bem perto disso.

Bem que eu devia ter imaginado que ela ia aparecer no primeiro dia de escola da menina. Ela veio mancando escada abaixo, Eugenia anda assim desde que arrumou aquele joelho. Daí olhou pra mim como se eu fosse uma peça usada de carro:

— Madeline Quinn London, como foi o primeiro dia de aula de minha neta favorita?

A voz que estava saindo daquela boca pintada de vermelho não parecia nem de perto com a voz de nenhum canário que eu já tinha ouvido. Mas a Maddie, essa deu um pulo do chão e sorriu pra avó como se não tivesse nenhuma criança mais feliz que ela nesse mundo do Senhor. Isso provou pra mim que criança ama praticamente tudo que existe:

— Gigi!

Maddie foi lá e abraçou a cintura redonda da vó com seus braços pequenos. Ela quase sumiu lá dentro. Juro que por um instante eu pensei que devia ir lá salvar a menina daquele aperto:

— Vó, foi incrível!

Dona Eugenia levantou as sobrancelhas e me olhou. Eu só acenei com a cabeça. Sabia que essa era a resposta mais correta. Porque aprendi isso do jeito mais duro.

— Incrível, hein?

— Foi, senta aqui, Gigi. Senta.

Maddie se jogou na grama de novo e bateu no chão do lado dela, como se Gigi fosse seu novo cachorrinho.

Fiquei pensando se a dona Eugenia ia mesmo fazer o que a neta estava pedindo, porque aquela dona era muito exigente com sua roupa. Ela ficou olhando pro seu vestido, e percebi na hora que ela estava se perguntando se ia dar certo sentar naquela grama verde e depois levantar tão amarela como antes. Mas ela chocou este velho aqui e se atirou no chão bem ali do lado de Maddie.

Mas então me perguntei o motivo da minha surpresa, afinal de contas. Dona Eugenia só teve uma filha, Mackenzie, que teve muitos problemas para ter um bebê com o governador, então tudo isso a fazia ficar doida de pedra com Maddie. Por isso, apesar de tudo, eu agarrei uma mão dela e fui ajudá-la a sentar. Senti sua mão lisa como seda no meio da minha mão grossa.

Aquela menina nunca ia saber que sentar na grama devia ter sido uma das coisas mais doces que Gigi tinha feito por ela. Logo a menina começou de novo a tagarelar e contar suas novidades:

— Vai ter uma peça de teatro e uma viagem nesse ano na escola, e eu posso levar meu lanche se eu quiser, mas não sei por que eu ia querer fazer isso se eles têm um monte de mesas cheias de comida que a gente pode ir lá e escolher o que quiser. É como se fosse o jantar de domingo na sua casa, Gigi.

Se qualquer outra pessoa em toda a cidade de Nashville comparasse a comida de domingo de Eugenia Quinn com o almoço da escola pública, esse pobre diabo ia tomar um banho de piche, um monte de pena de ganso por cima e ainda ia virar notícia no jornal da igreja. Mas como tinha sido a Maddie que fez isso, a dona Eugenia entendeu como o maior elogio que sua arte culinária podia receber:

— Bem, querida, parece que esse vai ser o melhor ano de sua vida. Agora, tire esse capim da boca. Está parecendo um menino.

Maddie, danadinha, fechou a boca como se tivesse pensando. Eugenia espiou a menina, eita garotinha teimosa. Mas, então, ela decidiu cuspir o capim fora. Daí o menino vizinho nos salvou de uma discussão feia:

— Maddie! — gritou ele.

E as pernas da menina a levantaram do chão, como se fosse de mola:

— Oliver, eu fui pra escola!

— Eu sei, sua boba, eu vi você lá!

Fiquei espiando aqueles cachos no cabelo do garoto. Se ele e a Maddie crescessem e se casassem, eu iria ficar torcendo para ela mandar o moleque pentear esse cabelo.

— Quer ouvir minha música de acampamento?

Criança nunca fica sem uma música dessa.

— Canta! Canta! — gritou a Maddie.

E lá se foi ele. É aquela coisa, tudo que esse moleque precisava era de uma plateia, e a Maddie sempre servia de plateia pra ele. Essa música, ele tinha acabado de inventar ali na hora. O menino tem mais imaginação do que muitos caras de Hollywood. É o que sempre digo, alguém precisava descobrir o Oliver e ele ficaria famoso.

"Eu tava sentado num tronco sem fazer nada
Daí meu vô me deu uma paulada
Pegou o celular e fez um telefonema
Comprou ingresso e foi pro cinema
Foi ver o filme do Shrek
E teve que pagar com cheque.
Pegou o celular e fez um telefonema
Comprou ingresso e..."

A dona Eugenia cortou o *show* do moleque:

— Querido, seu avô precisa mesmo lhe dar uma paulada na canção?

— É só uma música, Gigi — explicou a Maddie.

— Eu fiz uma sobre minha avó. Quer ouvir?

Mas a dona Eugenia fez que não com a cabeça:

— Por que os dois não vão correr pelo gramado e brincar? Parece que vocês têm um bocado de energia que precisa ser empregada.

Não sei direito se aqueles dois sabiam o que essa palavra *empregada* quer dizer, mas o fato é que não cresceu grama debaixo dos pés deles porque chisparam que nem dois foguetes. O único problema é que me largaram sozinho com a dona Eugenia.

— Eles têm a atenção de mosquitos nessa idade, não é, Jeremiah?

Ela botou suas unhas pintadas de vermelho por cima da grama lá e tentou se levantar. Não funcionou. A mulher só levantou um pouco e caiu de novo no mesmo lugar.

Fiquei de pé e me agachei pra ajudá-la. O Senhor sabe que assim cumpri minha cota de boa ação pelo dia inteirinho:

— Sim, senhora, acho que sim. Maddie falou do seu dia na escola e ficou pulando pra tudo quanto é lado, só deu mesmo pra ficar concordando com a cabeça.

Ela riu.

— Eu não tenho nenhuma dúvida.

Então ela disse isso e se foi. Dona Eugenia era proprietária de uma loja que vendia flores antes da dona Mackenzie nascer, daí ela acreditava que era seu dever cristão me dizer como é que eu deveria cuidar das minhas. E ela sempre começava me dando os parabéns:

— Os jardins estão lindos, Jeremiah.

Mas, eu já aprendi faz tempo que tem sempre um treco escondido debaixo desses cumprimentos. Ela nunca dá os parabéns sem que apareça um *mas* logo depois:

— Ah, obrigado, minha senhora.

Limpei o tampo da minha cabeça com meu velho lenço azul. Eu tinha começado a suar logo que vi, com o canto dos olhos, aquele troço amarelo-limão saindo pela porta dos fundos.

Daí veio. Como sempre acontecia. Vinha embrulhada em uma doçura tão melada que até as abelhas ficariam enjoadas:

— Mas você precisa prestar mais atenção nas suas peônias perto dos degraus da escada. Elas estão se afogando por lá.

— Pode deixar, vou verificar, madame. Pode deixar.

— Eu sei que você vem fazendo esse trabalho por um longo tempo, Jeremiah, mas eu também cuidei de vários jardins por anos e também tenho vários prêmios para provar o que digo.

— Sim, madame, a senhora já contou.

A dona Eugenia tinha me contado isso um monte de vezes, tantas que já estavam dentro da minha cabeça antes de ela abrir a boca.

— Minhas amigas, Dimples e Berlyn, costumam dizer que meus jardins deviam aparecer na revista.

Que o bom Senhor tenha misericórdia. Dimples, aquela mulher meio vesga. A coitada tem que virar a cabeça só pra ver a cara de alguém. E a tal da Berlyn? Na última vez que vi a mulher, ela tinha mais flores no vestido do que no meu jardim inteiro, e mesmo assim estava com metade dos peitos pendurados pra fora da roupa. Se essas duas estão dizendo pra dona Eugenia que ela precisa aparecer na revista, então a coitada está mesmo precisando de elogio.

— Aposto que sim, madame.

Ela sorriu pra mim, parecendo contente que eu tinha concordado:

— Então está certo. Parece-me que você tem tudo sob controle por aqui.

— Tenho feito o melhor nos últimos vinte e cinco anos, minha senhora. Nem sempre dá certo, mas chego perto na maioria das vezes.

Ela deu aquela olhada que sempre me dá, como se pensasse que eu estava aprontando alguma:

— Bem, então tenha uma boa-noite, Jeremiah.

— A senhora também, madame.

Assim que ela levantasse voo, aí, sim, eu ia voltar pra minha boa-noite.

Um pouquinho antes da hora de eu ir pra casa, Maddie apareceu dançando no meu jardim:

— Nosso lírio japonês peludo está de volta, Jeremiah!

— Isso — respondi. — Tá na época do ano.

Ela sacudiu o dedo pra mim como uma professora ou coisa parecida:

— Bem, nós temos que conseguir um pouco de fertilizante e outras coisas para eles.

Eu me agachei um pouco e passei a mão naquele cabelo preto sedoso:

— A gente vai tomar conta desses lírios, você e eu.

Ela enfiou sua mãozinha dentro da minha velha mão cheia de calos quando comecei a caminhar de volta pra casa. E riu:

— Eu gosto do nome daquelas flores.

E eu ri:

— Oh, sim, senhora, com certeza, sei disso.

Mack chamou a menina. Mas, antes de ir embora, ela me puxou pra baixo e me deu um daqueles beijos macios que estalou na minha bochecha. E antes que eu percebesse o que estava acontecendo, parecia que Maddie havia criado um par de asas e saiu voando. Isso me lembrou a letra daquela música que minha Shirley gostava tanto, que era de um filme que a Julie Andrews cuidava daquele bando de crianças – *A Noviça Rebelde*. Tinha um pedaço que dizia assim: "Qual a palavra para explicar a menina? Cabeça-de-vento? Biruta, lelé, tantã? Como sentar uma nuvem no divã?".

Sempre que vejo aquela coisinha miúda correndo por cima da grama, escuto essas palavras. Também sei a resposta pra última pergunta: você não consegue! Não tem jeito, não dá para colocar uma nuvem sentada, quieta.

E também cheguei a outra conclusão: nem vale a pena tentar fazer isso.

CAPÍTULO 9

Gray pegou Maddie nos braços. Ela ficou lá pendurada como uma boneca de pano:

— Parece que o jardim da infância consegue realmente cansar uma menina.

Mack pôs de lado, sobre a mesa, o livro que estavam lendo e desligou a lâmpada do abajur de terracota.

— Eu tinha certeza de que o *milk-shake* de chocolate a deixaria acordada a noite toda.

Ele riu.

— Ela bebeu inteiro, não foi?

Mack riu muito enquanto o seguiu em direção ao quarto de Maddie.

— E ela me disse que eu precisava comprar um só para mim.

Mack puxou a colcha rosa da cama de solteiro. Gray deitou Maddie já adormecida sobre o colchão e pegou a camisola favorita da Branca de Neve da gaveta do armário. Observando aquela princesa da Disney, muitas vezes lavada e quase desbotada, ele se lembrou de como queria se casar com ela quando era pequeno. Ele gostava de contar a Maddie sobre essa sua paixão, e que a mãe dela era igualzinha a Branca de Neve. Era muito parecida com a princesa, e tão doce quanto ela. Era por esse motivo que a camisola da Branca de Neve era a favorita de Maddie.

Gray sentou-se na beirada da cama e estudou os pés minúsculos da sua bebê. Tudo nela era tão delicado e pequeno, exatamente como em Mack. Seus dedos eram delicados; os dedos dos pés eram delicados, seus cílios eram espessos e arrebatadores. Seu coração doía ao olhar para ela e perceber que um dia algum homem poderia vir e ficar se achando o tal. E Maddie iria acreditar na conversa dele, e lá iriam os dois embora, em direção às nuvens escuras e ameaçadoras, montados na Harley daquele caipira.

Ele chacoalhou a cabeça como um cachorro depois do banho para se livrar daquele pensamento desgarrado. Mas a vida tinha sido desse jeito para Gray desde que a pequena Maddie apareceu. Coisas sobre as quais nunca tinha dado importância antes, agora chamavam sua atenção tremendamente. Ter essa menina linda para amar havia afetado até mesmo sua maneira de governar. A maioria de todas as coisas que ele fazia era determinada pelo fato de que as decisões que precisava tomar iriam afetar o futuro de sua filha. E Gray desejava que o futuro dela fosse o melhor.

Maddie ainda estava vestida com seu uniforme escolar. Ela não quisera tirá-lo logo que chegou em casa. Então ele o tirou agora e vestiu a camisola por cima da cabeça sem que a garota nem percebesse o que estava acontecendo em seu mundo.

Mack ficou sentada na outra beirada da cama, e Gray sentiu que ela o estava analisando enquanto deitava a filha com a cabeça apoiada no travesseiro.

— O que foi? — perguntou Gray.

Mack sorriu:

— Nada.

— Como você, eu sei que *nunca* é nada.

Ela riu.

— Não é nada, não. Eu juro, desta vez não é nada.

Ele puxou a colcha e virou o rosto para Mack:

— Você está mentindo.

— Adoro ver você com ela, Gray. Sempre que vejo você com ela, algo dentro de mim te ama mais. Eu não consigo explicar. É como se esse amor que tenho por você acabasse se infiltrando ainda mais em minhas entranhas.

— Agora sim a coisa ficou mais perceptível — sorriu ele. — Eu infiltro você nas minhas entranhas.

Gray se inclinou e beijou Maddie na cabeça. Mack beijou a filha também. Ele tomou a palma da pequena mão de Maddie em sua própria mão e estudou-a enquanto descansava lá, como se fosse se consumir em um instante.

Ele estendeu a mão para Mack e orou:

— Senhor, obrigado pelo dia feliz que nos deu com nossa pequena Maddie. Obrigado pela nova amiga que ela fez, pela professora que ela amou, e muito obrigado, especialmente, por ela não ser expulsa da escola por dizer à senhora da cafeteria que os *nuggets* de frango não têm gosto de frango.

Ele ouviu Mack rir.

— E, Pai, obrigado pelo presente que ela é para nós. Por nos dar exatamente o que nossos corações tanto almejavam. Proteja seu coração. Nunca permita que ela entregue seu coração a qualquer coisa que não seja apenas o seu verdadeiro desejo. E confiamos que sabe quando será a hora de acrescentarmos outra criança a esta casa, embora saiba o quanto desejamos uma. Mantenha-nos em segurança nesta noite. Dê-nos sabedoria em nossos deveres e — Gray olhou para a esposa — aprofunde o amor em nossas entranhas.

Mack deu um soco nele.

— Amém.

— Você não devia brincar na hora da oração.

Ele ficou de pé:

— Você não acha que Deus dá risadas com minhas piadas?

Mackenzie caminhou em direção à porta:

— Não foi isso que eu disse. Só falei que não devia fazer isso durante a oração.

Ele passou um braço ao redor dos ombros dela e a puxou para mais perto enquanto caminhavam pelo corredor:

— Boa resposta.

Quando chegaram ao seu quarto, Mack escorregou para longe dele e entrou no banheiro para começar a sua rotina noturna.

— Quanta coisa você tem aí dentro, hein?

Ele vasculhou dentro da gaveta cheia de cremes e produtos de beleza enquanto procurava por sua escova de dente.

— Tenho o tanto que preciso, muito obrigada.

Ela deu um tapinha com a toalha no rosto.

Gray lavou a boca e disse:

— Vou dar um pulo lá embaixo e revisar algumas coisas rapidinho.

Mack virou-se rapidamente.

— Gray, não. Honestamente, todas as noites na semana passada você disse a mesma coisa e só voltou para a cama depois da meia-noite. Estou ficando cansada de não irmos para a cama juntos. E quanto mais tempo você passar no escritório, pior fica.

Ele detestava essa discussão. E deu uma espiada em cima de seu criado-mudo. O livro sobre casamentos *Amor e guerra* estava lá, olhando para ele de volta, como um lembrete dessa linha tênue que existia entre as duas situações em um casamento.

— Prometi a Kurt que leria essa coisa do processo judicial antes de ir ao gabinete amanhã.

— Alguns dias parece mais que você está casado com o Kurt — retrucou ela. — E o que o seu pessoal faz, então?

— Tudo o que lhes digo para fazer. Neste momento a gente tem mais coisas a fazer do que jamais tivemos, e nem é um período legislativo. Eu só preciso de um pouco mais de benevolência.

— Gray, você sabe que sou benevolente. Eu quase nunca digo nada sobre isso. Na semana passada, quando você ficou trabalhando até tarde, eu não disse uma única palavra. Quando o telefone interrompe nosso jantar, eu raramente digo alguma coisa. Quando nossas tardes de domingo são interrompidas, faço o meu melhor para deixá-lo fazer o que você precisa. Mas você nem sempre percebe. E agora, você sabe o que eu vejo? Em apenas alguns meses, a campanha pela sua reeleição vai começar a sério. Agora que Maddie está na escola, não podemos levá-la conosco quando você sair em suas viagens de campanha. E não pretendo deixá-la sozinha em casa. Então, isso significa que eu vou estar aqui, e você vai viajar o tempo todo. E isso significa que o tempo que temos para passarmos juntos agora é muito mais valioso do que jamais foi.

— Mack, você sabe que eu valorizo o nosso tempo.

Ela se virou para o espelho, pegou um tubo esguio e começou a passar um tipo de creme perfumado sob os olhos. Mas mesmo que Mackenzie exalasse o perfume de um jardim no momento em que voltasse para a cama, aquele temperamento dela poderia deixá-la tão espinhosa quanto uma rosa.

— Eu não estava dizendo que você não valoriza o nosso tempo. Estava dizendo apenas que, quando temos a oportunidade de estar juntos, precisamos fazer isso. Mas se você realmente precisa ler essa tal ação judicial, então vá. Eu sou uma garota crescida. Posso me enfiar dentro das cobertas sozinha.

Ele caminhou até ela e deu-lhe um beijo.

— Eu prometo que não vai demorar. Você ainda vai estar assistindo à TV no momento em que eu voltar.

Mas Gray sabia que isso não iria acontecer. Mackenzie conseguia adormecer mais rapidamente do que qualquer um que ele conhecia.

— Sei, sei.

Ela saiu do banheiro e desapareceu no *closet*.

Gray seguiu pelo corredor em direção à escada. Ela estava certa. Quanto mais tempo ele ficasse aqui no Palácio do Governo, mais permitiria que o trabalho acabasse consumindo-o. Agora, o tempo em que podiam ficar juntos havia se tornado um bem raríssimo para eles. Eles até tinham grupos de turistas passeando a pé pela casa e fazendo isso com frequência. Praticamente seu único paraíso estava dentro das quatro paredes de seu quarto. E Mackenzie realmente era muito benevolente com ele. Gray não devia ter dito isso. Mas o puxão de suas responsabilidades podia ser uma força poderosa.

Ele acendeu a luz em seu escritório e imediatamente seus olhos foram atraídos pela visão de uma grande pilha de papéis sobre sua mesa. O puxão apertou seu peito. Gray ficou parado de pé junto ao batente da porta, tentando resistir. Mas a pressão não deixaria. Ele realmente precisava fazer alguns avanços nessa pilha.

Gray apagou a luz, subiu para o segundo andar da casa na ponta dos pés e abriu a porta do quarto. A luz da televisão encheu a cama e iluminou o rosto adormecido de Mack.

Ele caminhou para o lado dela, se inclinou e beijou a bochecha da esposa.

— Desculpe, querida — sussurrou.

Devia ser uma da manhã quando ele voltou para a cama.

CAPÍTULO 10

O Auditório Ryman de Nashville já era considerado a igreja-mãe da música *country* quando um evangelista da Califórnia chamado Charles Fuller realizou um *revival* ali em 1953. Depois de cada serviço noturno, ele ia a pé de volta para seu hotel, e durante essas caminhadas noturnas ele se deparava com os homens sem-teto de Nashville. A maioria das pessoas os chamava de vagabundos naquela época. Alguns pediam dinheiro, outros qualquer tipo de esmola. E a cada pedido, uma parte do coração do doutor Fuller ia com eles. Quando a última oferta foi recolhida nos encontros, ele devolveu tudo às pessoas de Nashville, pedindo apenas que fosse usado para cuidar dos sem-teto da cidade.

Esse foi o começo da Missão de Auxílio de Nashville, que ocupava um lugar especial no coração de Mackenzie desde sua primeira visita até essa organização, quando ainda era menina. Na época em que foi para o colégio, ela já era uma voluntária assídua. Mack escolheu formar-se na faculdade em ciências sociais com base em seu trabalho desenvolvido lá e tornou-se um de seus defensores mais veementes, enquanto trabalhava para o estado. E embora tenha deixado seu trabalho de assistência social depois que Maddie nasceu, nunca realmente parou de vir até a missão. O que ela fazia era trazer a filha junto nessas visitas:

— Menina, espere a mamãe.

Maddie tinha saltado do carro segurando dois sacos no minuto em que o carro estacionara na frente da recém-reformada igreja Family Life Center da missão, no largo Rosa Parks.

— Eu sei, mãe, nem sempre é seguro.

As palavras de Maddie saíram naquele tom exasperado de quem já ouviu esse aviso mais de uma centena de vezes.

— Sim, é exatamente isso. Deixe-me pegar seus bichinhos.

Mackenzie enfiou a mão no porta-malas do carro e tirou de lá um saco de animais de pelúcia. Depois de passar recentemente um dia brincando com as crianças no abrigo, Maddie tinha decidido que queria doar alguns de seus brinquedos.

Mackenzie fechou a mala do carro, e as pernas da Maddie se moveram até a porta da frente. As portas de metal do edifício verde se abriram, e Maddie passou pelo detector de metais, lançando as mãos para frente como se fizesse isso todos os dias. Mackenzie assinou a entrada e seguiu até o detector de metais. Ambas entraram juntas em uma sala pintada de verde e cheia de intensa atividade.

— Oi, Maddie — chamou uma das jovens funcionárias.

Maddie levantou um dos sacos e disse:

— Eu trouxe uma coisa, Vanessa.

— Você trouxe coisas legais pra minha sala de delícias? — a mão macia e morena de Vanessa apoiou-se nos ombros de Maddie.

— É, livros de colorir e lápis de cor.

Ela enfiou a mão, cavoucando através de um dos sacos como se estivesse em uma caça ao tesouro, em seguida olhou para cima rapidamente.

— E bichos de pelúcia também!

— Oh, meu Deus, você se superou desta vez! — Vanessa retirou a mão e perguntou: — Quer que eu pegue isso e coloque na sala de artes?

Mackenzie viu a indecisão se evidenciar no rosto da filha. Maddie tinha gostado de comprar os materiais de arte e escolher os brinquedos para trazer, mas ela não estava pronta para entregá-los. Vanessa havia notado isso também.

— Tudo bem. Que tal eu e você levarmos tudo isso para a sala e então você pode decidir onde devemos colocar?

Maddie acenou com a cabeça como se essa tivesse sido a melhor ideia que ela ouvira durante o dia todo. Mackenzie a observou junto de Vanessa enquanto se dirigiam para a sala onde as crianças podiam brincar durante o dia enquanto suas mães estavam no salão social, ou à noite, enquanto suas mães arrumavam um lugar quente para descansar. A igreja Family Life Center atendia mulheres e crianças. O abrigo dos homens era na sede da Missão de Auxílio, que ficava a quase quatro quilômetros ao sul. Esta tinha sido a principal razão pela qual a missão havia telefonado naquele dia mais cedo, sobre aquela família que havia sido desalojada: porque eles não queriam ter que separar uma família.

Hoje, na maior parte do tempo, as coisas estavam bem quietas. Era um dia lindo de agosto, por isso havia poucas mulheres no salão social, onde muitas se abrigavam em dias frios ou chuvosos no inverno ou naqueles dias especialmente quentes de verão. Durante o dia, as mulheres podiam ir apenas até o salão, até uma das salas de aula ou até a cafeteria para trabalhar. Elas precisavam desocupar os leitos no período da manhã e não poderiam voltar até as quatro horas da tarde, quando o jantar era servido. E teriam que assistir à missa na capela à noite se quisessem uma cama para dormir, porque, apesar de a missão alimentar as pessoas, dar-lhes roupa e um lugar para dormir, seu principal objetivo era incentivá-los a manter um relacionamento pessoal com Jesus Cristo.

— Ei, você chegou aqui mais rápido do que eu pensava!

Anna, a melhor amiga de Mackenzie passava pelo detector de metais, sua loira cabeleira balançando. A camiseta rosa que ela vestia estava vincada pelo peso da bolsa cinza de couro pendurada no ombro.

— Sim — respondeu Mackenzie —, nós viemos direto da escola.

— Então, como está a primeira semana?

Mackenzie fez uma careta.

— Para Maddie, maravilhosa. Para a mamãe, bem, estou sobrevivendo.

Anna colocou um braço em torno dela.

— Estou orgulhosa de você.

— Só por que não obriguei a professora a me arranjar um lugar para sentar na sala de aula durante o dia todo?

Os olhos redondos e azuis de Anna brilharam quando ela riu:

— Sim, por esse motivo. E por ter sido uma menina crescida. Eu chorei durante uma semana inteira. E o Gray disse que você só chorou por dois dias.

— É que Maddie só começou a ir à escola faz dois dias.

A amiga piscou o olho.

As duas foram interrompidas pelas passadas de Maddie descendo pelo corredor:

— Nana! — gritou a menina e lançou-se contra Anna para abraçá-la. Maddie não conseguia pronunciar o nome de Anna corretamente, então Nana pegou.

Anna ajoelhou-se e envolveu Maddie em seus braços.

— Você está pronta para ajudar a alimentar algumas pessoas com fome? — perguntou a mulher.

— Tô, eu trouxe alguns brinquedos e lápis de cor e agora estou pronta pra levar as bandejas.

As três caminharam em direção ao elevador, e Maddie apertou o botão para levá-las à cafeteria do segundo andar, o centro de interesse do local. Lá eram servidas quase seiscentas refeições diariamente. E o atual panorama econômico significava que a necessidade de tal ajuda vinha crescendo.

Em 2009, pela primeira vez na história da missão, mais homens estavam sendo atendidos nos programas de recuperação em razão de terem perdido seus empregos e suas casas do que por causa do abuso das drogas ou do álcool. A maioria das mulheres vinha buscar ajuda pelas mesmas razões, além do fato de que a violência doméstica costuma aumentar em tempos difíceis. Nenhuma pessoa com fome teve jamais o atendimento negado. E para aqueles que se mostravam dispostos a embarcar nos programas de recuperação de vida da missão, a taxa de sucesso era de 70% entre os que ficavam de pé novamente e se tornavam capazes de tocar uma vida independente.

Essa era uma estatística que Mackenzie gostava de apresentar quando trabalhava no recrutamento de voluntários para a missão, e ela era uma apaixonada recrutadora. Na verdade, alguns de seus amigos mais antigos eram voluntários. Ela havia convencido essas pessoas a trabalhar como voluntários com ela todas as noites de terça-feira, e eles costumavam trazer seus filhos para ajudar. Das quatro até as cinco e meia da tarde, os voluntários ofereciam às mães e aos filhos uma refeição que ajudaria a sustentar o corpo e um sorriso, ou uma palavra, ou um toque que poderia vir a alimentar a alma. Maddie e outros jovens voluntários levavam bandejas às mulheres, especialmente para aquelas com crianças pequenas. Na última contagem, havia cinquenta crianças abrigadas na missão.

O aroma dos pratos sendo preparados era bem forte na cafeteria, que estava repleta de mesas redondas e cadeiras de metal do tipo usado nas escolas, com assentos e encostos azul *royal*. Maddie correu para o almoxarifado e voltou com toucas e aventais de plástico. Uma vez vestidas para a noite, foram as três ao trabalho.

— Cleo, você está linda — disse Mackenzie enquanto pegava um pouco de purê de batatas para uma mulher jovem.

— Obrigada, dona Mackenzie — Cleo olhava por trás do cabelo vermelho e viscoso que caía sobre seus olhos.

— Maddie vai querer brincar um pouco com seu filhote hoje à noite antes de irmos embora. Tudo bem para você?

Cleo manteve a cabeça baixa, mas sorriu suavemente.

— Está tudo bem.

— Ótimo! Não vou poder ficar com ela aqui por muito tempo porque a Maddie acabou de começar o jardim da infância. Mas sei também que ela não tem a mínima pressa de voltar correndo para casa.

Cleo saiu da fila com um rápido aceno de cabeça.

Durante a hora e meia seguinte, as mulheres passaram pela cafeteria. Mackenzie conversava com todas enquanto servia o purê de batatas. Maddie estava atarefada enquanto levava as bandejas e conversava com os bebês. Quando a última mulher tinha sido servida, elas ajudaram um pouco com a limpeza, depois devolveram suas toucas e aventais e se preparam para partir.

Correram para o elevador quando estavam indo embora e encontraram o amigo Harrison Wheeler:

— Maddie, como você está linda hoje!

— Harry! — e Maddie levantou a mão espalmada.

O jovem mudou sua volumosa mochila de lado e deu um toque na mão da menina:

— Aposto que deram uma grande ajuda no refeitório esta noite.

— Eu recolhi vinte bandejas.

— Vinte bandejas? Oh, meu Deus, isso é incrível. Eu deveria trazer você para a cozinha para nos ajudar da próxima vez. Opa, aqui está nosso elevador.

Harrison tinha sido voluntário na cozinha do centro por cerca de um ano. Sua mãe tinha passado por um programa de recuperação alguns anos atrás e agora trabalhava no escritório administrativo da missão. O filho dela estava então servindo o lugar que tinha salvado a vida de sua mãe.

No caminho até o térreo, Mackenzie ouviu um barulho vindo da mochila de lona de Harrison. Maddie, obviamente, ouviu-o também porque ela esticou a cabeça para ele. Seu nariz enrugou um pouco enquanto tentava espiar através dos lados da mochila de lona.

— O que tem aí dentro?

Ele mudou a mochila para o outro ombro e deixou-a perto do corpo:

— Nada — respondeu.

Mas todos ouviram aquele som de novo.

A porta do elevador se abriu, e Maddie seguiu Harrison para fora, tentando pegar a mochila. Ele pegou a mão da menina:

— Espere. Eu vou me encrencar se você abrir a mochila.

Ele correu porta afora em direção ao estacionamento. Maddie zarpou logo atrás dele e Mackenzie seguiu os dois de perto. Pelos sons provenientes do saco, Mackenzie tinha certeza do que estava lá dentro. E ela sabia que não era nada que ela quisesse ou de que Maddie precisasse.

— Maddie, se Harrisson pediu-lhe para não mexer na mochila, você tem que fazer o que ele pediu.

Maddie virou o rosto perplexo para sua mãe.

— Mamãe.

— Sem choramingar.

— Mas por que Harry iria trazer algo pra cá que podia lhe causar problemas?

Ela deu a Harrison *aquele* olhar.

— Bem — respondeu ele — eu não podia deixar em casa, ou então teria problemas com minha senhoria!

— Você tá cheio de problemas, hein? — resumiu Maddie.

Harrison riu. Ele olhou ao redor do estacionamento, então se voltou a Maddie e a chamou com o dedo. Todos seguiram até o carro do jovem, onde ele abriu o porta-malas e colocou a mochila de lona lá dentro. Ao abrir o zíper, duas cabeças peludas saíram de dentro.

— Cachorrinhos! — Maddie bateu palmas e seus pés começaram a dançar loucamente. — Mamãe, filhotes de cachorro!

Mackenzie suspirou. Ela vinha travando uma batalha contra filhotes de cachorro desde o ano passado. Ela não achava que Maddie precisasse de um filhote até que ela pudesse cuidar dele sozinha.

— Harry, posso ficar com um? Você tem dois!

Harrison olhou nervosamente para Mackenzie, que estava balançando a cabeça enfaticamente.

— Eu, hã, eu acho que provavelmente vou ter que ficar com os dois. Na verdade, eu vou dar um para a minha namorada porque ela está morrendo de vontade de ter um cachorro, e o outro é para a minha irmã.

Maddie ajoelhou-se e pegou o que já estava meio para fora da mochila:

— Mas e se você arrumar outro cachorrinho pra sua irmã? — ela aninhou-se no pelo do animal e começou a rir quando o cachorrinho beijou seu nariz. — Olha, mamãe, ele já gosta de mim!

— Todo mundo gosta de você, filha. Mas esses filhotes são do Harrison, de modo que não podemos levá-los.

— Bem, eu ia...

— Nós não podemos levá-los.

O segundo filhote finalmente saltou para fora do saco e caminhou mais um pouco para cheirar o nariz de Maddie.

— Esse também gosta de mim, mamãe!

Maddie se aninhou ao segundo filhote, agarrando os dois. Mackenzie se moveu lentamente em direção ao porta-malas do carro de Harrison. Ela não podia evitar. Aquelas coisinhas eram tão fofinhas.

— De que raça eles são?

Um deles saltou dos braços de Maddie para o porta-malas e foi em direção a Mackenzie. Ela relutantemente o pegou nos braços e inalou a doce respiração do cachorrinho. O hálito de um cachorrinho é o tipo de cheiro que faz até as pessoas mais inteligentes perderem seus escrúpulos.

— Eles são *shih tzus*. Minha namorada acha que eles são os cães mais bonitos que ela já viu. Dóceis, também. Eles gostam de todo mundo.

Maddie falou.

— Mas gostam mais de mim.

— Oh, sim, absolutamente. Mais de você.

Mackenzie riu quando o que ela estava segurando enfiou sua linguinha dentro do nariz dela. Dentro de alguns minutos, ela e Maddie e seu novo *shih tzu*, batizado de Sophie, estavam a caminho de casa. Gray iria matá-la, mas ela não se importava. E uma vez que ele recebesse um bafinho daquele cachorrinho, estaria enfeitiçado também.

Mas Gray ainda estava longe de ser enfeitiçado. Mackenzie achou que ele não se importaria, mas ele implicou muito mais do que ela havia pensado:

— Você só pode estar brincando comigo, Mack. Como se qualquer um de nós tivesse tempo para cuidar de um filhote de cachorro. Maddie não sabe sequer pegar suas roupas do chão, muito menos cuidar de um cão. E você paga trezentos dólares por essa coisa? — disse ele, enquanto caminhavam em direção a seu quarto depois de colocarem Maddie na cama.

Mackenzie aninhou o nariz contra o pelo macio de Sophie. O filhote de cachorro virou-se como um contorcionista para que ele pudesse lamber o rosto de sua dona:

— Gray, você está sendo ridículo — ela riu. — Aqui, deixe-a beijá-lo — disse, estendendo Sophie na direção do marido. — Você vai se apaixonar por ela em um instante, eu garanto.

Ele ergueu a mão.

— Não estou a fim de deixar um cachorro lamber meu rosto. E deveríamos ter falado sobre isso.

Mack trouxe Sophie de volta para ela:

— Tudo bem, tudo bem, a gente devia ter conversado sobre isso. Mas eu não pude resistir. Ela é tão fofinha. E adora a Maddie.

— Estou falando sério, Mack. Você deveria ter conversado comigo. Cuidar de filhotes é uma responsabilidade enorme.

— Pelo amor de Deus, é apenas um cachorrinho, Gray. E eu sei uma ou duas coisas sobre ter responsabilidade.

Ele balançou a cabeça.

— É só mais uma coisa, Mack, é mais uma coisa. Mais uma coisa a se somar a esse problema do orçamento do governo fora de controle, e todos esses problemas com meu pai, e nossas tentativas de ter outro bebê. Não acho certo você trazer um cão para casa sem falar comigo.

Ela passou diretamente por ele e marchou em direção ao banheiro, onde colocou Sophie no chão.

— Você por acaso ouviu o que eu estava falando, Mack?

Ela atravessou o aposento em direção ao *closet* e puxou um pijama de uma das gavetas. Não haveria uma camisola *sexy* naquela noite.

— Não. Honestamente, eu não ouvi uma palavra sequer das que você acabou de dizer, porque não tenho a mínima vontade de conversar com você enquanto estiver se comportando de forma pouco coerente.

Ele deu um passo para o outro lado da enorme cômoda que separava os lados do *closet* e inclinou-se sobre ela, de forma que seus rostos ficassem mais próximos:

— O que eu disse foi que isso é mais uma coisa. Estou agora mesmo enterrado debaixo de uma montanha de problemas e não preciso de um cão em cima disso tudo.

Mack ergueu os olhos para encarar aqueles olhos azuis, que estavam mais cansados do que com raiva. E desta vez ela o ouviu. Realmente o ouviu. Ela depositou as calças do pijama sobre a bancada e deu a volta, aproximando-se do marido:

— Isso não tem nada a ver com o cãozinho, Gray. O que aconteceu hoje?

Ele balançou a cabeça. Os braços dela o circundaram pela cintura. Ele soltou um suspiro pesado e seus ombros caíram. Ela sabia o peso que seu marido tinha que carregar fora destas quatro paredes, mas ficava agradecida todas as vezes em que ele baixava a guarda e se permitia ser apenas o Gray em seus braços.

— Eles me ligaram de novo do asilo.

— De novo?

— Está ficando cada vez pior. Ele não me conhece mais, Mack. Meu próprio pai não sabe nem meu nome.

Lá estava ela. Ela viu a dor em seus olhos e, por um momento, viu também a humanidade deste homem que, mesmo ela às vezes pensava que era um super-homem. Ele poderia aparentemente lidar com o mundo inteiro e, em seguida, perguntar se alguém ainda precisava de alguma coisa. Mas até Gray tinha seus limites.

Ela colocou os braços apertados em volta dele.

— Será que a gente consegue fazer minha mãe se esquecer de nosso endereço?

Ele bateu de leve no braço dela, mas um breve sorriso escapou.

— Mack, estou falando sério.

— Eu sei. Sinto muito. Mas, realmente, Gray, deixe-me ajudá-lo com ele. Vou me reunir com os médicos do seu pai. Eu posso assumir um pouco disso e aliviar sua carga, se me permitir fazer isso.

— Obrigado, querida. Mas eu continuo pensando que vou chegar lá e então esse pode ser o dia em que ele vai me reconhecer, que naquele momento ele vai se lembrar de mim, entende? E não sei o que aconteceria se eu fosse lá e ele já tivesse ido embora. Não quero perder nenhum desses momentos.

— Eu entendo. Só me prometa que você vai me deixar saber se posso ajudar.

Ele passou os braços em volta dela, em seguida, beijou-a na cabeça.

— Lógico, eu prometo que... Ei!

Mack olhou para baixo e viu Sophie mastigando o pé de Gray. Ele gentilmente a afastou para longe:

— Como é que uma coisa tão pequena pode ter dentinhos tão afiados?

Ela riu, então agachou-se até o chão e pegou Sophie no colo:

— Quer deixar ela dormir na cama com a gente?

As palavras dele saíram rápidas e cristalinas:

— Absolutamente, não.

CAPÍTULO 11

— Eu juro, Mack, se esta coisa fizer xixi nos meus sapatos mais uma vez, ela vai para fora e Jeremiah pode usá-la como um regador!

Gray ouviu Mack rindo do banheiro.

— Sophie! Sophie!

A voz de Maddie veio do fundo do corredor. Ela entrou pela porta do quarto.

— Papai, onde está Sophie?

Gray olhou-se em um dos espelhos que ladeava o antigo armário de pinho e ajeitou a gravata.

— Você quer dizer, onde está a máquina de fazer xixi que sua mãe arranjou para você?

Maddie parou no meio do quarto e colocou as mãos na cintura, as pregas da saia escapando sob seus dedos.

— Papai, ela é só um bebê. Bebês fazem xixi.

Mack saiu do banheiro com as mãos atrás do pescoço, tentando fechar o colar de pérolas de três voltas:

— Maddie, a gente tem que melhorar nossas aulas com ela e garantir que a Sophie faça todas as suas necessidades lá fora. E Gray, ela é apenas um filhote de cachorro com uma bexiga pequena. E o adestrador vai começar a trabalhar com ela hoje.

— É, pai, ela vai ser treinada!

A voz abafada de Maddie vinha de sob a mesa redonda que ficava perto da janela, coberta com fotografias da família e dos amigos. Gray se agachou para encontrá-la enrolada com Sophie, rindo enquanto o cachorro a atacava no rosto com a língua.

Gray tinha de admitir que ele adorava ver a sua menina tão feliz. Ele rastejou para debaixo da mesa com ela.

— Você sabe que cuidar de filhotes é uma grande responsabilidade, não sabe, filha?

Ela se inclinou em direção ao pai, mantendo o filhote bem apertado nos braços:

— Eu sei. Mas eu sou tão grande, eu vou cuidar bem dela. Dar comida pra ela. Levar ela pra fazer xixi e cocô, tudo isso, pai.

— Então vai fazer tudo isso, é?

Gray puxou tanto a menina quanto o cãozinho em seu colo. Sophie se contorceu para fora dos braços de Maddie, tentando chegar ao rosto de Gray. Ele riu quando a língua do animalzinho lambeu a borda de seu queixo.

— Ela gosta de você, papai! — Maddie gritou. — Mesmo que você tenha brigado com ela.

— Eu não briguei — protestou o pai, entregando o cachorro de volta. — Eu só... anunciei.

Mack terminou de abotoar o cardigã cinza e puxou a camiseta branca até a cintura.

— Vamos lá, menina, senão vamos nos atrasar para a escola. Gray, você viu as minhas chaves?

Gray balançou a cabeça. A mulher dele precisava de GPS para sobreviver.

— Suas chaves devem estar com seus óculos de sol, tenho certeza.

— Você viu meus óculos de sol?

— Não, eu estava sendo espertinho.

— Bem, eu não tenho tempo para você ser um espertinho porque tenho que levar a Maddie para a escola. Assim, sério, você viu as minhas chaves?

Ele saiu de debaixo da mesa.

— Deixa que eu a levo esta manhã. Estou indo para o escritório.

— A Sophie pode vir junto?

Maddie pulou, a pobre Sophie meio que voando de seus braços.

Gray resgatou o filhote de cachorro novamente e entregou-o a Mack.

— Não, senhora Maddie, não vou voltar para casa depois de deixar você na escola. Mamãe começa a cuidar de Sophie hoje.

Mack puxou para junto de seu peito a bola de pelos que se contorcia:

— Mamãe vai ficar encantada. Mas eu posso levar Maddie, sem problemas.

Gray podia ver que Mack estava gostando dessa nova rotina de levar a filha todos os dias para a escola. E não tiraria esse prazer dela.

— Você tem que tomar conta da Lola também, mamãe.

— Deixe comigo, eu sou a Mulher Maravilha, consigo tomar conta de todo mundo! — disse Mack com um sorriso.

Gray se inclinou e deu-lhe um beijo suave nos lábios com *gloss* cor-de-rosa:

— O treinador está vindo hoje, certo?

— Eu já lhe disse que sim três vezes. Sim, ele está vindo hoje.

— Só para ter certeza.

Gray percebeu que Sophie se acalmou nos braços de Mack enquanto ele e a filha desciam as escadas.

— Desejo a vocês duas um ótimo dia — disse ele.

— Vai ser perfeito, papai!

Os pés de Maddie pularam dos degraus da escada para o hall de entrada. Ela desviou da mochila apoiada na porta da garagem e pulou direto para dentro do carro.

Gray pegou a mochila do chão e estendeu-a para Mack.

— Você já viu quem é que vai tomar conta desse cachorro, não viu?

Mack mudou o filhote agora adormecido de braço para que pudesse pegar a mochila. Então, levantou o nariz para Gray e saiu pela porta.

— Só para ter certeza! — gritou ele enquanto a porta se fechava atrás dela.

CAPÍTULO 12

Mackenzie subiu a grande escadaria do Conservation Hall, aqueles degraus feitos de "madeira molhada" de troncos que haviam sido recuperados do fundo do rio Tennessee bem debaixo de seus pés. Seu celular vibrou e a foto de Anna apareceu:

— Oi, Anna.

— E aí, pronta para hoje à noite?

— Sim, vai ser uma noite perfeita. Eloise e eu acabamos de dar uma passada final, e cada detalhe é primoroso. Você devia ver o salão como ficou.

— Então ficou contente que a esposa do ex-governador tenha brigado com os republicanos para construí-lo?

Mackenzie riu. A instalação do novo salão de banquetes tinha sido um acréscimo ao projeto de remodelação e conservação da antiga primeira-dama que gerou muita controvérsia na época de sua execução. Tinha sido construído inteiramente num piso subterrâneo no jardim da frente do palácio. Um enorme pátio do lado de fora desse salão criou um gigantesco fosso no centro desse jardim, mas oferecia uma bela iluminação natural para o espaço que, de outra forma, teria um aspecto cavernoso.

Antes que ele fosse construído, o espaço que o palácio oferecia para os jantares de Estado comportava no máximo vinte e duas pessoas. Eventos maiores tinham que ser relegados para tendas alugadas nos gramados e banheiros químicos. Mas a impressionante e nova instalação podia acomodar até cento e sessenta pessoas, cada uma delas com um assento, e banheiros completos em uma das laterais do salão. Uma melhoria realmente importante no julgamento de Mackenzie. O Tennessee podia estar cheio daqueles bons e velhos companheiros, mas ninguém realmente queria usar um banheiro portátil na casa do governador.

A construção do Conservation Hall, juntamente com muitos outros aspectos do projeto de renovação, recebeu protestos amargos de muitos cidadãos e legisladores que sentiram que o dinheiro era mais necessário em outros lugares. Desde que o governador na época era do Partido Democrata, os republicanos tinham sido especialmente ferinos sobre o assunto. Mas se estavam certos ou errados, o fato é que a instalação ficou realmente linda. E nessa noite seria devidamente apreciada, juntamente com todas as peças de arte e mobília de valor inestimável que ela trazia, pelos cidadãos maravilhosos do Tennessee.

— E como você organizou os assentos? — perguntou Anna.

— Bem, acho que conseguirei que nenhum político apareça hoje à noite.

Anna riu:

— Você fez um trabalho maravilhoso com isso, Mackenzie. Com todas as responsabilidades que você teve por esses dias, não posso acreditar que você tirou isso de letra.

Mackenzie alcançou o topo da escada e se dirigiu à área reservada à família. Passando por uma mesa de mármore que descansava sob um retrato de Andrew Jackson, ela pegou de Maddie um papel de chiclete que estava no chão e enfiou no bolso:

— Essa ideia esteve na minha mente há anos — disse à amiga — desde a inundação. Eu vi o que as pessoas de nossa cidade fizeram umas para as outras sem nenhuma orientação. Eles apenas viam alguém em necessidade na sua rua ou no seu bairro e começavam a rasgar os carpetes ou derrubar as paredes ou escavar na lama. Então eles fizeram a mesma coisa depois que o tornado atingiu a cidade e depois das tempestades de gelo e tudo mais. Quero dizer, eles são incríveis, e fazem isso sempre que for preciso, mais e mais vezes. Eu só quero honrá-los de alguma forma.

— Você não vai receber nenhuma queixa de mim — disse Anna. — E tem notícias se vai haver protestos hoje à noite? Eu sei que você disse que era uma possibilidade.

— Sim, recebemos informações nesta tarde de que algumas pessoas irão protestar contra a libertação de prisioneiros.

— Gray realmente achou que isso era o melhor a fazer, hein?

Mackenzie pegou a maçaneta da porta do quarto e parou, sentindo o frio do bronze polido contra a palma da mão:

— As outras opções eram ainda piores, exceto uma de fechar completamente os escritórios do governo. Há dias em que penso que essa solução seria a melhor para todo mundo.

Anna ecoou sua concordância:

— Bem, divirta-se hoje à noite. E não se esqueça de me conseguir autógrafos dos Rascal Flatts.

Mackenzie riu.

— Oh, essa é uma das vantagens de ser a esposa do governador.

Maddie e Gray estavam estendidos sobre a cama com Lola e Sophie entre eles quando ela entrou no quarto.

— Ei, estamos resolvendo os problemas do mundo?

Maddie balançou a cabeça.

— Não, apenas tentando dizer como o papai vai ficar bonito de *smoking*.

Mackenzie foi até a cama e sentou-se, a seda marrom da colcha farfalhando debaixo dela. Ela passou a mão pelos cabelos da filha:

— Estou tão feliz que você disse isso a ele. Eu também acho que ele fica fabuloso em um *smoking*.

Maddie virou o rosto para a mãe.

— Ele disse que vai biscoitar ele.

Gray assentiu com a cabeça, como se tivesse sido exatamente isso que dissera.

— Boicotar? — Mackenzie perguntou.

— Sim, ele está fazendo isso com o *smoking*, mamãe.

— Bem, se ele está boicotando o seu *smoking*, então eu acho que isso significa que vou ter que achar outro homem bonito para ser meu acompanhante.

— Você podia levar o Jeremiah! — Maddie levantou-se de repente na cama, obrigando Mackenzie a retirar sua mão. — Ele me contou que um dia levou a dona Shirley num jantar bem legal e disse que tinha vestido um *smoking*. Acho que foi lá que ele casou com ela.

Mackenzie sorriu:

— Que ele a pediu em casamento.

Maddie assentiu com a cabeça.

— Bem, vindo do Jeremiah é uma possibilidade concreta — Mackenzie chamou a atenção de Gray e piscou. — Ele é muito bonito, afinal de contas.

Maddie levantou a sobrancelha direita e o lado direito do lábio com ela:

— Bem, ele é bonito sim, mas é velho como Gigi.

Gray riu e esforçou-se para sair da cama:

— Em primeiro lugar, menina, nunca diga a Gigi que ela é velha, ou ela vai lhe mandar lá fora buscar a vara de salgueiro para bater no seu bumbum. E em segundo lugar, não há outro homem nesta cidade que vá sair com a minha esposa hoje à noite quando ela estará usando aquele vestido verde dela — Gray empinou o peito para fora. — Eu sou o único espécime masculino para ela de qualquer forma. Então, vou me forçar para dentro de meu *smoking* e garantir que nenhum outro sujeito receba atenção de minha mulher.

Maddie riu.

— Papai está com ciúmes, mãe.

Mackenzie encostou sua testa na de Maddie.

— Acho que o pegamos, não acha?

Maddie sorriu:

— É, pegamos ele!

Mackenzie se levantou também e dirigiu-se para o *closet*. Ouviu quando os pés de Maddie atingiram o chão e depois ela pulando atrás da mãe no armário.

— Deixa eu ver você ficar bonita, mãe. Quero ver seu vestido.

Juntas Mackenzie e Maddie escolheram tudo para aquela noite: vestido, lingerie, joias, sapatos. E quando Mackenzie já estava arrumada com todos os itens no devido lugar, elas deram uma volta no *closet*, dando uma checada final em frente ao espelho. Maddie deslizou sua mão para dentro da mão de Mackenzie:

— Você está linda, mamãe. Demais.

— Bem, você me ajudou. Eu não ficaria assim sem você.

Gray entrou no quarto, e Mackenzie não pôde conter um leve suspiro. Ele estava tão bonito. E Gray a estudou com os olhos também, algo que costumava deixá-la desconfortável quando eram recém-casados. Agora, ela adorava saber que seu homem a estava apreciando, cada centímetro dela. Esse era o olhar do tipo essa-é-a-minha-garota, um olhar que a fazia se sentir acolhida e apreciada.

Ele a beijou suavemente na cabeça.

— Você vai fazer os caras entortarem o pescoço, querida.

Depois se ajoelhou na frente de Maddie.

— Você ajudou a deixar a mamãe essa beleza?

— Ajudei, sim — respondeu a menina.

— Então você fez um trabalho fantástico — disse ele, abraçando-a mais de perto. Então, ele se levantou, dizendo:

— E agora é hora de escoltar sua bela mãe a essa festa!

O casal estava saindo do quarto exatamente no momento em que Eugenia bateu à porta:

— Puxa, bom Deus — exclamou ela, assim que eles abriram a porta. — Vocês estão um casal deslumbrante esta noite.

— Eles estão bonitos, né, Gigi? — perguntou Maddie.

Eugenia olhou para a neta:

— Estão, sim, Madeline. Agora, você está pronta para sair com Gigi e agitar a noite desta cidade?

— Mãe — advertiu Mackenzie —, comporte-se.

— O que você quer dizer com comporte-se? — bufou Eugenia. — Nós vamos para a sala de jogos, e Oliver está vindo se juntar a nós em uma partida de *bridge* contra mim e Burt.

— *Bridge*? — perguntou Gray.

— A gente vai detonar ela, pai.

— Você ensinou minha filha a jogar *bridge*?

Eugenia encolheu os ombros.

— Poderia ser pior. Eu poderia ter ensinado a ela como jogar pôquer.

— O Burt está vindo? — perguntou Mackenzie.

Eugenia estufou o peito e ergueu o queixo.

— Você quer que eu obrigue Oliver e Madeline a passar a noite com Sandra ou Berlyn?

— Nós agradecemos — Gray foi até a cama e pegou Sophie e Lola de lá. — E vocês vão ter que cuidar dessas duas figuras hoje à noite também.

Eugenia ficou olhando as duas coisas penduradas nas mãos do governador como se fossem aliens:

— De bonecas eu cuido — dizendo isso, arrebatou Lola das mãos de Gray. — Mas de cães, não. Eu te disse isso quando você me perguntou antes.

Maddie estendeu a mão e tomou Sophie das mãos de seu pai.

— Esta é Sophie — disse ela, enfiando a bola de pelos no rosto de Eugenia.

A avó se afastou quase ao mesmo tempo que Sophie. Mackenzie pensou ter ouvido o latido do filhote de cachorro.

— Ela faz cocô? — perguntou a senhora.

Maddie riu.

— Todos os cães fazem cocô, Gigi. Significa que eles são saudáveis, mamãe é que diz. Isso é o que ela me diz quando eu faço cocô.

— Bem, eu não faço cocô de cachorro — retrucou a avó.

— Eu limpo se ela fizer cocô, vó.

Essa conversa edificante foi interrompida pelo toque do telefone do quarto. Gray se afastou delas para atender.

— Mãe, obrigada por cuidar de Maddie. E por cuidar de Sophie — Mackenzie levantou a mão antes de Eugenia poder falar. — Sim, o seu protesto foi anotado, mas nós realmente não temos escolha. Então, bem, comporte-se.

Eugenia olhou para Maddie e lhe deu um sorriso malicioso. Maddie riu.

— Nós vamos nos comportar, não é, minha neta? Falando nisso, você sabia que o filho de Berlyn finalmente se casou?

— Walter? Jura? Ele tem cinquenta anos de idade, não é?

— É. — respondeu Eugenia, e riu. — Eu disse à Sandra que ainda havia esperança para ela.

— E quando foi isso?

— De acordo com Berlyn, em um dia muito ruim. Ela não consegue encarar a nova esposa do filho. Dizem que ela namorou o primo de terceiro grau da garota, coisa que só deveria acontecer em Kentucky.

Mackenzie balançou a cabeça.

— Tchau, mãe.

Ela empurrou as duas para fora do quarto e pelo corredor.

— Não ouse colocar esse cachorro perto de mim, Maddie — ia dizendo Eugenia.

Maddie riu quando sua avó fugiu para a sala de jogos.

Mackenzie atravessou o quarto. Gray ainda estava ao telefone, obviamente conversando com alguém da casa de repouso. Ela se condoeu pelo marido. O pai dele tinha sido tão cativante quanto ele apenas alguns anos atrás, mas o Alzheimer havia exigido seu pedágio. Dificilmente alguma das peças daquele bom homem teria permanecido intacta. Gray tinha um irmão mais velho que vivia em Knoxville, mas eles quase nunca tinham notícias dele, outra situação que partia seu coração.

Gray desligou o telefone e se juntou a ela.

— Você está bem, querido? — perguntou Mackenzie.

— Sim, estou. Eles tiveram que sedá-lo esta noite. Disseram que estava gritando e falando sobre a guerra em um minuto e no outro começava a chorar com saudades de minha mãe.

— Ele está dormindo agora?

— Disseram que está mais calmo — Gray soltou um suspiro pesado e estendeu seu braço. — Agora, vamos fingir que somos os anfitriões.

CAPÍTULO 13

A porta se abriu quando os desconhecidos e os autodeclarados heróis do Tennessee percorreram seu caminho através do Palácio do Governo. Pessoas comuns que simplesmente haviam desejado ajudar os seus vizinhos estavam alinhadas com senadores e deputados para apertar a mão do governador e de sua esposa. Atrás deles, gritos e palavras de ordem marcavam aquela noite de verão.

— Parece que temos uma multidão muito grande de manifestantes — disse Mackenzie a Gray quando eles ocuparam seus lugares perto das escadas.

— Sim, já esperávamos por isso — respondeu ele. — A mídia tem falado bastante sobre o assunto a semana inteira. Se não tivesse havido tanta cobertura, eu duvido que haveria toda essa gente aí fora.

— Você sabe quantos são eles?

Mackenzie apertou os lábios como se estivesse esperando a primeira pessoa a entrar.

— Cerca de cem, eu acho.

— E a segurança, está atenta? — sua ansiedade era evidente. Desde que se mudara para lá, apenas poucos protestos tinham ocorrido.

— Claro, querida. São apenas pessoas que partilham da mesma frustração. Eu iria protestar com eles se pudesse. Para falar a verdade, se ainda estiverem lá fora depois que o jantar terminar, de repente vou conversar com esse povo.

Eles terminaram a conversa abruptamente quando os primeiros convidados chegaram.

Os dois ainda estavam cumprimentando e sendo apresentados às pessoas meia hora mais tarde, quando o presidente da Câmara Johnson se colocou na frente de Gray:

— Você está ouvindo os manifestantes lá fora, não está?

Gray estudou os acentuados ângulos faciais do velho legislador. A voz do homem era cortante, e seria mesmo que ele estivesse sussurrando.

— É difícil ignorá-los, você não diria o mesmo, Norm? — respondeu o governador.

— Nós estaremos incentivando mais protestos da associação das vítimas se você não impedir isso.

— Nós?

— Marcus Newman. Ele é nosso novo garoto.

Kurt tinha razão. Marcus era bonito demais para ser confiável.

— Então foi ele quem ajudou você a tentar engavetar nosso projeto de lei sobre educação hoje? Como isso funciona para você, Norm? Sinceramente, pensei que você fosse um homem de palavra quando se comprometeu no outro dia. Eu não tinha ideia de que precisaria tomar cuidado com uma facada nas costas.

— Nem todos os professores estavam felizes.

— Nem todos os sindicatos — retrucou Gray.

— Bem, ficar libertando prisioneiros não vai resolver nossa crise orçamentária.

Gray colocou sua mão sobre os ombros do homem:

— Nem os seis milhões de dólares em projetos dispendiosos e clientelistas que você desperdiçou ao longo dos últimos vinte anos. Então eu acho que o que estamos fazendo aqui é tentar parcialmente compensar sua falta de autocontrole e de visão de longo prazo. Você vai compartilhar isso com a associação pelos direitos das vítimas também?

O parlamentar afastou a mão de Gray e disse:

— Você precisa de mim a seu lado, governador.

— Eu quero você do meu lado, Norm. Mas não vou deixar você me chantagear para chegar lá.

Ele podia sentir Mack eriçada e a ouviu bufar. Ela não podia suportar quando alguém que não fosse ela desafiasse seu marido. Mas sua respiração abrandou no momento da chegada do próximo convidado. E durante os trinta minutos seguintes, nenhum outro político aproveitou a fila de cumprimentos para discutir com o governador.

Gray entrou no *closet* e tirou a gravata borboleta. Mack sentou-se em seu divã, ainda usando o vestido, e esticou as pernas à sua frente. As palmas das mãos descansavam atrás dela, e um belo sorriso estampava seu rosto. Repousando ao lado dela, estava um presente que o marido lhe dera de surpresa durante o banquete, uma foto em preto e branco emoldurada de Mack coberta de lama trabalhando em um dos bairros mais atingidos pela inundação. E a foto havia sido assinada por todos os moradores do bairro.

— Você parece relaxada — ele afrouxou sua gravata e colocou-a no cabide dourado preso na parede.

— Estou — respondeu Mack.

Gray tirou o paletó e o pendurou:

— Eu a deixei envergonhada?

— Sim.

Ele ergueu as sobrancelhas e tirou os sapatos.

— Eu fiz isso?

— Fez. Mas eu amei suas palavras. Elas foram tão adoráveis. E você fez cada pessoa se sentir como se fosse a única no salão nesta noite. E eu me incluo nisso. Fiquei muito orgulhosa de você.

Ele tirou suas meias e deixou seus pés descalços atravessar o espesso tapete creme do quarto. Gray ajoelhou-se na frente dela e inclinou-se para beijá-la.

— Obrigado — disse ele.

— É verdade.

— Eu sei.

Ele se levantou e tirou o resto de suas roupas, enquanto ela continuou sentada lá. Vestiu seu *shorts* de corrida e uma camiseta e foi aí que notou que a esposa nem tinha se movido:

— Vou ver se Maddie está bem e depois verificar se ainda existe algum manifestante, nessa ordem. Você vai dormir com seu vestido? — perguntou, enquanto calçava seus chinelos.

— Pode ser que sim — sorriu ela ao responder.

— Estarei de volta em um minuto.

Ele caminhou pelo corredor e abriu a porta do quarto de Maddie. A luminária da Cinderela lançava um suave brilho rosa pelo papel de parede rosa e pelo rosto angelical da filha. Mas isso era tudo o que havia de suave no quarto, porque Eugenia tinha deitado em outra cama de solteiro e estava roncando como uma britadeira. Ele estudou a sogra por um minuto, tentando descobrir como que um som daqueles poderia sair de uma senhora como ela. Finalmente desistiu e caminhou para mais perto da cama de Maddie. Lola estava debaixo do braço e Sophie estava enrolada do outro lado.

Gray ficou lá por um longo tempo, olhando, sentindo uma estranha tristeza.

Será que todo pai sente isso quando vê que a sua menina está crescendo, será que sente essa necessidade de congelar o tempo, de memorizar seu rosto? Ele ajoelhou-se ao lado dela e fez uma oração rápida, afastou um cacho negro do lado do rosto da menina e a beijou suavemente.

Eugenia soltou um ruído que ele estava certo de que acordaria Maddie. Mas a garotinha nem se mexeu. Gray riu para si mesmo quando pegou Sophie no colo e desceu as escadas.

Alguns poucos manifestantes ainda estavam do lado de fora, por isso um dos seus agentes de segurança o acompanhou até a saída de carros. Ele e Sophie passaram trinta minutos ouvindo as suas preocupações e oferecendo a sua compreensão; então ele lhes pediu que voltassem para casa. Assegurou que já haviam feito seu trabalho por essa noite e que ele os ouvira com atenção. E tinha feito isso. O governador estava sinceramente tão frustrado quanto eles com toda a situação.

Quando finalmente conseguiu voltar para o quarto, Mack não estava à vista. Ele colocou a cachorrinha no chão, e o filhote foi direto para o *closet*. Gray encontrou Mack dormindo profundamente, ainda no divã e ainda com o vestido. Sophie lambeu os dedos dos pés da dona. Gray a cutucou.

— Vamos, Mack. Você precisa ir para a cama.

Mack esfregou os olhos e levantou-se lentamente.

— Tudo bem. — ela se arrastou para a pia do banheiro.

— Acho que talvez fosse melhor tirar o vestido antes de escovar os dentes — sugeriu Gray.

Ela levantou a mão, mostrando que o ouvira, e caminhou lentamente até o quarto. Quando finalmente deitaram na cama, Gray ouviu Sophie lamentando-se em seu canil.

Ele deixou escapar um suspiro alto. Estava cansado demais para isso. Foi até o canil para ver o focinho negro de Sophie apertado contra a grade:

— Não olhe para mim desse jeito — ele repreendeu o filhotinho.

Ela inclinou a cabeça e gemeu novamente.

Ele abriu a porta do canil.

— Se você contar para alguém que eu fiz isso, vou negar.

Gray se deitou e Sophie se enfiou debaixo do seu braço. E pela primeira vez, Gray sentiu um pouco da respiração do cachorrinho.

E aí ele entendeu.

JEREMIAH

Tinha alguma coisa me pressionando naquela manhã. Sei lá o que diabos era isso, parecia até uma daquelas nuvens escuras paradas bem na minha cabeça. Tentei rezar um pouquinho. Pedi pro Senhor e falei que se Ele tivesse qualquer coisa pra me dizer, que desembuchasse de uma vez. Daí rezei pra todo mundo que eu conhecia.

Rezei pra valer, sim, senhor. Durante o dia todo, enquanto eu estava carpindo, aparando e plantando meu jardim. Quando dei um abraço na Maddie, segurei ela apertada um tempinho a mais. E quando a dona Mackenzie veio me cumprimentar, segurei a mão dela um tantinho a mais, do mesmo jeito.

Mesmo pra dona Eugenia eu fiz uma oração, quando a vi hoje cedo. Mas isso demorou um pouquinho mais, já que primeiro tive que pedir perdão ao Senhor por todo pensamento torto que tive com essa mulher antes mesmo do relógio bater as nove horas. É que àquela altura ela já estava futucando e falando do meu jardim.

Mas até pra ela eu orei. Até pra dona Eugenia. Não sei bem o que foi que eu disse, mas que orei, ah sim, senhor, eu fiz isso.

O governador London e o pai dele também estavam na minha cabeça naquele dia. Fiquei lembrando como costumava ver o velho London saindo do quarto pra ficar sentado ali, na sua varanda. Isso foi antes de o levarem pra aquela casa. Tinha vez que ele ficava lá sentado olhando pro nada, como se nem tivesse uma ideia na cabeça de que estava vivendo nesse mundo do Senhor. Mas tinha outras vezes que ele bancava o tonto, como se tivesse atirando nos meus filhos ou coisa que o valha. Eu lembro também os dias que ele me via e sorria pra mim. E eu sempre costumava acenar pro velho, mesmo que ele não me acenasse de volta. É sim, era isso que estava na minha mente hoje, também. Não sei, eu sentia essa perturbação lá dentro, bem no fundo.

Se eu tivesse um jeito de saber como é que esse dia ia ser, eu enterraria minha cabeça na terra e não sairia de lá até que o Senhor tivesse mudado de ideia. Eu rasgaria minhas roupas que nem os velhos profetas da Bíblia, ficaria sem comer nada o dia todo, só orando e implorando pro Senhor tirar aquela ideia da cabeça.

Sim, senhor, eu faria qualquer coisa. Mas não sei se isso ia dar certo. Acho que Deus tem sua mentalidade do jeito dele. E não sei como funciona. Não sei, mesmo. Tudo o que eu sei é que é assim. E foi assim, desse jeito. E é assim que sempre vai ser. E nós todos estamos aqui. E nós todos desejamos não estar.

CAPÍTULO 14

Os sapatos de couro marrom de Gray se moviam silenciosamente através do tapete com padrões de diamante do centro de Green Hills. Após a última chamada noturna, ele sentiu que precisava verificar como estava seu pai antes do dia de trabalho começar no capitólio. Ele virou no corredor que dava para o quarto de seu pai e foi recebido por uma nova cara. A jovem loira levantou os olhos de sua atarefada missão de prender as pontas das cobertas de seu pai.

Seus olhos azuis brilharam de reconhecimento.

Gray falou primeiro.

— Bom-dia. Eu só queria dar uma passadinha por aqui e ver como ele está indo. Harriet está de folga hoje?

Ela limpou as mãos contra os lados de seu jaleco e deu a volta pelo lado da cama de seu pai:

— Ela vem mais tarde hoje — e estendeu a mão. — Sou Tiffany Beecham. Eu acabei de começar aqui, venho de um lar de idosos em Franklin faz umas duas semanas. Harriet está me mostrando as coisas.

Gray sorriu e a cumprimentou. Seus dentes eram notavelmente brancos. Ela deveria ter sido dentista. Ele se moveu em direção a seu pai, que não se mexeu.

— Harriet toma conta de um navio bem movimentado. Tem certeza de que deseja embarcar nessa?

Ela riu.

— Navio movimentado é uma forma delicada de dizer. — o sotaque do Tennessee da enfermeira era forte e notável. — Não há melhor pessoa nisso que ela faz. Tenho certeza de que é por isso que ela está cuidando de seu pai.

Gray se virou para ela.

— Ela cuida de papai há cinco anos.

— Eu sei. Ela gosta muito dele.

Tiffany inclinou a cabeça em direção à cama.

— Como ele tem passado hoje? — perguntou Gray. — Ouvi dizer que ele teve uma noite difícil.

Ela voltou para a cama e ajustou o edredom. Gray notou a manicure francesinha nas unhas, pelo menos era assim que Mack chamava, pensou ele. Base rosa natural e brilhante, com pontas brancas.

— Às vezes é preciso alguns dias antes que os novos medicamentos penetrem no organismo — respondeu a enfermeira. — Ele tem dormido pesadamente nesta manhã, então eu vou pedir ao médico para vir dar uma olhada novamente. Mas você está certo, eu ouvi dizer que a noite passada foi muito difícil.

— Sim, foi isso que me disseram — Gray puxou uma cadeira ao lado da cama. — Ele mantém as coisas animadas por aqui.

— Posso garantir que nós não lamentamos a falta de movimento neste lugar. Eu estou esperando por alguém que escreva um livro sobre um dia na vida de uma casa de repouso. Algum autor está perdendo um material surpreendente.

A conversa prosseguiu fácil. Provavelmente ele tratava os outros funcionários de maneira mais ríspida porque gostava muito de Harriet. Mas esta mulher o deixou se sentindo confortável e parecia saber o que estava fazendo. Ele estendeu a mão e pegou a de seu pai.

— Importa-se se eu ficar a sós com ele alguns minutos?

— É claro, governador. Dedique todo o tempo que precisar. E, por favor, me diga se precisar de alguma coisa.

— Obrigado, Tiffany. Prazer em conhecê-la.

Ela assentiu com a cabeça e os deixou sozinhos.

A respiração de seu pai era pesada e ritmada. Havia momentos em que ele sabia que seu pai estaria melhor se "partisse para a glória", como sua mãe costumava dizer. Verdade seja dita, ele nunca tinha sido o mesmo desde que a mãe de Gray morreu. E quando o irmão de Gray praticamente desapareceu no mundo depois do funeral dela, como fez durante a maior parte de sua vida adulta, o Gray Sênior pareceu que apenas se desligou.

Mesmo nos dias em que Gray achava que seu pai estava morrendo, ele ainda tinha o consolo de estar ao lado do pai. Ele podia vê-lo. Tocá-lo. Ele puxou a mão de seu pai até a sua boca e a beijou. E ficou estudando o rosto do pai. Que não se moveu desde o momento em que Gray entrou no quarto. Talvez os medicamentos realmente devessem ser trocados, mas certamente ele não precisava ficar nesse estado quase de coma. E era desse jeito que ele parecia estar nesta manhã.

— Vou verificar com o médico hoje, pai. Isto não é maneira de viver. Eu prometo que vou fazer o que puder.

Seu pai não respondeu. Gray não estava certo se ele algum dia iria fazer isso novamente.

CAPÍTULO 15

Se Mackenzie pudesse parar o mundo em qualquer dia e hora, então seriam as tardes de sexta-feira. Ela e Gray sempre amaram esse momento da semana. Antes de Maddie chegar, Gray escapava o mais cedo que podia e os dois fugiam para assistir a um filme na matinê antes que as crianças do colégio saíssem e tomassem conta do cinema. Agora eles tinham acrescentado Maddie à equação e tinham que escapar cedo para evitar os eleitores de Gray na fila da bilheteria. Mas esta sexta-feira era ainda mais importante. Esta era uma celebração da primeira semana completa de Maddie na escola e da primeira semana de Lola como ajudante da primeira-dama.

Mackenzie olhou para a boneca quando seu carro estacionou na fila de espera na frente da escola. Ela ficou com medo desta semana, mas no final das contas, olhando para trás, tinha sido um período muito gostoso. Cada período da maternidade tinha suas alegrias próprias, e por isso era tão importante saborear cada minuto.

O som da porta se abrindo empurrou-a de volta para o presente.

— Mamãe, é sexta-feira! — era Maddie anunciando.

Mackenzie se virou para ver que a camisa polo branca de Maddie estava tão suja quanto o calção branco de um jogador de futebol depois do jogo:

— Minha nossa, filha, você estava rolando na terra?

Maddie se inclinou sobre o console entre os bancos dianteiros e recuperou Lola do banco de passageiros:

— Não.

— Não, senhora — corrigiu Mackenzie.

— Não, senhora.

Maddie se recostou em seu assento, segurando Lola bem perto.

— Eu só caí perseguindo Charlie West ao redor do parquinho.

Mackenzie riu e saiu com o carro da fila:

— Charlie West, hein? E quem, se me permite perguntar, é esse Charlie West?

O trânsito estava se movendo lentamente enquanto ela dirigia em direção a Harding em seu caminho para I-65 e o cinema.

— Charlie West é meu namorado.

Os olhos de Mackenzie se arregalaram, mas ela manteve a voz indiferente enquanto dava uma espiada para trás.

— Você tem um namorado?

Maddie nunca olhou para cima, ela estava penteando o cabelo de Lola.

— É claro. Tenho um monte deles.

— O que quer dizer, você tem um monte deles?

— Mamãe, agora eu estou na escola. Lá tem um monte de meninos, e todos eles são meus amigos.

— Ah.

Mackenzie riu de sua sensação de alívio e pegou a pista norte da autoestrada I-65. Os motoristas ao seu redor estavam agora acelerando seus carros, sabendo que, em apenas meia hora, a rodovia seria um estacionamento. Mackenzie caiu em um ritmo de velocidade parecido com os deles. Ela olhou no espelho retrovisor e viu que Maddie ainda não tinha afivelado o cinto de segurança.

— Maddie, eu já disse a você muitas vezes que prender o cinto de segurança é a primeira coisa que você deve fazer ao entrar no carro. Agora, não vou dizer isso de novo.

Ela manteve os olhos no espelho retrovisor.

Maddie soltou um suspiro entediado, procurando no meio de sua roupa imunda e alcançando o cinto de segurança.

Mackenzie levantou a sobrancelha direita.

— Não seja malcriada comigo, Madeline. Não quero ser obrigada a dar a volta e ir para casa porque você está sendo desrespeitosa justamente em um dia de comemoração.

Mackenzie voltou sua atenção para a estrada e engasgou ao ver luzes de freio diretamente na frente dela. Ela pisou em seu freio e olhou no retrovisor. Uma carreta de dezoito rodas estava se aproximando dela como uma bala.

Ela tentou desviar para a faixa da esquerda, mas o impacto foi brutal. Ela sentiu o peso da carreta ao seu lado assim que o caminhão bateu e fez o carro rodar na pista. Tudo mais parece ter ficado em câmera lenta, os carros desviando para escapar dela, as árvores girando no lado da estrada, o impacto quando outro carro pegou-a de frente e mandou-a para a separação de concreto das pistas. Seu corpo se retesava por todos os lados como se pudesse parar o movimento do carro.

Quando tudo finalmente parou, ela estava virada para o sul numa faixa que ia para o norte. A rodovia parecia o pátio de estacionamento de um ferro-velho. O vapor se derramava do que restava do capô do seu carro branco.

Mackenzie sentiu gosto de sangue, mas não tinha ideia de onde estava vindo. O cheiro de um *airbag* estourado e os resíduos de sua explosão a faziam se sentir como se estivesse banhada por dez centímetros de poeira, mas ela não sentia dor. Bateu freneticamente no botão de liberação de seu cinto de segurança e só então notou sangue escorrendo nos dedos. Quando o cinto de segurança finalmente cedeu, ela se virou para o banco de trás, desejando desesperadamente ver o rosto de sua menina. Mas o banco estava vazio.

Mackenzie enfiou os joelhos no quente banco de couro debaixo dela, atirou seu corpo por cima do console e agarrou no assoalho do carro na parte traseira. Ela podia sentir os gritos vindos da base de sua garganta, mas não conseguia mais ouvi-los. Seu mundo mergulhara em silêncio. E Maddie não estava lá. Não estava em lugar nenhum.

Mackenzie olhou para cima e viu o vidro quebrado da janela do lado de Maddie. O pânico cravou suas garras de forma ainda mais profunda. Ela jogou seu corpo de volta para seu assento e pressionou sua porta. Mas a porta não se moveu. Ela impulsionou seu peso todo contra a porta, mas de nada adiantou. Mackenzie saltou sobre o banco do passageiro e agarrou a maçaneta da porta. Sua mão escorregou por causa do sangue. Mas ela não prestou atenção nisso quando segurou a maçaneta novamente e jogou seu peso contra a porta. Finalmente, ela cedeu.

O sol explodiu nos olhos da mulher como se ela tivesse acabado de acordar. Ele martelou sua visão, quase cegando-a. Mãos apareceram para agarrá-la assim que saiu do carro. Mas Mackenzie deu tapas nelas descontroladamente, com os olhos pesquisando freneticamente o céu e o chão. As pessoas gritavam, berravam, estendiam a mão para ela. Mas tudo o que ela queria era encontrar seu bebê. Depois de conseguir abrir caminho naquela multidão, ainda gritando, correu pela rodovia.

O sol atingiu um reflexo branco no meio do asfalto em frente a ela. O peso de seus pés a seguraram, seu corpo se mostrou incapaz de se mover. Ela ergueu a perna direita, mas parecia tão pesada quanto chumbo. Mesmo assim, ela se obrigou a andar, forçou-se a se mover, enquanto outras mãos a seguravam e a puxavam para trás. Mackenzie fez sua perna esquerda se erguer. Ela reuniu toda a sua força para chegar aonde precisava ir.

Lola estava de bruços, a mão presa na de Maddie. Mackenzie se jogou no chão ao lado do pequeno corpo de seu bebê. Todos os seus gritos colidiram na base da sua garganta.

Então, de repente, não havia mais nada. O mundo ficou negro.

E enquanto se deixava levar, pedia a Deus para que não a fizesse retornar.

CAPÍTULO 16

O rosto de Kurt registrava seu pânico. Gray notou.

— Gray, você precisa vir agora.

— O que é isso?

— Nós temos que colocar você no carro agora.

Gray ficou imóvel atrás de sua mesa.

— Eu não vou a lugar nenhum até que você me diga o que é.

Fletcher entrou pela porta. O olhar em seu rosto não passou despercebido por Gray também.

— Diga-me agora o que está acontecendo. Estamos sob ataque?

O rosto de Kurt mudou.

— Não, Gray, é que... Mack e Maddie. Houve um acidente grave. Temos que chegar ao Vanderbilt agora.

Gray sentiu uma sensação de medo se erguer dentro dele. Ele instintivamente pegou seu paletó na parte de trás de sua cadeira de couro e caminhou em direção à porta. Ele começou a perceber tudo o que acontecia daquele momento em diante como se tivesse uma overdose de adrenalina. Sarah estava de pé atrás de sua mesa vestindo um brilhante casaco laranja. O cheiro de café era forte no ar, e ele mesmo achava que cheirava à pipoca.

A sala ficou em silêncio. Um silêncio mortal. Ele notou isso mais do que todo o resto. E o olhar de Sarah... aquele olhar era assustador. O som de seus sapatos conectando-se com o piso de mármore, enquanto passava através da porta de seu escritório e se dirigia ao fundo do corredor, trovejava como explosões em sua cabeça. As palavras de Sarah saltaram em direção a ele.

— Nós estaremos bem atrás de você, governador.

O motor do Escalade já estava funcionando e Gray pôde sentir o cheiro da fumaça do carro quando chegaram ao estacionamento do subsolo, o ar espesso e úmido naquela caverna de concreto. A porta do carro já estava aberta, e Gray podia sentir o frescor do ar condicionado antes mesmo de entrar no veículo. Vozes colidiam umas com as outras a partir dos *walkie-talkies* de seus seguranças. Os celulares de Fletcher e de Kurt tocaram quase em uníssono.

Gray escorregou pelo couro preto do banco do carro até a janela. Kurt entrou ao lado dele.

— Diga-me o que aconteceu — exigiu Gray.

Fletcher virou em direção a eles a partir do assento do passageiro dianteiro. Suas palavras saíam todas desconexas, os olhos do homem pulavam descontroladamente:

— Nós não temos certeza... Os detalhes... Não todos. — ele parou de falar e olhou para o governador. — Mas não é coisa boa.

— Eu preciso que você me diga o quanto isso é ruim. — disse Gray.

Kurt tocou seu braço. Gray viu lágrimas em seus olhos:

— É bem ruim, Gray. — a emoção na sua voz agora era inegável. — Maddie... — Kurt não conseguiu dizer mais nada.

Gray sentiu como se todo o sangue de seu corpo tivesse sido drenado. Se ele não estivesse sentado, certamente teria desabado no chão. Virou o rosto em direção à janela.

— Mack?

— Ela está em más condições. Eles a levaram direto para a cirurgia.

Gray mantinha seu olhar para fora na janela enquanto o carro cruzava a cidade. Os sons de uma sirene da polícia escoltando-os para o hospital parecia vir de quilômetros de distância. Pessoas nas ruas passavam em borrões. Mas ele ouviu tudo dentro desse carro, Fletcher fungando, o celular vibrando no assento ao lado deles, e os papéis nas mãos de Kurt farfalhando tão alto que era como se estivesse amassando-os próximos à orelha de Gray.

— Você sabe o que aconteceu?

A voz alquebrada de Fletcher veio do banco da frente.

— Testemunhas oculares disseram que havia um engarrafamento, uma obra na estrada, coisa assim. Mackenzie, aparentemente, desviou o carro para não ser atingida por trás, mas uma carreta de dezoito rodas desviou ao mesmo tempo.

A cabeça de Gray virou bruscamente.

— Uma carreta a atingiu, foi isso?

O olhar de Fletcher se deslocou para baixo e depois para cima:

— Ela bateu no carro e o fez girar na estrada. O caminhão bateu no lado do motorista — Fletcher parou abruptamente.

— O que você não está dizendo?

Kurt instintivamente estendeu a mão para seu amigo e colocou-a em seu joelho. Estava pesada e quente.

— Maddie foi atirada do carro.

Gray deixou as palavras se acomodarem. Elas nunca encontraram um lugar para pousar. Entraram direto através de seus ouvidos, perfuraram seu intestino e depois escaparam por algum lugar, embora ele não tivesse ideia por onde palavras como aquelas poderiam escapar:

— Seu cinto de segurança... — sussurrou Gray.

Ele virou seu olhar de volta para a janela. A dor lancinante estava devorando seu corpo e sua alma de dentro para fora. Lágrimas correram pelo rosto, e ele foi incapaz de detê-las. No momento em que o carro chegou ao Centro Médico Vanderbilt, Gray estava metade para fora da porta. Dois médicos em jalecos o encontraram e o conduziram para o centro cirúrgico. O ranger de seus tênis no chão do corredor do hospital o irritaram. O som das pernas das calças se esfregando umas nas outras o fizeram querer gritar.

— Eu sou o doutor Hank Rosenberg, governador, e este é o doutor Allen — o médico era velho e magro e continuou falando enquanto andavam. — Nós levamos sua esposa direto para a cirurgia quando ela chegou aqui. Houve sangramento extenso, e os raios X mostraram que ela tinha um pneumotórax. Você sabe o que é isso?

Gray negou com a cabeça.

— É quando um pulmão entra em colapso devido a mudanças na pressão dentro do peito. O que acontece é que, quando ela respira, sua caixa torácica, basicamente, se move em sentido inverso, afunda em vez de se expandir. Isso não ocorre a menos que ocorra um enorme trauma direto, geralmente quando uma costela rasga o pulmão ou perfura a parede torácica. Sua esposa tinha costelas quebradas, tanto na frente quanto nas costas. Quando ela chegou aqui, sua respiração estava muito ofegante, e ela tinha fortes dores no peito. Ela também estava expulsando um pouco de sangue toda vez que tossia. É incrível que ela ainda tenha conseguido sair do carro, mas a adrenalina pode fazer até a dor mais severa parecer inexistente.

Ela saiu do carro. Gray deixou a imagem se acomodar sobre ele.

— Ela também tem dois ossos quebrados em seu braço direito, com uma completa fratura no pulso, e, ãh, lacerações diversas em seu rosto. Algumas delas eram muito profundas. Ela recebeu um total de quarenta e cinco pontos, vinte e cinco deles em um corte no lado esquerdo, no qual ocorreu o maior impacto para sua esposa. Mas nossa maior preocupação neste momento é com seu pulmão.

Gray podia ouvir Fletcher e Kurt atrás dele. As palavras do médico foram registradas, mas tudo o que conseguia pensar naquele instante é que alguém havia causado uma confusão catastrófica e que eles estavam falando de duas pessoas que Gray não chegara a conhecer, e não das duas pessoas mais importantes para ele no mundo.

O governador parou no centro do salão. Os médicos chegaram a caminhar cinco passos adiante dele antes de perceberem que não estava mais a seu lado.

— Minha bebê. Vocês não falaram de minha Maddie.

O médico mais jovem parou de andar e virou-se. Seu cabelo castanho-claro estava escovado cuidadosamente na lateral:

— Sinto muito, senhor — disse ele. — Achamos que o senhor havia sido informado.

Gray sentiu a pesada protuberância na base da garganta.

— Não me disseram nada que eu quisesse saber.

Ele sentiu Fletcher e Kurt se moverem ao lado dele. Eles estavam perto.

Realmente muito próximos. Os médicos se adiantaram um pouco. Aquele de óculos e mais ossudo falou primeiro. O doutor Rosenberg, pensou.

— Foi instantâneo, governador.

A mão de Fletcher apareceu debaixo do braço esquerdo, e a mão de Kurt segurou o outro braço. Kurt virou Gray em direção a ele.

— Ela foi jogada do carro. Mas não sofreu.

Gray virou-se novamente quando o outro médico, o mais novo, aquele de olhos azuis-claros, começou a falar:

— Não houve dor. O forte impacto direto na cabeça foi tão grave que ela morreu com a batida.

Ele queria bater nesse homem, queria jogá-lo contra a parede e esmurrar esse médico. Ele queria bater em alguém, queria gritar, queria sair correndo. Queria cair no chão e chorar, chorar, chorar...

— Gostaria de vê-la? Sua esposa vai continuar em cirurgia por mais algumas horas.

Vê-la? Ver o corpo sem vida de sua filha? Não, ele não queria vê-la. Ele queria matar quem foi responsável por isso. Ele queria voltar naquela manhã e agarrar sua bebê e sua esposa e manter as duas próximas e não permitir que elas fossem a lugar algum. Ele queria que tudo fosse como tinha sido antes. Ele queria o que tinha acabado de acontecer apenas há uma hora.

— Leve-me até ela — respondeu Gray.

Fletcher puxou seu braço:

— Tem certeza de que quer fazer isso?

— É o meu bebê, Fletcher. O que você faria se fosse o seu bebê?

Fletcher afrouxou o aperto e assentiu, as lágrimas não mais escondidas:

— Eu sinto muito, Gray. Você quer que a gente vá com você?

Gray balançou a cabeça. O peso de tudo isso era tão grande que ele quase não conseguia se mover.

— Eu vou fazer isso. Sozinho.

Kurt soltou o outro braço, e Gray não tinha mais certeza se iria conseguir ficar em pé sem o apoio de seu amigo. Mas ele conseguiu. Firmou os pés no chão e disse ao médico mais velho:

— Leve-me até ela, por favor.

O médico balançou a cabeça e abriu o caminho pelo salão. Quando pressionado um botão de metal quadrado na parede, as portas que levavam à emergência se abriram bem devagar na frente deles. Caminharam por um enorme salão aberto, e Gray começou a sentir que os olhos das pessoas se viravam para ele, enquanto se aproximavam de uma sala envidraçada onde as cortinas estavam puxadas.

Foi instantâneo, governador.

Ele parou atrás dos médicos. O mais jovem segurou a maçaneta da porta:

— Gostaria que fôssemos com o senhor, governador?

Gray balançou a cabeça. Não havia mais palavras a serem ditas. O médico abaixou a cabeça e puxou a porta o suficiente para que Gray pudesse entrar. Mas ele não conseguia se mover. Havia alguma coisa dentro dele que sabia, no momento em que pisasse dentro daquela sala, esse pesadelo se tornaria real. Isso o levaria a uma realidade que mudaria sua vida para sempre. E ele não queria que nada disso passasse a ser real. Ele queria que tudo isso fosse mentira, fosse um engano, que fosse a história de outra pessoa.

O médico mais velho se aproximou e tomou-lhe o braço.

— Você não tem que fazer isso.

Gray entrou no quarto, virou-se e tomou a porta das mãos do médico.

— Sim, eu tenho que fazer.

E com essas palavras, fechou-a atrás dele.

Ele virou-se lentamente, observando o sol cujos raios passavam através da janela aberta. Como o sol poderia estar brilhando desse jeito se tudo isso que aconteceu fosse verdade? Então, forçou os olhos para caminhar até a maca que estava bem no meio do quarto.

E lá, bem à sua frente, estava sua Maddie. Ela estava perfeita. Gray foi até ao lado da maca e deixou seus olhos a estudarem. Só então que ele viu os hematomas no lado de seu rosto e sangue endurecido aninhado na pequena fenda de seu ouvido. Este lado de seu cabelo ainda estava úmido, era onde eles deviam ter lavado para tirar o sangue que devia estar aí. Ele correu os dedos pelos cabelos negros e macios de sua bebê, que repousavam com tanta vida sobre aquele lençol branco. Sua pele morena de sol estava um pouco mais pálida, mas ainda mantinha aquela nuance de pêssego que ele tanto amava. E seu rosto, seu rosto era o mesmo que ele tinha memorizado na noite passada.

Ontem à noite. Na noite passada, ele já sabia, não é verdade? Ele sabia de alguma coisa. Ele tinha sentido algo. Mas não tinha ideia que seria isso. A mínima ideia.

Gray inclinou a cabeça e a descansou contra a bochecha de Maddie. Estava fria. Tão fria. Ele instintivamente puxou o lençol até o queixo e, enquanto fazia isso, viu que Lola estava ali, descansando ao lado do braço de Maddie. O lado do rosto dela estava sujo. Ele pegou a boneca sem vida e aconchegou-a sob o queixo de Maddie e, em seguida, dobrou o lençol ao redor das duas.

— Aqueça Maddie, Lola.

Ligeiramente fora de si, Gray procurou ao redor do quarto. Ele precisava de um cobertor. Mas o quarto estava vazio. Sem máquinas, sem instrumentos. Nada que pudesse mostrar que eles tivessem feito qualquer coisa para salvar a vida de sua menina.

Ele deitou a cabeça contra ela novamente e deixou suas lágrimas caírem pela testa gelada de sua bebê. Passou o braço em volta dela, desesperado para tentar aquecê-la, para tentar trazê-la de volta à vida. Ele aninhou seu nariz no cabelo da filha e sentiu o perfume familiar do xampu favorito dela. Uma onda de náusea o dominou. E o governador do Tennessee chegou à lata de lixo em tempo de expulsar a dor que sentia lá dentro.

Gray sentiu um pano frio descer sobre sua cabeça. Um braço forte caiu nas suas costas e enrolou-se contra seu lado. A voz de Fletcher soou em seu ouvido.

— Sente-se, Gray.

Ele abriu os olhos e viu os pés de ambos os seus amigos debaixo dele.

Eles nunca o escutaram. Ele era o governador, e eles ainda assim nunca o ouviam. Agora estava contente por agirem assim.

Gray deixou-se ser apoiado pelos braços dos amigos e os dois o ajudaram a se depositar em uma cadeira no canto do quarto. Ele levantou os olhos e viu o corpo de sua filha bem à sua frente.

Sua garotinha nunca mais iria chamá-lo de "papai" de novo.

Aquela dura realidade penetrou naquele quarto com tal peso que ele abriu espaço para ela. Seus amigos puderam aparentemente enxergar essa torrente antes que explodisse inteiramente sobre eles porque ambos caíram de joelhos ao lado dele e o envolveram em seus braços.

Em seguida, eles choraram.

Os três homens mais poderosos do estado do Tennessee choraram.

Juntos.

Gray entrou na UTI, e seus olhos viram uma cena completamente diferente. Mack estava ali com tubos passando por todos os lados, um que saía do peito, aparentemente drenando fluidos, outro que saía de sua boca, onde eles tiveram que entubá-la para fazer a cirurgia. Um grande curativo cobria o lado esquerdo do rosto, e bandagens menores cruzavam a testa e o queixo. Uma atadura imobilizava o braço direito por inteiro, até o topo de seu bíceps. E vários monitores apitavam constantemente.

Ele se encaminhou para o lado dela, grato por ela ainda não ter conhecimento de sua nova realidade. Desejou por um momento que ela nunca tivesse que saber. Do mesmo modo como estava contente por Mack estar lá, ainda viva, ainda dele, do mesmo modo como a parte egoísta dele estava feliz porque poderiam passar por essa dor juntos, a parte altruísta dele quase desejava que ela estivesse morta também. Porque quando ela acordasse e tivesse de lidar com o que tinha acontecido... Bem, ele realmente gostaria de ser capaz de poupá-la disso.

É incrível que ela ainda tenha conseguido sair do carro, mas a adrenalina pode fazer até a dor mais severa parecer inexistente.

Mack tinha saído do carro. *Oh, Deus, não. Ela viu tudo*. Gray rezou para que pelo menos ela tivesse visto a mesma Maddie que ele. Que tivesse sido capaz de compreender como sua bebê estava linda e em paz, e assim não tivesse passado por tanta dor.

Gray puxou uma cadeira para o lado esquerdo da cama de Mack e deitou a cabeça sobre o braço bom da esposa. Ele percebeu então, naquele lugar, que o mundo não iria parar para que pudesse esmorecer. Dentro de poucos minutos, ele teria que consolar sua sogra e seus melhores amigos. E depois ele precisaria tomar as providências para enterrar sua menina.

O peso de tudo isso o levou a cair em um lugar um pouco mais profundo. Mas por agora, apenas por agora, ele só fechou os olhos e implorou que Deus parasse o mundo.

JEREMIAH

CINCO DIAS DEPOIS.

Está a mais profunda tristeza por aqui. É tão profunda e espessa que você acha que ela vai te engolir por inteiro, em uma bocada só. Eu vi um bocado de gente querendo tirar a dona Mackenzie dessa dor, mas quem é que pode arrancar esse tipo de dor de dentro de uma criatura? Acho que eles mesmo têm que decidir quando estão prontos. Mas quando é que um corpo vai ter as força de volta pra se sentir pronto?

O governador, eita homem forte, ele até fez discurso no funeral da própria filha. Disse que ninguém conhecia a pequena que nem ele e a dona Mackenzie. E quando ele falou isso, vi ele tremer um tantinho, mas logo o homem se recompôs que nem um cavalheiro que sempre foi, e daí falou um bocadinho mais de sua bebê. Eu mesmo achei que não ia aguentar ali mesmo naquela igreja.

Tem lágrima pra todo lado nessa semana. Um monte de nariz fungando. A dona Eugenia, essa está acabada. Mas a dona Mackenzie, ela está uma rocha hoje. Parece uma daquelas pedras bonitas que eu tenho no meu jardim. Nem chorou. Só ficou sentada lá. Acho que ela está meio dormente.

Eles tiveram que adiar o funeral da Maddie por cinco dias pra que pudessem botar as coisas da dona Mackenzie no lugar e ela pudesse ir. Mas eles ainda tinham que empurrar ela por aí em uma cadeira de rodas por causa da respiração dela que falha, e de todos aqueles machucados. Mas ela tem muito mais machucado no coração do que nos braços e nas pernas. E esses machucados vão demorar mais pra sarar.

Não tem nenhum esquema pra suportar a dor. Uma vez escutei alguém falar assim. Mas eu não estava preparado pro jeito como ela veio bater por aqui. Venho pedindo ao Senhor pra ajudar a gente a passar por tudo isso. Porque passar por tudo isso é o único jeito de seguir andando em frente.

CAPÍTULO 17

Eugenia atravessou a porta de vaivém da cozinha com a força das corredeiras do rio Ocoee.

— Rosa, eu preciso que você saia desta cozinha para eu pegar alguma comida para aquelas pessoas lá fora comerem.

— *Señora* Quinn, eu faço o que sei que o *señor* e a *señora* London querem.

— Não tem nenhuma fritura lá fora. Nem um biscoito caseiro. Nada.

Eugenia nem sequer se virou para ver quem tinha entrado logo atrás dela. Ela teria reconhecido o som daquelas pessoas.

— Tudo bem, *señora*, mas eu vou ajudar de qualquer jeito, por favor.

Eugenia não respondeu. Ela só se aproximou e começou a abrir e bater as portas dos armários, à procura de algo que ninguém saberia dizer o que era. Suas três amigas estavam em linha atrás dela, cada uma delas batendo uma porta de armário também. Depois de um bom minuto de barulho sem fim, Eugenia, finalmente, perguntou:

— O que diabos vocês estão fazendo?

Dimples inclinou a cabeça. A mulher parecia cada vez mais um *cocker spaniel* a cada dia que passava:

— Eu não tenho ideia. O que estamos fazendo?

— Estamos compartilhando a dor — anunciou Berlyn, abrindo outra porta de armário da cozinha e batendo-a para fechar.

Sandra puxou a gola de babados de seu vestido preto. Se aquela mulher ia sufocar até a morte, Eugenia pensou, agora seria o momento ideal. Todo mundo já tinha chegado, e era necessário preparar uma comida decente. Exatamente o que todo velório digno exigia.

— Eu não preciso de vocês para compartilhar a minha dor — anunciou Eugenia. — Só preciso colocar um pouco de comida decente na mesa. Não há um pedaço de frango frito para as pessoas. O que é um jantar depois de um funeral sem frango frito?

— Ou sem uma salada congelada — acrescentou Sandra.

Berlyn assentiu:

— Isso é o que estou dizendo.

— Será que eles têm banha na mansão do governador? — perguntou Dimples.

— Dimples, você sabe muito bem que não usamos mais banha pra fritar coxinha de frango — respondeu Eugenia. — Agora usamos óleo vegetal. E você pode ter certeza de que, se a filha de Eugenia Quinn vive aqui, então tudo que precisamos está por aqui.

Ela se abaixou e começou a fuçar nos armários novamente até que finalmente encontrou uma frigideira de ferro fundido e a puxou para fora. Depois caminhou até a geladeira e olhou para dentro como se os segredos da vida estivessem escondidos ali.

Sandra se aproximou e colocou uma mão em seu braço:

— Não há problema em chorar, Eugenia.

Eugenia afastou a mão:

— Eu não preciso chorar. Eu preciso cozinhar.

— Eu sempre me sinto melhor depois de comer fritura — Berlyn acrescentou.

— Eugenia, eles deixam estrangeiros entrar na mansão do governador?

Dimples sempre se referia a si mesma como estrangeira porque tinha nascido em Maryland, na região nordeste dos EUA, embora sua mãe houvesse se mudado para o sul quando a filha estava com dois anos de idade. A mãe contava que tinha vindo para cá o mais rápido que pôde, e que havia dado a Dimples um nome sulista para começar a vida direito. Mas apesar de Maryland estar tecnicamente abaixo da linha Mason-Dixon, Dimples continuava com medo de não ser uma verdadeira sulista.

Eugenia disse sem tirar sua cabeça da geladeira:

— Dimples, a cozinheira daqui é mexicana. Estou falando sério.

— Só estava verificando. Uma vez me jogaram na cadeia depois que bati com o carro numa cerca. Foi a terceira vez naquela cerca em particular, e a polícia achou que eu estava de porre porque tinha batido a cabeça e tudo. E, bem, enquanto eu estava lá, vocês se lembram que eu contei sobre...

— Sobre a mulher grandona com cabelos loiros espetados que estava paquerando você e lhe comendo com os olhos? Sim, Dimples, a gente se lembra sim. Nós ouvimos essa história umas mil vezes — anunciou Sandra. — E ainda é nojenta cada vez que você conta.

Berlyn interveio:

— E eu ainda não sei como você foi capaz de dizer que aquela mulher estava comendo você com os olhos, de qualquer maneira.

Dimples endireitou as costas frágeis e puxou a bainha de sua camisa preta de algodão sem mangas, que caíam folgadamente sobre sua enorme saia de algodão preto:

— Cale a boca, Berlyn. Eu posso ver muito bem. E eu vejo aquilo que desejo ver, e você me deixa louca, por isso eu não presto atenção em você e naquilo que gostaria que eu visse. Mas aquela mulher estava olhando para mim com um olhar que não deve ser compartilhado entre duas mulheres. E, bem, aquela noite me traumatizou tanto que não tenho a menor vontade de passar mais nem um instante na cadeia.

Eugenia bateu a porta da geladeira e abriu o *freezer*:

— Você não vai para a cadeia hoje, Dimples. Então, acho melhor parar de se preocupar com isso.

Ela encontrou um pacote de peito de frango congelado e puxou-o para fora do congelador, lançando-o sobre o balcão.

Berlyn caminhou até a despensa e abriu as portas. Ficou olhando lá dentro por muito tempo. Eugenia estava prestes a ir até lá e arrastá-la para fora quando a mulher finalmente pegou uma garrafa de azeite e colocou-a sobre o balcão ao lado do frango:

— Não vi nada de óleo vegetal.

— Você não procurou — afirmou Eugenia.

— Procurei, sim. E eles só têm essa coisa falsa. Seu frango frito vai ter um gosto bem desagradável.

— Bem, é você quem parece bastante desagradável nesse vestido. Isso aqui é um velório, pelo amor de Deus, e não uma tarde para procurar namorados.

Berlyn colocou as mãos sob os seios, levantou-os e, em seguida, deixou-os cair:

— Ora, você pode encontrar homens bem interessantes em funerais, se não sabia. E este aqui foi um dos grandes. Tinha até senadores por aqui.

Sandra se aproximou e puxou um dos bancos altos:

— E nenhum desses senadores, Berlyn, nem qualquer homem que estivesse presente naquela igreja e que estivesse olhando para você, e ouso dizer que eram muito poucos, sequer viu seu rosto, porque todos estavam olhando para seus seios.

Berlyn encostou-se ao balcão.

— A inveja é uma coisa feia em uma mulher velha, Sandra. Uma coisa feia.

Sandra bufou.

Eugenia voltou-se para elas:

— Quero vocês fora daqui, todas vocês. Não quero ver vocês. Não preciso de vocês. Eu não preciso ouvir vocês falando sobre os seus seios ou sobre os senadores, ou qualquer outra coisa. Eu só preciso que vocês saiam daqui para que eu possa fazer uma comida decente e...

Sua voz engasgou.

Berlyn estava a seu lado em um momento. Ela agarrou o braço de Eugenia e levou-a para sentar-se junto da mesa do café. Sandra pegou na mão de Dimples e a conduziu para junto delas também. Berlyn dobrou suas pernas grossas para baixo e se ajoelhou na frente de Eugenia.

— Somos suas amigas, querida. Nós amamos você. E você precisa de nós.

— Eu preciso é de Madeline. Preciso dela para que minha filha e Gray não sofram tanto — as lágrimas jorravam aos borbotões agora.

Sandra e Dimples instintivamente se levantaram e se aproximaram por trás dela. Dimples deitou a cabeça de Eugenia em seus ombros, enquanto Sandra juntava os cachos dos cabelos louros da amiga na base do pescoço, como uma mãe faria para sua filhinha.

— Sentimos muito, Eugenia — sussurrou Sandra.

— Muito, mesmo — a boca de Dimples se movia nos ombros de Eugenia.

— Como você consegue sobreviver a algo como isso? Sobreviver à morte de Lorenzo foi uma coisa, mas e a de uma criança? Como você pode sobreviver depois de perder sua criança? — as palavras de Eugenia estavam saindo como rajadas através de sua explosão de dor.

— Não há maneira de sobreviver a ela, querida. Um coração não pode sobreviver a esse tipo de dor. A única coisa que cura esse sofrimento é o céu em si — disse Berlyn, com seus braços carnudos em cima das pernas de Eugenia. — Então, vamos orar por você. Agora mesmo, meninas.

Os olhos de Berlyn passaram por Eugenia e se fixaram nas duas mulheres atrás dela, e então ela começou a orar. Sua oração foi tão alta quanto a de suas raízes pentecostais. Era como um pregador ardente num culto em uma tenda, e era tão necessária quanto a água para um poço vazio. Eugenia descansou a cabeça no peito volumoso de Berlyn e deixou que as palavras a inundassem.

Quando terminou, Berlyn ergueu o queixo de Eugenia de forma que pudesse olhar nos olhos da amiga e disse:

— Você se lembra de quando nossos maridos morreram e nós ficamos nos perguntando como conseguiríamos sobreviver até o fim daquele dia? E nós conseguimos, não sei como. Nós acordamos, e seria um novo dia, e tínhamos sobrevivido. E então, dia a dia, a dor ficou um pouco mais fácil de suportar. Pois bem, é assim que se passa por isso. É como se houvesse algo que nos puxasse para o dia seguinte.

Eugenia olhou Berlyn e enxugou os olhos:

— Eu não posso passar por isso desta vez, Berlyn.

Berlyn se levantou e puxou Eugenia em um abraço apertado, que enfiou o rosto dela naqueles seios volumosos mais uma vez:

— Você pode e você vai.

E Eugenia descansou na segurança de sua amiga, sabendo que haveria uma probabilidade enorme de sufocamento se ela ficasse lá por muito tempo. Mas havia uma dor lancinante que realmente fazia que isso não tivesse importância.

JEREMIAH

DEZ DIAS DEPOIS.

Não tem nada de verde nesse vale hoje. Ele está sombrio.

A dona Eugenia se mudou pra cá e está morando aqui agora. A melhor amiga da dona Mackenzie, a Anna, teve por aqui também por uma semana, meio que ajudando a pobre mãe. E as pessoas deviam mesmo ver todas as flores, todos os bilhetes e todas as coisas que chegaram. Mas a maioria das pessoas está ficando longe, todo mundo, na verdade.

Já vi isso antes, nessa vida de meu Deus. As pessoas não sabem direito o que fazer com esse tipo de perda, entende? Acho que ficam com medo, como se fosse uma doença que você pode pegar se chegar muito perto. É como se você aceitasse que isso aconteceu com eles, então isso pode acontecer com você também. Então, tem esse bocado de gente que fica na sua e vivendo o luto bem longe.

O governador vem tentando trabalhar de novo. Acho que ele não sabe mais o que fazer a não ser trabalhar. E todo o resto da gente? A gente está se movendo bem devagarinho debaixo dessa nuvem escura que parou bem na nossa cabeça. Estamos tentando ir pra frente. Rosa vive cozinhando e chorando. Os amigos do governador nem sequer levantaram a voz uns contra os outros desde aquele dia mais triste. E a dona Jessica nem teve mais a contração dela.

Está todo mundo mergulhado na mais funda da tristeza. Nós fomos tão pra baixo e tão fundo que nem sei se um dia vamos pra fora dela. É como se Deus tivesse levado embora a lâmpada do único abajur que iluminava todo o mundo da gente. Como se tivesse esquecido que era a coisa que a gente mais precisava.

Isso é o tipo da coisa que nunca entendi em Deus. Ele está sempre fazendo uma coisa que na verdade nunca faz sentido. E no meio dessa loucura toda, o Senhor vem e pede pra gente acreditar Nele.

Acreditar no Senhor? Hoje eu devo dizer que nem sei se gosto mais Dele. Passei esse tempo discutindo com Ele, mandando toda a minha maldade e loucura. E Ele pegando tudo isso, sem me dar umas pancadas nem chamar a minha atenção. Só ficando sentado lá em cima, ouvindo esse velho aqui questionar Sua habilidade de tomar conta desse mundão. Por que sabe o que parece? Parece mais que deixou de cuidar de nós. Largou mão de nós.

Eu sei que não vou ficar louco da vida muito tempo. Nunca fico. Eu e o Senhor, a gente tem um acordo. Ele me deixa louco, eu digo pra Ele. Eu deixo-o louco, Ele me conta. E o Senhor está ganhando no placar que eu trago sempre aqui comigo.

Tive pensando um bocado nesses dias sobre meu velho pai. Foi ele quem me ensinou a ter essas conversas com Deus. Me ensinou muita coisa sobre flor também. Ele sempre disse: "O Senhor pode lidar com meus gritos, e as flores podem ganhar um coração".

Aquela mulher branca pra quem eu trabalhava, a dona Moss, ela podia ser bem malvada, bem rude e bem feia. E não estou falando só feia de coração, não. Ela era daqueles paus que nascem tortos e morrem tortos. O pai era o jardineiro dela. Então, um dia ele me contou, depois de suportar daquela mulher tudo que um cristão podia, Deus começou a botar flor no coração dele para dar à ela. Eram as flores que tinham significado.

Ele aprendeu sobre o que as flores querem dizer quando trabalhou numa floricultura, muito tempo antes de eu aparecer. Então ele escrevia o que a flor queria dizer e deixava o ramalhete e o bilhete na porta da madame.

Ela nunca falou uma palavra bonita pra ele sobre aquelas flores, mas o pai sabia que a dona gostava delas. Disse que via nos olhos dela. E com certeza, quando o pai morreu, a dona Moss veio e pagou por todo o funeral e o velório dele. E tomou conta da mãe, também, até o dia que a dona Moss morreu. Daí o filho da dona Moss tomou conta da mãe até o fim da vida dela.

O Senhor estava falando comigo sobre as flores também. Uns dois meses atrás, não sei o motivo, mas me deu vontade de plantar uns jacintos brancos.

Hoje, é como se Deus estivesse falando baixinho no meu ouvido: "Hoje é o dia". Então levei pra Mackenzie um jacinto desses. Isso quer dizer que estou rezando por ela. Não vou dizer que estou mais brigando com o Senhor que orando.

Mas ela não apareceu lá fora pra pegar o jacinto comigo, porque ela não vem mais aqui fora rezar aquela oração que não existe mais. Acho que ela não vê mais motivo, porque não tem mais aquela mãozinha segurando na dela.

Senhor, temos que ajudá-la a voltar pro lugar.

O governador pegou aquela flor, botou na água e levou lá em cima pra ela, eu acho. E eu vi um dia a cara triste dela espiando pra fora da janela. Mas ela não me viu. Ela viu através de mim, mas não me viu, não. Sei lá quando ela vai começar a ver as coisas de novo.

Estou rezando que um dia, um dia, Senhor, nossa dona Mackenzie vai ser capaz de enxergar outras coisas além da sua dor.

Apesar de que tudo que estou vendo agora é só a minha dor.

CAPÍTULO 18

Mackenzie abraçou o travesseiro contra o seu corpo, e parecia que ele pressionava todas as dores de seu ser. Sua mãe tinha vindo visitá-la naquela manhã e abriu as cortinas, embora ela quisesse que continuassem fechadas. Se ela tivesse forças para levantar, teria fechado de novo. Mas não tinha. Só possuía forças mesmo para chorar, e novas lágrimas percorriam caminhos familiares que elas mesmo haviam esculpido em seu rosto. Caíram em seu cabelo e depois passaram para o travesseiro.

Ela não tinha saído de seu quarto desde o funeral. Ela comparecera ao funeral graças a alguma força que não conseguia definir, mas, logo que chegou em casa, arrastou-se para a cama e só saía de lá para ir ao banheiro. Ela ainda usava o pijama que havia vestido logo após o funeral.

Todo mundo tinha tentado levá-la para tomar um banho... Anna, Gray, sua mãe. Mas ela se recusou. Ela não tinha lavado os cabelos também. E não teria comido nada se sua mãe não a tivesse forçado.

Mackenzie deveria ter ido ao médico para retirar os pontos do rosto e da cabeça, mas disse a Gray que esses pontos iriam sair somente se o médico fosse até ela.

O médico então foi, quase uma semana atrás. E de acordo com Gray, ele viria hoje de novo.

Anna fez o seu melhor para amar e apoiá-la, mas Mackenzie mal conseguia levantar a cabeça quando ela entrou no quarto e não teve muito a dizer enquanto a amiga esteve por lá. Então Anna simplesmente sentou-se na cadeira na janela da sacada e passou a ler. Mackenzie sabia que Anna estava rezando muito, ela podia ouvi-la sussurrando baixinho. Eram naqueles momentos que ela queria gritar com sua amiga, mandando-a apenas sair do seu quarto, mas nem energia para gritar conseguia reunir.

Na maior parte do tempo, porém, Mackenzie estava agradecida por Anna estar por perto. E sem falar nada. Apenas ficando perto. Ali. E ainda assim ela ficou aliviada quando Anna foi embora, porque isso evitou que ela tivesse que pensar em qualquer outra coisa que não fosse sua própria dor. Mas a ausência de Anna só fez aumentar a presença de sua mãe. E Mackenzie não estava muita certa do que era pior.

E Gray? Ele tinha sido um doce ao lhe dar apoio. Mas ela sabia, bem lá no fundo, que ele a culpava. Mackenzie conseguia ver isso nos olhos do marido. Foi culpa dela, tudo culpa dela. Ela era a causa de seu bebê ter morrido. Ela foi a pessoa que não estava prestando atenção. Foi ela quem havia acostumado na filha os maus hábitos com relação ao cinto de segurança. Foi ela a pessoa cujas últimas palavras para a filha tinham sido de repreensão, ameaçando tirar dela aquela comemoração da sexta-feira.

As lágrimas caíram mais rapidamente agora, ardendo nos cortes quase curados de seu rosto. Ela sequer levantou a mão para enxugá-las. Gray podia dizer que a amava, podia tentar persuadi-la a sair da cama, podia dar um beijo de boa-noite e envolvê-la em seus braços, mas não havia nenhuma chance de que ele pudesse amar verdadeiramente a mulher que tinha tirado a vida de sua menina. E mais do que isso, a mulher que era incapaz de lhe dar outro filho. Como ele poderia amar isso?

Mackenzie ouviu a porta do quarto se abrir.

— Hoje você vai tomar um banho, Mackenzie — foi o que sua mãe anunciou enquanto se encaminhava para o banheiro.

Mackenzie ouviu os sapatos da mãe no chão de ladrilhos e depois a água que começou a encher a banheira. Em seguida, a presença de sua mãe se fez notar ao lado de sua cama e em pé entre ela e a janela, sua sombra substancial bloqueando o sol. Mackenzie fechou os olhos.

— Você não está dormindo, e não vou permitir que um médico a veja desse jeito. Eu amo você. Sei que você está muito machucada, mas está fedendo. E as suas roupas de cama também estão cheirando mal. Então você vai tomar um banho e nós vamos trocar esses lençóis para serem lavados.

Eugenia puxou o braço bom de Mackenzie. Mas ele caiu molemente em cima da cama. Então ela simplesmente puxou mais forte:

— Vamos lá. Eu já lhe disse, você não vai fazer uma consulta com o médico com essa cara e cheirando mal desse jeito. Você vai tomar um bom banho nem que eu tenha que entrar na banheira e te dar um banho da mesma maneira que eu fazia quando você era criança. E estou bastante confiante de que você não quer que isso aconteça.

Ela puxou o braço de novo e finalmente conseguiu fazer Mackenzie sair da cama. Mas doeu. Mesmo rolando na cama doía. Levantar-se, então, podia ser excruciante. Mackenzie segurou suas costelas e fez uma careta enquanto Eugenia colocou um braço por baixo dela e esforçou-se para levá-la ao banheiro.

— Você poderia me ajudar pondo os pés no chão.

Mackenzie ofereceu-lhe muito pouco. Eugenia depositou a filha no divã no centro do banheiro e foi verificar a temperatura da água. Ela deve ter achado que estava adequada porque se aproximou de volta para Mackenzie a fim de buscá-la, tirou o *shorts* branco de algodão dela, e cuidadosamente tirou o *top* vermelho de seu corpo. Suas costelas ainda estavam bem atadas, e Eugenia removeu as bandagens com o maior cuidado. Ela puxou um saco de lixo branco sobre o gesso do braço da filha e prendeu uma faixa de borracha no topo dele de modo que não molhasse. Então Eugenia colocou a filha de quarenta anos de idade na banheira. Sentou-se no divã em frente à banheira, enquanto Mackenzie inclinou a cabeça para trás contra o travesseiro de banho e deixou que a água quente a inundasse.

A sensação era instantaneamente familiar e parecia surpreendentemente boa. Mas o calor da água também parecia empurrar a dor que estava lá no fundo até a superfície. Uma dor esmagadora rugiu para a vida e trouxe com ela gemidos perfurantes que eram profundos, altos e dolorosos.

Mackenzie ouviu algo bater na água e, em seguida, sentiu os braços fortes da mãe ao seu redor, o tecido de seu casaco branco descansando contra o corpo maltratado da filha.

Ela ouviu a voz de Gray no quarto.

— Estou com ela, Gray. A mãe dela a segurou. Deixe-me limpá-la e aí eu lhe aviso quando estivermos prontas. Ela vai estar preparada para receber o médico.

Completamente vestida e totalmente encharcada, sua mãe segurou-a até a filha parar de tremer.

— Respire, querida. Respire.

— Eu não posso, mamãe. Dói. Tudo dói.

— Eu sei, querida. Eu sei.

— Eu não posso viver com isso.

— Agora me escute — ela sentiu o aperto de sua mãe ficar mais forte. — Você sobreviveu. E vai viver. Nós duas vamos passar por isso juntas de alguma forma. Tudo que você precisa é da graça do dia de hoje. E quando chegar ao dia de amanhã, Deus terá toda a graça que você necessita para passar por esse dia também.

Mackenzie balançou a cabeça:

— Não existe tanta graça assim.

— Nós vamos passar por isso. Sua mãe vai fazer passar. Eu prometo.

Mackenzie levantou a mão e agarrou a de sua mãe com toda a força que conseguia. Ela sentiu naquele momento que, se não se agarrasse, poderia escorregar sob a água e se deixaria engolir por ela, lavando toda a dor em sua alma.

— Eu vou lavar o cabelo agora. Incline a cabeça aqui para trás.

Mackenzie moveu a cabeça o máximo que podia para trás, agradecida por que aquela era uma banheira grande.

Eugenia pulverizou água cuidadosamente pelo bocal por toda a cabeça da filha:

— Você lembra que eu costumava fazer isso quando você era pequena?

Mackenzie balançou a cabeça lentamente, assentindo.

— Mesmo naquela época, se houvesse um dia em que seu pai ou eu estivéssemos no fundo do poço, você sempre encontrava a pérola nele. Você iria escavar até o fundo se fosse preciso, mas sempre encontrava alguma coisa que nos deixava mais contentes — os dedos fortes de Eugenia massagearam o couro cabeludo. — Eu me lembro de uma vez que seu pai estava lá aparando o gramado, sem dar a menor atenção para o que fazia, e passou direto por cima de minhas tulipas. Eu entrei em casa brigando e xingando, mas você foi lá para fora, olhou os danos e voltou imediatamente. Não perdeu o rebolado. Você apenas disse: "Bem, mamãe, papai pelo menos ainda está saudável o suficiente para cortar alguma coisa".

Mackenzie sentiu o estômago de sua mãe se mexer um pouco, como se estivesse rindo suavemente:

— Lembro-me de ficar ali mesmo, dentro da cozinha e rindo. E esqueci toda a raiva que estava de seu pai!

Mackenzie fechou os olhos. Maddie possuía aquela mesma mágica, mas ela não poderia mais vê-la. A única coisa que ela conseguia enxergar era o banco traseiro vazio, o *flash* branco. Ela não conseguia se livrar dessas imagens em sua mente:

— Faça isso ir embora, mamãe. Por favor, faça ir embora! — ela fechou os olhos ainda mais apertados.

Sua mãe envolveu em outro abraço o corpo quebrado da filha.

— Está tudo bem, Mackenzie. Está tudo bem. Vamos apenas passar por este momento. E então vamos atravessar o próximo.

Quando seu corpo ficou mais relaxado, Eugenia enxaguou o xampu do cabelo, e Mackenzie sentiu o calor quando a água passou por cima de seu couro cabeludo.

Eugenia saiu da banheira, pegou uma toalha e a envolveu ao redor do cabelo limpo de Mackenzie. Depois pegou o gel de barbear e começou a raspar as pernas peludas da filha.

Mackenzie abriu os olhos e tentou absorver a dor de sua mãe. Não havia lágrimas. Se houvesse, Eugenia nunca a deixaria ver. Mas a dor era real, espessa e presente na palidez do rosto, nas linhas em torno de sua boca, no jeito que ela respirava. Mackenzie encostou a cabeça no travesseiro, grata pela presença da mãe neste momento, pelo menos.

— Hora de sair.

Eugenia ajudou Mackenzie a ficar em pé, enrolou uma toalha seca em volta do corpo da filha e a fez sentar-se no divã para secá-la. Enquanto Mackenzie ficava envolta numa toalha quente e sequinha, ela foi cuidar de si por um momento. Tirou o sutiã molhado e as calçolas de avó, enrolou uma toalha seca em sua própria cabeça e em torno do corpo. Então, voltou sua atenção para Mackenzie.

Ela penteou o cabelo de sua filha e o secou com o secador, em seguida vestiu-a com um par de calças pretas de algodão e uma camiseta branca. Deixou que o médico refizesse as bandagens das costelas, de modo que Mackenzie tivesse um momento de liberdade, embora aquilo fosse também mais um lembrete da tragédia. Depois de lavar o rosto com cuidado, aplicou vitamina E nas cicatrizes, e então acrescentou um toque de brilho labial e um pouco de rímel antes de conduzi-la para uma cadeira perto da janela.

Mackenzie virou o rosto e olhou através da janela para os jardins abaixo.

— Obrigada, mamãe. — ela sussurrou tão baixinho que sabia que sua mãe nunca iria ouvi-la.

— De nada, minha querida menina.

Mackenzie sentiu os lábios da mãe descendo no topo de sua cabeça e as mãos dela descansarem sobre seus ombros. Ela esticou o braço e alcançou a mão. Ela não queria nunca mais soltar essa mão. Nunca mais.

CAPÍTULO 19

Gray estava sentado no corredor do lado de fora do quarto, a cabeça contra o batente da porta, os olhos fechados, suas entranhas gritando. As duas últimas semanas tinham sido um verdadeiro pesadelo, primeiro o funeral, depois fechar o caixão de sua bebê, depois a cada dia assistir à vastidão do pesar de Mack e do modo como ela parecia se afastar dele.

Ele estava grato por Eugenia. Sem ela, não tinha certeza de que conseguiria fazer Mack comer qualquer coisa. Eugenia tinha forçado a filha a engolir a comida e agora estava com ela no banheiro, obrigando-a a se limpar. Ele tinha ouvido o secador ligado, e agora tudo estava quieto novamente.

Mas ele sabia o quanto Eugenia estava sofrendo, e muito. De alguma forma, ela trazia à tona uma força sobrenatural para ser capaz de tomar conta de sua filha sem nunca derramar uma lágrima, mas ele conseguia ouvir a dor dela assim que abandonava aquele quarto. Ele a tinha encontrado na cama de Maddie na outra noite, agarrada à almofada de sua neta, soluçando. Mas aquela mulher era uma lutadora, e ela estava claramente determinada a não deixar sua filha perder essa batalha.

Sophie estava esticada em seu colo, e ele olhou para a bola de pelo que estava dormindo. Ele tinha odiado a ideia de ter um cachorrinho quando Maddie e Mack a trouxeram para casa. Mas Gray não poderia descrever o que aquele animalzinho havia feito por ele. Sophie o forçava a se levantar nas manhãs porque ela precisava ser levada para fora e alimentada. Ela exigia sua atenção. E ela era a única criatura que desejava ou que requeria sua atenção naquele momento, então estava recebendo o que precisava. Ele tinha desenvolvido o hábito de levá-la a todos os lugares aonde ia.

Que não tinham sido muitos nesta semana. O pouco de trabalho que o governador tinha conseguido concluir fora feito a partir do escritório de casa. O estado de Mack era frágil demais para que ele saísse de casa e fosse até seu gabinete. Sua equipe estava lidando com o máximo dos negócios de estado que podiam sem ele; e quando precisassem de sua ajuda, ele arranjava tempo para supervisionar. Mas a audiência preliminar sobre o processo da VRA na próxima semana exigiria que ele voltasse ao escritório.

Todo o estado tinha parado e sofrido com ele e Mack até que o funeral tivesse acabado. Mas já haviam retomado a rotina, e todos esperavam que ele também seguisse em frente. Por ora, Gray e Sophie caminhavam muito ao redor da mansão e em volta do terreno, enquanto ele orava a Deus que, de alguma forma, ou parasse o mundo, ou parasse a dor.

Eugenia saiu pela porta do quarto e quase tropeçou nele. Ela usava um de seus roupões de banho e tinha uma toalha enrolada em torno de sua cabeça. Os lençóis de sua cama estavam pousados em seus braços.

— Olhe uma coisa, rapaz, você poderia me dar um pouco mais de espaço para passar pela porta da próxima vez? Mamãe é uma menina grande!

Gray se apoiou contra a parede até ficar de pé em frente a ela. Sophie se acomodou melhor em seus braços. Ele passou seu outro braço em torno de Eugenia. Puxou-a mais para perto e segurou-a apertada:

— Eu te amo, mamãe.

Eugenia deu tapinhas em suas costas:

— Também amo você, Gray.

Ele se inclinou para trás:

— Como ela está?

— Limpa.

— Ei, esse é um enorme progresso.

— Eu não sei como você dormiu com ela assim.

— Não pensei que a coisa estivesse tão mal.

— Bem, eu sabia que o amor era cego, mas eu nunca soube que era incapaz de cheirar também.

Ele e Sophie a seguiram pelo corredor em direção à lavanderia. Desde que ela se mudara para a mansão do governador, Eugenia havia impedido que os serviçais da casa chegassem perto da lavanderia. Ela disse que jamais deixara que qualquer pessoa tocasse suas roupas de baixo que não fosse ela mesma e, enquanto ela ficasse aqui, era assim que as coisas seriam.

— Você vai indicar a cadelinha como chefe de gabinete? Você fica com ela mais do que com seus dois companheiros nesses dias.

Gray enfiou o nariz no pelo de Sophie:

— Ela é uma cachorrinha muito doce, Eugenia.

— Palavra-chave: cachorro.

Ela abriu a tampa da lavadora e jogou as roupas e os lençóis dentro.

— Ela gosta de mim. E acho que eu precisava dela — retrucou ele.

Eugenia colocou sabão na máquina e depois se virou para Gray, estudando-o por um instante. Então ela estendeu a mão e acariciou a cabeça de Sophie como se fosse uma chapa quente. Os olhos de Sophie se abriram:

— Acho que ela precisava de você também — disse Eugenia suavemente. — O médico está a caminho?

Gray consultou o relógio.

— Deve estar aqui em cerca de quinze minutos.

— Bem, eu a sentei na cadeira junto à janela. Por que você não vai passar algum tempo com Mackenzie?

— Tudo bem — ele segurou Sophie para ela. — Você olha Sophie para mim?

Eugenia negou com a cabeça, passando por ele e voltando ao corredor:

— Não. São vocês dois que andam precisando um do outro. Eu não preciso dela para nada.

Ele olhou para Sophie:

— Parece que nós vamos ver a mamãe.

Quando se virou para seguir Eugenia, avistou o jacinto branco em um vaso sobre a mesa no corredor. Jeremiah tinha trazido uma flor a cada dia esta semana, mas Gray tinha se esquecido de levar esta a Mack. Ela estava acostumada a receber uma flor todas as segundas-feiras. Obviamente Jeremiah sentira a necessidade de mudar as coisas. Gray enfiou Sophie debaixo de um dos braços, pegou o vaso e se dirigiu para ver sua esposa no andar de cima.

Ela nem se moveu quando ele abriu a porta do quarto. Sophie se contorcia debaixo do braço. Quando ele a colocou no chão, a cachorrinha instintivamente correu para a cadeira de Mack, as pequenas patinhas traseiras ainda vacilantes em levá-la aonde pretendia ir. Gray se aproximou da esposa e colocou seu vaso sobre a mesa redonda, bem ao lado de outro que trazia duas flores já murchas.

O rosto de Maddie olhava para ele em cinco de cada dez fotos espalhadas sobre a mesa. A foto favorita de Gray era uma em preto e branco em que eles haviam mandado colorir apenas seus olhos azuis e o bocado cremoso de sorvete de baunilha no nariz da menina. Seu coração despedaçado parecia se fraturar ainda mais só de olhar para aquela foto.

Ele virou o olhar para Mack. Ela ainda não olharia para o marido. Ela mal olhara para ele desde o funeral. Gray sentou-se na beirada de uma poltrona e puxou as pernas dela para cima de seu colo. Depois, colocou as mãos por baixo do tecido macio de suas calças e deslizou as mãos para cima e para baixo pela pele macia de Mack, sendo fisicamente doloroso mostrar-se capaz de puxar a mulher em seus braços e fazê-la responder de alguma maneira.

— Oi, amor.

Ele estendeu a mão e moveu um fio de cabelo escuro para trás da orelha de Mack. Os cortes em seu rosto ainda pareciam dolorosos, mas ele sabia que estavam em processo de cura. Se isso fosse verdade com relação ao resto dela.

— Você está linda — disse ele.

Ela não se mexeu. Seus olhos castanhos permaneceram fixos na vista lá fora.

— Kurt e Debbie passaram aqui hoje. Eles queriam que você soubesse que amam muito você e que estão à sua disposição para o que precisar, está bem?

Gray esperou. Como nada aconteceu, continuou a falar:

— O Thad vai estar aqui em um minuto. Posso trazer alguma coisa para você? Você vai comer alguma coisa se eu pedir a sua mãe que traga?

Sophie estava mastigando os cadarços de seus tênis.

Ela balançou a cabeça.

— Eu não estou com fome.

Ele entendia. A comida era nada mais do que um incômodo para ele nesses dias também. Se não fosse necessário, ele nem comeria. A pobre Rosa tinha feito todos os seus pratos favoritos, e Eugenia preparou alguma coisa também, mas simplesmente não havia sabor, não havia satisfação em nada disso. A alimentação era simplesmente um elemento de sobrevivência. Era nisso que sua vida havia se transformado, em sobreviver apenas.

Mesmo agora, neste momento com Mack, tudo se resumia a sobrevivência. A frase seguinte. O próximo movimento. O momento seguinte. A vida tinha se resumido a nada mais do que sobreviver a cada momento.

— Você vai falar comigo? Diga-me o que está acontecendo dentro de você? Ninguém neste mundo entende o que você está experimentando como eu, querida. Por favor, fale comigo. Eu preciso disso.

Uma batida suave na porta interrompeu o seu pedido. Ele se levantou instintivamente. Sophie saltou para debaixo da mesa.

— Entre — disse Gray.

Seu amigo, e médico da família, Thad Tyler entrou no quarto. Ele não disse nada, simplesmente deu um apertado abraço em Gray. Quando se afastou, manteve sua mão direita no braço de Gray.

Thad virou a cabeça e olhou para Mack. Seus olhos verdes estavam cheios de uma compaixão inevitável.

— Como ela está?

— Esta tem sido uma semana difícil. Mas não tem nada a ver com as lesões físicas.

— Bem, deixe-me ver como estão.

Thad trabalhou e conversou com Mack durante a hora seguinte, verificando suas feridas, auscultando seus pulmões e refazendo os curativos em suas costelas.

Gray sentou-se calmamente na beira da cama com Sophie nos braços e observou como Mack respondia sem nenhuma vivacidade às perguntas do médico e como ela reunia a força necessária para sobreviver apenas àquele momento.

Quando Thad foi embora, Mack se virou para a janela novamente. Ela ficou lá o dia todo, cuidada periodicamente por Eugenia, até que Gray chegou para colocá-la na cama. Quando ele se enrolou ao lado dela, passou os braços em volta da cintura da esposa tão suave e delicadamente quanto podia.

— Eu te amo, querida — sussurrou ele, enterrando o rosto em seu cabelo. — Tem vontade de conversar?

Ela não disse uma palavra sequer.

CAPÍTULO 20

Até mesmo o som de sua mãe afofando uma almofada para colocar na cadeira de vime da varanda fez Mackenzie ter vontade de chorar.

— Isso vai fazer bem para você, querida — Eugenia bufava enquanto seus braços batiam descontroladamente contra a almofada.

— Eu só quero ficar sozinha — protestou Mackenzie, mas nenhuma disposição para lutar por isso residia no tom de sua voz.

— Você já ficou sozinha por tempo suficiente. Você está com uma pele muito pálida e precisa de um bocado de vitamina D.

Eugenia colocou a mão sob a parte superior do braço de Mackenzie e ajudou-a a baixar sobre a cadeira. As costelas da primeira-dama ainda doíam a cada movimento, por mais leve que fosse. E todas as vezes que doíam, faziam também doer seu coração. Porque a dor era uma lembrança de como era seu *agora*.

Essa era uma das razões pelas quais ela queria ser deixada sozinha, porque a solidão lhe trazia menos lembranças de quão vazia seria a sua vida para sempre.

Já fazia duas semanas desde que ela havia saído por um instante, e sua mãe não esperava mais. Entrara em seu quarto naquela manhã, não eram nem oito horas, obrigou-a a ir para o banheiro tomar uma ducha, depois, cuidadosamente passou protetor solar em suas cicatrizes faciais. Então ela a colocou aqui fora no local onde segurava a mão de sua filhinha todas as manhãs e rezavam juntas.

Esse era um local que Mackenzie havia jurado nunca mais voltar a visitar, e uma oração que ela nunca mais conseguiria fazer. Mas ainda assim, aqui estava ela, sentada numa cadeira de balanço de vime, com um copo de chá doce ao seu lado.

Ela levantou o rosto para o sol, o calor do início de setembro era uma sensação inegavelmente bem-vinda. O sol descia sobre os braços e depois se mudou para suas pernas nuas e de lá para os dedos dos pés descobertos. A camisola branca de alças e os macios *shorts* azuis Nike tinham sido escolha de Eugenia. Tudo o que ela usava nesses dias era sempre uma escolha de Eugenia.

Por quase três anos, Mackenzie escolhera seu guarda-roupa a cada semana. Ela costumava levar sua agenda semanal para o *closet* aos sábados de manhã, antes de Maddie levantar, e escolhia as roupas completas, sapatos, calças, joias, bolsas, até as roupas íntimas, que seriam usadas nos eventos programados. Uma vez que ela tinha pendurado as roupas em uma seção especial do armário, a semana tinha sido definida. Organizar seu guarda-roupa era uma atividade da qual ela gostava.

Era uma coisa de menina. Mas agora era uma coisa de Eugenia. Porque se dependesse de Mackenzie, ela teria dado tudo aquilo para as pessoas e pulado junto no caixão, para ser enterrada com sua bebê. Era isso que ela tivera vontade de fazer no dia do funeral. Arrastar-se lá para dentro daquele buraco com Maddie e pedir que apenas jogassem a terra por cima. Por isso não tinha a menor preocupação com o que vestiria.

— A esposa de seu pastor telefonou — disse Eugenia. — Você quer que eu traga o telefone para que você possa retornar?

— Não, obrigada.

— Ela disse que há uma senhora na igreja que perdeu um filho e que poderia ser bom você falar com ela.

— Eu não estou interessada.

— Mackenzie, querida, você precisa seriamente de... — as palavras de sua mãe cessaram quando a porta se abriu. — Jessica está aqui.

Sua assistente se mostrou e caminhou até uma cadeira ao lado da mesa. Mackenzie ficou excepcionalmente grata por sua presença, mas só porque cortou o discurso da mãe.

— Bom-dia, senhora London.

— Bom-dia. — Mackenzie apontou a outra cadeira. — Você pode sentar-se ali.

Mackenzie podia imaginar o que sua ausência tinha causado aos nervos de Jessica. Mas ela não estava com energia para se preocupar com isso. Jessica era uma mulher adulta. Ela teria que se virar sozinha com as coisas.

Jessica sentou-se lentamente.

— Nós sentimos sua falta — sussurrou a assistente. — E todos nós sentimos muito.

Mackenzie olhou para a jovem Jessica. Ela era uma mulher que nunca tivera filhos. Uma mulher que não sabia como era esse tipo de dor. Uma mulher cujo maior problema quando acordou hoje de manhã era saber se vestiria seu terninho cinza ou o outro, se prenderia os cabelos em um coque ou em um rabo de cavalo.

— Obrigada.

Mackenzie mal conseguia articular suas palavras. E ela não disse mais nada.

— Bem... — Jessica se mexeu desconfortavelmente na cadeira e, finalmente, se levantou. — Só passei para lhe dizer que temos tudo sob controle em seu escritório e que... Hã... Bem, se precisar de alguma coisa é só nos avisar.

Mackenzie acenou com a cabeça, mas não respondeu. Os olhos de Jessica se encheram de lágrimas e ela rapidamente se virou e voltou para dentro da casa.

— Ela está sofrendo por você — disse Eugenia. — Muitas pessoas estão sofrendo por você.

Então puxou o cabelo de Mackenzie do pescoço e o prendeu em um rabo de cavalo frouxo. Então ela se inclinou por cima do ombro e sussurrou em seu ouvido.

— Eu vou lhe preparar alguma coisa para comer. Volto já.

Ambas levantaram os olhos ao mesmo tempo para ver Jeremiah escalando os degraus da escada que conduzia à varanda.

— Já que ele vai estar aqui em cima, por que você não aproveita e lhe diz que andei checando suas *Lilium Loretos*? Elas precisam de mais sombra. Ele vai assassiná-las.

Mackenzie olhou para frente.

— O que é um *Lilium Loreto*?

Eugenia afagou a cabeça da filha.

— Você não aprendeu nada. Meus talentos com jardinagem vão morrer comigo porque minha filha se recusa a tocar na herança familiar — seus passos se afastaram, e a porta se abriu. — É um lírio, Mackenzie. Um lírio.

A porta se fechou, e Mackenzie focalizou os olhos em Jeremiah. Seus movimentos desajeitados e desengonçados eram estranhamente relaxantes para ela, enquanto o observava subir a escada até ela.

Ele não parecia o mesmo homem. Ninguém parecia o mesmo naquela casa. Mackenzie não via as pessoas agora do mesmo jeito como antes. Não, agora ela as enxergava através das memórias e lembranças que essas pessoas compartilhavam de Maddie. Isso era uma coisa que Mackenzie não tinha como evitar. Cada pedaço quebrado de seu coração estava ligado a essa criança. E assim qualquer um que pretendesse e desejasse entrar em seu mundo teria que atravessar as lembranças de Maddie.

Jeremiah estava fazendo isso exatamente agora. Ela podia ver Maddie claramente, girando em torno de sua saia e contando a Jeremiah sobre seu grande dia. As lágrimas nem sequer pediram permissão.

Ele chegou ao topo da escada, perto o suficiente para que ela pudesse ver as gotas de suor empoleiradas em cima de seu lábio superior.

— Bom-dia, dona Mackenzie.

Ela examinou o rosto familiar e sardento.

— Bom-dia, Jeremiah.

— É muito bom ver a madame aqui embaixo do sol.

Mackenzie tentou sorrir, mas seu rosto não conseguia mais fazer isso. Ela não tinha nada a oferecer ao jardineiro. E ela estava grata por ele não lhe forçar a fazer isso.

— Peguei umas coisas pra senhora hoje de manhã, madame.

Ela olhou para as múltiplas hastes de flores multicoloridas na mão dele e em seguida se virou para olhar seu rosto:

— Jeremiah, em três anos você nunca me deu nada que não fossem as rosas, e sempre às segundas-feiras. Por que você mudou isso de repente?

Ele balançou a cabeça e puxou o lado esquerdo do seu macacão com a mão livre:

— Bem — respondeu —, as flores têm significado, a senhora sabe. Cada uma quer dizer uma coisa. E hoje, essas zínias que eu peguei servem pra dizer o que eu quero falar pra senhora.

Ela estendeu a mão e deixou que Jeremiah deslizasse as flores para ela. Ele segurou a mão de Mackenzie com as duas mãos e a fez sentir um forte aperto antes que as soltasse.

— Então, o que essas flores significam? — perguntou Mack.

Ele tirou um lenço azul desbotado e passou em seu lábio e na testa.

— Elas querem dizer que tenho pensado numa amiga que não anda mais por aqui.

Aquelas palavras bateram no coração da mulher. *Ele poderia muito bem me dar essas flores pelo resto de minha vida.*

— Dona Mackenzie, não tem nenhuma palavra boa demais pra mostrar como meu coração anda doído pela senhora e pelo governador. É uma dor grande demais aqui dentro... — ele segurou a mão contra o peito, e lágrimas se agruparam em suas pálpebras. — Eu amei aquela criança demais da conta.

Mackenzie sentiu o nó apertar com mais força dentro dela. Ela estava cansada de falar.

— Obrigada, Jeremiah.

— A senhora lembra o jeito que foi lá, cuidou de mim e orou por mim ao Senhor quando minha Shirley se foi?

Aquilo foi diferente.

— Eu me lembro quando Shirley morreu.

— Então, eu vou cuidar da senhora o tanto que precisar. Se precisar de mim, eu tô bem ali cuidando do nosso jardim. Daí eu vou e arranco todas as suas cargas ruins, com certeza, é só a senhora chegar lá e dar elas pra mim.

Mackenzie não sabia o que responder a isso. Então, apenas agradeceu mais uma vez.

Jeremiah acenou com a cabeça do jeito que ele sempre fazia quando eles terminavam as conversas. Mas desta vez ele estendeu o braço e pegou a mão livre dela, colocando-a entre as dele. O calor, a gentileza, a aspereza e a força delas, tudo combinado, varreram todo o corpo de Mack. Em seguida, ele a soltou. E ela ficou observando seu andar envelhecido enquanto ele fazia o caminho de volta para descer a escadaria da varanda em direção ao jardim.

— Você falou com ele sobre os lírios? — a voz de Eugenia interrompeu o silêncio.

Ela colocou um pedaço de pão caseiro com manteiga de amendoim feita em casa na frente de Mackenzie.

Ela manteve os olhos em Jeremiah enquanto ele descia os degraus:

— Não, eu não lhe disse.

Eugenia esticou o braço e pegou as flores de sua mão. Um sorriso torto apareceu em seu rosto:

— Pensei que ele só lhe desse rosas.

— Foi o que ele me deu por três anos.

— Por três anos? Todos os dias?

— Toda segunda-feira, na verdade. Botões de rosa vermelha sem espinhos. Não sei onde ele encontrava essas rosas no inverno. — ponderou.

Eugenia olhou para Mackenzie.

— Ele tirava os espinhos?

— Sim, por quê?

— Botões de rosa vermelha significam algo "puro e encantador". E, quando todos os espinhos são retirados, isso significa que foi amor à primeira vista.

Mackenzie olhou para a figura de Jeremiah que desaparecia à distância.

— Oh. — disse ela. — E o que os jacintos brancos significam? Ele tem me enviado desses desde o dia do funeral — ela olhou para as zínias. — Até hoje, quero dizer.

Ficou observando enquanto Eugenia olhava para Jeremiah no jardim lá embaixo. Raramente Mackenzie tinha visto suavidade igual varrer o rosto da mãe:

— Significam "estou orando por você".

Mackenzie inclinou a cabeça para trás. Era uma coisa boa saber que alguém estava fazendo isso, porque não tinha certeza de quando, ou se algum dia, ela voltaria a orar outra vez.

CAPÍTULO 21

Gray tirou os óculos e esfregou os olhos. Eles queimaram sob seu toque. O tampo da mesa de couro cor de caramelo ficou turvo, e ele esfregou com mais força.

Ele esteve ausente do gabinete por quase três semanas, mas já era tempo. Ele era o governador de seu estado, e fim da conversa. Eugenia tinha conseguido tirar Mack do quarto hoje, então parecia que a vida estava entrando em uma nova fase, diferente pelo menos. Era isso que ele esperava.

— Nós não temos que fazer isso agora — Kurt se inclinou para trás no sofá, espalhando uma camada de cópias impressas sobre a almofada de veludo caramelo ao lado dele. Sam Foster, de finanças e administração, sentou-se ao lado dele. — Ainda é cedo para colocar o orçamento em ordem.

— Esse não vai ser um orçamento comum — as palavras de Gray foram afiadas e pouco características dele. — Nós não vamos conseguir vencer a recessão com essa crise econômica. O mercado imobiliário ainda não se recuperou. Aquela inundação nos custou bilhões de dólares, e o furacão que assolou o norte do estado e depois todas as condições meteorológicas do inverno passado não ajudaram as coisas em nada. Perdemos milhões de receita por Opry Mills não ter sido reconstruída. E a Assembleia continuou tentando legislar em causa própria por aqui depois que libertei os prisioneiros apenas para garantir que não precisássemos racionar energia ou cortar pela metade nossos professores contratados. Lembram-se da paralisação do governo em 2002?

Kurt concordou. Ele obviamente se lembrava. O rosto de Sam deixou claro que ele também se lembrava, e muito bem.

— Bem, vou fazer isso de novo. Eu vou parar as aulas em universidades estaduais. Vou fechar os parques estaduais. Eu vou parar a construção de estradas. — sua voz começou a ficar mais alta e fez com a mão um movimento de varredura em sua frente. — Se é isso que é preciso para que este governo volte a manter o controle sobre si mesmo, eu farei tudo. Mesmo em um ano eleitoral.

Ele fez essa última declaração antes mesmo que Kurt colocasse a questão.

Sarah depositou sua caneta na mesa e endireitou as costas em uma antiga cadeira francesa posicionada na lateral da mesa de reuniões. Fletcher puxou sua gravata borboleta. Gray sentiu a ansiedade deles.

Kurt se recostou na cadeira. Sua aparência de garoto parecia ter se desbotado nas últimas semanas.

— Nós não vamos receber os dados da agência até outubro e não seremos capazes de tomar qualquer decisão para valer até termos esses números em mãos. Mas já estamos encarando um défice neste ano, e estamos ainda em setembro. O ano que vem será ainda mais difícil.

— Eu sei — o suspiro de Gray saiu longo e pesado. — E cada decisão que tomarmos irá afetar todo mundo. Mas os senadores e deputados deste estado vão ser obrigados a desistir de algo também, queiram ou não. Ou encontrarão os polegares para baixo em seus redutos eleitorais.

— Nós vamos passar por tudo com um pente fino, governador — disse Sam, fazendo uma anotação na pasta de couro apoiada em seu colo. — Vamos eliminar tudo o que não for essencial.

Gray levantou-se de repente e puxou seu paletó verde-escuro da parte traseira de sua cadeira de couro. Ele sentiu que queria sair daquela pele que vinha vestindo:

— Precisamos fazer isso. Ou então julho vai chegar, e as luzes do capitólio e da mansão vão ser apagadas nem que eu tenha que desligar os interruptores pessoalmente.

— Você vai a algum lugar, Gray? — Kurt endireitou-se no sofá, seu rosto mostrando preocupação.

Gray estava enchendo sua pasta de papéis:

— Sinto muito, pessoal. Eu pensei que estivesse pronto. Mas tenho que estar perto de Mack. Agora eu apenas preciso saber onde ela está.

A compaixão naquela sala podia ser tanto vista quanto sentida. Ele sabia que essas pessoas estavam às suas costas, à sua frente e ao seu lado. Durante as últimas semanas, o governador havia lutado para manter alguma aparência de si mesmo. E estava grato por estas quatro pessoas na sala conhecerem o Gray por baixo dessa dor que ele carregava.

— Vá para casa, Gray — Sarah falou como uma mãe.

Ele assentiu com a cabeça e se dirigiu para a porta.

— Vou ler com calma aqueles números que você me deu, e talvez nós possamos nos reunir novamente em um dia ou dois.

— Vamos fazer isso, Gray. Eu prometo.

Kurt se levantou e caminhou com ele até a porta. Quando saiu do gabinete, ele ouviu um surto de atividade que lhe lembrou de que aquelas pessoas não iriam desapontá-lo. O trabalho deles para salvar este estado de um completo colapso e seu trabalho para ajudar o governador e amigo a sobreviver eram mutuamente complementares.

Sophie correu na frente de Gray, ou talvez tivesse a esperança de que fosse isso que estava fazendo. Ela dava cada passo como se fosse um leão atacando sua presa e reivindicando seu domínio. Mas quando ela desceu na grama, mal podia ser vista. Tão pequena e tão cheia de vida. Gray levantou os olhos e deixou que passeassem pelo quintal.

Eles tinham ido embora.

A grama ainda tinha restos amassados de onde o escorregador e o balanço estavam. Aparentemente, Jeremiah os tinha guardado em algum lugar. Somente a casinha de brinquedos ainda estava de pé, mas sem a sua bancada e sem a variedade de brinquedos ao ar livre que, geralmente, a rodeava.

Gray esperava que Jeremiah levasse a casinha também. Mas ele estava tristemente agradecido pelo gesto. Se Deus se atrevesse a abençoá-los com outra criança, Jeremiah iria montar de novo todos aqueles brinquedos. Mas neste momento não desejava que nem ele nem Mackenzie tivessem que viver com aquelas dolorosas lembranças do que tinham perdido.

Gray tinha passado tanto tempo aqui com Maddie, empurrando a menina nos balanços, ouvindo seus gritos de alegria na cama elástica. Ele sentia falta do som de sua voz, odiava aquele silêncio lúgubre que havia desabado sobre a mansão. Maddie e Mack costumavam preencher as salas e os quartos daquela casa com mais palavras do que todas as enciclopédias do mundo. Agora Mack não falava quase nada. Sua equipe também parecia não saber o que dizer. Se não fosse por Eugenia, Gray pensou, ele poderia enlouquecer.

Sophie parou quando uma borboleta desceu para verificar quem era ela. E a cachorrinha instintivamente recuou em sua direção.

— É uma borboleta, Sophie, e não um pterodátilo.

— Governador!

Aquela voz de criança perfurou o interior de Gray. Ele e Sophie se viraram para o espesso roseiral e viu o pequeno vizinho vindo na direção deles, com a cabeça subindo e descendo enquanto ele corria. Gray sentiu o coração afundar-se ligeiramente. Ele gostava muito de Oliver, que tinha mostrado essa preocupação para com a família e até participado do funeral, seu rostinho ali na foto de primeira página. Mas ele também representava um lembrete daquilo que não fora e que nunca seria. Gray tinha brincado várias vezes com a ideia, se perguntando se algum dia sua Maddie iria se casar com Oliver. Agora, a presença do garoto acabava de anunciar a realidade de que Maddie nunca cresceria para se casar com ninguém.

Mas nada disso era culpa de Oliver. E Gray colocou um sorriso no rosto.

— Como vai você, rapaz?

O garoto parou na frente dele, seus cachos espalhados descontroladamente sobre sua cabeça, e com um calção xadrez e uma camiseta azul que pareciam servir de pijama nos últimos dois dias. Sua respiração saía em rápidas rajadas.

— Sophie! — Oliver gritou quando avistou a cadelinha aos pés de Gray. Sophie saltou descontroladamente em resposta.

Oliver caiu de joelhos e pegou o cachorro, a língua dela dançando no rosto do menino. O coração do governador derreteu ao ouvir as risadas de uma criança. Ele se agachou e passou a mão nos cabelos de Oliver. Desejava desesperadamente envolver Oliver em seus braços. Para sentir o calor de uma criança. Qualquer criança.

Oliver levantou o rosto até Gray, seus olhos cinzentos grandes e brilhantes.

— Sinto falta de Maddie.

Aquelas palavras picavam. Muito. Mas Gray sabia que o garoto estava sofrendo também e, para dizer a verdade, estava grato por ter uma chance de falar sobre ela. Ele se sentou na grama grossa.

— Eu também, amigo.

— Minha mãe diz que ela não vai voltar.

— Infelizmente, acho que ela tem razão.

Gray disse isso com muito cuidado, não sabendo direito o que os pais de Oliver haviam dito a ele ou sobre o quanto Oliver seria verdadeiramente capaz de compreender sobre a morte.

— Nunca mais?

— Bem, a gente vai ver a Maddie de novo no céu, um dia.

Oliver coçou um vermelhão em sua perna. Aquela criança tinha mais coceiras do que qualquer pessoa que Gray conhecia.

— Minha mãe falou isso também. Mas o céu fica muito longe. Quero dizer, eu sei que o Super-Homem pode chegar lá e tudo, mas eu não quero esperar até ficar que nem o Super-Homem para poder ver Maddie de novo. A gente ia abrir uma banca de limonada, sabia?

Gray não tinha ouvido falar sobre isso.

— É mesmo?

— É, bem na frente do portão. A gente ia ganhar um dinheirão. Eu preciso de uma luva nova de beisebol, e ela queria comprar um cachorro — Oliver parou de falar, como se tivesse percebido alguma coisa. — Você acha que é por isso que ela foi para o céu? Porque ela já ganhou um cachorro e agora não precisa mais de dinheiro? Você acha que ela esqueceu que eu ainda precisava da minha luva?

Gray desejou que a verdade fosse tão simples assim:

— Olha, posso garantir que ela não se esqueceu de sua luva. E tenho certeza de que não foi por isso que ela se foi — Gray passou a mão pela relva. — Eu só sei que vai ser bem solitário sem ela.

— Bem, eu vou continuar visitando o senhor. Sou uma companhia muito boa.

Gray sorriu:

— Também acho. Sempre gostei de suas visitas.

Oliver se levantou, deixando claro que a conversa havia terminado, pelo menos no que dizia respeito a ele. Deu alguns tapinhas na cabeça de Sophie e começou a cantar uma de suas canções recentemente compostas, enquanto dançava de volta para casa. Essa criança não precisava de uma plateia. O mundo era claramente o seu palco.

Ele se virou para trás como se tivesse se lembrado de algo.

— Governador!

Era assim que Oliver o chamava desde que sua família havia se mudado para lá. E saía bem determinado, com cada sílaba recebendo sua própria ênfase.

— Eu aprendi uma nova palavra francesa.

— Não me diga.

— Isso mesmo, quer saber qual é?

— Adoraria.

— Aprendi a falar filhote.

Gray sentou-se ereto na grama.

— Sério? Bem, você tem que me deixar ouvir isso.

Oliver empinou o nariz, assim como qualquer francês que Gray tivesse conhecido e disse:

— *Fil-ot.*

O menino pronunciou a palavra como se fosse versado o suficiente para ensinar a língua.

Gray sorriu:

— Isso é incrível, Oliver. Você é incrível, sabia?

— Eu sei — e dizendo isso, saiu correndo em direção ao mar de rosas.

Gray ouviu uma risada. Ele se virou para ver Jeremiah atrás dele.

— Que moleque esse aí, né não?

O governador ficou olhando para a figura de Oliver, que desaparecia à distância:

— Se é, uma ótima criança.

Ele sentiu a presença de Jeremiah quando ele se aproximou e percebeu a excitação de Sophie diante daquela nova presença.

— Ainda não lhe agradeci, Jeremiah.

Gray virou o rosto para trás em direção ao jardineiro. Um par de macacões laranja de prisioneiros chamou sua atenção no gramado ao longe.

— Num precisa me agradecer por nada, governador. Estava fazendo o que gosto de fazer, e sou grato por poder fazer.

Gray sentiu aumentar o nó que ele tinha na base de sua garganta.

— Não é pelo seu trabalho, Jeremiah. É pela sepultura de Maddie. Eu sei o que você fez. Queria agradecer por cuidar do nosso bebê.

Jeremiah se curvou e cavou o dedo indicador e o polegar na base do pescoço de Sophie. Sua cabecinha se inclinou para chamar a atenção:

— Só fiz porque meu coração tava doendo e tinha que fazer aquilo, senhor.

— Meu coração dói demais também, Jeremiah — suas palavras saíram tão vulneráveis na presença paternal de Jeremiah. — Às vezes eu sinto que não vou ser capaz de recuperar o fôlego. Eu preciso trabalhar, mas só quero estar aqui. Gostaria de superar esta dor.

Jeremiah balançou a cabeça:

— O sofrimento não é uma coisa que você queira apressar — disse ele. — É coisa do Senhor arrumar um jeito da gente sair do sofrimento. Ele bem sabe que se a gente não tem um jeito de botar isso pra fora, a gente explode. Então ele dá a dor, e ele dá as lágrimas. Todas essas coisas que a gente precisa pro sofrimento poder sair.

Gray passou a mão nas lágrimas que deslizavam pelo seu rosto:

— Mas nada vai ser como antes. É isso que torna tudo tão difícil para mim, para fazer minha mente aceitar a mudança. Nunca mais vou ver minha garotinha de novo. Pelo menos não aqui. A vida nunca mais vai ser a mesma.

Jeremiah se abaixou todo sobre a grama. Sophie saltou em cima do seu macacão verde.

— Você tem razão, governador. Num vai ser mais como era antes. Vai ser diferente pelo resto da vida. Mas vocês têm que ser diferentes também. Ser melhor, quem sabe. — ele mudou Sophie de lugar no colo. — Você é forte, governador. Gentil, mas forte.

Gray negou com a cabeça:

— Não me sinto nem um pouco forte.

— Mas ser forte num quer dizer que falta a dor. Ser forte quer dizer viver apesar dela.

Gray expeliu o ar com força, como se estivesse tentando aliviar um pouco da tensão que havia crescido dentro do peito:

— E o que eu faço com Mack? Parece que ela não quer viver mais.

Jeremiah pensou por um minuto.

— Aqui fora, quando uma das minhas flores fica doente, tenho que começar a medicar todas elas. E tem umas que parecem que estão me implorando pra tirar a doença delas para elas continuarem vivendo. Mas tem umas outras que só querem que eu faça o que tenho que fazer e depois deixar elas em paz. É que a dor nem sempre é igual pra todo mundo, né não? A dona Mackenzie não vai fazer igual ao senhor, governador.

Gray deixou escapar uma risada bem leve e enxugou o rosto de novo:

— Sabe, Jeremiah, é isso mesmo.

Ele esticou o braço e puxou Sophie do botão solto do macacão do jardineiro, que ela mastigava atentamente.

— Deixa ela chorar o tanto que quiser — disse Jeremiah. — A dor vai passar, mas dá tempo pra dona Mackenzie, as coisas ainda estão muito frescas na cabeça dela.

— Tem razão, acho que você está certo — disse Gray, enfiando Sophie debaixo do braço e ficando de pé.

Ele estendeu a mão para ajudar o velho jardineiro a ficar de pé também. Jeremiah aceitou a mão e se levantou com facilidade.

— A gente não vai deixar ela ir, governador — disse o velho. — A gente vai lutar com tudo por ela, o tempo que for. E a gente vai trazer a senhora de volta. Ela vai florescer de novo.

Depois de dar um tapinha no braço de Gray, Jeremiah completou:

— E o senhor também.

— Obrigado, Jeremiah. Eu precisava ouvir isso. Tudo isso.

Jeremiah baixou a cabeça novamente, e Gray voltou para casa. Ele olhou para cima a fim de ver o rosto de Mack na janela. Ela não o vira.

Gray estava torcendo para que um dia ela voltasse a vê-lo novamente.

JEREMIAH

Eu já vi um bocado de tristeza nos meus dias. Vi homens crescidos despojados das suas famílias e dos filhos e chorando que nem criança. Vi o mal e a dor, duas coisas tão profundas e espessas, que demoravam anos para uma pessoa escavar sua vida pra fora daquilo. Também conheci minha parte dos problema na vida. Uns problemas bem complicados, sim.

Mas isso aqui era diferente. Acho que foi porque meu coração ficou muito ligado na dona Mackenzie, no governador e tudo. E também acho que foi porque meu coração ficou muito crescido pra poder receber todo o amor que a doce Maddie trouxe pra esse mundo pra gente conhecer. Ou sei lá, era porque a menina era tão pequena e tão inocente. Mas as crianças... Todo mundo sabe que as crianças tinham que ficar seguras, não é mesmo? As crianças têm que viver bastante e ficar velhas.

Esse tipo de problema faz você sentir a certeza de que Deus só fez perder as estribeiras e o bom-senso. Como se não estivesse mais olhando aqui por nós. E a gente sente isso aqui em volta de cada um.

A dona Mackenzie, ela não está ficando melhor. Ela foi piorando e ficou doente. Está pálida que nem um fantasma e não come nada. É o que a Rosa diz. Então ela pegou um resfriado danado de forte e agora está botando os bofes pra fora o tempo todo. Deve ser gripe ou algo parecido. Eles dizem que chamaram o médico e que ele vem hoje ver a dona.

Outra coisa ruim nisso tudo é que dona Eugenia fica xeretando por aqui. Não consigo me livrar daquela senhora por Cristo nenhum. Você podia achar que, com toda essa choradeira e essa tristeza, a dona ia ficar mais quieta. Que nada, ela não. Essa dona é incapaz disso. Ela fica fuçando as coisas o tempo todo, sim, Senhor.

Aquela dona tem mais palavras dentro dela do que uma dessas máquinas cheias de teclas, que eles chamam de computador. E ela não é só cheia das palavras, é cheia de saber de tudo. Mesmo agora, ela tendo que cuidar da dona Mackenzie e tudo, a Eugenia sempre arruma um jeito de futucar por aqui e ver o que eu estou fazendo. Eu a peguei outro dia bagunçando as minhas hortênsias. Tive na minha mente uma ideia de ir lá e socar a dona, e eu nunca soquei dona nenhuma em toda a minha vida. Dei umas pancadas em uns sujeitos umas duas vezes, mas nunca soquei nenhuma dona. Shirley ia acabar comigo se fizesse isso.

Mas essa uma. Ah, Senhor, Você tem que me ajudar, porque tenho medo de perder o que me sobrou de boa cabeça, Senhor. Ela está pra me fazer perder a cabeça.

Eu sei que tenho orado umas rezas meio egoístas pra mim nos últimos tempos. Mas é que estou rezando pra cura da dona Mackenzie e tudo, para ela ficar boa e o marido. Mas é que a dona Mackenzie ficando curada, essa dona maluca vai embora dessa casa mais depressa. E o Senhor sabe, estou rezando pra isso acontecer também.

CAPÍTULO 22

— Mackenzie Quinn London, eu sei que você está doente, mas mesmo assim precisa comer alguma coisa. Você está praticamente pele e osso desse jeito, e nunca vai superar seja lá o que você está sofrendo se não tiver uma boa nutrição.

Mackenzie estava de pé em seu *closet*, olhando para suas roupas.

— Mamãe, estou falando sério. Eu não posso. O simples pensamento de comer me deixa passando mal.

Ela limpou o nariz com um lenço de papel.

Eugenia se jogou no divã do quarto.

— Tudo bem, desisto. Eu não sabia que conseguiria ser desgastada assim, mas você oficialmente me desgastou como ninguém jamais conseguiu.

— Graças a Deus — sussurrou Mackenzie. Foi o mais próximo a uma oração que ela havia falado nas últimas semanas.

— Eu ouvi isso. Posso ter sido desgastada por você, mas ainda assim consigo ouvir muito bem.

Mackenzie enfrentou sua mãe, sua voz vazia e sem emoção.

— Mãe, estou em meu armário olhando para a minha própria roupa. Este momento detém o potencial de realmente eu vestir sozinha as roupas que eu escolher. Eu acho que nós fizemos progressos enormes. Então, apreciaria se você largasse mão desse drama todo. Eu não estou no clima.

— Sinto muito, filha, mas sou incapaz de parar de fazer drama. Eu sou do sul. Nós criamos o drama. Largar mão disso seria como amputar um membro. E eu gosto de mim do jeito que sou.

— E você é cheia de si, também.

Assim que as palavras saíram, ela sentiu uma agitação em suas entranhas novamente. Foi intenso e vinha subindo rapidamente.

Ela correu passando pela sua mãe e atirou-se do outro lado da cômoda. O suco de laranja que Eugenia tinha empurrado nela no café da manhã queimava enquanto subia pela garganta. Ela nunca mais iria beber suco de laranja novamente.

Mackenzie ouviu sua mãe na pia, a água correndo. Enquanto se debruçava sobre seu novo amigo de porcelana, percebeu que a doença pelo menos tinha resgatado sua mobilidade de novo. Desde a semana passada, ela vinha correndo da cama para o banheiro, de sua cadeira para o banheiro. Se seus membros estavam prestes a atrofiar antes, agora ela estava em um treinamento adiantado para ser uma corredora dos cinquenta metros.

O pensamento voou em sua mente de novo, a mesma loucura de pensamento com a qual ela vinha lidando há vários dias. Mack o tinha afastado no começo. Era uma coisa muito doida. Seria muito esperançoso. E mesmo assim esse pensamento continuou chegando sem parar, brincando com ela.

Um pano molhado veio suavemente passar contra a testa. Ela estendeu a mão e acariciou a da mãe.

— Obrigada, mamãe.

Eugenia beijou o topo de sua cabeça.

— De nada, bebê. Sinto muito ver que você esteja sofrendo desse jeito. Vamos confiar no médico e que ele vai nos contar o que anda errado. Ele tinha quase certeza de que era um problema com os nervos ou alguma bactéria, mas eu não vou deixar ele sair daqui hoje até que me diga o que há de errado com você. Você provavelmente contraiu algum vírus intestinal por causa daquele jardineiro e de alguma espécie mutante de flores que ele tem trazido para você, ou por causa de alguma comida mexicana maluca que a Rosa fez você comer.

Mackenzie sentiu as náuseas diminuírem e sentou-se no piso de pedra. Seus seios roçaram a louça do vaso e aquela dor familiar apareceu novamente:

— Não há nada de errado com as flores do Jeremiah, mãe. Ele é um jardineiro fabuloso. E Rosa é uma cozinheira maravilhosa. Agora faça silêncio e me ajude a me vestir.

Eugenia puxou a toalha molhada da testa de Mackenzie e tomou-lhe o braço bom para ajudá-la a se levantar. O gesso no braço ainda ficaria lá por umas belas quatro semanas:

— Não é agradável pedir para sua mãe ficar em silêncio.

Mackenzie voltou para o armário enquanto Eugenia ficou na porta.

— E não é nada é agradável você atormentar sua filha quando ela está vomitando — respondeu Mackenzie.

Ela usou seu braço bom para vasculhar suas roupas, seus olhos pousando sobre a roupa confortável das últimas várias semanas. Mas ela resistiu ao impulso e escolheu um vestido marrom de algodão. Ela puxou a manga do vestido, tentando deixá-la acima do gesso.

Eugenia colocou a toalha junto com as outras no cesto de roupa suja e veio para resgatá-la, fazendo o braço engessado passar com sucesso pela roupa:

— Eu coloquei um pano úmido em sua testa, não se esqueça disso.

A cabeça de Mackenzie estava latejando. Ela fechou os olhos e esfregou as têmporas.

— Se você tiver febre tifoide, eu prometo ao bom Deus lá de cima que vou despedir Rosa e você só vai comer o que eu cozinhar.

Mackenzie simplesmente balançou a cabeça enquanto se colocava na frente do espelho. Tudo nela parecia desconhecido. Seus olhos. Sua pele. Seu rosto encovado. Ela provavelmente tinha perdido dez quilos no último mês e meio, e isso não estava ajudando a melhorar a aparência.

— Você deve passar um pouco de maquiagem — sugeriu Eugenia.

Mackenzie puxou o cabelo para trás em um rabo de cavalo e sentou-se no banquinho do banheiro.

— Estou horrível, mamãe. Você já viu esses círculos escuros sob os meus olhos?

Eugenia se aproximou e pegou o corretivo de suas mãos, e então começou a passá-lo debaixo dos olhos:

— Você passou uns momentos complicados, menina. Estou orgulhosa de ver que você está vestida e com o cabelo limpo. Hoje vamos celebrar isso.

Mackenzie deixou que a mão passasse alguma cor nas bochechas e nos lábios e rímel nos cílios e, depois, ela caminhou até seu local familiar perto da janela. E enquanto olhava para o mundo lá fora, percebeu que, por um breve momento, ela havia esquecido. Por um breve momento dentro daquele *closet*, tentando encontrar um vestido, ela teve que se libertar daquele dia há seis semanas atrás, que tinha trazido sua vida a um ponto insuportável.

Foi apenas um momento, porém, porque tudo estava de volta agora, cada pedacinho daquilo. O sangue, o vidro do carro quebrado, o cheiro de gasolina, as mãos estendidas para ela. A figura branca no asfalto...

O gramado verde se turvou em um oceano à sua frente.

— Voltarei quando o médico chegar em casa.

Mackenzie assentiu com a cabeça, mas não se voltou. O médico. Ele estava vindo porque ela estava doente. Mas talvez ela não estivesse. Isso parecia diferente. E familiar. E se isso que ela estava pensando fosse verdade, não sabia como iria se sentir com relação ao fato. Mackenzie se manteve oscilando entre a alegria e o terror, incapaz de desembarcar em qualquer um deles.

— Ela está aqui, doutor.

Era a voz de sua mãe passando através da porta. Ela ergueu os olhos para ver Thad Tyler seguindo sua mãe para dentro do quarto.

— E veja só isso, doutor — disse Eugenia. — Ela está vestida com roupas de verdade. A gente acha que isso vai ser uma ocorrência diária agora.

Thad deu à sua mãe um sorriso amável, em seguida salvou os dois.

— Muito obrigado, Sra. Quinn. Você se importa se eu fizer o exame em Mackenzie sozinho?

Eugenia deu-lhe um olhar. Um olhar Eugenia:

— Essa é a minha menina, doutor. Se eu ouvir minha filha gritar, estarei aqui mais rápido do que você pode dizer *estetoscópio*.

Mackenzie não tinha certeza se era medo ou humor aquilo que ela viu nos olhos do Thad. Eugenia apontou dois dedos de uma mão para os próprios olhos, depois de volta para o médico. Que esta era uma mulher adulta, isso muitas vezes espantava Mackenzie.

— Mãe, vá.

Eugenia caminhou de volta para a porta e, finalmente, deixou os dois sozinhos.

— Eu vim de lá — disse Mackenzie.

Thad riu:

— Você passou por maus bocados, ela está apenas preocupada com você.

Mackenzie deslocou-se na cadeira.

— Estava apenas pensando que você está prestes a fazer um checape na pessoa errada.

Ele balançou a cabeça e sorriu.

— Eu conheço sua família por um longo tempo, Mackenzie. E não acredito que seja o tipo certo de médico para alguém como ela — Thad puxou o pufe para o lado da cadeira onde ela estava e sentou-se, apoiando os cotovelos sobre os joelhos. — Agora, me diga como você está se sentindo.

— Estou me sentindo grávida — disse ela com naturalidade.

Seus olhos registraram a surpresa, e ele se endireitou no pufe:

— Grávida?

— Sim. Tudo parece como... da última vez.

— Você ainda está usando Pregnyl?

Ela negou com a cabeça:

— Eu não tenho tomado desde que Maddie morreu. Eu não queria nem me levantar para escovar os dentes, imagina então tomar uma dose disso e que me fizesse lembrar... Tudo.

Ele tirou o estetoscópio de sua pasta e colocou o frio instrumento contra seu peito.

— Inspire.

Ela obedeceu. A vida era mais fácil nestes dias, quando as pessoas estavam dizendo a ela o que fazer. Mesmo ser instruída para respirar ajudava.

— Quando foi a última vez que você e Gray... hã... compartilharam de sua intimidade?

Mackenzie não precisava pensar muito para responder. Ela se lembrava:

— Na semana em que Maddie morreu.

Tudo na vida passaria agora a ser definido por essa experiência. Antes de Maddie morrer e depois de Maddie morrer.

— Você tinha usado Pregnyl então?

Mack assentiu.

O médico mudou o estetoscópio agora para as costas:

— Respire fundo agora.

Ela respirou profundamente e, quando liberou o ar, sentiu-se meio tonta e com náuseas. A onda veio pesada. Ela mal conseguiu chegar ao banheiro. Pelo menos agora ela estava bem-vestida quando se debruçou sobre o vaso. Quando a ânsia diminuiu, ela se levantou e foi para a pia a fim de molhar uma toalha e limpar a boca. Ela puxou para fora sua escova de dente e higienizou a boca.

Thad veio até a porta e caminhou até a bancada.

— Nós vamos fazer alguns exames de sangue para ver se você está certa. Mas nesse meio tempo, você poderia pedir ao Gray que comprasse alguns desses testes de gravidez. Eles raramente dão resultado errado.

Mackenzie cuspiu e enxaguou a boca, em seguida, endireitou-se para olhar o médico pelo espelho. Ela lentamente se abaixou e abriu a gaveta de baixo do gaveteiro. Cinco testes de gravidez estavam ordenadamente repousando lá dentro:

— Eles estavam em liquidação — brincou ela.

— Parece um monte de tentativas, hein? — perguntou o médico.

Mackenzie poderia comprar um carro com o dinheiro que havia despendido nesses testes ao longo de todos esses anos, e a simples visão deles fez seus joelhos se dobrarem levemente:

— Várias.

Ele enfiou a mão na gaveta e tirou um.

— Eu gostaria que você fizesse isso agora para mim.

Ela balançou a cabeça.

— Eu não quero.

— Eu sei que você não quer, Mackenzie, mas vamos ver o que diz.

Ela observou seu próprio reflexo no espelho. O olhar em seu rosto demonstrava todo o pânico que sentia:

— E se der negativo?

— Como eu já disse, vamos fazer exames de sangue também. Que nos dirão definitivamente o que está havendo. Mas isso aqui poderia economizar algum tempo. Precisamos descobrir o que está causando essa náusea, de qualquer maneira.

Ela pegou a caixa da mão dele como se fosse uma arma nuclear. Ele lhe deu um sorriso tranquilizador enquanto saía do banheiro.

Ela odiava essas coisas. Para ela, essas caixas continham tantas expectativas frustradas, tantas decepções esmagadoras. Por cinco vezes, ela havia visto apenas aquelas minúsculas linhas rosa, e por uma única ocasião essa pequena linha rosa na verdade resultou em vida. Nas outras quatro, aquela promessa rosa havia terminado apenas em dor. Ainda assim, sempre que ela vira uma linha rosa, mesmo sabendo que o resultado no final poderia ser um coração partido, algo dentro dela vinha à vida de uma maneira completamente nova.

Ela abriu a embalagem. O barulho parecia ecoar por todos os cantos do banheiro. Mackenzie fez aquilo que você precisa para conseguir os resultados em coisas como essas e, em seguida, levantou-se para esperar. Enquanto aguardava, percebeu que desta vez tudo parecia diferente das ocasiões anteriores. Em todos os outros momentos, quem estava esperando do outro lado da porta era Gray. Mas desta vez Mack nem havia lhe contado sobre suas suspeitas. Ela apenas assistira ao marido sofrer com ela e por causa dela durante esse último mês e meio. E agora ele fora consumido pela preocupação desde que ela havia ficado tão violentamente doente.

Ela não tinha certeza do porquê não lhe tinha dito. Mas o fato é que não queria contar a ninguém. Era apenas mais uma parte dessa nova vida que ela havia decidido manter para si mesma. Assim como sua raiva, seu medo e sua dor. Compartilhar tudo isso com alguém, mesmo com Gray, parecia perigoso demais, como se fosse abrir uma ferida que nunca iria parar de sangrar.

A borda de uma linha rosa se formando sobre o objeto em sua mão acabou capturando seus pensamentos. Ela sentiu perder seu fôlego. E não respirou de volta até que uma completa linha rosa ficou olhando de volta para ela.

CAPÍTULO 23

A maçaneta de aço inoxidável estava fria sob os dedos de Gray, a luz da geladeira brilhante na cozinha escura.

— Thad esteve aqui hoje — disse ele ao telefone —, mas não sei o que ele contou. Eu estava no gabinete até mais ou menos uma hora atrás, tratando das coisas do orçamento do governo com alguns dos funcionários. Você recebeu minha mensagem sobre o projeto de cento e cinquenta mil dólares de Raymond Field para estudar o ciclo de vida das cigarras aqui em Nashville?

A voz de Kurt veio através da outra extremidade da linha:

— Você está brincando comigo? Acho que, quando os parques estaduais fecharem e nós tivermos que demitir policiais, o distrito eleitoral dele vai adorar saber que, pelo menos, estamos tentando descobrir quando a próxima rodada de cigarras nascerá.

— Eu posso contar isso de graça — o ar frio da geladeira se derramou sobre o rosto de Gray. — Algumas aparecem a cada treze anos e outras vêm a cada dezessete anos, dependendo do tipo de cigarras. Veja só, acabei de economizar para nós cento e cinquenta mil dólares.

— Descanse um pouco, amigo.

— Pode deixar. Falo com você amanhã.

Gray encerrou a chamada e colocou o telefone no balcão. Ele voltou para o conteúdo da geladeira e percebeu que, há dois meses, tudo que havia lá dentro parecia apetitoso para ele. Naquela noite ele sabia que precisava comer alguma coisa apenas porque havia trabalhado durante o horário do jantar e seu organismo precisava de alimento. Ele fechou a porta, decidido a comer uma banana. Isso iria pelo menos fazer a barriga parar de roncar.

Gray virou-se e pulou de susto com a figura nas sombras em frente a ele, iluminada por trás apenas pelas luzes que brilhavam lá fora, que podiam ser vistas pela enorme janela. Era Mack.

— Você trabalhou até tarde hoje.

Ele caminhou ao redor da ilha que os separava, deslizando a mão na parte superior de madeira:

— O que você está fazendo ainda acordada? Eu pensei que você tinha ido para a cama horas atrás. Você quer comer alguma coisa? Posso preparar algo e...

Ele tomou as bordas do vestido branco de algodão dela entre os dedos. Ela afagou-lhe as mãos:

— Não, estou bem — respondeu Mack. — Na verdade tomei um pouco de sopa hoje à noite. Thad me deu um remédio que parece ter parado a ânsia de vômito, mas ele me nocauteou. Acabei de acordar umas duas horas atrás.

— Você quer me contar o que ele disse?

Mack pegou um banco e sentou-se, por isso ele puxou um para ele também. Ela estava quieta e na escuridão era difícil de perceber qual era a expressão em seu rosto. Ela finalmente falou.

— Querido, nunca me senti tão mal assim antes.

A mão dele instintivamente foi ao joelho dela. A fome dele estava completamente dissipada.

— Eu sei — disse ele. — Eu também não.

Ela colocou a mão em cima das dele.

— Eu sinto muito. Eu vi a sua dor. Eu a senti na cama à noite. Mas tudo que posso fazer por mim é apenas respirar, imagina como é sentir algo por outra pessoa.

— Mas eu precisei de você — Gray sentiu o coração partido em sua própria voz. — Ninguém mais por aqui entende o quanto isso tudo é difícil, a não ser você. Ninguém. Eu não quero comer. Eu faço o máximo esforço para ir ao trabalho, porque sei que preciso. Então eu chego em casa e não posso nem mesmo falar com você. Não posso sofrer com você. Não posso chorar com você. Em vez disso, sinto como se você quisesse sofrer sozinha.

Ela deitou a cabeça contra o braço dele. Foi tão bom tê-la perto dele, simplesmente porque ela queria estar perto. E ainda assim ele não poderia deixar de se sentir um pouco irritado também. Um pouco machucado. O jeito que ela havia afastado Gray, o jeito como ela o havia excluído, isso havia rasgado seu coração em pedaços.

— Sinto muito. Sinto muito — ela deixou cair lágrimas. — Eu te amo tanto, Gray.

— Eu também te amo, querida. Está tudo bem.

Ele se curvou para beijar o topo de sua cabeça, suas próprias lágrimas caindo sobre o cabelo de Mack. Ela agarrou-se firmemente ao seu braço. E ele deixou o seu corpo absorver cada milímetro da presença da mulher.

— Nada mais parece o mesmo — sussurrou ela.

Gray saboreou suas palavras. Tinha havido tão poucas desde a morte de Maddie que ele desejou que sua esposa ficasse ali sentada e conversasse com ele a noite toda.

— Nada mais será o mesmo. Mas ainda temos um ao outro, e nós não podemos esquecer isso.

Ambos ficaram parados ali naquele lugar durante um longo tempo antes que ela falasse de novo. E Gray sentiu o movimento de seus lábios contra o seu braço.

— Eu tenho algo para lhe dizer.

— Você pode me dizer qualquer coisa.

Mack se endireitou:

— Estou grávida, Gray.

Ele piscou. Sua mente disparou pensamentos como uma AK-47. *Quando? Onde? Como? Por que agora?*

Finalmente encontrou sua voz.

— Como? Quando você descobriu isso?

— Thad me telefonou e confirmou isso hoje à noite. Mas eu vinha desconfiando desde a semana passada que era essa a causa das náuseas.

Ele também se endireitou na cadeira:

— Mas por que você não me contou nada?

— Eu tinha que saber com certeza — respondeu Mack. — Eu não queria especular sobre algo como isso.

Gray se levantou da cadeira, seus chinelos batendo contra seus tornozelos enquanto passeava através do piso ladrilhado da cozinha. Ele passou as mãos sobre o cabelo inúmeras vezes:

— Isso é loucura, Mack. Eu não posso acreditar nisso. Eu nem sequer sei como me sentir com essa notícia.

Ela não se moveu.

— Eu sei. Eu também não.

Ele caminhou até a mulher:

— Todos esses anos, a gente vem tentando e é agora que isso acontece? É neste momento que Deus decide nos dar outro bebê?

Ela balançou a cabeça.

— Eu sei — disse Mack. — Já passei por esses mesmos pensamentos durante toda esta semana. E não sabia se entrava em êxtase com a notícia ou se ficava com raiva. Mas acho que esse pode ser nosso milagre, Gray. Acho que pode ser um presente de Deus, uma vez que já sofremos tanto. Pode ser nossa renovação. Essa é a única coisa que consigo pensar.

Ele sentou-se novamente e puxou Mack para perto dele mais uma vez. Ela descansou seu peso na frente de seu banco e recostou a cabeça no ombro de Gray. Ele passou os braços em volta do pescoço da esposa. Aquele havia sido seu pensamento inicial também, mas ficara com medo de verbalizá-lo. O corpo de Mack havia rejeitado tantas crianças. Se essa gravidez falhasse, ele não conseguia imaginar como ela ficaria destruída.

— Não sei — disse ele. — Não consigo nem começar a entender a mente de Deus. Eu só sei que este é o lugar onde estamos. Isto é o que está acontecendo conosco. E eu vou escolher ser feliz com isso.

Ela se inclinou para trás e olhou para ele. O rosto dela estava tão diferente daquele que Gray tinha visto nas últimas semanas. Este aqui tinha um lampejo, quase um sorriso. E ele estava muito grato. Se esta vida dentro dela pudesse trazê-la de volta para ele, então Gray faria tudo o que estivesse em seu poder para garantir que chegasse a salvo neste mundo.

O corpo dela amoleceu em seus braços:

— Eu te amo demais.

— Eu amo você também.

Gray estudou o rosto ferido, mas esperançoso, então se inclinou e a beijou. No início, aquilo pareceu estranho, mas aos poucos ela respondeu como tinha feito tantas vezes antes. Ele pegou aquele corpo minúsculo em seus braços e se dirigiu ao seu quarto. E naquela noite ele fez amor com sua esposa daquela maneira que apenas uma dor e uma esperança compartilhadas podem gerar.

CAPÍTULO 24

SEIS SEMANAS MAIS TARDE.

Mackenzie aninhou o rosto na dobra do pescoço de Gray.

— Você sabe que dia é hoje?

— Não — respondeu ele —, que dia é hoje?

— É o fim do primeiro trimestre — ela apareceu para se sentar de pernas cruzadas na cama. — Nós realmente conseguimos. Eu sabia que conseguiríamos.

Gray rolou para o lado e apoiou a cabeça na palma da sua mão.

— Você vivia dizendo isso, não é, gata? E você estava certa.

Ela se inclinou e beijou-o suavemente nos lábios.

— Eu senti desde o início que este foi nosso presente. Nossa restauração. Nós passamos por tanta coisa, você sabe — suas mãos puxaram a bainha de seu pijama vermelho de seda. — Está na hora.

— Na hora?

Ela deu um soco no braço dele.

— Você sabe do que estou falando. Está na hora de fazermos nosso anúncio. Você não consegue manter uma coisa dessas oculta por muito tempo, Gray. Você compartilha com as pessoas.

Eles já haviam tido essa conversa antes. Desde o momento em que Mackenzie tinha recebido a confirmação da gravidez, ela queria gritar a novidade de cima do telhado do palácio. Ela disse que o povo do Tennessee tinha compartilhado a dor do casal e que então agora eles deviam poder comemorar com ambos. Mas, por causa de sua trajetória anterior, Gray pediu que ela esperasse pelo menos até o fim do primeiro trimestre, e ela havia concordado.

E ela simplesmente sabia, bem lá no fundo, que esse era o menino que almejara há tanto tempo. E agora ela estava pronta para contar ao mundo.

— Tem certeza de que não quer esperar mais um pouco? — perguntou Gray com um sorriso gentil. — Você está pronta para a atenção do público? Quero dizer, depois de...

— Eu estou pronta.

Ela pulou da cama e ele a seguiu até o banheiro. Sophie soltou um latido de seu canil no armário quando ouviu os dois.

— Só um minuto, menina — Gray chamou o filhotinho. — Aguenta aí — ele foi até seu lado da pia e pegou a escova de dente.

— Vai ser uma semana agitada — comentou Mack com ele. — As coisas estão um pouco complicadas desde que concordamos em oferecer aquele almoço para a duquesa de Wilshire daqui dois meses. Jessica poderia muito bem estar se preparando para receber a rainha. Ela vai ter um ataque cardíaco quando eu pedir a ela para preparar um comunicado de imprensa sobre o bebê, mas paciência. Ela vai ter que se virar com isso.

Gray se voltou para olhar para a esposa, o olhar sério:

— Eu quero ler esse comunicado antes de ser disparado.

— Claro — respondeu ela, com a boca cheia de pasta de dente.

Ela terminou, enxaguou a boca e caminhou até o chuveiro, abrindo o box e o chuveiro para aquecer a água.

— E como está seu dia?

— Cheio. Parece que os pedidos de orçamento chegaram todos juntos, e estamos no início da análise de tudo — Gray lavou sua escova de dentes. — E você? Além do comunicado, quero dizer.

Mack deixou cair seu pijama e entrou no calor da água do chuveiro:

— Bem, pretendo ir até a loja de bebês com Anna e comprar alguma coisa para comemorar — o vapor se filtrava pelo chuveiro. — E depois vamos nos encontrar com Tina e Heather para o almoço. Também vou trabalhar no prefácio que estou escrevendo para o novo livro de receitas da Junior League. Tenho certeza de que foi minha mãe que me arranjou esse negócio.

Gray deixou sua toalha cair e caminhou até o chuveiro:

— Aposto como você vai sorrir o dia inteiro — disse ele através da porta do box.

Ela riu.

— Pois eu já venho sorrindo nos últimos dois meses. Inclusive fiz tudo o que a Jessica me disse para fazer. Dá para acreditar nisso? Não mudei a agenda dela nem uma única vez — ela colocou sua cabeça molhada para fora. — Até hoje.

— Eu fiquei me perguntando por que ela estava cantarolando no outro dia.

Gray lhe deu um rápido sorriso e desapareceu dentro do armário, onde Sophie latiu de novo.

Mack saiu do chuveiro, pegou a toalha e um frasco de óleo de bebê. E, por apenas um momento, ela se lembrou. Tudo voltou de uma vez. Ela abriu a tampa rosa do frasco, pensando como esse óleo deixava a pele de Maddie tão macia. Era por esse motivo que Mack começara a usá-lo.

Mas ela não podia ir até lá. Não agora. Ela afastou esse pensamento e o substituiu por um novo e mais positivo. Imaginava como seria maravilhoso passar esse óleo sobre o novo bebê.

Ela enrolou uma toalha em torno de seu corpo e foi até o armário no mesmo momento em que Gray saía com Sophie nos braços. O filhote tinha crescido tanto nos últimos dois meses. Seu pelo desgrenhado caía em seus olhos e estava pronto para um rabo de cavalo. Ela se contorcia descontroladamente.

Mackenzie estendeu suas mãos.

— Deixe-me levá-la.

O choque de Gray era evidente.

Ela riu.

— Não precisa agir assim. Eu tenho sido muito gentil com ela recentemente.

— Gentil, sim, mas não a tem levado para passear.

Ela mexeu os dedos.

— Vamos lá. Deixe-me levá-la.

— Não — disse ele sem rodeios.

A testa de Mack franziu, e ela deixou cair os braços.

— Gray, eu só quero levar nosso cão para uma caminhada.

Ele respondeu novamente:

— Não.

Ela estava ficando frustrada.

— Você está sendo ridículo. Sério.

— Mack, você está usando uma toalha.

Ela olhou para baixo e caiu na gargalhada. Tinha esquecido completamente:

— Acho que sim. — e, franzindo o nariz, completou: — Talvez eu a leve amanhã, então.

Gray riu:

— Pode deixar, eu a lembro disso.

Mack entrou no *closet* sorrindo.

Sua roupa para o dia estava pendurada e pronta para ser vestida. Assim como ela. Ela já estava com a agenda cheia pelas próximas seis semanas. A partir do momento em que soube que havia uma vida dentro dela, sua vida voltou para si própria. As calças marrons farfalhavam suavemente enquanto ela percorria o caminho até a pequena varanda do seu quarto. O local estava diferente, assim como sua oração. E ela não podia deixar de orar depois do presente que lhe fora dado.

Mack ergueu o rosto para o sol, o couro macio de sua jaqueta esfregando em seu pescoço. Depois que terminou, encaminhou-se para a garagem. Em minutos, seu novo carro se dirigia para a casa de Anna e então para a loja de bebês na Belle Meade.

Ela tinha um quarto de bebê para decorar. E pela segunda vez em sua vida, ela estava indo aproveitar cada minuto disso.

JEREMIAH

Os últimos meses por aqui têm sido bons. A dona Mackenzie parece até que voltou a viver, e eu sabia o motivo bem antes que eles finalmente contassem. Qualquer homem que já viu sua mulher com sua semente plantada nela, sabe como ela fica quando está esperando uma criança. Eu calei minha boca e fiquei com ela fechada até o dia que eles estavam prontos pra anunciar. Mas eu sabia bem antes. E sabia que isso era um milagre, e dos bons.

Eles estão com uma reunião na mansão hoje. Isso também parece um milagre. Depois que a Maddie morreu, fiquei imaginando com os meus botões se essa casa um dia ia ter de volta uma festa dessa. Quando tinha umas duas festas de Natal. E agora eles têm umas senhoras tomando chá e recebendo uma madame da Inglaterra. A dona tem algo a ver com a rainha, eles me contaram.

Você podia pensar que esse tipo de alta festa ia manter os malucos longe da casa. Mas a dona Eugenia e suas três comparsas ficaram aqui o dia todo fuçando em tudo. Essa Eugenia chegou até a falar que ela e suas amigas iam cuidar das flores pra festa, e a dona Mackenzie disse que sim. Não sei o que ela podia estar pensando.

Aquela tal de Dimples quase acabou com as minhas magnólias. Deve ter mutilado elas até o fim da vida com todas as folhas que ela cortou. Mas a Eugenia cuidou de todo o resto sozinha. Tudo o que ela ia ter que fazer era pedir pra mim, e eu tenho um bocado de flor na minha estufa.

Mas ela nunca ia fazer isso. Por que é orgulhosa demais da conta.

Claro que essa madame maluca é o menor dos problemas por aqui. O governador, ele está até as tampas com aquela história dele de orçamento, me disseram. Ele me contou que encontrou tanto estrume naquela coisa que podia manter meus jardins fertilizados até Jesus voltar. Aí eu disse a ele que ia ser pelo menos uma coisa a menos que o governo ia ter que comprar. Ele riu daquele jeito que só ele faz. E isso está bom pra mim. Fico feliz em perceber que afinal ele está rindo.

Mas eu estou um bocadinho preocupado com ele e com a dona Mackenzie também. Não é meu lugar ficar dizendo nada dessas coisas que passam na minha mente. Mas me parece que aquela cura que tinha de acontecer não está acontecendo. Parece que no começo estava. Mas agora, tem um monte de coisa distraindo eles. Eles estão distraídos da dor com esse novo bebê que está vindo. Eles também estão distraídos com as coisas do governo e tudo. Mas tem um lugar em mim que sabe, bem lá no fundo do meu conhecimento, que essa dor aí ainda não acabou. Essa distração só vão desatentar um bocadinho mais de tempo.

É sempre duro de entender por que a vida acontece desse jeito com gente boa que nem a dona Mackenzie e o governador. Mas eu ouvi um pregador uma vez dizer que quando o Senhor te chama pra uma coisa grande na vida, todas as coisas na sua vida vão ser grandes também. Suas montanhas e seus vales, eles todos vão ser grandes também. E esse vale aqui, ele é tão grande quanto qualquer outro que já vi na minha vida. Mas isso pode ser por que esses dois de repente foram feitos pra grandeza.

Enfim, não posso fazer nada a não ser me perguntar quando Deus vai tirar essa dor pra fora, e meio que tenho até medo de saber. Porque aquele sofrimento passado estava estão fundo que eles quase se perderam nele.

Tive que cavar bem profundo só pra encontrar aqueles dois.

Nem consigo imaginar onde a gente vai ter que cavar da próxima vez.

CAPÍTULO 25

A primavera tinha começado no meio de janeiro. Lá fora, os ventos de inverno eram amargos. Mas dentro do Palácio do Governo, era um dia de abril de tirar o fôlego.

Eugenia colocou as mãos nas ancas e examinou a sala de jantar com satisfação. Dois lindos candelabros pairavam sobre as duas mesas redondas de doze lugares, cada uma estava coberta com brilhantes toalhas de linho cor de marfim. Mackenzie estava determinada a acrescentar mais dois lugares além da capacidade oficial da sala de jantar. Por isso que ela mandara tirar a longa mesa de jantar e trazer duas mesas redondas no lugar. Isso funcionou perfeitamente. Cada cadeira foi envolvida em tecido de seda verde-musgo preso na parte de trás com um arco grande de marfim. Na frente de cada cadeira, estava montado um jogo de porcelana chinesa decorado com a flor do estado, a íris púrpura. E em cada superfície visível do palácio havia flores.

Isso era coisa de Eugenia. Ela havia se autonomeado como florista do evento no momento em que descobriu que a realeza estava chegando a Nashville. Ela estava animada para usar seus talentos e fazer sua filha Mackenzie brilhar. É claro que ela não tinha dúvida de que seu talento iria brilhar também.

— Peguei essas aqui lá fora — a cabeça de Dimples estava inclinada em direção à porta de trás. Suas mãos estavam cheias de brilhantes folhas de magnólia. — Mas o Jeremiah me disse que eu não podia pegar mais.

— Não importa, já terminamos as peças centrais — Eugenia endireitou a boina bege de caxemira que estava usando. Uma enorme flor creme estava aninhada na lateral. — Então, o Jeremiah pode enfiar as flores dele onde quiser.

Berlyn balançou a cabeça.

— Eu juro, você vai para o caixão brigando com esse homem. É o auge do inverno, não tem uma flor à vista, e você não desiste.

Eugenia lançou aquele olhar a Berlyn:

— Você verificou as porcelanas?

Berlyn soltou um gemido exasperado.

— Eugenia, você é uma maluca por controle. Eu verifiquei a porcelana, eu verifiquei a prataria. Eu verifiquei o funcionamento dos pontos de água, apesar de Eloise ter sido paga para fazer tudo isso. E também experimentei os sanduíches de frango que você fez, só para me certificar de que possam ser comidos. Cristo. Aposto que agora você vai me mandar dizer ao *chef* para se ajoelhar e tossir.

A água que Sandra estava bebericando escapou de sua boca num jato, e o chapéu de lã marfim quase voou de sua cabeça.

— Bem, Sandra — Berlyn anunciou —, você é humana, afinal. Essa foi a coisa mais sem graça que eu já vi você fazer. Então agora existe alguma esperança para o mundo livre. Faça isso na frente da rainha, certo?

— Cale-se.

Sandra enxugou a boca com um lenço que tinha sido dobrado de forma segura dentro da manga de seu vestido marrom de babados.

Eugenia foi até a mesa de sobremesa seguida pelas três senhoras:

— Sandra, eu acho que isso é o mais próximo de um xingamento que você jamais vai conseguir falar. Um dia eu gostaria que simplesmente se soltasse e mandasse ver. E não é a rainha, Berlyn, é uma de suas parentes. Preste atenção.

— Rainha ou não, quem se importa? — Berlyn agarrou o braço de Dimples para impedi-la de trombar em uma cadeira. — E bem que você podia ter me pedido para provar a sobremesa também. Eu ficaria bem feliz de fazer isso.

Sandra deu um passo à frente como se tivesse sentido a necessidade de proteger o bolo.

— Se você experimentar mais bolo, vai precisar fazer aquela cirurgia de estômago que impede a pessoa de comer demais.

— E eu por acaso pareço uma mulher que se importa com a aparência?

Berlyn estufou o peito, as flores vermelhas em seu corpete parecendo que estavam se agarrando ali para salvar suas vidas. Ela pegou um garfo de prata e rodou-o nos dedos.

— Nem ouse pensar em levar isso para casa — Eugenia endireitou os utensílios de servir. — Vocês duas agem como crianças. Podemos, por favor, fingir que somos adultas hoje? — ela pegou as flores das mãos de Dimples, que quase caiu sobre a mesa. Sandra se aproximou rapidamente e a equilibrou de novo. — Vão buscar os dois vasos da mesa de boas-vindas — ordenou Eugenia. — Eu quero fazer alguns arranjos.

As três senhoras se apressaram como se Eugenia as tivesse contratado, enquanto o *chef* e o pessoal do palácio continuavam a cuidar dos detalhes finais daquilo que seria um evento glorioso. As peças centrais eram caixas cor de musgo com fitas de seda, folhas de magnólia e cachos de narcisos perfumados.

Eugenia cortou as hastes das flores enquanto as arranjava em um vaso com íris púrpura holandesas do florista, lembrando-se de um artigo que tinha lido numa revista durante a visita que tinha feito ao salão de beleza no dia anterior. A matéria falava da depressão pós-parto e como isso muitas vezes era o resultado de emoções não resolvidas e acentuadas por mudanças hormonais durante e após a gravidez.

E se isso tivesse acontecido com Mackenzie? O Senhor sabia muito bem que a pobre menina tinha emoções não resolvidas. Na verdade, assim que ela soube que estava grávida, foi como se tivesse colocado todo o seu sofrimento em espera. Ela passou de um estado no qual ficava sentada naquela cadeira o dia todo para ser a ocupada esposa de governador de novo.

Mack nunca sequer havia limpado o quarto de Maddie. Tinha apenas fechado a porta e pronto. E isso era uma coisa que preocupava Eugenia. Porque se havia alguma coisa que havia aprendido em todos os seus anos de vida, era que você não pode apenas bater a porta e trancar o sofrimento. Ele vai acabar se infiltrando pelas frestas.

— Você vai deixar a gente levar as sobras para casa? — a voz de Berlyn interrompeu seus pensamentos no momento em que colocava a última haste no vaso.

Sandra levantou um vaso de forsythia e íris e caminhou em direção à mesa de sobremesas:

— Você não precisa de sobras, Berlyn. Você precisa de um *personal trainer*.

Os olhos de Berlyn brilharam, como se isso fosse algo em que ela realmente estivesse interessada. Sandra deve ter notado esse olhar no rosto dela:

— Eles obrigam você a fazer exercício, não são para seu uso pessoal.

Dimples não estava prestando atenção em nenhuma delas. Ela pegou um envelope da bolsa creme de couro que estava pendurada ao seu lado.

— Eu tenho bilhetes de loteria para a rainha.

Eugenia se virou e olhou para ela. Aquela pobre alma tinha que ser acompanhada para fazer compras. Seu terno verde de lã se pendurava nela como se ela tivesse comprado para uma pessoa duas vezes maior, e a minúscula boina verde em sua cabeça a fazia parecer a bisavô de algum sargento do Exército.

— Você tem medo de que alguém vá roubar a sua bolsa, Dimples?

Dimples apertou sua bolsa ao lado dela como se tivesse medo de que Eugenia a fosse obrigar a deixar de lado:

— Nunca se sabe. São tempos difíceis por aqui. O jornal falou que o novo orçamento que Gray anunciará amanhã vai obrigar todo mundo a desligar a eletricidade.

Sandra correu os dedos através dos altos babados cremes que se enrolavam em seu pescoço:

— Sua energia elétrica não vai a lugar nenhum, Dimples. E por que diabos você comprou um bilhete de loteria para alguém que nem sequer vive neste país?

— É uma coisa prática — insistiu Dimples. — Ela pode ganhar, e todo o dinheiro das loterias vai para educação. Estou oficialmente ajudando Mackenzie e o novo bebê.

Eugenia balançou a cabeça.

— Sério, Dimples. Você não deveria trazer um presente para a nossa hóspede. Mackenzie já tem algo que é representativo de todos os habitantes do Tennessee. Será como se fosse um presente de você.

Berlyn arrebatou um pedaço quadrado do bolo de amora:

— Bem, se tiver meu nome nele, eu quero ver o que é.

Sandra deu-lhe um tapa na mão.

— Pois você devia estar agradecida por ser um presente que não teve que comprar.

— Não posso fazer nada para ajudar se estou na aposentadoria.

As palavras de Berlyn saíram abafadas enquanto ela mastigava, migalhas caindo em seu decote amplo. Ela viu que Eugenia percebeu.

— Eu vou pegar isso mais tarde — disse ela.

— Por que vocês estão aqui? — murmurou Eugenia enquanto se movia em torno da mesa de sobremesa e ia para o outro lado da sala. — Honestamente, por que vocês estão aqui?

Dimples começou a se movimentar ligeiramente.

— Será que dá para eu tirar um cochilo antes deste baile começar?

Eugenia virou-se para supervisionar seu trabalho.

— Por que não? E leve as outras com você. Se há um Deus no céu, ele será misericordioso o suficiente para todos nós e fará vocês dormirem durante todo o tempo deste evento.

CAPÍTULO 26

Alguns dos rostos que olhavam para Gray London tinham apenas um desejo: beber seu sangue. Outros queriam simplesmente relatar as notícias. Um jovem repórter levantou a mão:

— Governador?

Gray reconheceu o repórter de uma afiliada local de uma grande emissora.

— Sim, Davis.

O jovem levantou-se rapidamente e ajustou seus óculos de aro de metal. Seu bloco de notas balançou ligeiramente em suas mãos:

— Então, por que vocês decidiram entregar este orçamento por *e-mail*?

Gray não perdeu um minuto para responder:

— Porque eu sei que alguns legisladores por aqui têm medo de checar sua caixa de mensagens. Minha expectativa é de que eles simplesmente passem pelo orçamento sem nunca o ler.

A tensão no rosto do novato se esvaiu com a resposta relaxante do governador:

— Honestamente, Davis — continuou Gray —, a gente se livrar da versão em papel era apenas outra maneira que nós poderíamos usar para cortar custos. E é isso que a minha equipe e eu levamos os últimos meses fazendo. Nós passamos por este orçamento como um caipira faz ao arrancar as penas de uma galinha. Nós não deixamos nada de lado. E, vou ser honesto com você, alguns dos cortes vão doer. Preferia não ter que fazer isso, é óbvio. Mas deixei bem claro quando concorri para o cargo de governador, e eu deixo evidente hoje de novo: estou aqui para proteger este estado. Esse é meu trabalho. E se isso significa que algumas pessoas fiquem insatisfeitas comigo, então me desculpem. Mas esse é o trabalho para o qual os eleitores me elegeram, e foi o que eu fiz.

Quando os repórteres perceberam que Gray tinha acabado de falar, várias mãos dispararam descontroladamente em frente ao mar de câmeras de vídeo que transmitia ao vivo para todo o estado e gravava para os telejornais do meio-dia e da noite.

— Bonnie. Sim.

A conhecida jornalista do *Tennessee* ficou de pé, a sua presença imediatamente passou a ocupar o espaço em torno dela.

— Parece que estou envelhecendo mais rapidamente do que você nos dias de hoje — acrescentou Gray antes de Bonnie ter tempo de fazer sua pergunta.

A repórter assentiu e respondeu:

— Eu acho que seu trabalho é mais difícil do que o meu, senhor. Eu apenas relato o que o senhor faz. Mas o senhor tem que executá-lo. Falando nisso, quais são seus planos com relação à ação judicial da VRA agora que lhes foi dado o sinal verde para realmente levar seu caso ao tribunal?

— Meus planos não mudaram do que eram no início, Bonnie. Estamos concentrados em uma coisa: tirar nosso estado do vermelho. Se não pudermos ter um bom resultado com isso, teremos de lidar com coisas muito piores do que ver alguns presos não violentos ficarem livres. Assim, vamos ao tribunal e enfrentar o que temos de enfrentar.

Ele se inclinou um pouco mais para as câmeras, os olhos ainda focalizados sobre a repórter que tinha feito a pergunta.

— Como governador, você tenta pesar as possibilidades do que pode acontecer antes de tomar as decisões que podem ocasioná-las. Sabíamos que precisar ir ao tribunal era um risco. Mas a libertação dos prisioneiros não era algo queríamos. Era algo que fomos forçados a fazer. Com este novo orçamento, estamos tentando evitar que esse problema venha a acontecer novamente. Mas isso significa que nosso corpo legislativo tem que aprender a tomar decisões difíceis, que possivelmente colocarão em risco sua reeleição. E eu espero que o povo deste estado seja mais importante para os nossos senadores e nossos deputados do que o seu futuro político.

Gray pegou sua água e tomou um longo gole. Aqueles últimos quarenta e cinco minutos apresentando seu novo orçamento e respondendo as perguntas dos repórteres o havia deixado de garganta seca. Um dos repórteres da plateia levantou a mão.

— Vivian. Sim.

— Governador — o sotaque da jornalista de cabelos brancos revelou suas raízes do leste do Tennessee —, Marcus Newman acaba de anunciar sua candidatura oficial para governador. Elaine Wiggins e Matt Kubitza estão de forma não oficial tocando suas campanhas desde a Primavera. Então, o senhor está concorrendo para a reeleição ou não?

— Bem, em primeiro lugar, Vivian, você está linda hoje — disse Gray com um sorriso.

— Eu não votei no senhor para governador na primeira vez, então essas cantadas não vão mudar nada para mim.

A sala irrompeu em gargalhadas pela liberdade que sua idade lhe proporcionava. Gray riu também.

— Bem, sempre há uma esperança... Mas hoje o assunto que estamos tratando é o orçamento do nosso estado. Eu vou tomar uma decisão durante as próximas semanas, e quando o fizer vocês todos saberão. E se Marcus Newman ou qualquer outra pessoa decidiu ser candidato, nada disso terá qualquer influência sobre a minha decisão. Ok, uma última pergunta.

Várias mãos dispararam para cima como se elas pertencessem a um bando de alunos da primeira série.

— Sim, Jeremy?

— Governador, como o senhor e a senhora London estão lidando com esses acontecimentos recentes? Eu me refiro ao novo bebê e à perda de sua filha?

Os olhos azuis do jovem repórter estavam cheios de sinceridade.

O que o repórter disse afetou Gray. Ele ainda sentia a cada nova manhã. Não importava quanta alegria a vida no ventre de Mackenzie tentasse transbordar, o sofrimento ainda estava lá, roendo suas entranhas, e muito real.

— É uma temporada dolorosamente bela, Jeremy — as palavras foram mais transparentes do que ele pretendia que fossem. Ele se recompôs rapidamente. — Agora, isso é tudo. O resto é com os seus representantes. Vamos ver o que eles farão.

Fletcher segurou a porta aberta enquanto Gray passava por ela. Kurt o seguia de perto.

— Bom trabalho, Gray.

Gray passou o braço em volta dos ombros do paletó marrom de Fletcher:

— Eu preciso de um belo almoço — e olhou para o relógio ao dizer isso. — É só meio-dia, mas eu quero um belo bife. E quanto a vocês, amigos? Deixem-me convidá-los para comer um daqueles enormes filés malpassados, que tal? E não vou nem cobrar dos contribuintes. Vamos deixar Kurt pagar por esse almoço!

— Já existem algumas informações sobre as respostas de alguns dos deputados com relação ao nosso orçamento — disse Kurt, seus passos quase pressionando atrás de Gray. — A gente deve responder rapidamente a isso.

Gray parou no meio do tapete e voltou-se para seu amigo.

— Kurt, temos trabalhado incansavelmente durante meses em cima desse orçamento. Acabo de passar quase uma hora falando dele e respondendo perguntas sobre problemas com relação aos quais sequer tomei uma decisão. Assim, poderíamos, por favor, durante uma ou duas horas, fazer algo que não fazemos há muito tempo?

O silêncio pairou rapidamente entre os três. Cada um deles sabia muito bem por quanto tempo.

— Eu só quero sair para comermos juntos e sermos caras normais durante um almoço.

— Você é o governador — respondeu Kurt rapidamente. — Nada é normal com relação a esse fato.

Fletcher deu um tapa no ombro de Gray e olhou para Kurt.

— Sim, Gray, por duas horas nós podemos ser gente normal. Vou ligar para o Fleming e ver se o *chef* vai nos deixar jantar mais cedo hoje.

— É meio-dia, Fletch — Kurt lembrou, ainda que o *chef* tivesse feito isso para eles inúmeras vezes.

— Ele gosta de Gray. E ele tolera você. Então ficará feliz em nos ver de volta.

— Vou chamar o carro — disse Kurt, em um tom que mostrava que ele havia se rendido às evidências.

Gray jogou as mãos para cima.

— Oh, ele cedeu, Pai misericordioso. Ele é um mero mortal. E tivemos o privilégio de finalmente descobrir essa verdade.

Kurt deu um soco de brincadeira em seu ombro.

— Calado!

— Ei, você está falando com o governador!

— Não, eu estou falando com Gray, o cara da faculdade que, por alguma desconhecida razão, conseguiu ser eleito governador de um estado inteiro. Você nem aprendeu o nome de todos os municípios ainda. — disse Kurt, um sorriso furtivo disparando em seu rosto quando ele se virou e se dirigiu para a garagem. Ele sacou o telefone a fim de ligar para o motorista.

— Anderson, Bedford, Benton, Bledsoe...

Embora Fletcher lhe pedisse repetidamente que parasse, Gray não desistiu até que ele tivesse passado pela lista inteira de municípios organizados em ordem alfabética.

CAPÍTULO 27

Mackenzie fechou a pasta colocada em frente a ela e permitiu que a rotina, que mais uma vez a havia devorado, seguisse seu caminho:

— Acho que tudo parece bem, senhoras. Conseguimos planejar satisfatoriamente os quatro próximos meses. Obrigado por todo o trabalho e esforço.

Ela se levantou e assentiu com gratidão ao pessoal. Eles foram os responsáveis por garantir que as causas nas quais Mackenzie acreditava e que queria promover estavam se beneficiando plenamente de sua presença no palácio.

— Obrigada, senhora London — disse Chandra quando ela e Susan caminhavam em direção à porta. — Vamos ver você em breve no chá.

Jessica fechou a porta atrás delas.

— Será que os passeios pelo palácio terão acabado às duas e meia? — perguntou Mackenzie.

— O último grupo vem às duas. Vamos nos despedir deles antes do carro da duquesa chegar. Vou correr para o banheiro e depois pegar uma xícara de café. Precisa de alguma coisa antes de irmos ao evento?

— Não, não, estou bem. Se eu beber mais alguma coisa, vou ter que fazer xixi de novo.

Jessica sorriu.

— Eu volto já.

Mackenzie se virou de sua mesa de trabalho com tampo de vidro para o móvel francês pintado à mão que dava para o gramado norte. O chá seria às três, mas ela precisava acertar alguns detalhes antes de se encontrar com sua convidada, a duquesa de Wilshire, na entrada norte. Ela deslizou outro de seus bilhetes de agradecimento com seu monograma para dentro de seu envelope. As notas de agradecimento estavam sendo enviadas a todos os voluntários que tinham doado um pouco de seu tempo para decorar o Palácio do Governo para o Natal.

Mack estava agradecida pelas festas de fim de ano terem chegado e passado tão rapidamente. A ausência de Maddie tinha sido gritante demais. Ela enfrentava isso todas as vezes em que uma criança ria ou quando um comercial de um brinquedo aparecia na televisão. Na verdade, ela e Gray haviam fugido para a Flórida no Natal, contando com a mudança de cenário para tirar o foco do que lhes havia acontecido e sobre a nova vida dentro dela. Seu presente a partir das ruínas.

No entanto, agora que janeiro estava aqui, as coisas eram mais fáceis. Ela e Gray estavam até mesmo conversando seriamente sobre sua próxima campanha de reeleição. Gray fora criado para ser governador. Mackenzie não tinha nenhuma dúvida sobre isso. E ela fora criada para amar as pessoas, para servi-las e para acreditar nelas. Para defender suas causas. Ouvir suas histórias.

Ela passou as mãos por aquela pequena protuberância em seu estômago. Seu vestido de lã amarela se agarrava a ela. Mack adorava estar grávida. E ela amava a liberdade que tivera nos últimos dois meses para demonstrar isso.

No fim de semana, a última peça de mobília do quarto do bebê tinha sido entregue. Várias vezes ao dia, Mackenzie ou Gray passavam pela porta fechada do quarto de Maddie. Mack ainda não tinha conseguido entrar naquele quarto... para visitar o berçário agora completamente decorado.

Era seu pequeno santuário de esperança.

Eugenia entrou pela porta e foi direto para um sofá, atirando-se sobre ele com um suspiro exasperado:

— Se algum dia eu disser que vou trazer aquelas mulheres aqui novamente, pode atirar em mim.

Mackenzie nem sequer se virou enquanto colocava um selo sobre a última das cartas de agradecimento:

— Você leva suas amigas para todos os cantos, mãe.

— Eu sei. Eu sou patética. Preciso sair mais. Burt me levou para ver um espetáculo na outra noite.

— Como, ao cinema? — o choque na voz de Mackenzie era evidente, quando ela finalmente virou a cabeça.

— Não, filha, um espetáculo. Ao teatro. Eu não vou ao cinema. Não tenho a mínima vontade de assistir às pessoas atirarem nas outras, beber seu sangue ou exibir seus seios falsos. Já recebo o suficiente disso de Berlyn. Convivo com personagens muito mais divertidas do que jamais poderei ver nos filmes — ela fez uma pausa e olhou para o teto. — A menos que a Gena Rowlands esteja nele, é claro. Você sabe que eu...

Mackenzie cortou.

— É fã dela. Sim, eu sei.

— Ou assistir a um filme sobre as mulheres do sul. Eu amo esses filmes.

Mackenzie virou a cadeira de volta para encarar sua mãe:

— Se você detesta todos os filmes que não sejam sobre mulheres que se pareçam com você ou que se comportem como você, então por que exatamente está no comando do projeto de restauração do Teatro Franklin?

Eugenia balançou a cabeça como se a pergunta de Mackenzie fosse a mais estúpida de todas:

— Por que quem mais além de mim faria isso do jeito que farei? Falando sério, minha filha, quem foi que criou você?

Mackenzie soltou uma risada suave.

— Tenho opções?

Eugenia revirou os olhos. Então Mackenzie a viu virar a cabeça em direção à antiga mesa lateral e parar os olhos em frente ao retrato de Maddie. Eugenia esticou o braço e o pegou.

Mackenzie sabia o que estava por vir. Ela virou a cadeira para trás de novo.

— Eu não quero ouvir isso.

— Pois vai ouvir — Mackenzie ouviu sua mãe se levantar do sofá. — Você ainda não parou de sofrer, Mackenzie.

— Eu não fiz outra coisa a não ser sofrer, mãe, até que...

— Não, você não chorou, não lamentou, não sofreu. Na verdade, não. Você só parou de respirar por um tempo. Então você descobriu sobre o bebê, e é como se você apenas... Tivesse esquecido. Apenas retomou sua vida novamente e deixou Maddie para trás.

Mackenzie ignorou a armadilha na voz de sua mãe. Ela não podia ir para lá. Não podia se dar ao luxo de ir para lá. Não agora.

— Eu não esqueci. Eu nunca vou esquecer — Mack manteve a voz fria e firme. — Você é que escondeu suas lágrimas, lembra? Não venha me dar lições sobre a tristeza, o luto e o sofrimento.

— Eu sou sua mãe. E vou te dar sermões até o dia em que eu morrer. Posso ter escondido minhas lágrimas de você, mas eu não as escondi de mim. Eu senti todas elas. Cada uma delas. Eu ainda sinto. É por isso que odeio quando todos vocês tentam me empurrar Burt goela abaixo, porque eu ainda tenho todo esse amor pelo seu pai aqui dentro, tão profundamente.

— Como você sabe que eu não escondo as minhas lágrimas de você? — as palavras de Mackenzie saíram com mais sarcasmo do que ela pretendia.

Eugenia hesitou um instante.

— Como eu disse, eu sou sua mãe. Eu tenho olhos na nuca. E leviandade e tristeza normalmente não combinam — Eugenia levantou-se e colocou a foto de volta na mesa. — De qualquer forma, suas flores são lindas. Sua atitude não é tanto assim. Mas suas flores merecem um milhão de dólares. — e dizendo isso ela marchou para fora da sala, fechando a porta atrás dela com força suficiente para reiterar sua frustração com sua filha.

Mackenzie voltou os olhos para a mesa de trabalho. A porta se abriu novamente.

— Mãe, eu realmente não suporto outro...

A cabeça de Jessica espiou através da fresta da porta.

— Preciso de uma bandeira branca?

Os ombros de Mackenzie caíram:

— Não, desculpe. É que a minha mãe... Como ela veio parar aqui, mesmo?

— Você a convidou, lembra?

— Certo. Só posso culpar a mim mesma. Droga, eu queria culpar você. — Jessica não sorriu. — Estou brincando, Jessica.

Jessica sentou-se na borda da cadeira, com o bloco de notas no colo, um único fio de pérolas no pescoço, seu vestido azul-bebê com a bainha dobrada caprichosamente sob ela, e essas pernas incrivelmente longas cruzadas ordenadamente. Eugenia iria aprovar tanto.

Mackenzie fez o seu melhor para lutar com sua mente de novo e devolver o foco ao novo bebê. Àquele fio de esperança que a estava mantendo sã. Ao trabalho que tinha que fazer.

— A sociedade humanitária encontrou um novo presidente para o seu próximo evento no mês que vem?

— Sim, encontraram, mas ainda assim pediram que você fosse listada como presidente honorária.

Mackenzie recostou-se na cadeira:

— Isso é muito gentil da parte deles. Diga-lhes que me sentirei honrada. E que adoraria participar.

— Feito.

Mackenzie, recostada na cadeira de couro, pousou as mãos em cima do ventre e entrelaçou os dedos:

— Há dias em que eu ainda não consigo acreditar, Jessica. Em nada disso. Eu só queria que minha mãe não tentasse estragar tudo.

Jessica olhou para cima, obviamente percebendo que Mackenzie não estava mais falando sobre o trabalho:

— Todos nós precisávamos de um milagre por aqui, senhora London. E essa criança nos trouxe um — ela sorriu. — Sua mãe mudará de opinião. Assim que segurar o bebezinho nos braços, ela mudará de opinião.

Mackenzie balançou a cabeça, tentando espantar a frustração que estava se prendendo nela:

— Sim, você tem razão.

Ela engoliu a frustração. Iria se preocupar com sua mãe mais tarde. Afinal, Eugenia não iria a lugar nenhum mesmo.

— Você acredita — continuou a falar com Jessica — que em apenas quatro meses estarei segurando um novo bebê nos meus braços? Não parece possível. Acho que vou começar a sentir ele chutando muito em breve — Mackenzie passou as mãos em seu ventre. Em seguida, empurrou a cadeira para trás da mesa e se levantou. — Vamos comer. Estou morrendo de fome.

Jessica olhou para o relógio, um tique nervoso começando a pulsar na base do pescoço:

— O chá começa daqui duas horas. E poderemos comer. Além disso, já ganhei peso desde que a senhora engravidou.

Mackenzie caminhou em direção à cadeira de Jessica e agarrou o braço dela.

— Você não pode ganhar peso comendo alface.

— Alface, não, mas Banana Split, sim!

Mackenzie puxou-a da cadeira.

— Bem, você precisava ganhar peso, mesmo.

— Isso é o que sua mãe sempre diz.

— Claro que ela diria isso. Agora, vamos dar a este pequeno milagre alguma coisa para comer.

As duas mulheres se dirigiram para a cozinha. Enquanto Mackenzie caminhava, sentiu alguma coisa quente escorrer por suas pernas. Ela olhou e viu um fio de sangue começando na parte inferior da saia e correndo até o topo de seus sapatos de pele de cobra.

Ela agarrou o ombro de Jessica:

— Chame Gray agora.

Ela mal podia fazer suas palavras saírem da boca.

Observou quando Jessica se virou e viu o sangue que agora estava correndo pela lateral do sapato de Mackenzie.

— Oh, não — Jessica sussurrou.

Ela puxou freneticamente o telefone do bolso e discou enquanto Mackenzie assistiu à esperança escorrer para fora de seu corpo direto para o chão.

CAPÍTULO 28

Gray fechou a porta do quarto por trás dele assim que ele, Thad e Sophie entraram. Ele sentiu como se estivesse fechando a porta para qualquer esperança de vida dentro das paredes daquele palácio novamente.

— Isso deve ajudá-la a dormir. Mas monitore este medicamento, Gray — o tom de advertência na voz de Thad parecia encapsular as palavras enquanto ele estendia o frasco. — Você me ouviu?

Gray assentiu solenemente. Seus olhos pareciam queimados. Ele bateu no ombro de seu amigo e acompanhou-o em direção ao topo das escadas. Podia sentir Sophie em seus calcanhares.

— Eu não sei o que vai acontecer com ela agora. Eu honestamente não sei.

Thad parou e olhou para Gray, os olhos cheios de dor profunda encarando seu amigo.

— Isto tudo não se trata apenas da perda dela, você sabe disso. Você perdeu algo aqui também. E precisa se lembrar disso. E conversar com alguém. Quero dizer, de verdade. Nem mesmo os governadores podem carregar tudo sobre os ombros. Vocês já passaram por muita coisa.

Ele tirou um cartão do lado de sua bolsa.

— Ken Jantzen é um grande amigo meu. E um ótimo terapeuta para situações de perda. Ligue para ele.

Thad colocou o cartão na palma da mão de Gray e passou um braço ao redor dos ombros do governador. Suas palavras saíram suavemente:

— Sinto muito, meu amigo.

Gray abraçou-o de volta. Ele precisava de alguém, da força de alguém, nem que fosse por um instante. Thad soltou-o e recuou dois passos:

— Eu conheço o caminho. Você vai cuidar de Mackenzie, e amanhã eu telefono e vejo como estão os dois.

Gray viu seu amigo descer a escada circular. Ele olhou ao lado oposto do corredor de seu quarto, para outra porta fechada. Não tinha entrado naquele quarto desde que colocaram o novo berço lá. E não sabia se voltaria a entrar, porque aquilo se tornara apenas um lembrete daquilo que jamais viria para casa.

Gray havia tentado fazer Mack perceber que eles poderiam perder o bebê. Mas ela havia determinado que aquela gravidez fora um presente. Uma recompensa, um prêmio de consolação ou algo assim. E ela tinha sido tão inflexível sobre anunciá-la, celebrá-la, preparando-se para ela. Como ele poderia negar isso a sua esposa? Não era justo para ela ter de manter segredo com relação a uma das maiores alegrias que uma mulher poderia ter.

E ela estava tão bonita. As mudanças em seu corpo só a haviam tornado ainda mais linda. E ela tinha amado cada minuto disso. Ele sabia que Mack ainda estava tentando aceitar a perda de Maddie. Mas ele não se importou. O fato de tê-la feliz e disponível para ele era o que valia a pena. Verdade seja dita, ele tinha ajudado Mack.

Gray não conseguia tirar os olhos da porta. Alguma coisa o arrastava até lá. Algo dentro dele o puxava para lá. Ele caminhou em direção à porta e girou a maçaneta. Empurrou a porta e entrou no berçário.

Parecia algo saído de uma revista. A amiga de Mackenzie Lucinda Walters, que tinha decorado o Palácio do Governo lá atrás, nos dias de Lamar Alexander, havia ajudado a primeira-dama a adicionar os acabamentos com toques de marfim e uma divertida cor verde, celadon, como Mack a chamava. Gray mal conseguia pronunciar essa palavra, mas achava que fazia parte da família do aipo.

Gray foi até o armário de pinho e o abriu. Já estava forrado com pequenos cabides brancos. Fechou a porta e caminhou até a cômoda de pinho. Ele abriu a gaveta de cima e viu uma linha de fraldas alinhadas perfeitamente. Armazenados próximos a essas fraldas estava tudo de necessário para dar a um bebê aquele cheiro que faz qualquer pai derreter.

Mack tinha prestado atenção em cada detalhe. O quarto tinha de tudo. Tudo, exceto um bebê.

A dor dessa perda insuperável correu através do corpo de Gray. Então, ele avistou a antiga cadeira de balanço a um canto. Era a cadeira de Maddie.

A cadeira em que ele e Mack tinham balançado seu bebê em quase todas as noites por dois anos.

Ele bateu a porta e fechou-se dentro do quarto. Um grito gutural veio das profundezas que ele não sabia que existia na alma humana. Era um grito zangado, amargo e desesperado. Gray bateu os punhos contra a cômoda, até parecer que a madeira estava se dobrando sob a força de seus golpes. A dor atravessou seus braços, mas ele não se importava. Gray golpearia aquele móvel nem que fosse preciso chutá-la por todo o caminho dali até o inferno.

Foi a dor de dentro dele que o forçou a se dobrar sobre seus joelhos, que jorrou as palavras para fora:

— Por quê? Por quê? — exigiu saber. — O que você está fazendo com a gente? Você nos odeia, é isso? Você quer nos destruir? Será que fizemos alguma coisa tão horrível assim que temos de ser punidos dessa maneira? Atire essa punição contra mim, se é isso que você quer, mas pare de castigar Mack!

Suas palavras estavam encharcadas de veneno, e voou saliva enquanto ele chorava e gritava, com os punhos agora batendo no fofo tapete que Mack tinha colocado sobre o assoalho rijo. Mas o céu ficou em silêncio.

— Você não pode falar?

Ele não iria esperar por uma resposta. Porque já sabia qual era.

— É claro que você não pode falar. Não há defesa para isso. Não há resposta para isso! — levantou seu rosto para o teto, e suas palavras foram saindo com uma força que fez sua cabeça doer.

— Como acha que vamos passar por isso? Você pensa que nós somos super-homens? Que podemos simplesmente pegar qualquer coisa que você atirar para nós? Mack mal conseguiu sobreviver da última vez, e agora você espera que ela aguente isto? E eu? — a dor emergiu no meio dele, empurrando suas lágrimas cada vez mais e forçando seu peito a arfar em uma frenética tentativa de abrir espaço para a dor — Eu não sou tão forte assim. Eu não posso suportar desta vez!

Seu corpo desmoronou com a derrota:

— Não tenho mais nada para oferecer. Não posso deixar as coisas bem. Não está nada bem. Isso é demais para mim.

Ele abaixou a cabeça e enterrou o rosto no tapete, o cheiro penetrando novamente nas narinas. Seu corpo desceu gradualmente até que ficou totalmente prostrado no chão.

Quando virou a cabeça para o lado a fim de respirar, o bafo quente de Sophie veio rapidamente em sua direção. E seu corpo se rendeu. O sono desabou sobre ele, forte e profundo. Quando acordou, o quarto estava às escuras.

A cabeça de Sophie levantou ao mesmo tempo que a dele. Aparentemente, ela tinha decidido tirar uma soneca também. Gray ergueu a cabeça e sentiu um resíduo salgado ainda em seu rosto. Suas mãos cavaram no tapete até que ele conseguiu se levantar do chão. Seu corpo doía.

Ele caminhou de volta pelo corredor e abriu a porta do quarto. Mack estava sentada perto da janela, olhando para a escuridão da noite. Ele se aproximou dela e sentou-se no divã ao lado da cadeira dela. Gray puxou o corpo dela em seus braços e segurou-a firmemente.

Mack não se moveu. A vida que tinha reacendido nela por um breve instante poderia nunca mais ser encontrada novamente. E se ele estivesse sendo honesto, não tinha certeza de que a sua pudesse ser encontrada tampouco.

CAPÍTULO 29

UM MÊS DEPOIS.

A pele do casaco de inverno roçava suavemente contra o rosto de Mackenzie, mas ela não podia senti-lo. O ar estava tão gelado como um cone de sorvete em julho, mas ela se sentia quente por dentro. O cheiro dos pinheiros parecia tão acolhedor como uma manhã de Natal, mas Mack não tinha nenhum espírito natalino. E o piar dos chapins era tão extravagante como uma ária de *Don Quixote*, ainda que mal registrados por seus ouvidos.

Aquela era a primeira vez que ela saía de casa desde que... Desde que a sua esperança tinha morrido. Ela nem sabia por que estava aqui fora. Apenas enrolou um casaco de peles em volta de seu pijama, calçou umas botas e saiu andando. Talvez lá no fundo pensasse que poderia caminhar para longe, bem longe da dor, do barulho, do silêncio... Do mundo.

Talvez fosse melhor nunca mais parar.

Os raios do pôr do sol atingiram seus olhos, e ela os fechou momentaneamente. E então amaldiçoou esse brilho. Devia estar chovendo. Devia chover aos montes desde agora até que Deus decidisse que já tinha feito o suficiente e voltasse a fazer seu trabalho direito. Neste ponto, porém, ela duvidou se havia mesmo um Deus.

E se houvesse, Mack tinha certeza de que ele a odiava.

Ela se virou em direção ao jardim de azaleias e ouviu um som murmurante. E pulou instintivamente para trás quando uma figura de repente se endireitou em frente a ela. Ela puxou as bordas do casaco. E um grito escapou de seus lábios.

— Sou só eu, dona Mackenzie, só eu — a voz de Jeremiah foi facilmente identificada antes que seu rosto fosse registrado.

— Você quase me matou de susto.

— Desculpe, senhora. Não tinha intenção de assustá-la — ele fez um gesto, apontando para o chão. — Só tava arrumando aqui pra deixar tudo pronto pra primavera. Mas o que anda fazendo aqui fora nessa tarde, dona Mackenzie? Acho que tenho certeza que não é uma boa coisa a senhora ficar de pé.

— Só precisava de ar puro — respondeu, cruzando os braços ao redor do peito. — O que você estava resmungando na hora que eu cheguei?

— Ah, só tava rezando. Faço isso um bocado quanto estou trabalhando aqui fora.

Ela olhou para ele.

— Você reza pelo que, Jeremiah?

Ele soltou uma risada suave:

— Praticamente pra tudo, eu acho. Oro pros rapazes que trabalham comigo. Rezo pela vida. Rezo pra que meus ossos aguentem mais um bocado. Rezo pela senhora — a última parte saiu suavemente.

— E sobre o que você reza para mim?

— Eu rezo pro seu coração. Pra que ele não fique doendo pra sempre.

Mack sentiu uma fúria repentina subir por dentro dela. Ela não queria sentir isso, não queria sentir mais nada, mas assim estava sendo:

— Não desperdice mais essas orações comigo, Jeremiah!

Ela o viu transferir lentamente o peso sobre suas pernas, indo e voltando.

— Nunca rezei nada que fosse desperdício, senhora. A oração perdida, do jeito que vejo as coisas, é aquela que a gente não vai e ora.

As palavras de Mack em resposta pareceram mais como um sussurro:

— Então você nunca ouviu as minhas.

Jeremiah abaixou-se e pegou a folha de um arbusto de camélias a seus pés. Ele a girou entre os dedos. Mackenzie observou enquanto ela se movia lentamente sob a luz do sol que desaparecia.

— Isso aqui é uma folha de camélia. Agora, as flores desse arbusto aqui não vão mais desabrochar até a primavera. Mas a senhora sabe o que essas flores querem dizer? Elas querem dizer que você é uma chama no meu coração. E eu vivi um bom tanto pra saber uma coisa ou duas sobre essas coisa de coração.

Ele fez uma pausa como se esperasse por ela para responder. Ela não fez isso.

— Conheci um bocado de gente em todos esses anos de vida. O coração deles estava todo fechado. Trancado. Sabe o que isso parece?

Mack negou com a cabeça.

— Um coração fechado desses é a coisa mais triste que um cristão pode ver. Porque a gente vem da barriga de nossas mães com o coração bem aberto. Um coração doce, gentil, confiante e perto do Senhor. É como se a gente tivesse uma linha direta com o céu.

Jeremiah parou um pouco e continuou:

— Mas daí a vida começa a cortar essa linha. Alguns cortes pequenos acontecem quando ainda somos crianças e algo triste acontece. Outros desses cortes pequenos acontecem quando casamos e o marido, ou a mulher, faz alguma coisa que machuca a gente, ou até quem sabe se você nem se casa e fica solitário. Esse tipo de coisa continua acontecendo. Quando perdemos algo, magoamos alguém, ouvimos uma mentira, cometemos uma traição ou somos traídos... Todas essas coisas continuam cortando aquela linha que vem do céu e vai direto para aquele coraçãozinho que ainda tá vivo. E então esse coração não quer mais ficar aberto e decide se fechar pra sempre.

Ele segurou seu punho apertado na frente dela, agarrando ainda um pouco de terra.

— Isso pra mim parece com um coração trancado, senhora. Todo triste e com medo e amargo, todas essas coisas. Mas o mais triste é que ele não deveria ficar fechado. Porque mesmo com todos esses cortes, aquela linha pro céu ainda tá lá. Se ela fecha, aí sim você fica danado.

Mackenzie mudou seus pés de posição. Mas ainda não tinha nada para oferecer.

— Para Deus está tudo bem se a senhora está com raiva, dona Mackenzie. Da maneira como vejo as coisas, ele escuta tudo o que falamos e pedimos, então, não tem muita coisa a ser dita para tentar chatear Deus. Mas quando você tranca esse coração que ele colocou dentro de você... Não sei se tem algo que pode magoá-lo mais do que isso.

As sobrancelhas de Mackenzie se ergueram e depois baixaram.

Jeremiah rodou a pequena folha entre os dedos de novo:

— Não posso fingir que sei onde o coração da senhora está, dona Mackenzie. Só sei pela minha experiência nesse mundo que, quando a vida te bate duro, como fez com a senhora agora, a coisa mais fácil de se fazer é parar de viver. E eu não queria que a senhora fizesse isso. Não quando ainda se tem tanta vida pela frente.

Mackenzie tinha ouvido o suficiente.

— Tenha um bom-dia, Jeremiah.

Ela virou-se antes que ele pudesse responder.

— Com certeza vou ter. A senhora já deixou ele perfeito — ele fez uma pausa por um momento. Então suas palavras soaram na escuridão que se acumulava. — Dona Mackenzie, a senhora sabe o que uma camélia rosa quer dizer?

— Você já disse. Algo sobre uma chama em meu coração.

— Acho que falei, mas aquilo era a camélia vermelha. Essa rosa que eu falo, ela quer dizer "saudade de você" — ele fez uma pausa. — Acho que isso é o que Deus sente quando você tenta trancar aquela chama dentro do coração. Ele tem saudade de nós.

Ela olhou para a silhueta dele por mais um momento, então virou-se e se dirigiu para a casa. Nuvens pesadas tinham se acumulado enquanto ela falava com Jeremiah. Um floco de neve desceu se contorcendo na frente dela.

Mas Mackenzie nem lhe deu atenção. Nem para as milhares que caíram antes do amanhecer.

JEREMIAH

Eu nunca esqueci aquele cheiro que ficou por aqui depois da inundação no Tennessee. O solo estava encharcado. Usei umas botas para tentar limpar o terreno. Os rapazes e eu trabalhamos duro, puxando as coisas mortas, transplantando as coisas úmidas. Aquilo cheirava à morte.

Quase o mesmo cheiro que ronda por aqui. Como a morte.

Sempre fico espantado com a força que as tragédias têm pra engolir as pessoas inteiras. Eu lembro aquele dia sombrio pra mim, quase uns trinta anos atrás. Achei que eu iria morrer. Eu queria morrer sim, senhor. Mas não morri. Eu vivi. E quando percebi que ia ficar vivo, decidi que era isso que tinha que fazer.

Ficar vivo.

Não podia mudar aquilo que tinha acontecido. Não podia mudar as mentiras que as pessoas contaram sobre mim. Tudo o que sobrava pra fazer era viver aquela vida que o Senhor tinha me dado. Nem queria viver daquele jeito. Aquela vida não se parecia com o retrato que Shirley e eu fizemos para nossas vidas. Mas era isso o que eu tinha. E Shirley e eu, nós cavoucamos. Nós cavoucamos pela dor, e nós cavoucamos pela cura.

Mas não tem nenhuma cura por aqui agora. Aqueles dois não estão fazendo nada mais do que cavoucar pra morrer.

O Senhor sabe muito bem que não tenho muita coisa pra dar. E sabe muito bem que tem uns dias que eu vejo a dona Mackenzie passeando por aqui e queria perguntar pra ela o que Sanford perguntava pra Esther. Você sabe: "Como está passando? Como está se sentindo? Como vai?". Ou dizer pra ela o que Ralph dizia pra Alice: "Vou te dar um direto de direita no seu beijador!".

Pensando bem, acho que tenho, sim, algumas coisas para dar. Só não é aquilo que preciso dar. Mas não sei como puxar esses dois de dentro deles mesmo. E a Eugenia, até que ela tenta. Ela tenta mais do que muitos dos sujeitos que conheço. Ela ama aquela menina e aquele rapaz de um jeito tão profundo e amplo.

O problema é que a Eugenia pode sufocar aqueles dois até a morte com todo esse amor.

CAPÍTULO 30

Berlyn puxou Eugenia pela porta da frente de sua casa. Eugenia bateu descontroladamente na mão dela. Mas Berlyn era uma bruta. Ela puxou Eugenia para a calçada, onde Sandra e Dimples esperavam e, em seguida, apontou-a para a rua Main. A neve caía suavemente enquanto aquelas senhoras caminhavam.

Eugenia tinha vindo para casa a fim de checar as coisas e pegar algumas roupas de baixo. Ela não tinha planejado lutar contra uma mulher de setenta e um anos de idade com intenção de sequestrá-la:

— Nós vamos levar você para sair — anunciou Berlyn — e é isso. Você tem vivido naquele palácio em tempo integral durante o último mês, e é hora de você ter um dia para você. Além disso, você está ficando magra demais e não vou ficar sozinha no clube das saudáveis!

— Desde quando a obesidade se tornou algo saudável? — brincou Sandra.

Berlyn retrucou:

— Desde quando as pessoas cheinhas se tornaram obesas? Queria que você dissesse isso para a Marilyn Monroe ou Betty Grable. Ou para a Oprah.

Sandra bufou:

— Você não é Marilyn Monroe ou Betty Grable. E muito menos a Oprah.

Berlyn ignorou-a e puxou a manga do casaco azul royal de Eugenia. Enquanto Eugenia bufava pela rua, Dimples a empurrava por trás, tentando desesperadamente não levar um tombo por causa de suas enormes galochas pretas.

— Segure ela! — resmungou Eugenia para Sandra, apontando para Dimples. — A última coisa que precisamos agora é dela esparramada na rua.

— Ela precisa de uma salada de ovo — anunciou Berlyn.

Dimples, instintivamente, lambeu os lábios.

Sandra caminhou para trás de Dimples, suas botas de couro esmagando a neve da calçada, a bolsa combinando pendurada em seu pulso, e a gola do casaco de vison como se ela tivesse um castor enrolado em seu pescoço. A rua Main de Franklin era movimentada; suas calçadas, cheias de pessoas que desejavam desfrutar da primeira nevasca do inverno em uma das cidades mais pitorescas do Tennessee.

Eugenia sempre adorou viver em Franklin. Muito antes que fosse destaque na *Southern Living*, ela já tinha descoberto que aquela cidade era um tesouro. Essa cidade possuía alguma coisa que sempre exercera um sentimento relaxante sobre ela. E agora, andando pela rua principal com suas amigas, ela percebeu o quanto perdia ao ficar sempre em casa. Ela tinha quase esquecido que havia um mundo lá fora, além das paredes do palácio. Sua alma precisava disso desesperadamente.

Passaram pela frente da loja onde a maioria do guarda-roupa de Eugenia fora comprada. Ela havia tentado convencer Berlyn a comprar lá. Mas as pantalonas de cintura baixa que Berlyn usava sob o casaco rosa brilhante eram a prova de que, se a roupa não viesse do Tacky Palace, ela não usaria. O terninho que se formava com as pantalonas era laranja e fúcsia, pelo amor de Deus! Um loja de lingerie era algo conservador demais para Berlyn.

Atravessaram a rua Main, e Eugenia podia ver as bolhas flutuantes do lado de fora da loja de sabão caseiro. Maddie tinha amado essa máquina de fazer bolhas de sabão. O pensamento a fez sentir uma dor no coração. Assim como havia doído desde o momento em que recebeu as primeiras notícias sobre Maddie.

Isso realmente havia acontecido há seis meses?

A dor fora tão grande que às vezes ela não tinha certeza de que iria sobreviver. Ela nunca diria a elas, mas se não fosse por essas três malucas, ela jamais teria conseguido. Seus telefonemas, bilhetes, almoços com elas, até mesmo suas brigas, isso tudo a renovava. Elas poderiam até fazê-la beber, mas teria morrido sem elas. E, sem a intervenção das três hoje, ela não seria capaz de afastar-se daquele palácio. Ela estava com medo do que poderia encontrar quando voltasse. O pensamento a fez estremecer.

Quando entrou pela porta da Padaria Merridee, o perfume da manteiga e do fermento assando invadiu seus sentidos. O calor do lugar se chocava com o frio perpétuo em que ela vinha vivendo. Eugenia fechou os olhos e permitiu que aquele prazer momentâneo a alcançasse. Estando ali naquela hora, deleitando-se com ele, ela percebeu que tinha se esquecido de como era aquele prazer. Sua alma estava eternamente grata pela distração e por possuir um lugar como Merridee para visitar.

O fundador da padaria, Merridee, havia sido destinado para o negócio da panificação. Sua avó fora uma padeira em Pillsbury. E todos em Franklin se alegraram quando ela decidiu trazer seus dons de panificação a esta cidade do sul em 1984. O lugar era o sonho para todos os amantes dos carboidratos. E Eugenia e suas amigas sempre os adoravam.

— Hoje só vou comer torta — disse Berlyn quando finalmente soltou o braço de Eugenia.

Dimples se aboletou contra o balcão e olhou para as vitrines envidraçadas:

— Eu também. Apenas doces hoje. Estamos às portas da morte e não tenho meus dentes verdadeiros há anos, então por que não me divertir?

— Você está babando, Dimples — Sandra puxou os dedos de suas luvas de couro. — Eu vou comer uma salada.

Berlyn olhou para ela com nojo:

— Você vai morrer sem jamais ter curtido a vida.

— Pelo menos, quando eu chegar ao céu, não serei repreendida por ter abusado do meu corpo.

Os olhos de Berlyn se arregalaram e ela inclinou a cabeça para trás:

— Bem, você me desculpe, mas toda vez que leio a respeito de Jesus no Novo Testamento, ele está em algum lugar comendo. Então, acredito que ele vai lhe dizer que você perdeu um monte de oportunidades maravilhosas para desfrutar da vida.

Eugenia ignorou as amigas e concentrou sua atenção em seu pedido:

— Quero uma salada de ovos dupla, um saco de batatas fritas, salada de frutas e uma fatia de torta de ruibarbo. E quero que essas mulheres paguem pelo meu pedido. Elas me deixaram maluca em menos de três quarteirões, então devem ser castigadas e pagar a minha conta.

Eugenia virou-se para olhar Sandra, cuja expressão era tão apertada quanto o fio dental de Berlyn ou, pelo menos, o que ela tentava convencer Sandra de que usava. Sandra correu para o balcão.

— Oh, bem... Eu acho que nossa amiga Berlyn aqui vai pagar por isso — e apontou para ela —, porque foi ela quem nos convenceu de que todas nós precisávamos deste passeio. Quero a salada de frango com alface, morangos e molho da casa.

Berlyn transferiu-se para o balcão e afastou Sandra de lá com um movimento brusco de seu amplo quadril direito:

— Bem, ponha tudo na minha conta. Estou na aposentadoria e não vai sobrar nada lá daqui pouco tempo, então vamos aproveitar agora. E se não fosse por mim, essas três estariam debaixo de sete palmos de terra. Ou sentadas em uma casa de repouso, resmungando e esperando por alguém que empurrasse sua cadeira de rodas.

A pobre atendente devia ser nova na casa, porque seu rosto registrava todo o horror.

— Quero um pedaço da torta de queijo e um da de chocolate — anunciou Berlyn. — E a Dimples quer seu *brownie* de menta com uma fatia da de nozes. Nós duas decidimos que a vida é melhor se você a leva com sobremesa.

A jovem atendente anotou os pedidos rapidamente e se virou agradecida para as pessoas atrás das mulheres. Eugenia e suas amigas esperaram até que seus nomes foram chamados, pegaram seus pratos no balcão e sentaram-se numa mesa de seis lugares perto da janela. Nem Eugenia nem Sandra gostavam de se sentar muito perto de outras pessoas. A desculpa de Eugenia costumava ser as ondas de calor. Ela vinha usando a mesma há vinte anos. A de Sandra eram os germes.

Sandra sentou-se e imediatamente informou-lhes de que estava na hora de rezar. Elas concordaram, como de costume, embora Berlyn ficasse o tempo todo de olhos abertos apenas para atormentar a pobre Sandra. Esta estava convencida de que Berlyn era a maior pagã que jamais conhecera na vida. Ainda que Berlyn fosse a primeira pessoa a quem Sandra telefonaria quando quisesse companhia.

Logo que todas disseram o "amém", Berlyn pegou cinco pacotes de adoçante do prato sobre a mesa e colocou-os em sua bolsa.

— Isso é roubo — ralhou Sandra.

— Cuide de seu nariz, enxerida.

Sandra fungou e virou-se para Eugenia:

— E como está Mackenzie?

O garfo de Eugenia repousava distraído nas frutas da salada. Ela ficou observando enquanto um morango rolou sobre uma fatia de melão:

— Lamentável. Eu não sei o que fazer. Eu me sinto um fracasso como mãe — sua voz falhou.

Dimples esticou o braço do outro lado da mesa para tomar a mão de sua amiga. Ela por um quilômetro de distância não conseguiu alcançar em sua primeira tentativa, mas então deu tapinhas pela mesa até que pousou sua mão com segurança sobre o braço de Eugenia:

— Você é uma mãe maravilhosa, amiga. E nós nem queremos ouvir você abrir a boca para falar um absurdo desses. Se não fosse por você e por aquela joia de marido, aquela pobre moça estaria totalmente destroçada à esta altura. E você sabe que está fazendo tudo o que está ao seu alcance.

Berlyn puxou uma garrafa de Coca-Cola de sua bolsa e tirou a tampa com seu abridor:

— E vocês já consideraram a hipótese de levar Mackenzie a um psiquiatra? — perguntou, logo depois que uma grande garfada de torta de chocolate e merengue entrou em sua boca.

Eugenia bufou.

— Minha filha não precisa de um psiquiatra.

Berlyn mastigou apenas o suficiente para garantir que nenhum farelo da torta fosse ser cuspido quando falasse novamente:

— Agora não é hora de bancar a farisaica, Eugenia. Está na hora de ser realista. Mackenzie e Gray, aqueles dois passaram por um inferno. E quando você passa pelo inferno, pode ser de grande ajuda ter alguém para conversar e que não seja da família. É isso que estou falando. Nós, da nossa geração, podemos não ter crescido com essa coisa toda de terapia, mas, — e olhou para as três mulheres que a cercavam — de repente é esse o motivo pelo qual somos todas tão abestalhadas.

As costas de Eugenia se encostaram sobre a treliça de madeira atrás dela. Ela ainda estava meditando sobre a declaração anterior de Berlyn.

— Mackenzie mal sai de casa. Seu médico, Thad, a tem mantido nesses antidepressivos.

Sandra cheirou de novo, e Berlyn olhou-a desconfiada.

— O que você está fuçando agora com esse narigão?

Sandra torceu um fio de pérolas ao redor de seu pescoço:

— Acontece que eu acho que essa coisa de depressão nada mais é do que bobagem.

— Bem, existem pessoas que também acham que mulheres velhas são uma bobagem — retrucou Berlyn —, mas isso não as torna menos reais.

Eugenia esticou seu guardanapo sobre o colo. E começou a alisá-lo com a mão enquanto falava:

— Você não está dizendo uma coisa sobre a qual eu não tenha pensado, Sandra. É que simplesmente não foi assim que nós fomos criadas, quero dizer, basta tomar uns comprimidos quando estiver com problemas. Eu até implorei a Thad e Gray que não dessem aquela coisa para minha bebê.

Dimples pegou seu garfo e espetou a torta de nozes que descansava sobre o prato à sua frente. Ele acertou o cantinho da fatia.

— Mas o médico me disse — continuou Eugenia — que depressão é como se você tivesse buracos no cérebro.

Dimples nem olhou para cima ao perguntar:

— Um buraco no quê?

Ela esfaqueou sua torta novamente e desta vez conseguiu espetar uma garfada.

— No cérebro, Dimples, no cérebro. Agora você vai comer sua torta e me deixar acabar de falar?

Dimples já estava com a boca cheia, mas ainda assim sorriu e assentiu com a cabeça. Eugenia prosseguiu:

— Thad disse que, quando uma pessoa sofre um trauma, isso causa no cérebro uma espécie de buraco. E...

— Oh, Sandra! Agora, todas finalmente sabemos!

Sandra franziu a testa.

— Sobre que diabos você está falando, Berlyn?

— Nós finalmente sabemos qual é o seu problema. Quando sua mãe a deixou cair de cabeça, isso fez um buraco em seu cérebro. Agora a gente sabe, é isso o que está errado com você.

Os olhos de Sandra se apertaram:

— Se eu não fosse uma dama, Berlyn...

Eugenia jogou as mãos para cima.

— É isso aí! Eu não posso mesmo ter uma conversa normal com vocês três, porque são pessoas que não conseguem falar normalmente. Eu não sei por que cheguei a pensar que eu poderia fazer qualquer coisa normal com pessoas loucas como vocês.

Berlyn mudou seu grande bumbum de lugar em seu assento.

— Vá em frente, Eugenia. Estamos ouvindo. Mas eu simplesmente não poderia evitar aquilo. Foi como uma revelação.

— Não vou dizer mais uma só palavra.

Dimples roeu a sua torta.

— Não, estamos falando sério. Nós queremos ouvir, Eugenia.

— Pois bem, só vou voltar a falar de novo se nenhuma de vocês abrir a boca até eu acabar o que tenho de dizer.

Dimples passou os dedos nos lábios como se estivesse fechando um zíper. Berlyn seguiu o exemplo. Sandra apenas cheirou mais uma vez a salada de frango e levou um pedaço à boca.

Eugenia apontou dois dedos para os olhos, em seguida, voltou esses dedos para elas.

— Como eu disse, um trauma cria buracos em seu cérebro. E quando você continua a passar por coisas difíceis, uma após a outra, é como se o seu corpo não fosse capaz de preencher os buracos com rapidez suficiente, por isso que o sujeito acaba deprimido.

Dimples levantou os olhos do prato e perguntou:

— Preencher esses buracos com quê?

Berlyn revirou os olhos.

— Com o asfalto, Dimples. O que você acha?

Mas ela olhou esperançosa para Eugenia. Obviamente ela também não sabia.

— Com aquela coisa de cérebro, o Thad chamou de serotonina. Ele disse que o antidepressivo meio que preenche o buraco até que seu corpo possa produzir serotonina suficiente para assumir o serviço. E eu não sei — Eugenia parou de falar um instante e abaixou a cabeça —, mas acho que isso faz sentido para mim. Minha Mack bem que precisa de ajuda para preencher seus buracos. Se essas pílulas ajudam a minha menina a fazer isso, então estou com elas — de repente, levantou os olhos e fixou-os em Berlyn, que estava abrindo a boca. — E eu não quero ouvir nenhuma piada sobre qualquer coisa que eu acabei de dizer aqui.

A boca de Berlyn começou a se fechar lentamente.

— E Gray, como está? — perguntou Sandra.

Os olhos de Eugenia se umedeceram novamente:

— Doído. E taciturno, é o que me parece. Ele não é mais como costumava ser. E ainda não anunciou oficialmente que é candidato à reeleição.

— Ele tem tempo — respondeu Sandra. — E esse estado o ama. Eles sabem o que ele e Mack já passaram. Além disso, as pessoas tendem a respeitar o que ele fez com o orçamento. Tinha que ser feito. Eu sei que os políticos estão se comportando como adolescentes, mas ninguém precisa ver seu dinheiro gasto para ensinar universitários a assistirem à televisão. Por acaso você sabia que um senador de Knoxville realmente apresentou essa proposta em seu projeto de orçamento? Trabalhei com educação durante quarenta e cinco anos e asseguro a vocês que nem os rapazes nem as moças demonstram nenhum problema para assistir à televisão. Estou feliz em ver que Gray está disposto a fazer as coisas difíceis. A verdade é que nós precisamos dele.

Eugenia balançou a cabeça.

— Bem, nem todo mundo pensa que ele é um herói. E sei que ele é um homem inteligente e tem sido um maravilhoso governador. Mas, honestamente, eu não sei se Mackenzie e Gray terão estrutura para lidar com uma campanha de reeleição. E não tenho certeza se eles deveriam tentar. Meu palpite é de que minhas crianças precisam de tempo para chorar, se lamentar e se curar.

Dimples tossiu no guardanapo antes de falar.

— Mackenzie foi uma excelente primeira-dama. O que ela tem feito por aquela missão é simplesmente lindo.

Ela sorriu e mostrou o chocolate de seu *brownie* cobrindo os dentes superiores.

— Bem, eu votarei no Gray se ele decidir sair candidato — anunciou Berlyn. — E vou inscrever seu nome, se tiver que fazer isso.

— Mas você sabe soletrar? — brincou Sandra, pressionando uma fatia de limão entre seus dedos. Ela manteve os olhos em Berlyn.

Esta, por sua vez, esfaqueou sua torta com o garfo:

— Alguém já lhe acertou um murro, Sandra? Quero dizer, um daqueles diretos de direita bem no meio da testa, as estrelinhas girando ao redor de sua cabeça, os sinos tocando nos ouvidos. Pois é assim que vai ser quando meu punho surgir na frente de seus olhos. Só porque você foi uma bibliotecária da escola não significa que as outras pessoas não saibam ler.

Sandra alisou o cabelo.

— Você é uma *neandertal*.

— Não, eu sou apenas uma caipira do Sul, o que significa que poderia fazer você se esborrachar no chão e depois oferecer minha mão para ajudá-la a ficar de pé de novo. O prazer será o mesmo.

CAPÍTULO 31

O alarme disparou na cabeça de Gray. Ele estendeu a mão e apertou um botão na parte superior do relógio. Uma luz verde fluorescente iluminava os números por trás.

Seis e meia. Ele pensou que deveria configurá-lo para as sete da próxima vez. Gray andava cansado por esses dias. Ele não dormia nem cinco horas e meia há mais de um mês.

Olhou para Mack. Ela estava dormindo. Antes costumava ser diferente, quando ele acordava primeiro. Ele deslizava sobre a esposa, passava um braço por debaixo da cabeça e o outro em volta da cintura dela e ficava simplesmente abraçando a mulher por alguns minutos. Ele adorava essa sensação de proximidade nos primeiros momentos de sua manhã. Mas não a havia tocado nas últimas semanas. E, pra ser sincero, realmente não queria. Quando ela o afastou desta vez, Gray sentiu como se fosse uma traição. Mack sabia que ele precisava dela também, mas ainda assim agia como se ela fosse a única pessoa que sofreu uma perda.

Gray queria chacoalhá-la para fora dessa letargia. Fazê-la responder. Fazê-la sentir alguma coisa. Mesmo que fosse raiva, talvez isso pelo menos a trouxesse de volta para a terra dos vivos. De volta para ele.

Mas não podia fazer isso. Ele não podia sacudi-la. Portanto, não parecia haver muita coisa que pudesse fazer quanto a isso. Ele saiu da cama e foi até o banheiro se arrumar. Deixou o comprimido de Mack sobre a pia. Por ordens de Thad, era ele o responsável por supervisionar o consumo dos remédios dela. Em seguida, ele entrou debaixo do chuveiro.

Dez minutos mais tarde, enquanto fazia a barba, Mack apareceu para usar o banheiro. Ela foi pegar sua pílula, mas a deixou cair. Gray a observou enquanto ela se dobrava e passava a mão no piso de pedra procurando pelo comprimido, mas não conseguiu encontrá-lo. Ele disse que lhe deixaria outro comprimido. Essas foram as únicas palavras que eles trocaram entre si.

Gray nem a beijou quando saiu do quarto para trabalhar. Ele sabia que devia fazer isso. Mas não o fez.

Por quê? Porque simplesmente não queria.

— Venha, Sophie, vamos trabalhar.

Gray abriu a porta do carro, Sophie pulou dentro. Eles dois tinham sua rotina bem estabelecida a esta altura e, com a ajuda do treinador de cães, a cadela tinha mais ou menos dominado as atitudes básicas de um bom cidadão canino. Às vezes, Gray desejava que seus colegas políticos tivessem maneiras tão boas.

Gray dirigia agora um Toyota preto. Ele só chamava o motorista para viagens mais longas, quando tinha reuniões para preparar, e havia trocado o antigo carro por algo mais prático e econômico em termos de combustível. O estado pagava sua gasolina, então ele queria usar esse privilégio sabiamente.

Sophie se estendeu no assento do passageiro para os quinze minutos de viagem até o capitólio enquanto a neve caía de um céu cinzento. Sua mente foi atravessada pelo pensamento de que as escolas estavam fechadas provavelmente por causa de toda aquela neve. Porém, esse era um fato que já não importava tanto para ele, a não ser por ser mais um lembrete da ferida aberta que ainda cortava seu coração.

Ele estendeu a mão para coçar Sophie, e ela imediatamente rolou para cima, para lhe dar livre acesso à sua barriga. Seu pelo era suave como o algodão; a sua presença, uma verdadeira cura. Verdade seja dita, ela o estimulava a sair da cama mais do que seu trabalho. Sophie dependia dele, e ele dependia dela também. Vários membros da equipe doméstica tinham se oferecido para ajudar com ela, mas ele ansiava pelo desejo sem restrições dela de estar com ele.

De vez em quando, ele realmente se sentia pouco à vontade de ter um *shih tzu* ao seu lado em vez de um *golden retriever* ou um dogue alemão. Mas a maioria das pessoas conhecia a história de Sophie, então ninguém comentava nada.

Os comentários mais depreciativos sobre Sophie, de fato, tinham vindo de Mack. Para ela, a cachorra era simplesmente um lembrete dos últimos dias de Maddie. Ela queria que Gray tivesse se livrado de Sophie logo após o acidente. Mais tarde, quando ficou grávida, ela finalmente tinha sido um pouco mais calorosa com a cadelinha. Mas desde o aborto, bem, Mack não queria nada daqueles dias. Nem Sophie e muito menos ele.

O terapeuta que Thad havia recomendado, Ken Jantzen, começou a vir até em casa para ver Mack duas vezes por semana. Conforme Eugenia tinha relatado, Mack não estava respondendo a ele também. O terapeuta suspeitou que Mackenzie estivesse perigosamente deprimida, por isso Thad tinha começado a lhe ministrar um antidepressivo, mas Gray não notou o menor sinal de que isso estivesse funcionando. Thad havia incentivado o governador a se consultar com o terapeuta também, e Gray prometeu pensar no assunto. E fez isso, pensou sobre o conselho. No entanto, decidiu que não iria conversar com o Ken. Ele não precisava de terapia. Ele simplesmente precisava de sua esposa de volta.

Gray nunca tinha usado seu trabalho como uma fuga da sua vida doméstica. Até agora. Cada dia mais, ele se via escapar para o único lugar onde sabia que estava sendo necessário.

Um policial que estava tomando conta do estacionamento subterrâneo abriu a cancela quando o carro do governador entrou. Gray saiu do carro e Sophie saltou atrás dele. Ele pegou-a no colo e ambos se encaminharam para o elevador.

Fletcher surgiu bem ao lado deles no corredor do lado de fora do gabinete de Gray e lhe entregou uma pasta.

— O que é isso? — perguntou Gray.

— Algo de que não precisaremos até anunciar uma campanha de reeleição.

A porta do gabinete se abriu e Kurt apareceu.

— Eu sei que você não precisa de mais nada agora, e nós iríamos lidar com isto sozinhos se pudéssemos. Mas os noticiários vão explorar isso na hora do almoço. Felizmente, tudo aconteceu tarde demais para atingir a edição da manhã. E seria outro assassinato aleatório pelo estado se Marcus Newman e seu pessoal não estivessem procurando uma maneira de impedi-lo de concorrer à reeleição.

Gray continuou andando, deu um breve *olá* a Sarah, pegou uma xícara de café e entrou em seu escritório. Kurt e Fletcher o seguiram, e Kurt fechou a porta ao passar. Sophie foi direto para sua latinha de água, enfiada em um canto ao lado de uma cômoda antiga que remontava à administração Lamar Alexander.

Gray abriu o arquivo e folheou os relatórios policiais. O caixa de uma loja de conveniência tinha sido assassinado às três e meia da manhã, e o suspeito fora rapidamente capturado pelos policiais. Uma foto tirada na hora dos registros o encarou de volta, mostrando a cara pálida e rígida do suspeito.

— Eu deveria conhecer esse homem?

Kurt se inclinou sobre a mesa de Gray.

— Você precisa saber que ele era um dos homens libertados devido aos cortes no orçamento.

Gray sentou-se.

— O quê?

— Ele era um infrator não violento que, aparentemente, tornou-se violento. E fez isso logo após espancar a esposa.

— E ele tem família?

Fletcher apertou os olhos.

— Ele batia em sua esposa, Gray. Obviamente tem uma família.

Os olhos de Gray faiscaram de irritação:

— A vítima, Fletcher. Estou falando sobre o homem que foi baleado. Você se esqueceu de que havia um homem que foi baleado? Ou você está apenas preocupado com o que isso vai causar a uma campanha?

Os olhos de Fletcher se arregalaram.

— Não, hum... Sinto muito. Honestamente, eu realmente não tinha pensado sobre sua família. Quer que eu vá descobrir?

Gray sentiu que sua raiva estava aumentando. Ela parecia estar pairando bem ali na superfície. Ele a conteve e folheou o arquivo novamente.

— Sim, vá descobrir. E vá encontrar mais informações sobre a esposa do prisioneiro também.

— Nós estávamos mais concentrados na campanha mesmo — disse Kurt, obviamente tentando acalmar as coisas. — Esse é nosso trabalho, nos certificarmos de que você esteja bem representado.

Gray jogou o arquivo sobre a mesa.

— Como é que você representa isso bem, Kurt? Como você representa bem o fato de que um prisioneiro que nós libertamos bateu em uma pessoa e matou outra? E que em algum lugar agora um pai ou uma mãe ou uma mulher ou um filho está com o coração partido porque um membro da família saiu de casa ontem saudável para ir trabalhar e nunca mais vai voltar? Como você representa isso melhor do que realmente é? É horrível. E é o nosso problema.

Kurt e Fletcher trocaram um olhar. Em seguida, Fletcher abriu o seu notebook.

— Então como você deseja declarar isso para a imprensa? — perguntou ele com cuidado.

— Nós vamos lidar com isso do mesmo modo como lidamos com todo o restante que já saiu deste gabinete, honestamente. Nós vamos dizer-lhes que isso faz parte da tragédia que vem acontecendo ao nosso estado. E assegurar-lhes de que continuamos monitorando os presos que foram liberados, mas que há sempre o risco de estes homens e mulheres fazerem algo que esperamos que eles não façam. Quando saíram da cadeia e viram como a economia está difícil, eles provavelmente ficaram com pouca esperança de que as coisas melhorassem.

Kurt sentou-se em uma cadeira ao lado da mesa de Gray.

— Eu acho que nós precisamos conectar isso com qualquer coisa da campanha de Newman, para deixar claro quem foi que nos empurrou para essa confusão.

Gray balançou a cabeça.

— Um homem acaba de morrer, Kurt — disse o governador. — Uma mulher foi espancada, para usar as palavras de Fletcher. E Newman não estava nem em Nashville quando tudo isso aconteceu. Então, não, não vamos grudar isso sobre ele. Além disso, eu estou pensando em não concorrer.

O *notebook* de Fletcher quase caiu no chão.

Kurt ficou de pé. Sophie saltou ligeiramente por causa de seu movimento repentino, mas logo em seguida caminhou de volta até seu travesseiro e se deitou.

— Você o quê? Nós trabalhamos nisso por meses. Seus eleitores têm sido pacientes por causa de todas as perdas que você sofreu. Mas as pessoas já investiram nessa campanha.

— Bem, eles podem ter que desinvestir — suas palavras eram afiadas.

Kurt estava visivelmente tentando se acalmar.

— Olha, eu sei que este tem sido um...

— Não se atreva a dizer isso, Kurt — Gray ficou de pé e se posicionou bem perto de Kurt agora. — Não se atreva a dizer que você sabe o que este período tem sido. Você não tem ideia. Você vai para casa todos os dias para Debbie, leva Carly e Tyler para cama, e dá um beijo de boa-noite neles. Você acorda pela manhã e vê os dois tomando o café da manhã e depois os leva para a escola. E quando chega em casa à noite, Debbie já pôs o jantar na mesa e te beija e fica feliz por você estar lá. E à noite ela engatinha na cama com você e quer ouvir como foi o seu dia. Portanto, nem ouse falar de novo que sabe como estou me sentindo. Você nem tem ideia.

A dor era evidente no rosto de Kurt. Mas Gray não se importou com isso:

— Gray, me desculpe. Eu só queria...

— Saia.

Gray apontou a mão em direção à porta e sentou-se de novo na cadeira.

— Saia. Fletcher, faça a declaração para a imprensa do modo que eu disse. E quando, e se, eu decidir que vou realmente me candidatar à reeleição, contarei aos dois.

Fletcher levantou-se rapidamente e fechou o *notebook* de modo brusco. Gray estava consciente de que seu comportamento era diferente de tudo que seus amigos já tinham vivenciado com ele. Mas Gray estava diferente. Ele nunca mais seria o mesmo. Eles deveriam saber disso. Todos deveriam saber disso.

Kurt abriu a porta e virou-se para Gray:

— Ainda temos nove meses até a eleição. Um pouco menos que isso, na verdade. O povo merece saber a sua decisão. Nós merecemos saber a sua decisão.

— Sim, as pessoas merecem um monte de coisas — Gray murmurou. — Mas as pessoas nem sempre têm o que merecem, não é?

Kurt deixou Fletcher caminhar através da porta aberta e o seguiu para fora da sala, fechando a porta atrás deles.

Gray pegou o telefone e ligou para Sarah.

— Você pode me conseguir o número de telefone da família da vítima do tiroteio na loja de conveniência de ontem à noite? Quero ligar para eles.

— Claro.

— Obrigado.

Gray sabia exatamente o que iria dizer. Ele iria dizer exatamente o que gostaria que as pessoas dissessem a ele.

Gray inclinou-se contra a borda de sua mesa e olhou para a televisão em seu escritório. Da forma como a luz a atingia, ele podia ver poeira no lado esquerdo da tela. Pensou em Philippe, que geralmente limpava seu escritório. Sua esposa estava no hospital com câncer. Ele e Mack tinham ido visitá-la em dezembro, um pouco antes que... Bem, antes de tudo isso. Mas ele não tinha pensado sobre a família de Philippe desde o aborto, não até este momento. Ele precisava ver como estavam.

O telefone tocando interrompeu seus pensamentos. Sarah estava na outra ponta da linha com a informação que ele tinha pedido. Ele desligou depois de agradecer e discou.

A voz do outro lado respondeu fracamente.

— Alô?

— É o senhor Gooden que está falando?

— Sim, é.

— Senhor Gooden, aqui é o governador Gray London.

Houve um longo silêncio.

— Hum... Sim.

— Senhor, eu só tomei conhecimento agora da perda trágica de seu filho. E eu quero que o senhor saiba o quanto lamento.

Outro silêncio, então, finalmente:

— Obrigado. Hum, o senhor foi muito gentil em nos telefonar.

— Eu gostaria que você soubesse que, se precisarem de alguma coisa, podem vir até nós. Faremos tudo que estiver ao nosso alcance para que a justiça seja feita com relação ao homem que fez isso.

Gray ouviu a voz do homem tremer:

— Obrigado.

Ele mesmo se esforçou para controlar sua própria voz:

— De nada, senhor. Bem, isso é tudo, foi por isso que lhe telefonei.

— Tudo bem, então.

— Bem, adeus — despediu-se o governador.

— Adeus.

Ele sabia que, no fim das contas, a sua chamada importava muito pouco. Por que aquela família iria dar importância para suas condolências quando a injustiça já tinha caído com toda a crueldade sobre eles? Mas, bem lá no fundo, algo lhe dizia que a situação toda fora simplesmente uma grande coincidência. Um assassinato. Uma eleição. Um prisioneiro libertado. Um daqueles que Gray tinha libertado. Era tudo um pouco extremo demais para a política do Tennessee, mas ele tinha ouvido falar de tais coisas antes.

Sophie arranhou sua perna, puxando-o para longe de seu ridículo pensamento. Ele estendeu a mão e acariciou o topo de sua cabeça, em seguida, pegou-a para deixá-la sentar em sua mesa. Uma batida delicada soou na porta.

— Entre.

Sua mão ainda estava esfregando a cabeça de Sophie. Sarah entrou pela porta e, meio se desculpando, disse:

— Eu só queria verificar se você está bem.

Ele balançou a cabeça, assentindo:

— Sim, estou bem.

Ela caminhou na direção dele. Gray sabia que ela queria conversar, mas ele não tinha nenhuma vontade de falar. O único problema com sua equipe era a de que eles tinham chegado tão longe juntos, e durante tanto tempo, que às vezes cruzavam aquela linha invisível patrão/empregado e invadiam seu espaço pessoal. Ele nunca tinha realmente se importado muito com isso. Mas agora, incomodava-o.

— Como está Mackenzie? — perguntou Sarah com cuidado.

— Sobrevivendo.

Sarah inclinou a cabeça. Ela estava linda para sessenta anos, miúda, elegante, sempre composta e de fala mansa. Mas tudo isso poderia enganar você, porque lá dentro havia uma mãe feroz, uma tigresa. E como Mack e sua filha, Anna, eram tão amigas desde a infância, Sarah achava que tanto ele quanto Mack faziam parte de sua ninhada.

— E como você está Gray? — acrescentou Sarah.

Ele tirou sua mão da cabeça de Sophie. Ela disparou e saiu correndo para a borda da mesa. Ele a pegou antes que ela pudesse saltar:

— Estou bem.

— Isso não parece bem, e você não parece bem, Gray. Você passou por muita coisa.

Sua mão surgiu do lado do braço dele. Sarah esfregou-o com o carinho de uma mãe preocupada.

— É normal você sentir toda essa dor. E não há problema em não se sentir bem — ela parou por um minuto. — E não há problema se você não quiser continuar nesta eleição. Não há uma alma sequer que poderia culpá-lo.

Gray pôs a cabeça entre as mãos.

— Sim, eu sei.

Um pensamento súbito fez seu pulso bater mais depressa novamente. Ele ergueu a cabeça. Suas palavras saíram medidas:

— Existe alguém em nosso grupo que não quer que eu saia candidato? Existem outras pessoas além do pessoal do Newman falando sobre isso?

Sarah tirou a mão do braço dele, mas sua voz continuou suave:

— Não, Gray. Esta sou eu falando com você. Sua mãe já se foi, seu pai não está disponível do jeito que você precisaria dele agora, e você e eu já passamos por muita coisa juntos. Só estou dizendo que não há nada de errado em recuar quando uma situação como essa parece difícil demais de suportar.

Gray lutou contra o sentimento de pânico que surgiu em sua garganta. Sarah estava escondendo algo. Ele podia senti-lo. Alguém lá fora estava falando. Eles achavam que ele era fraco, deviam pensar que ele não poderia lidar com as perdas em sua família e com uma eleição também.

— Sou mais do que capaz de seguir em frente com isso. O povo precisa de mim nesta casa. Eles precisam daquilo que eu tenho para oferecer — a raiva escapava por sua voz. — Eu posso não ser capaz de evitar que meus filhos morram, mas certamente posso manter uma campanha política.

A expressão de Sarah se transformou em piedade. Só que ele não queria a piedade dela.

— Tudo bem. Eu quero que você faça o que acha que é melhor. E o que que decidir, estarei cem por cento com você.

Ela lhe deu um sorriso terno, que ele não queria nem conseguiu retribuir. Sarah então saiu pela porta sem dizer qualquer outra coisa.

Ele ficou lá por alguns minutos, respirando com dificuldade, depois pegou o telefone.

— Kurt, o que aconteceu hoje vai queimar e depois apagar em umas duas semanas no máximo. Não vamos alimentar isso, não vamos mais falar sobre isso depois que Fletcher fizer a coletiva de imprensa nesta tarde. Se nossos adversários levantarem o assunto, vamos enfrentá-lo. Caso contrário, é um assunto morto para nós.

Gray bateu o telefone antes de Kurt poder responder. Tremeu um pouco com a tormenta que vinha assolando todo o seu corpo. Pensamentos dispersos ricocheteavam através de sua cabeça. Ele sentiu que poderia estar ficando maluco. Aquilo era uma loucura, os pensamentos, a frustração, tudo isso. Ele queria se arrastar para fora de sua pele. Essa foi a sensação. Se ele pudesse ficar longe daquilo tudo, talvez fosse capaz de sobreviver a isso.

Gray colocou Sophie no chão, deixou-a em seu escritório e se dirigiu a seu carro. Ele não queria disputar a reeleição para governador. O que desejava mesmo era rastejar para dentro de um buraco e não sair mais. Mas havia coisas dentro dele que eram mais poderosas do que esse desejo. Eram coisas novas e reais. Eram coisas como seu orgulho. Sua raiva. Sua intensa necessidade de sentir-se necessário. Em algum lugar. Em qualquer lugar.

Gray não sabia o que fazer com nenhum desses sentimentos. Mais do que isso, não tinha certeza do que fariam com ele.

Mas talvez não fossem sentimentos tão novos assim. Talvez, apenas talvez, já estivessem nele há um longo tempo. A única coisa que acontecera de novo é que eles estavam apenas esperando por uma tempestade que os levasse até a costa.

CAPÍTULO 32

Mackenzie foi até a janela e olhou para fora, um pouco surpresa ao ver uma paisagem coberta de neve. Se não fosse por essa neve, ela não saberia se era primavera ou inverno. Não que ela realmente se importasse com isso. O relógio na mesa de cabeceira dizia que eram quatro horas. Ela tinha dormido o dia inteiro.

Mackenzie esperava nunca mais acordar de novo.

Ela havia derrubado o comprimido do antidepressivo de propósito, nesta manhã, depois mentiu dizendo a Gray que não conseguira encontrá-lo. Ele tinha dado outro a ela, que tomara os dois.

Toda aquela situação de ser obrigada a tomar medicação era algo novo para ela. Mackenzie fora criada em uma casa onde você raramente tomava aspirina nem quando tinha uma dor de cabeça. Mas as coisas eram diferentes, agora que conhecia como era a realidade da depressão. Ela pensou que tomar dois comprimidos de uma só vez poderia lhe dar um choque de vida, ou talvez a levar para longe de uma vez. Mas não ocasionaram nada a não ser fazê-la dormir um pouco mais do que o habitual. E a ausência de sua mãe, que não tinha vindo para incomodá-la.

Quando Mack voltou para a cama naquela manhã, ela queria que Gray a tivesse beijado. Que a tivesse tocado. Que tivesse feito alguma coisa. Ele não tinha sequer tentado.

Isso era novidade. Gray sempre a tocara. Era assim que costumava ser, ele não passava por ela sem algum tipo de contato. Um beijo na testa. Um tapinha no traseiro. Um puxão em seu braço para trazê-la perto dele. Mas nesta manhã, seu marido apenas foi embora.

Mackenzie sabia por quê. Ela era uma zumbi. Ele a via com tanto nojo agora que nem conseguia mais tocá-la ou abraçá-la. Ele mal falava com ela. E Mack não poderia culpá-lo. Ela estava com nojo de si mesma.

Sentou-se em uma cadeira e seu corpo se largou sobre ela. Desejou que esse assento a engolisse por inteiro. Sua mão caiu na cesta com livros que ficava encostada à cadeira, os dedos passando pelas lombadas. Procurou com a ponta dos dedos um deles e soube imediatamente qual era. Sua Bíblia. Ela queria jogá-la pela janela porque tudo dentro daquele livro era uma mentira. Tudo o que professava como uma promessa era nada mais que discursos ocos.

Depois que Maddie morreu, Gray havia implorado que ela fosse à igreja com ele, e ela recusou. Mas voltou a frequentar a igreja com mais disposição depois que descobriu estar grávida. Agora, Gray nem se preocupou em perguntar se ela gostaria de ir à igreja ou não. Na verdade, ela nem sabia se ele fora ou não. O que sabia é que jamais voltaria àquele lugar de novo. Porque ninguém conhecia a sua dor. Ninguém conhecia a profundidade de sua perda. Ela se perguntou neste momento se histórias como as de Jó haviam sido mesmo verdade. Porque nenhum ser humano poderia sobreviver à perda de dez filhos.

Ela havia perdido seis. Seis. E ela não poderia dizer que estava agora sobrevivendo.

Uma batida suave veio à porta, arrancando-a de seus pensamentos.

— Entre.

Ela nem sequer olhou para cima.

Passos suaves se aproximaram.

— Olá, senhora London. Jeremiah pediu-me para lhe trazer isto.

Mackenzie se virou para ver Jessica segurando um recipiente espelhado com orquídeas dentro. Cinco flores delicadas penduradas em seus caules dobrados, como se elas também desejassem simplesmente cair e desaparecer.

— Quem foi que te deu isso?

— Jeremiah Williams. Quer que eu deixe o vaso aqui mesmo? — Jessica apontou para a mesa.

Mackenzie assentiu e voltou-se para a janela.

— Quer que eu lhe traga alguma coisa? Está com fome? Rosa fez um pouco de chili.

Mackenzie balançou a cabeça, negando.

— Tudo bem, então. Bem, acho que vou deixá-la sozinha.

Os passos de Jessica eram tranquilos ao cruzar o tapete cor de damasco. Mackenzie ouviu sua pulseira bater na maçaneta.

— Por que uma orquídea? — perguntou Mackenzie.

— Desculpe-me, senhora?

— Uma orquídea? Por que uma orquídea? — Mackenzie agora olhava para o vaso. — Ele sempre me deu uma única flor, sozinha. Nunca uma planta em um vaso.

Ela virou-se rapidamente para Jessica, que estava na porta, seu olhar suavemente pousado em Mackenzie.

— Diga-me o que as orquídeas significam! — pediu a Jessica.

— O que significa uma orquídea? — os olhos de Jessica registravam sua perplexidade.

— Sim, você sabe, aquela coisa de que toda flor tem seu significado. Eu quero saber o que significa uma orquídea.

Jessica balançou a cabeça.

— Não sei, senhora London. Eu nem sequer sabia que as flores tinham significados.

— Será que você podia pegar meu telefone no banheiro e procurar o significado para mim?

— A senhora quer que eu procure?

— Sim, por favor. Basta procurá-lo.

Mackenzie deitou a cabeça para trás. Era como se aquela curta conversa tivesse esvaziado o pouco de vida que ainda restava nela.

Jessica entrou no banheiro e voltou com o iPhone de Mackenzie na mão.

— Bem, vamos ver aqui. — ela vasculhava a tela. — Orquídea significa amor, beleza, requinte, bela dama, é o símbolo chinês para... — ela parou no meio da frase.

O silêncio foi longo e óbvio. Mackenzie levantou a cabeça.

— Símbolo chinês para quê?

— Eu... Veja, aqui estão mais alguns: "atenção, maturidade, charme" — Jessica clicou para desligar o telefone e levou-o de volta ao banheiro. — Isso era tudo.

Mackenzie sabia que Jeremiah poderia dizer todas essas coisas para ela, mas também sabia que, desde que ele tinha parado de lhe dar rosas, suas flores haviam transmitido mensagens muito específicas. E cada uma delas tinha, de uma forma estranha, lhe trazido um pouco de paz. Ousava até dizer, a única paz que nenhuma das outras coisas lhe trouxera.

— Símbolo chinês para quê?

Jessica saiu do banheiro e balançou a cabeça, os lábios contraídos e tão apertados que os olhos incharam.

— Jessica — Mackenzie desacelerou suas palavras —, o que você não leu para mim?

Os ombros de Jessica caíram:

— Eu tenho certeza, senhora, de que ele não conhecia esse...

— Jeremiah sabe tudo sobre flores. O que você tem certeza de que ele não sabia?

Jessica fez uma pausa, os olhos correndo em direção à janela, como se Mackenzie pudesse esquecer a pergunta. Finalmente, ela soltou um lento suspiro.

— As orquídeas são o símbolo chinês para muitos filhos.

Os olhos de Mackenzie se estreitaram. Certamente ela não tinha ouvido direito.

— Você disse "muitos filhos"?

Jessica assentiu com a cabeça lentamente.

— Sim, elas são um símbolo para ter um monte de filhos.

Mackenzie sentiu a raiva começar a partir de seus dedos e abrir caminho por todo o seu corpo como se fosse sair através de cada orifício de sua cabeça. Ela tomou um forte impulso, chutou para longe o pufe debaixo de suas pernas e ficou de pé rapidamente. Pegou o vaso que estava pousado sobre a mesa e passou por Jessica, dando um encontrão nela. Desceu as escadas, calçou as botas que estavam ao lado da porta de trás e foi direto lá para fora, o frio batendo instantaneamente contra as partes expostas de seus braços. Quando soprava, o vento parecia agulhar seu rosto. Mas sua raiva havia colocado fogo em seu interior.

— Jeremiah! — seu chamado ecoou pelo jardim sinuoso.

— Vocês viram o Jeremiah? — perguntou Mackenzie a dois jovens vestidos em macacões laranja que estavam tirando a neve do terraço com pás. Olharam um para o outro, como se estivessem com medo de responder, então ambos apontaram na direção dos fundos da propriedade.

Jeremiah estava curvado com grandes tesouras de poda nas mãos. Ela veio por trás dele e parou a apenas alguns centímetros de distância.

— O que você estava tentando dizer com esta orquídea?

Jeremiah se levantou devagar, sua mão esquerda pressionando as costas:

— Espero que a madame não esteja com raiva.

— O que você estava querendo dizer? — ela repetiu. — Depois que a Maddie morreu, você me enviou jacintos e uma espécie de margarida e...

— Zínia. Era zínia zahara.

— Que seja, zínias. Mas cada uma tinha um significado diferente, certo? Então, quando fiquei grávida, você voltou para as rosas como sempre tinha feito. E desde que... Desde que... — suas palavras suavizaram ligeiramente. — Desde que o bebê morreu, você voltou a me dar flores de tipos diferentes. E pode acreditar, minha mãe me diz todos os dias o que elas significam. Mas hoje... — suas costas enrijeceram. — O que você estava querendo dizer hoje com essa orquídea?

Jeremiah retirou as luvas de trabalho, revelando um ligeiro tremor nas mãos antes que as guardasse nos bolsos:

— Olha, dona Mackenzie, quero que a senhora saiba antes de qualquer coisa que eu não tinha nenhuma vontade de mandar aquela orquídea pra senhora. Mas é que tinha esse pensamento misturando dentro de mim que essa era a flor que a senhora ia precisar. E sim, senhora, sei muito bem o que a orquídea quer dizer. Bem, eu sei qual significado a senhora tá se referindo, é isso.

— Aquele acerca de muitos filhos.

— Sim, senhora, esse mesmo. Esse era um que eu não conseguia engolir pra dentro das minhas entranhas. Não sei explicar nada. A única coisa que eu sei é que tinha que mandar essa flor pra senhora hoje.

— Você acha que isso é uma piada, Jeremiah?

Ele balançou a cabeça, o rosto solene:

— Não, senhora. Não é e nunca pensei que nada disso era uma piada.

O rosto de Mackenzie estava queimando:

— Você acha que isso é algum tipo de jogo que você e eu estamos jogando?

— Nunca, senhora. Nem passou pela minha cabeça. Só tava fazendo aquilo que sentia que devia de fazer.

Ela jogou o vaso contra uma árvore. O vidro se quebrou instantaneamente, e a orquídea bateu contra ela, seu talo quebrando-se em dois no momento em que pousou no chão coberto de neve.

— Eu não quero receber mais nenhuma flor. Você está me ouvindo?

Ele olhou para ela sem desviar os olhos:

— Sim, senhora.

— Não tente me dizer nada. Não tente me dar nenhuma mensagem. Eu não quero ouvir nada disso. Tudo que eu quero é que você me deixe em paz. Você está me ouvindo?

— Sim, senhora. Eu com certeza lamento, minha senhora. Não queria desrespeitar a madame nem nada, só queria dar um bocadinho de esperança.

Ela soltou uma risada zombeteira.

— Hã? Esperança? Esperança de ter filhos? Você não conhece o meu histórico?

Jeremiah não falou.

— Este corpo não pode fazer filhos! E essa mulher não pode! E quando finalmente consegui gerar uma filha, nem consegui proteger minha bebê! — o tremor era visível em sua voz, e as lágrimas começaram a escorrer de seu rosto. — Eu nem sequer consegui proteger Maddie! Nenhuma criança merece a mim como mãe, Jeremiah! Nenhuma criança me merece!

A emoção era profunda e crua. Ela deixava Mackenzie com medo enquanto corria todo o caminho de volta em direção ao palácio e cortava caminho pelas roseiras. Um enorme espinho prendeu-se em seu braço, mas ela nem prestou atenção a ele. Suas lágrimas corriam tão rapidamente quanto seus pés.

Ela passou correndo por Jessica, que estava parada na porta de trás, e não disse uma palavra sequer. Foi diretamente para seu quarto e para o banheiro, onde puxou a gaveta de baixo com tal força que os itens que ainda estavam guardados lá saltaram para fora todos de uma vez. Caindo de joelhos, aproximou-se e começou a pegar descontroladamente os testes de gravidez que pareciam estar em fila e ridicularizando sua situação. Ela os atirou pelo banheiro com toda a força e soltou um grito quando eles voaram através do ar, atingindo a parede mais distante do banheiro e se espalhando pelo piso de mármore. Mackenzie ficou olhando para os frascos de Pregnyl e as agulhas.

Ela puxou sua cadeira que estava sob seu balcão de maquiagem e arremessou-a. O tombo da cadeira produziu um estrondo. Mackenzie arrancou a lata de lixo, recolheu o medicamento espalhado pelo chão e atirou-o para dentro da lixeira com toda a força que seus braços permitiram. Lágrimas pesadas estremeciam seu corpo enquanto atirava a lata de lixo para debaixo do balcão da pia, apenas para assisti-la tombar, derramando todo o conteúdo no chão.

O cansaço tomou conta de Mackenzie enquanto ela se levantava do chão lentamente. Caminhou para o quarto e jogou seu corpo sobre a cama. Um filete de sangue que escorria do corte em seu braço criou uma pequena mancha vermelha em cima do edredom sobre o qual ela se jogara.

JEREMIAH

Eu sabia. Eu sabia que a dona Mackenzie ia ter esse ataque.

Bem, pode ser que eu não tivesse tanta certeza. Uma parte de mim achava que ela nem ia notar. Mas ela notou, é verdade. Ela notou pra valer. Acho que é por isso que eu não queria fazer isso.

Por outro lado, pode ser que essa raiva toda seja uma coisa boa. Pode ser que seja uma prova de que ainda tem alguma coisa viva dentro da dona Mackenzie, que ela ainda tem um pouco de gana dentro dela. A raiva também faz parte da cura.

Mas que isso doeu em mim, isso doeu. Dona Mackenzie nunca falou comigo daquele jeito. E pensando bem, me veio à mente que ela não falou desse jeito não só comigo, mas com ninguém mais. Nunca vi a testa dela cheia de veias daquele jeito.

Tudo que sempre vi ela fazer é sorrir, pelo menos durante o ano que passou. E não tem muito sorriso nesse ano do Senhor aqui.

Ainda não sei direito por que Deus me mandou entregar aquela orquídea pra dona Mackenzie. Mas Ele e eu, nós cutucamos um ninho de vespa bem zangada, sim, senhor. Vai vê era isso que Deus queria. Vai ver ele queria que a dona Mackenzie sentisse alguma coisa dentro dela. Só ainda não sei direito por que eu tinha que ser o filho da mãe a fazer esse serviço. Uma coisa eu sei muito bem... Ainda vou ouvir outras poucas e boas da dona Eugenia sobre isso. Ela ainda vai falar umas coisas ruins e desagradáveis pra mim e pode ser também que vai me mandar embora. Aquela mulher quer arrumar todos os motivos pra me ver longe desses jardins que ela acha que são dela.

Bem, só posso dizer uma coisa, que o bom Senhor vai se divertir um bocado dando um jeito naquela uma. Porque acho que não tem nada que possa acalmar a dona Eugenia Quin quando ela sobe nas tamancas dela. E ninguém consegue se livrar dela. Eu tenho um bocado de coisas pra me livrar dos insetos, das brocas, das lagartas... Pode falar o bicho que for que eu tenho... Mas nunca consegui encontrar nada pra me livrar da dona Eugenia Quinn.

Às vezes, eu penso que o Senhor mantém essa dona por perto porque eu preciso de um espinho futucando minha carne. Mas, não sei, da última vez que contei, vi que já tinha um bocado de espinhos grudados em mim...

Então, da próxima vez que a dona Eugenia mostrar a cara por aqui, vou dar um passo pra trás e deixar que Deus cuide dela. E nem vou abrir a boca. Porque tudo isso é uma ideia brilhante Dele, de qualquer maneira.

CAPÍTULO 33

Gray sentiu um peso desabar sobre os ombros assim que estacionou o carro na garagem do palácio e caminhou com Sophie pelo longo corredor do porão. Ele havia dito à segurança que daria uma passada na casa de repouso e que estaria fora por um tempo. Então, passou o resto do dia sentado em um bar de tema esportivo em Green Hills, onde conseguiu um assento em um dos cantos de costas para o restante dos frequentadores. O universitário que o serviu aparentemente não tinha ideia de quem ele era, então Gray tomou a primeira de várias cervejas enquanto comia asas de frango e assistia a um jogo de basquete.

Fazia alguns anos que Gray não tomava uma cerveja. Mas hoje ele precisava de uma. Tudo bem, de algumas. Ele precisava de alguma coisa. Quando voltou para o capitólio a fim de pegar Sophie, ele usou a entrada dos fundos e fez um esforço especial para não respirar sobre o policial estadual ali estacionado. Agora, ele só precisava suar um pouco para eliminar o álcool do organismo.

Em seu caminho para a sala de exercícios no porão, ele ouviu um barulho no corredor. A luz estava acesa na sala de trabalho de Jeremiah.

Gray olhou para seu relógio. Cinco horas. Ele não tinha pensado na possibilidade de Jeremiah ainda estar aqui e não sentia vontade de conversar, de modo que entrou silenciosamente no salão de exercícios e foi diretamente para seu banheiro privativo, onde mantinha sua roupa de ginástica. Vestiu-se com elas, caminhou até a esteira, apertou alguns botões e começou enquanto Sophie lutava com uma das cordas encostadas ao canto. Mas a meio caminho dos quinhentos metros, a cabeça de Jeremiah apareceu pela porta.

— Chegou cedo em casa, hein, governador? — disse ele.

As palavras de Gray saíram no meio de algumas bufadas:

— Precisava eliminar um pouco de estresse.

— Bem, fiquei feliz de saber que o senhor arrumou um tempo pra si. Isso mantém esse coração bom e saudável.

— É...

Gray assentiu com impaciência, mas Jeremiah não foi embora. Ele permaneceu lá de pé, com um par de tesouras de aparar nas mãos, um silêncio estranho pairando sobre os dois. Gray continuou correndo, olhando diretamente para a televisão na frente dele.

Depois de um momento, Jeremiah entrou e colocou uma mão na grade da esteira:

— Eu vi a dona Mackenzie hoje. Não posso dizer que ela está passando bem.

Gray não disse nada. Ele apenas olhou para frente, com os pés movendo-se em passadas rápidas. O suor já rolava pelo seu rosto.

— Eu podia dizer que os dois estão sofrendo.

Jeremiah brincava com as tesouras.

— O luto normalmente dói, Jeremiah.

O velho sacudiu a cabeça devagar.

— Sim, com certeza. Essa coisa pega a gente de jeito. E tem vez que isso fica ainda pior antes de começar a melhorar.

— Obrigado. Isso é reconfortante.

Gray nem sequer tentou suavizar o sarcasmo, mas Jeremiah não pareceu notar. Ele apenas tirou um lenço do bolso e passou nas lâminas de sua tesoura:

— Eu tava lá fora aparando as roseiras hoje, sabia? Um monte de gente não sabe disso, mas as rosas, elas são criaturas resistentes. Se você trata elas bem, é difícil de matar. Mas as minhas azaleias lá fora, elas não são assim. Tem que cuidar delas de perto. O senhor conhecia o significado da azaleia pros chineses?

Os braços de Gray se moviam de modo ritmado com os pés.

— Não faço ideia.

— Quer dizer "feminilidade". Palavra difícil... Tem uns que dizem que quer dizer "frágil" — ele fez uma pausa. — A dona Mackenzie tá parecendo bem frágil pra mim agora.

— Bem, ela passou por muita coisa.

— Sim, eu sei que foi muito duro. Todo mundo por aqui tá sentindo a dor. Foi isso que me fez ficar pensando sobre essas azaleias, como elas são bem diferentes das rosas. Tem que ter um bocado de sombra, tem que ser regada o tempo todo, a terra tem que ser ácida na medida certa. Tem hora que você pensa que elas não valem esse trabalho todo.

Gray limpou o suor da testa. Seus pés estavam começando a ficar pesados, e o álcool parecia escorrer para fora de seus poros. Ele observava Jeremiah através do espelho na frente dele, desejando que as cinco e meia chegassem depressa.

Jeremiah enfiou o lenço no bolso de trás.

— Sabe, depois da inundação passar por aqui, perdi um montão dessas azaleias. As raízes delas são muito rasas, elas saíam do solo assim do nada. Ficou um monte de buraco no chão onde estavam plantadas, perto do portão da frente. Eu só queria levantar minhas mão pro céu e desistir delas. Quer dizer, depois de todo o trabalho que eu tive com elas e tudo.

— Mas não fiz isso, governador — continuou ele. — Não desisti das minhas azaleias. E o senhor sabe por quê?

Gray balançou a cabeça.

— Não. Por quê?

— Por que sempre que a primavera chega, elas brotam pra fora com aquele colorido todo, meio parecido com os vestidos da dona Berlyn.

Gray sorriu levemente com isso.

— E as pessoas vêm de carro de longe só pra admirar elas. E sabe o que mais?

Gray não tinha certeza se Jeremiah estava procurando uma resposta ou não, então ele apenas balançou a cabeça e continuou correndo.

— Nenhuma pessoa nunca percebeu os buracos que a inundação fez porque o que tem pra elas verem é mais bonito.

Jeremiah deixou cair a tesoura a seu lado.

— Toda vida tem seus buracos, governador. Alguns desses buracos são maiores que os outros. Mas isso não quer dizer que você não deve cuidar daquilo que tem. E sabe de uma coisa doida? A primavera sempre vem. Nunca me vi num ano em que a danada da primavera não tenha aparecido. Ela sempre vem. E quando ela chega, quando ela mostra a cara, eu fico tão grato por isso que acabo não desistindo daqueles arbustos tão temperamentais.

Gray piscou por causa do suor nos olhos. Ele ouviu o velho. Só não queria dar o braço a torcer que tinha feito isso.

— Pois é, governador, essas danadas das azaleias são tão bonitas que vale a pena o trabalho que elas dão. Elas valem a pena serem cuidadas. Vale lutar por elas. E um jardineiro daqueles bem esperto, um jardineiro daqueles que sabe que não sabe tudo, ele fica esperto e dá atenção pro que o céu diz pra ele sobre como cuidar das florzinhas.

Gray ainda não respondeu. Jeremiah finalmente assentiu e virou-se em direção à porta.

— Bem, vô embora agora. Vejo o senhor amanhã.

Gray acenou com a cabeça quando o velho ia saindo.

— Boa-noite.

Jeremiah parou à porta e se virou.

— Oh, as azaleias tem mais um significado que ia esquecendo de contar pro senhor.

— E qual é?

— Elas também querem dizer "se cuida..." — fez uma pausa — "...pra mim".

Dizendo isso, ele saiu do salão. Quando ele se foi, Gray apertou um botão na esteira e o movimento parou. Caminhou até um banco e sentou-se. Sophie apareceu ao lado dele e balançou a corda descontroladamente a seus pés. Ele se curvou, lutou com ela para retirar o objeto de sua boca e atirou-o do outro lado do salão. As patinhas da cadela derraparam sob o banco até que conseguiu tração suficiente para impulsionar a si mesma por toda a sala, agarrar a corda entre suas mandíbulas e trazê-la de volta para Gray, quase tropeçando na ponta da corda que pendia sob suas patas. Gray puxou a ponta solta da corda enquanto ela rosnava e sacudiu loucamente a outra extremidade.

Ele e Mack haviam passado por uma inundação. E por alguma razão desconhecida, ambos haviam sobrevivido, apesar de desejarem o contrário. Eles nunca se sentiram tão devastados, tão alquebrados por dentro. E Mack tinha mais buracos do que qualquer pessoa que ele já conhecera. Ela era como um pasto aberto, cheio de buracos deixados por minas terrestres detonadas.

Ele soltou a corda e esticou o corpo na parte superior do banco acolchoado. Sophie largou a ponta da corda e começou a lamber o braço dele. Ele ficou lá deitado por muito tempo.

Gray sabia que Mack precisava dele. Mas, nesse momento, tudo aquilo lhe parecia muito difícil, muito pesado. Ele não sentia em si a vontade de lutar por ela. Não mais.

Então ele tomou a decisão consciente de simplesmente assumir uma luta que achava que poderia ganhar.

Tornar-se governador novamente.

CAPÍTULO 34

Mackenzie viu quando Gray entrou no quarto. Ele não disse nada, nem mesmo olhou em sua direção. Ela o observou caminhar até o banheiro e, em seguida, ouviu a água quando ele ligou o chuveiro.

A escuridão tinha caído fazia uma hora, mas o luar refletindo na neve lá fora tornou fácil de enxergar dentro do quarto com a luz apagada. Mackenzie levantou-se da cadeira e entrou no banheiro. Quando a luz bateu nela, viu o sangue endurecido no lado do braço. Ela pegou uma toalhinha do armário e caminhou até a pia, deixando que a água molhasse o tecido marrom. Mack colocou a mão sobre a bancada e limpou o sangue.

Pelo reflexo do espelho, ela viu o vulto de Gray através do vapor que subia pela porta de vidro do box. Ele parecia estranho a ela. Houve uma época em que ela o conhecia tão bem e sentia muita curiosidade para saber mais. Havia sempre algo novo para descobrir, algo sobre a maneira como a mente dele trabalhava e que ela nunca tinha percebido, algo sobre o coração dele que ela ainda podia explorar. Agora não estava curiosa sobre nada. Exceto descobrir o que seria necessário para fazer toda essa dor ir embora.

Mack aplicou um *band-aid* em cima do arranhão no braço. Gray abriu a porta do box. O vapor se derramou por todo o espaço do banheiro e imediatamente atacou o espelho na frente dela. Ele estendeu a mão para uma toalha e enxugou-se. Quando olhou para cima, viu-a.

— Mack! Eu nem sabia que você estava aqui!

Ela o havia assustado de verdade:

— Desculpe. Eu não queria assustar você.

— Onde você estava?

— Eu estava sentada na minha cadeira quando você entrou no quarto. Mas percebi que tinha um corte em meu braço e vim limpar e colocar um *band-aid* nele. Devo ter raspado na roseira — emendou Mack antes que ele perguntasse.

Ele esfregou a cabeça vigorosamente com a toalha, em seguida envolveu-a em torno de sua cintura e entrou no *closet*. Ela podia ouvir gavetas sendo abertas. A distância entre eles parecia mais um cânion do que o comprimento do banheiro. Gray saiu vestido com seu agasalho e passou por ela.

— Aonde você vai? — perguntou Mack.

Ele parou:

— São sete horas da noite, Mack. Eu vou comer alguma coisa, assistir à televisão e trabalhar um pouco. Ou seja, aquilo que os seres humanos que estão vivos e respirando costumam fazer.

Ela o encarou. Os olhos de Gray estavam vermelhos e cansados. Ela não fez nenhum comentário, apenas estendeu a mão para jogar fora o papel que envolvia o *band-aid*.

— Mack — disse ele, e ela olhou para cima.

Gray encostou-se à porta e continuou:

— Você precisa saber de algumas coisas. Eu decidi concorrer à reeleição. Acho que conseguimos muita coisa com o orçamento e que as pessoas realmente acreditam no que estamos fazendo.

As palavras dele caíram contra ela, e Mack percebeu que durante o último mês não havia pensado uma vez sequer sobre a campanha. A simples menção a isso agora a fez querer vomitar.

— Desde que não esteja querendo que eu faça essa campanha com você.

Mack percebeu uma mudança no rosto dele imediatamente. Ele deu um passo em sua direção:

— Você sabe o que eu quero, Mack? Quero que amanhã você se vista em roupas de verdade. Então espero que se encontre com Jessica e organize seus compromissos na agenda. Também espero que anote que, a partir desta próxima segunda-feira, este palácio vai ser aberto novamente para visitação pública. E eu espero que você — ele se aproximou ainda mais — comece a perceber que a vida está caminhando, e que você e eu vamos seguir em frente com ela. Independentemente se nenhum de nós desejar isso.

Ela permaneceu ali congelada enquanto as palavras dele colidiam contra ela. Em dezesseis anos de casamento, ele nunca tinha usado esse tom. Gray não disse mais nada, simplesmente desviou-se dela e saiu do quarto.

O leve cheiro de álcool permaneceu muito tempo depois que ele passou.

CAPÍTULO 35

O cabelo quente e macio roçou seu rosto. Ele abriu os olhos, sentindo uma faísca de algo lá dentro, apenas para vê-la se extinguir rapidamente quando percebeu que era Sophie. Ele cutucou a filhote:

— Desça, menina.

Ela obedeceu, saltando pela outra extremidade do sofá. Gray empurrou seu cobertor para um lado e pôs os pés no tapete espesso. Ele levantou suas mãos acima da cabeça e alongou o corpo. Por muito tempo. Bem forte. Então, esfregou a nuca. Ele não dormia em um sofá havia anos e nunca tinha passado a noite em seu escritório. Mas depois de sua conversa com Mack, não sentia vontade de ficar em casa. Ele estava cansado de tudo, das lágrimas, da tristeza e da falta de intimidade.

Ele nunca tinha falado com Mack da maneira como falou na noite passada. Eles brigavam, claro, porque eram duas pessoas apaixonadas, mas ele nunca lhe dera ordens, nunca falou com dureza.

Mas talvez devesse ter feito isso antes. Porque realmente já era mais do que tempo de ela sair dessa.

Gray dobrou o cobertor e colocou-a sobre o braço do sofá. Afofou o travesseiro e desligou o ventilador que trouxe de casa para ajudá-lo a dormir. Ele e Sophie, ambos tinham negócios a cuidar. Calçou seus tênis e foi cuidar de si antes de os dois saírem para cuidar dela. Vestiu o casaco e entrou no escritório principal.

Sarah já estava em sua mesa. Ela olhou para cima, mostrando no rosto seu choque.

— Chegou cedo.

Seus olhos percorreram o modo como ele se vestira.

Ele olhou para baixo, para sua calça preta de moletom. Em todos esses anos que Sarah vinha trabalhando com Gray, ele nunca aparecera no escritório sem gravata, muito menos vestido desse jeito. A mão dele subiu e esfregou o rosto, sentindo a barba de um dia crescida.

Parecia óbvio que ele não havia planejado tudo. Gray sempre mantinha um terno extra e artigos de higiene em seu banheiro no escritório, mas nunca tinha notado quão cedo Sarah começava a trabalhar.

— Eu... Hum, sim, acordei muito cedo — apontou desajeitadamente para a porta. — Eu só vou levar Sophie lá fora, ao banheiro.

Sarah olhou para ele, então se aproximou e pegou Sophie em seus braços.

— Que tal você me deixar fazer isso por você? Eu e Sophie somos boas amigas, não somos, menina? — a cauda de Sophie sacudiu profusamente, e sua língua lambeu os dedos de Sarah. — Gaveta de cima do lado direito — Sarah acrescentou. — Bolinhos de mirtilo. Fiz a mais. Tem café fresco na cafeteira ali.

Ela cuidava bem dele. Melhor do que ele mesmo nesses dias. Gray deu um tapinha na cabeça de Sophie, grato por Sarah ser a única pessoa no escritório da frente.

— Obrigado.

Ela piscou para ele e saiu com Sophie. Gray foi até a escrivaninha dela e puxou uma embalagem de plástico, ainda quente na parte de baixo. Ele levou até seu escritório e fechou a porta. Assim que se jogou em seu sofá, levantou a tampa do recipiente. O aroma de doces caseiros aqueceu-o e o conduziu imediatamente para as panquecas de mirtilo de Maddie. O estrangulamento em sua garganta veio sem aviso.

E essa era a história do luto e do sofrimento. Ele poderia lhe dar um momento de alívio e depois, do nada, voltaria para tomar conta de você e roubar seu fôlego. Ele pegou um bolinho, recusando-se a deixar o passado tomar conta do seu dia.

Uma batida soou na porta quando ele deu a primeira mordida.

— Entre — disse de boca cheia, esperando Sophie atacar por causa do cheiro de comida.

— Ei, você chegou cedo!

Não era Sarah com Sophie. Era Kurt, carregando um jornal debaixo do braço e pastas em sua outra mão.

— Sim. Quer um bolinho? — Gray estendeu o recipiente.

Kurt não se aproximou para pegar um. Em vez disso, ficou olhando Gray, obviamente espantado pela aparência dele.

— Sim, eu dormi no sofá essa noite — Gray levantou e enfiou o resto do bolo em sua boca.

— Você e Mackenzie brigaram?

Ainda mastigando, Gray fechou o recipiente, colocou-o em sua mesa e caminhou até a janela. Conseguia ver Sophie procurando pela neve, tentando encontrar o local perfeito para fazer suas necessidades, enquanto Sarah sentava em um banco, dando-lhe tempo para fazer o que ela precisava.

— Você não consegue brigar com um cadáver.

Sentiu Kurt se aproximar.

— O terapeuta está ajudando?

A raiva crescente começava a parecer-lhe familiar.

— Ajudaria se ela falasse com ele, concorda?

Kurt colocou uma mão em seu ombro.

— E você, Gray? Por que você não fala com ele? Debbie e eu fomos ver um cara há anos, quando estávamos tendo problemas em nosso casamento, você se lembra disso, certo? De qualquer forma, ele realmente nos ajudou. Você já passou por muito mais do que qualquer um poderia imaginar. Você precisa de alguém para ajudá-lo a fazer as pazes com tudo o que aconteceu.

Gray se afastou da mão de Kurt.

— Isso não seria ótimo para uma campanha de reeleição? Manchete diz: "Governador busca ajuda profissional enquanto cuida dos assuntos do estado".

Os olhos de Kurt se arregalaram.

— Primeiro, não existe uma pessoa neste estado que não entenderia se você procurasse terapia depois de tudo que aconteceu. Segundo, você está dizendo que decidiu se candidatar?

— Sim, e vou ganhar.

— Escute, meu chapa, eu pensei a noite toda sobre o que você disse ontem. Talvez você estivesse certo. Talvez você devesse pensar com mais calma se essa corrida eleitoral é a melhor coisa para você.

A cabeça de Gray virou bruscamente em sua direção.

— Tudo bem, deixe-me entender e falar claramente. Ontem, tudo o que você pensava era sobre a eleição. As últimas palavras que você me deixou quando saiu do meu escritório eram sobre a eleição. E hoje você acha que eu não devo me candidatar. O que você está querendo dizer?

Kurt ergueu as mãos instintivamente.

— Acalme-se. Eu estou apenas sendo seu amigo, e seu amigo vê que você está sofrendo. E eu preciso me desculpar. Me desculpe, fui agressivo. Agora, tudo que me importa é ver você e Mackenzie curados.

Gray empurrou as mãos levantadas de Kurt de lado e passou por ele.

— Você está me enrolando, Kurt. Não é possível você num dia se mostrar desesperado para que eu saia candidato e no outro não dar bola para isso. Você encontrou um candidato mais formidável para trabalhar?

Gray voltou-se, arrancou o jornal debaixo do braço de Kurt e abriu-o. O assassinato do trabalhador na loja de conveniência e o fato de que o suspeito era um prisioneiro libertado pelo governador estavam estampados na primeira página.

Gray bateu o jornal na mesa:

— Você não está sabendo lidar com a reação sobre esse assassinato? Bem, sabe de uma coisa? Eu faço a morte. Ela me segue como uma praga. Então, é bom você se acostumar com isso ou sair!

Kurt deu um passo atrás.

— Olha o que você tá falando. Isso é ridículo. Nós somos amigos há vinte e cinco anos. Eu sempre estive e sempre estarei protegendo suas costas.

— É mais fácil enfiar a faca de lá, não é?

Gray viu o olhar no rosto de Kurt assim que as palavras saíram, mas ele não se importava.

— Eu vou esquecer que disse isso — Kurt começou a falar.

— Não precisa — Gray se aproximou. — Eu quis dizer isso.

Kurt ficou cara a cara com ele. Seu rosto parecia recém-barbeado.

— Você precisa de ajuda, Gray. E eu não vou apoiar sua corrida para a reeleição enquanto estiver assim. As pessoas vão entender se você não se candidatar.

— Eu não quero a compreensão de ninguém! E não faça essa cena sobre algo que você não é. Você já está pronto para partir, e como isso é conveniente para você. Agora você pode apoiar seja lá quem prometeu o caminho mais fácil para a sua promoção. Seu umbigo é a única coisa que importa, não é? Pendurado nas minhas costas, porque você não tem nenhuma visão criada por você mesmo.

Outra batida soou na porta.

— Entre.

As palavras de Gray ecoaram pela sala.

A porta se abriu, e Sophie entrou pulando. Sarah ficou na porta, uma xícara de café na mão.

— Saia, Kurt — Gray apontou para a porta. — A porta já está aberta para você.

Sarah atirou-lhes um olhar confuso enquanto caminhava em direção à mesa de Gray para deixar o café.

— Você também, Sarah. Saia.

Kurt começou a andar em direção à porta.

— Falaremos mais tarde, quando você estiver mais controlado.

— Eu estou perfeitamente controlado, e não vamos falar mais tarde. Limpe sua mesa agora. Você está demitido.

— Gray, o que você está fazendo? — Sarah perguntou.

— Fique fora disso, Sarah.

— Está tudo bem — disse Kurt. — Ele não está pensando claramente.

Gray levantou-se e se aproximou do rosto de Kurt.

— Estou pensando perfeitamente. E eu quero você fora. Você está demitido. Você entende?

Ele viu a emoção por trás dos olhos de Kurt, mas não se importava.

— Você entendeu? — perguntou de novo.

A resposta de Kurt foi quase suave:

— Sim, Gray. Eu entendo.

Mas sua tranquilidade só causou uma nova onda de fúria que começou a ferver profundamente dentro de Gray.

— É "governador"! — gritou, enquanto seu punho atingiu a bochecha direita de Kurt.

A cabeça de Kurt voou violentamente para trás. Sarah gritou e correu em direção a ele.

— O que há de errado com você?

Kurt levou instintivamente a mão à boca. O sangue escorria pelo canto.

A rapidez de tudo aquilo chocou até mesmo Gray, mas ele se recusou a dar espaço para a empatia. Antes havia uma fonte infinita daquilo em sua alma, mas agora ele se sentia tão estéril quanto o útero de Mack.

Kurt enxugou o sangue em sua boca e trancou seus olhos nos de Gray:

— Minha mesa estará limpa em trinta minutos... Governador.

A tristeza em seus olhos era tudo que Gray podia ver quando ele saiu do escritório.

Sarah nunca disse uma palavra. Suas lágrimas estavam caindo tanto que ficava difícil para ela falar.

Gray caminhou pelos corredores familiares do centro Green Hills. Sophie estava presa debaixo de seu braço. Seus nervos ainda estavam desgastados. E sua pulsação estava como se tivesse acabado de correr cinquenta metros.

— Boa-tarde, governador — o senhor idoso que estava sentado na recepção cumprimentou quando Gray passou. Mas, antes que ele pudesse responder, ouviu-se uma comoção mais adiante no corredor.

—... E não seremos derrotados. Vamos lutar até a morte!

A voz de seu pai ecoou pelos corredores e veio em linha reta até ele. Gray seguiu o som e encontrou seu pai lutando arduamente contra duas enfermeiras que tentavam segurá-lo. Gray correu para o quarto, colocou Sophie no chão e jogou o seu peso em cima de seu pai, tendo cuidado para não ferir seu corpo frágil. Harriet Purvis levantou rapidamente uma manga do pijama azul do Gray pai e inseriu uma agulha na pele enrugada e pálida de seu braço.

Gray ergueu seu peso quando o corpo de seu pai sucumbiu ao sedativo. Ele puxou a manga para baixo, levantou o lençol até o queixo de seu pai, puxou a colcha verde para cima também, então dobrou o lençol sobre ela e alisou. Como se endireitar cada um das cobertas de seu pai fosse endireitar a confusão que se tornara a sua vida.

Harriet trouxe seu corpo redondo de sessenta anos de idade para o lado de Gray. Sua mão escura e macia deu um tapinha na dele:

— Ele está ficando muito pior. Nós vamos ter que fazer mais algumas alterações.

Gray se sentou em uma cadeira ao lado da cama e balançou a cabeça.

— Eu sei. Vou ter uma conversa com o médico dele esta semana e ver o que precisamos fazer. Não podemos deixá-lo se machucar ou machucar qualquer uma de vocês.

Gray acenou com a cabeça para a enfermeira que estava ajudando Harriet. Tiffany, esse era o nome dela.

Ela caminhou para perto de Harriet.

— Ele ainda é muito forte, você sabe, e nós não conseguimos segurá-lo. É difícil até mesmo para os enfermeiros homens às vezes.

Os olhos de Gray se fixaram nela. Ela era bonita, não entendia como ainda não tinha percebido. Não poderia ter mais do que trinta anos. Seu corpo, benfeito e os olhos, suaves.

— Sim — respondeu a ela. — Realmente lamento muito.

A voz de Harriet trouxe seu pensamento de volta de onde tinha estava vagando:

— A única maneira de controlá-lo agora é mantê-lo sedado todos os dias. Chegamos a esse ponto, infelizmente. Em nenhuma vez que ele está lúcido, as coisas são bonitas.

Gray balançou a cabeça novamente.

— Talvez você esteja certa, Harriet. Por que você e Tiffany não fazem uma pausa e me deixam passar um tempo com ele? E digam ao médico que estou aqui, se ele tiver tempo para conversar.

Harriet foi para perto do sofá da janela e pegou uma bandeja laranja que continha o jantar de Gray pai, intocado:

— E acho que também teremos que partir para a alimentação por sonda. Sei que você não quer saber disso, mas ele não tem comido praticamente nada nas últimas semanas.

Ela afagou o braço de Gray.

— Mas nós vamos trazer o médico aqui. Talvez ele possa dar uma olhada rápida em você também, você não parece muito bem, não.

Gray sorriu fracamente.

— Tenho certeza de que o doutor não tem tempo para isso.

Harriet deu-lhe um olhar afiado e deu de ombros.

— Bem, me ligue se precisar de mim — pegou Sophie do chão e colocou-a no colo de Gray. — Você sabe que não vou deixar que nada aconteça a esse velho intratável. Quando ele se lembra de mim, ele gosta de mim, mesmo que não admita isso.

Tiffany chamou a atenção de Gray enquanto limpava a mesa de cabeceira.

Seu uniforme azul não conseguia esconder a curva suave dos quadris. Ela caminhou em direção à cama, e seus olhos pousaram sobre ele. Ele podia sentir. Algo se agitava dentro dele.

Ela se inclinou sobre seu pai e ajeitou a colcha, então se aproximou de Gray e tocou seu ombro suavemente.

— Por favor, pode chamar se precisar de qualquer coisa, governador.

Ela deixou sua mão se afastar.

Ele se balançou por dentro quando Tiffany saiu do quarto. Ele não era tocado desse jeito por uma mulher, por uma mulher bonita, desde que... Bem, desde o dia em que Mack perdera o bebê. E ele nunca tinha olhado para uma mulher assim desde o dia em que conheceu Mack.

A coisa assustadora sobre tudo isso foi que... Tiffany também havia notado.

CAPÍTULO 36

Se o inferno tivesse degraus, Eugenia Quinn marcharia diretamente para baixo pisando duro neles exatamente como ela estava descendo os degraus dessa varanda em direção ao jardim. Porque, se existia alguém que a perturbava profundamente, esse alguém tinha que ser aquele homem com as tesouras de podar e aquele velho e ensebado lenço azul. Ela não fazia ideia do que naquele homem a deixava tão louca da vida. Mas o santo dele não batia com o dela. Ela simplesmente não confiava nele, especialmente com aquela história toda. Eugenia conhecia as pessoas e tinha certeza de que, debaixo daquela fachada tão simplória, habitava uma criatura calculista e má. Além disso, seu jardim não era aquela beleza toda, apesar de ele ter ganhado como o mais belo jardim dentre todas as casas dos governadores.

Suas galochas pretas pararam quando alcançou uma fileira de árvores:

— Aham.

A cabeça de Jeremiah se virou para ela:

— Bem, boa-tarde, dona Eugenia — ele acenou com a cabeça enquanto se erguia lentamente do chão. — A senhora tá encantadora nesse seu casaco azul, madame.

— Não tente me amolecer, Jeremiah — retrucou. — Como você se atreve?

— Ora, dona Eugenia...

— Não me venha com conversa mole. Não sei o que você está tentando fazer. Como se Mackenzie já não estivesse magoada o suficiente, você tinha que piorar as coisas enviando-lhe aquelas orquídeas?

— Bem, eu não... — começou ele, mas Eugenia o interrompeu.

— Eu estou dizendo a você agora, ouça bem. É melhor para você não mandar mais nada para ela. Nem um malmequer, nem um capim, nem uma erva daninha. Entendeu bem?

Ela viu a mudança no rosto dele. Ela não esperava aquele sofrimento, e isso a incomodou um pouco. Mas logo espantou a sensação. Este homem não era capaz de manipulá-la.

— Sim, senhora — disse ele calmamente. — Não quis causar nenhum mal...

— Dá um tempo — ela bufou e se virou para ir embora.

— Dona Eugenia, o que eu tenho que a senhora não gosta de mim?

Essa pergunta a surpreendeu. Apenas suas amigas eram tão diretas quanto o homem tinha sido, mas ela mantinha um relacionamento com elas de uma vida inteira. A maioria das pessoas a conhecia bem para não tentar irritá-la.

A raiva de Eugenia aumentou.

— Você não deveria estar aqui! — cuspiu. — Não tenho ideia de quem permitiu que você cuidasse do jardim da residência do governador, e isso não foi uma boa ideia. Você não sabe o que está fazendo.

O olhar de mágoa se foi agora, substituído por uma expressão que ela não sabia identificar.

— Bem, é capaz de ter razão sobre isso, minha senhora. Provavelmente eu não tinha mesmo que estar por aqui. E também não tinha nada que ficar interferindo com as coisas de sua família. Acho que foi todos esses anos trabalhando aqui nesse lugar maravilhoso que me fizeram perder a noção do meu lugar.

Ela congelou, sem saber direito como absorver suas palavras. Ele quis dizer isso mesmo ou estava zombando dela? Ela simplesmente não sabia:

— Bem, estou de olho em você — finalmente disse. — E não vou repetir. Não mande mais nenhuma flor para minha filha — Eugenia girou sobre os calcanhares para marchar de volta para a casa.

— Ela tá praticamente morta.

Suas palavras a alcançaram e a detiveram. Ela se virou para ele, e seus olhos se estreitaram, fazendo tudo em sua linha de visão convergir para Jeremiah.

— O que você disse?

— Eu disse que ela tá praticamente morta.

— Praticamente morta — as palavras dançavam na cabeça de Eugenia enquanto as repetia para ele. Suas mãos voaram pelo ar. — E você não acha que já sei disso? Você não acha que luto a cada dia para ela voltar? Eu fiz tudo o que podia fazer por ela, Jeremiah — Eugenia sentiu sua voz trêmula. Ela se empenhou desesperadamente para controlá-la. — Ela é tudo que eu tenho. Não tenho mais nada neste mundo, a não ser minha filha.

— Eu não tava querendo ferir sua filha — disse ele suavemente. — Nunca quis ver a dona Mackenzie ferida. Tava querendo encorajar ela. Mostrar que ela ainda tem alguma coisa na vida que vale a pena.

Eugenia deu um passo mais adiante:

— E você não acha que estou tentando fazer a mesma coisa? Eu perdi o meu marido. Acabei de enterrar minha neta e perdi outro neto em menos de um ano. E agora nem consigo encontrar minha filha dentro daquela casca de ser humano em que ela se transformou. Mas juro em nome de Deus que não vou deixá-la pensar que as crianças irão trazê-la de volta à vida já que ela não poderá nunca mais ter outro filho. O que você estava pensando, Jeremiah?

— Esse não foi um pensamento meu, madame.

— Bem, isso é verdade, você nem sabe pensar.

— Eu fiz isso porque Ele foi e me disse pra fazer — Jeremiah levantou seus olhos para o céu.

Ela ergueu os olhos para cima também.

— Quem? Deus? Eu não me importo se o próprio Deus desceu lá de cima e escreveu sobre os ramos de uma das suas lamentáveis árvores — Eugenia pegou um galho e sacudiu-o violentamente. — Se você quer saber minha opinião, o Todo-Poderoso tem um monte de explicações a dar por tudo isso que ele fez minha família passar.

Sua voz tremeu desta vez, e ela balançou o punho para cima:

— Um monte... Um monte de explicações.

Suas mãos voaram para seu rosto. Ela não queria desabar agora. Não agora. E certamente não aqui. Mas não conseguiu evitar. Aquilo tudo era demais. Demais. Seus ombros se sacudiam em espasmos.

Eugenia sentiu os braços finos mas fortes de Jeremiah a envolverem. Suas mãos davam-lhe tapinhas nas costas em um ritmo pouco uniforme. Aquilo era estranho, esquisito. Ela nunca havia deixado Burt a tocar. Na verdade, havia passado um longo tempo desde que ela deixara um homem que não fosse Gray a tocar. E se ela estava a fim de voltar a esse negócio de deixar um homem encostar nela, certamente não era esse o que ela gostaria que fizesse isso.

Mas ainda assim, ela precisava dele. Neste momento, precisava dele desesperadamente. As lágrimas a sacudiam bastante, mas os braços dele não cediam.

Quando a onda final veio e a lavou totalmente, Eugenia se recompôs. Afastou-se dos braços daquele homem e afagou um pouco seu rosto, como se um bom pestanejar sulista pudesse enxugar todos os resíduos de tristeza.

— A gente tá do mesmo lado, dona Eugenia — a voz de Jeremiah era calma. — Eu sei o que a senhora acha de mim, e quem sabe tem razão. Pode ser que eu não mereça tá aqui, mas é onde eu estou, fazer o quê? Estou aqui pelos últimos vinte e cinco anos e muito agradecido por cada um desses dias. Nunca fiz nada diferente do que amar todas as famílias que já passaram por aqui. E que o Senhor tenha piedade, com certeza amo essa uma.

Ela não estava acostumada a não saber o que dizer. Eugenia só ficou ali, olhando para o chão, desejando que as lágrimas secassem. Finalmente, ela sacudiu a cabeça.

— Bem, nada de flores, era isso que eu queria dizer.

Ela se virou e desta vez não iria parar, mesmo que ele a chamasse. Ela jamais poderia permitir que alguém soubesse que havia acabado de chorar no ombro de um homem que não tinha nada que ser o jardineiro da residência do governador.

JEREMIAH

Em todos esses anos de trabalho aqui, ninguém nunca falou mal das minhas árvores. Eu juro, Senhor, se aquela dona não tivesse desabado nos meus braços, eu tinha dado um murro nela.

Eu sabia que ela ia vir aqui também. Já tinha dito isso pra você. Desde o minuto que ela ouviu falar das orquídeas, eu sabia que a dona ia chegar aqui zumbindo que nem uma vespa e latindo que nem um cachorrão raivoso.

Eu sei que ela está ferida, também. Só que eu não sabia o tanto que ela estava machucada. Ela está tentando puxar a dona Mackenzie pra fora daquele poço, mas é bem capaz que ela caia lá dentro junto com a filha.

Mas isso não dá o direito de ela falar todas aquelas coisas ruins pra mim, dá?

Dá?

Acho que eu tenho que rezar pra ela, não é? Mas eu não quero, não. Quero dar uma boa sacudida nela. Dar uns tabefes. Não estou com vontade de orar pra uma dona que vem me dizer todas aquelas coisas pra mim.

Acontece que ela precisa de você, Senhor. Está me ouvindo? Disse que ela precisa de Você. E ela também não está nem um pouco contente com as coisas que o Senhor andou fazendo. Você veio e agitou as coisas por aqui. E pode ser verdade o que a dona Eugenia me falou, que eu não pertenço a este lugar. Eu sei que um sujeito que nem eu não merece um lugar como este. Mas, sei lá por que motivo, o Senhor me botou aqui um tempão atrás, e desconfio que me botou num lugar onde Você queria que eu estivesse. Não sei bem o motivo disso, mas estou bem certo que essa coisa toda é maior do que eu.

Acho que foi pra isso que os últimos trinta anos serviram. Acho que foi por isso que passei por todas as coisas que passei, que vi todas as coisas que vi, que escutei todas as coisas que escutei. Porque essa família precisava de mim. Não sei como, mas eu vou fazer a diferença, mesmo que fique só orando pra uma dona terrível que nem a dona Eugenia.

Então, está bem. Mas, Senhor, por favor não pede mais pra eu entregar mais flor pra dona Mackenzie. Porque eu estou achando que se isso acontecer, não vai ser só aquela Dimples que vai ficar andando por aí com só um olho bom. Tenho muita certeza que a dona Eugenia vai tentar me deixar vesgo também.

CAPÍTULO 37

Mackenzie ficou na janela do quarto dela, sua raiva tão densa e sufocante como o colar preto ao redor de sua garganta. Gray nunca havia falado com ela da maneira que fizera ontem, o modo que ainda ecoava dentro de sua cabeça. Suas palavras ainda pulavam dentro do cérebro, alimentando aquela fúria. E ontem ela não precisava de mais nada para ficar com raiva porque Jeremiah já havia desenterrado com sucesso a ira latente que ela não sabia que ainda estava lá.

Mas aquelas palavras estúpidas de Gray haviam feito uma coisa por ela. Elas lhe deram algo contra o que dirigir sua raiva. Alguma coisa para fazer. Se Gray desejava uma esposa obediente, era isso que ele teria. Ela saiu dos aposentos da família e seguiu para o topo da escada e viu sua mãe vindo como uma força da natureza.

Eugenia sacudiu o casaco e atirou-o numa curva do final do corrimão da escada. Seus sapatos começaram a bater nos degraus.

— Já cuidei de tudo, Mackenzie — ela segurou-se no corrimão de bronze, puxando seu peso enquanto se arrastava para cima. — Não haverá mais flores de Jeremiah.

Eugenia estava respirando com dificuldade no momento em que chegou ao topo das escadas. Ela parou na frente de Mackenzie, ainda ofegante, e arregalou seus olhos.

— Você está de pé... E vestida? Jesus vai voltar hoje, é isso?

Mackenzie deixou escapar um leve arfar:

— Estou indo trabalhar. Aparentemente temos uma campanha para ganhar.

Ela passou pela mãe e começou a descer as escadas, as botas pretas de cano alto tocando silenciosamente o tapete.

— Quem escolheu a sua roupa? — a voz de Eugenia veio atrás dela.

Mackenzie brincava com o cinto do casaco xadrez que vestia:

— Eu mesma. Não sou uma inválida.

— Pois foi o que pareceu no último mês.

Mackenzie respondeu de uma vez.

— Bem, eu não sou, entendeu? E quer saber mais? Posso muito bem tomar conta de mim. Eu sou uma mulher crescida, e sou capaz de me alimentar e me vestir sozinha — ela puxou as mangas de sua jaqueta.

Eugenia agarrou seu braço, e Mackenzie estremeceu. Sua mãe podia estar envelhecendo, mas ainda detinha algum poder consigo.

— Bem, agora vamos deixar as coisas bem claras, mocinha. Eu cuidei de seu traseiro, até o limpei quando foi necessário, pelos últimos seis meses. E não sei qual foi a pequena mudança que aconteceu em seu cérebro, mas essa coisa de desprezar a sua mamãe vai parar agora mesmo. Agora, você pode me dizer por bem o que foi que aconteceu, ou então eu vou tirar isso de você. Posso muito bem colocar você sobre meus joelhos e lhe dar umas palmadas aqui e agora.

— Mãe... — Mackenzie se soltou e continuou a descer as escadas.

Eugenia veio rapidamente em seus calcanhares:

— Estou falando sério. Você vai me dizer o que aconteceu.

Os saltos da bota de Mackenzie alcançaram o piso de mármore do *hall* de entrada e ela se virou:

— Gray deixou bem claro que ele tem um objetivo agora, que é se reeleger. Então é isso que vamos fazer.

— Mackenzie, querida — a voz de Eugenia suavizou —, você não está num estado para fazer campanha. Muito menos Gray, falando honestamente.

— Você obviamente não tem falado com Gray ultimamente.

— Gray não é o mesmo. Ele está sofrendo tanto quanto você.

— Bem, ele pode muito bem sofrer sozinho. Eu tenho um trabalho a fazer. Então vou sair para almoçar com Anna. E, quem sabe?, podemos ir ao *shopping* — ela colocou as mãos sobre os ombros de sua mãe. — Agora, você pode voltar para sua vida. Obrigado por ter tomado conta de mim. Obrigado por tudo que você fez. Mas não haverá mais terapeutas. Não haverá mais medicação. Não haverá mais mães me alimentando com sopa. Eu sou uma menina crescida e já posso tomar conta de mim mesma.

— Menina crescida nada. As meninas crescidas sabem do que precisam e são corajosas o bastante para admitir isso. Para mim, você apenas encontrou outra maneira de fugir e se esconder. E se você quiser saber minha opinião, o jeito como você vinha se escondendo, enrolada nos cobertores em seu quarto e desanimada, poderia ser muito melhor do que esse que pretende fazer agora. Porque os corações e as almas partidas podem assumir todas as aparências, querida. E algumas são muito mais perigosas do que as outras.

O rosto de Mackenzie endureceu em um sorriso:

— Vá para casa, mãe. Eu estou bem.

Eugenia estudou-a com os olhos apertados.

— Estou indo para casa. Verdade seja dita, eu sinto falta da minha cama e da minha banheira. Mas é melhor você saber, esta não é a cura. Não enquanto você ainda estiver fugindo.

— Tudo bem, ótimo. Eu te ligo mais tarde.

Eugenia ficou lá de pé, com as mãos nos quadris. Sua exasperação era óbvia. Ela estendeu os braços para a filha e puxou-a para um abraço. Apertado. Em seguida, mais apertado. Sua boca falou ao ouvido de Mackenzie.

— A dor tem que ser enfrentada, cedo ou tarde. Tem que ser verbalizada. E precisa ter ido embora completamente. Não pode ser evitada, mascarada ou negada.

Mackenzie deu tapinhas nas costas da mãe até que ela a soltasse. Enquanto Eugenia caminhava para a porta de saída, Mackenzie puxou seu celular do bolso da apertada calça jeans preta:

— Jessica, é hora de começar a trabalhar.

CAPÍTULO 38

— Você chorou no ombro dele? — o canudo do chá de Dimples escorregou pelo lado de seu rosto. Ela o agarrou e meteu-o na boca.

Eugenia endireitou-se. Ela não havia planejado contar nada para suas amigas, mas elas ficaram perseguindo-a até que desembuchou. Quando elas se aposentassem de sua função de enxeridas, deviam todas se tornar espiãs da CIA:

— Só depois que dei uma tremenda bronca nele.

Berlyn trouxe os cotovelos até a borda de sua mesa no Franklin Mercantile Deli. Ela empurrou o trio de queijo, salada de atum e salada de frango para longe dela. Então apertou suas mãos, fazendo a rosa vermelha bordada em seu suéter branco macio praticamente levantar voo:

— Então você chegou até o jardineiro, gritou com ele, mandou-lhe nunca mais enviar outra flor a Mackenzie e chorou em seu ombro? Você é um desastre de trem, Eugenia. Eu te disse que você precisa começar a fazer ioga comigo. Isso vai relaxá-la um pouco — ela pressionou a garrafa de Coca-Cola em seus lábios e levantou-a como se estivesse bebendo uma cerveja.

Sandra levantou um garfo na frente do rosto, estudando os dentes como se para se certificar de que eles estavam limpos o suficiente para seu gosto:

— Ioga é coisa de *new age*. Você não devia estar fazendo isso.

Berlyn deixou a garrafa pousar na mesa e tirou o garfo das mãos de Sandra:

— *New age* nada. Ioga é o que você faz com ela. Sento-me lá e fico me perguntando como diabos vou conseguir levantar as pernas até os ombros sem sufocar — ela olhou para baixo em seu decote e encolheu os ombros.

Eugenia deixou escapar um resmungo:

— Esse parece bem o tipo de relaxamento de que eu preciso.

O sino da porta do restaurante soou. Uma jovem mãe em um casaco rosa entrou com uma criança toda empacotada no carrinho de bebê.

— Você precisa parar de falar de modo tão duro com as pessoas, Eugenia. Não é adequado — repreendeu Sandra.

Eugenia virou as costas para a mãe:

— O homem deu uma orquídea para minha filha, Sandra! Uma orquídea! A pobre menina não pode ter filhos, e ele manda uma flor que poderia significar "muitas crianças". E você ainda quer vir me falar sobre o que é adequado e o que não é?

Dimples olhou para cima. Um pedaço de bacon pendurado da boca, o resto do sanduíche ainda na mão:

— Não acho que foi tão má ideia assim.

A cabeça de todas elas se virou ao mesmo tempo. Dimples encarou, consciente de que todas as atenções estavam agora sobre ela. Ela geralmente não dava muita atenção a isso, mas Eugenia viu que suas costas se endireitaram na cadeira. Dimples acabou de mastigar e colocou o sanduíche no prato de forma obstinada. Pegou o guardanapo e limpou a boca:

— Não olhe para mim assim, Berlyn.

— Não estávamos olhando para você. Nós estávamos olhando para aquele pedaço de comida preso no canto de sua boca.

Dimples passou o guardanapo:

— Não tente mudar de assunto. Eu sei uma ou duas coisas sobre a vida, apesar do que vocês pensam. E sei que às vezes as pessoas precisam de esperança. Se você num tem esperança, você não tem nada.

— Não diga *num* — retrucou Sandra.

— Cale a boca, Sandra — Dimples voltou-se para Eugenia, que olhava surpresa para ela. Dimples nunca havia dito a ninguém para calar a boca. — Mackenzie precisa ter alguma esperança. E se o bom Deus em pessoa chegou para aquele homem e mandou que ele desse a ela alguma esperança, então quem somos nós para questionar isso?

Eugenia estava prestes a responder, mas Dimples ainda não tinha terminado:

— Você mais do que ninguém, Eugenia Quinn, deveria estar feliz por existir alguém que ama sua filha o suficiente para tentar fazer isso. Além disso, nada do que você tem feito tem dado muito resultado. Na manhã de ontem, ela ainda estava usando pijamas ao meio-dia. Parece que o jardineiro agitou um fogo nela que a fez sair da cama e se vestir.

— Isso foi porque ela está com raiva, Dimples, e não porque tem esperança de alguma coisa.

Dimples pegou seu sanduíche e o observou enquanto falava:

— Pode ser que isso não seja tão ruim. Talvez ela precisasse dessa raiva. E se o Jeremiah quer mandar flores para ela, se quer ajudar sua filha a curar seu coração partido, você seria uma estúpida em não deixar que ele fizesse isso — um pedaço de alface caiu do sanduíche e se depositou sobre a mesa.

Sandra pegou a alface e colocou no prato de Dimples.

— Pare de sacudir seu alimento, Dimples. Eles vão acabar pensando que acabamos de sair do asilo.

Eugenia moveu seu garfo pela salada:

— Aquela flor partiu o coração de minha filha.

Dimples colocou seu sanduíche de volta no prato:

— O coração dela já está partido, Eugenia. Mas e se for isso? E se existem ainda mais filhos para ela? Seria tão ruim assim para Mackenzie acreditar que isso ainda é possível? Todo mundo precisa de alguma coisa para acreditar. Se você convencer sua filha de que não vale a pena acreditar em mais nada, acho que seria melhor colocar ela direto na tumba. E se você também não acredita que exista alguma coisa maravilhosa esperando por ela, é tão digna de pena quanto Mackenzie. Com raiva ou triste, sem algo em que acreditar, não há nada pelo que vale a pena viver.

Sandra estava com os lábios entreabertos, e Dimples ergueu um dedo torto e ossudo para ela:

— Sandra, eu juro, se uma palavra sair de sua boca, vou te dar um tabefe.

Sandra olhou fixamente para Berlyn, como se essa fosse dar lições de moral para Dimples. Berlyn apenas deu de ombros. Eugenia estudou com atenção o olho bom de Dimples, que ainda estava encarando os dela. Em todos aqueles anos, Eugenia nunca tinha visto sua amiga confrontar alguém. Verdade seja dita, essa explosão foi um verdadeiro milagre.

A interjeição de Berlyn suspendeu seus pensamentos.

— Estou acreditando em algo.

Sandra revirou os olhos:

— Vamos lá, desembucha.

Berlyn virou-se para Sandra. Eugenia podia ver o peito magro de Sandra subir e descer por baixo dos babados de sua blusa azul-marinho.

— Estou acreditando que um dia vou acordar e a doceria vai anunciar que terei *donuts* quentinhos por vinte e quatro horas do dia!

Eugenia deu uma risadinha. Ela sabia que viria alguma bobagem. Mas foi bom, porque não ria fazia um bom tempo.

Talvez estivesse quase morta também.

E talvez Dimples enxergasse melhor as coisas com apenas um olho bom do que Eugenia com os dois.

CAPÍTULO 39

A música suave se espalhava pelo carro de Anna como as ondas batendo na borda de uma piscina. Lenta e ritmicamente. A pergunta de Anna saiu atada com apreensão:

— Você tem certeza de que quer fazer isso?

— Tenho. É o *shopping*, Anna. É o almoço. É o que eles chamam de estar vivo.

— Bem, é um bom lugar para começar, eu acho, mas podemos apenas ir almoçar agora e talvez ir ao shopping na semana que vem. Não há problema em ir devagar, Mackenzie. Você não tem que fazer tudo de uma vez. Não existe uma grande expectativa com relação a isso.

— Você, aparentemente, também não tem conversado com Gray. Pode acreditar, Gray tem suas expectativas.

Anna estacionou seu carro numa vaga bem em frente à loja preferida delas e desligou o motor:

— Não acho que Gray tenha dito que você devia fazer tudo num dia só. Talvez ele quisesse dizer que seria preciso começar de alguma forma.

Mackenzie soltou seu cinto de segurança e abriu a porta do carro:

— Eu estou cansada de falar sobre Gray.

Anna seguiu seus passos e ambas entraram na loja. Assim que elas atravessaram a porta, as cores da primavera explodiram à sua volta como uma cesta de ovos de Páscoa coloridos. Cada agasalho, camiseta, colar e par de calças gritavam que o inverno estava no fim e que já era tempo da primavera demarcar seu território. Elas vagaram em direção a um canto familiar da loja.

— Alguma vez você se perguntou por que eles colocam uma mulher de noventa e cinco anos para escolher as peças de tamanho pequeno? — disse Mackenzie enquanto examinava os cabides.

Anna deu de ombros:

— Nunca pensei nisso.

— Estou falando sério. Se não for uma blusa abotoada até em cima, um macacão floral ou uma calça xadrez, não vai encontrar aqui.

— Estou achando que você não está com vontade de comprar nada aqui.

Mackenzie olhou para o rosto de sua amiga. A tensão tinha derretido.

— Desculpe. Estou sendo maldosa. Normalmente eu não sou maldosa.

Anna cutucou Mack:

— Todas estamos autorizadas a fazer comentários maldosos quando estamos na TPM e precisamos de um chocolate ou de um litro de chá. Então você tem permissão de ser maldosa.

Mackenzie sorriu.

— É bom ver isso.

Anna passou um braço em torno dos ombros de sua amiga enquanto caminhavam para fora da loja de departamento e para o *shopping*. O movimento ali não estava nem perto do que costumava ser aos finais de semana, mas ainda estava cheio de gente e de atividade.

— Sentiu o cheiro? — perguntou Anna.

— De quê?

— Os *pretzels* — ela apontou para uma loja em meio a uma grande área aberta cercada por mesas e recheadas de clientes. — Eu adoro essas coisas.

Mackenzie deu de ombros. Ela não amava mais qualquer tipo de alimento.

— Eu nem senti o cheiro.

— Quer um pouco?

— Nós vamos almoçar daqui uma hora!

— Pode ser o nosso aperitivo.

Mackenzie balançou a cabeça:

— Peça um se quiser.

— Não vou pedir se você não comer um também.

Mackenzie a empurrou levemente:

— Pode ir, estou bem. Vou dar uma espiada naquelas vitrines ali enquanto isso — ela apontou para a vitrine de uma loja Sephora logo depois das mesas.

Mackenzie deixou Anna comprando seu *pretzel* e vagou até a vitrine. Um suporte de acrílico ali dentro exibia três tubos de batom nas cores rosa vibrante, laranja e vermelha. Passou nos lábios. Aquela era a primeira vez que usava *gloss* em... Bem, séculos.

Sentiu uma pontada em seu calcanhar. Ela estendeu a mão instintivamente.

— Oh, eu sinto muito. Eu não estava prestando atenção.

Mackenzie voltou-se para ver a pequena roda de um carrinho de bebê presa contra o seu pé. Uma mulher jovem com o rosto vermelho agarrou o segurador do carrinho.

— Está tudo bem — Mackenzie distraidamente esfregou seu calcanhar, atraída novamente pela visão de um bebê dormindo aninhado dentro do carrinho. — Aceito uma pancadinha dessas em nome desse bebê.

— Eu realmente sinto muito.

Mackenzie pôs as mãos sobre o carrinho:

— Quanto tempo?

— Seis meses. É uma idade ótima.

— Todas são ótimas — o comentário saiu sem Mackenzie perceber.

— Você tem filhos? — perguntou a mulher.

Uma neblina tomou conta de Mackenzie de um jato, rápida e espessa. Ela balançou a cabeça ligeiramente:

— Eu... Hã... Eu não... Bem, eu... — ela se endireitou. — É uma longa história.

— Bem, eu tenho certeza de que você seria uma mãe maravilhosa.

Mackenzie não estava ciente de que as barragens podem se romper sem aviso prévio, sem pelo menos dar um mínimo sinal. Durante todos aqueles anos em que tentou manter o autocontrole, ser uma planejadora, ser do tipo que pensa antes de falar, ela nunca tinha experimentado nada perto do que aconteceu em seguida. Naquele momento, cada fenda em sua alma colidiu com a avassaladora realidade do mundo que agora era dela, e ela não poderia suportar isso. As águas da represa simplesmente jorraram descontroladas, e ela não possuía nenhuma arca que a ajudasse a escapar da enxurrada.

Mackenzie virou-se e decolou numa corrida louca para a loja de departamentos. Ela ouviu a voz de Anna chamando seu nome como se viesse de um tempo no qual ela já não mais residia. Seus gemidos chegavam de um local profundo onde desculpas nunca foram dadas e onde a opinião das pessoas não tinha nenhuma importância. Ela tentou virar uma esquina e correu direto sobre uma arara de metal que mostrava vestidos de seda. A haste de metal cavou fundo em seu ombro e ela caiu no chão.

Mas Mackenzie não deixou que isso a detivesse. No momento em que ela conseguiu se soltar e correr para o estacionamento, já estava rouca por causa de seus gritos.

CAPÍTULO 40

Olhos vermelhos o encaravam de volta no espelho do banheiro de seu pai. Ele esfregou o queixo mal barbeado. O rosto descuidado no espelho o acusou. Ele estava se perdendo. Pendurado na borda de um penhasco. Pendurado sobre um lugar desesperador para onde ele não queria ir e que Mack não merecia.

Jeremiah estava certo. Mackenzie precisava ser amada de volta para viver. Mas ele também. Ele merecia ser amado também. E por um breve momento percebeu quão fácil seria se agarrar ao tipo errado de amor.

Ele abriu a torneira e viu a água circulando e descendo pelo ralo. Sua vida parecia estar fazendo a mesma coisa, descendo rapidamente pelo ralo. Gray mergulhou as mãos no jorro de água, baixou a cabeça e molhou seu rosto. Suas terminações nervosas voltaram à vida com o impacto, assim como os seus sentidos.

Eu sou o governador do estado e acabo de agredir o meu chefe de gabinete. Um dos meus melhores amigos, nada menos do que isso. E aquela enfermeira...

Ele colocou as mãos na borda da bancada de fórmica. Água escorria de sua face. Ele puxou uma toalha branca do anel de plástico que a segurava e secou o rosto. Em seguida, ouviu o pai gemer.

Voltou ao quarto. O velho estava dormindo havia pelo menos três horas. O médico viria mais tarde, e Gray havia decidido esperar por ele.

Gray se sentou e colocou a mão na cama de seu pai. Os olhos dele estavam abertos, mas permaneciam fixos no teto do quarto:

— Ei, pai, como vai?

Os olhos do velho lentamente se focaram no rosto do filho e pareciam estudá-lo. Em seguida, um leve sorriso contornou os lábios.

— Oi, filho, estou bem. E você, por onde esteve?

O coração de Gray derreteu. Parecia que poderia escorrer pela ponta de seus dedos. Um nó chegou até sua garganta com tanta força que suas lágrimas não poderiam ser interrompidas:

— Estive bem aqui.

— Sim. Bem, eu estarei por aqui. Estava com saudades.

Gray deixou escapar uma risadinha suave e depois limpou o nariz:

— Está tudo certo, você estava descansando.

— É mesmo? Então por que me sinto tão cansado? — ele esfregou os olhos.

Gray não conseguiu evitar. Ele era um garoto e este era seu pai. Deitou a cabeça no peito do pai e chorou. Depois de um minuto, ele sentiu a mão de seu pai esfregando seu couro cabeludo.

— Ei, o que há de errado? Por que você está chorando?

— Sinto muito, papai.

— Eu já lhe disse para nunca pedir desculpas por isso. Não é uma coisa errada um homem adulto chorar. Lágrimas têm de sair de dentro de nós. É a maneira como Deus nos fez.

— É que também sinto sua falta, só isso.

— Bem, então não precisa demorar tanto para a gente se ver de novo.

Gray levantou a cabeça e concordou. Suas lágrimas haviam deixado uma mancha molhada no pijama do pai. Gray forçou-se a sentar-se. Ele não queria perder este momento de lucidez com o rosto enterrado em algum lugar. Ele queria olhar nos olhos do velho para que pudesse se lembrar de como era tê-lo presente. Apenas para o caso de que esta fosse a última vez que isso acontecesse.

— Pai, eu posso lhe fazer uma pergunta?

— Você pode me perguntar qualquer coisa.

Gray tomou as mãos de seu pai e as manteve presas nas suas, com a colcha verde enrugada debaixo delas:

— Quando você está muito machucado, como pode cuidar de outra pessoa? Como você pode estar lá presente para alguém quando não consegue nem descobrir como curar seu próprio coração?

Ele sentiu os dedos de seu pai se movimentarem para escapar de seu aperto e pressionou um pouco mais, preocupado que seu pai ficasse agitado de novo e prestes a sofrer outro ataque:

— Filho, você pode soltar minhas mãos por um minuto?

Gray riu e soltou.

— Você está passando por momentos difíceis nesses dias? — perguntou o pai.

— Bem difíceis.

— Mackenzie também?

Gray assentiu com a cabeça.

— Quer me dizer por quê?

Ele não podia contar ao pai o que tinha acontecido. O problema é que a gravidade do ocorrido poderia abatê-lo novamente. Gray apenas deu de ombros.

Seu pai balançou a cabeça e disse:

— Esse processo de cura consome um bocado de energia, não sei se você sabe. Às vezes parece que todo o seu corpo está concentrado naquela única ferida aberta, como se ele não pudesse sequer pensar em qualquer outra coisa. E está tudo bem. Há momentos para isso. Mas a dor também pode nos deixar egoístas. Podemos permitir que a dor nos engula de tal forma que não sobre mais nada que se possa oferecer. E a única maneira de evitar isso é continuar se dando, mesmo no meio da sua própria dor.

Ele apertou a mão de Gray.

— Você me ouviu, filho? Se Mack precisa de você, você precisa estar lá. Tenho a sensação de que vê-la se curar vai ajudar você a se curar também.

Gray se inclinou e beijou as mãos de seu pai. Ele deixou seus lábios pousarem lá por alguns momentos. Quando olhou para cima, seu pai estava dormindo. Beijou o topo de sua cabeça antes de pegar Sophie e sair do quarto.

No corredor, Gray mudou Sophie para o outro braço e puxou o celular do bolso enquanto seguia para o estacionamento. Entrou no carro, colocou Sophie no banco do passageiro e fechou a porta. Em seguida, procurou no console entre os bancos e encontrou o cartão do terapeuta que Thad havia sugerido.

Ele precisava de ajuda. E precisava se curar. Ele não sabia como seria possível começar a curar feridas tão grandes quanto as dele. Discou o número impresso no cartão.

Ouviu uma voz de homem na outra ponta da linha:

— Aqui é Ken Jantzen.

— Ken... Hã... Aqui é Gray... Gray London. Você sabe, o marido de Mackenzie e... Governador... — Gray baixou a cabeça até encostar-se ao volante. Sua voz falhou quando tentou continuar. — Acho que preciso falar com você.

O sinal de chamada em espera tocou, e ele verificou a tela do celular. Por que diabos Anna estaria ligando para ele?

CAPÍTULO 41

— Ei, Mack. Querida, está tudo bem. Está tudo bem.

Gray dizia palavras tranqulizadoras enquanto se ajoelhava na frente dela na minúscula sala do banheiro feminino.

Mackenzie estava sentada em uma cadeira de tecido verde com as pernas enroladas debaixo dela. Ela se balançava para frente e para trás, olhando para Gray e para Anna, mas sua mente estava a um mundo de distância. Eles poderiam muito bem ser dois estranhos.

— Ela correu para o estacionamento — Anna parecia em choque enquanto falava. — Tudo que pude fazer foi trazê-la até aqui. Eu nunca a vi assim. Temos que encontrar ajuda para ela.

— Tudo bem — Gray manteve o mesmo tom suave na voz. — Estou com ela. Você consegue garantir que ninguém entre por alguns minutos?

Os olhos de Mackenzie dispararam ao redor do banheiro. Até mesmo este lugar zombava dela. O trocador pregado à parede. A área de assentos para as mães que amamentam. Em todos os lugares aonde ela ia, o mundo parecia zombar dela.

Gray colocou as mãos sobre os joelhos dela.

— Deixe-me levá-la para casa, Mack.

Ela deu um tapa nas mãos dele:

— Não me toque!

Ele moveu suas mãos.

— Nós só precisamos levá-la para casa.

Ela saltou da cadeira.

— Eu não quero ir para casa. Eu nunca mais quero ir para casa.

Suas lágrimas começaram a cair em uma nova onda. Ela caminhou até o trocador e puxou o trinco que o prendia na parede. O tampo de plástico da mesa saltou quando caiu. Ela puxou as alças em uma tentativa desesperada de arrancar a mesa da parede.

Ela sentiu as mãos de Gray segurarem seus braços.

— Pare, por favor. Pare!

— Me solta! — suas palavras saíram com um veneno que ela não sabia que existia em seu interior. — Me solta!

Ele apertou os braços ainda mais:

— Não vou soltar. Venha cá — as palavras de Gray saíam num sussurro. — Venha cá, querida.

Mackenzie agarrava aquelas alças de náilon como se fosse um animal, mas Gray finalmente conseguiu arrancá-la de lá. Ele a puxou de volta para a cadeira e ela se debateu freneticamente em seus braços.

— Me solta!

— Mack, você vai quebrar alguma coisa ou acabar se machucando.

— Eu não me importo! Eu só quero morrer! Eu deveria ter morrido! Não Maddie! Não a nossa... — a voz de Mack engasgou com outra explosão de lágrimas.

— Eu sei, eu sei que dói muito.

Ela continuou se debatendo para escapar dos dedos de Gray, e ele finalmente a soltou. Mack ficou lá, balançando na frente dele:

— Não era assim que as coisas deviam ter sido!

Eram as lágrimas dele que caíam agora:

— Eu sei, amor. Eu sei...

— Foram tantas as vezes que eu devia ter sido mãe. Eu deveria ter filhos por todos os lados. Mas não tenho! Você sabe o que eu tenho? — Mack caminhou de volta até o trocador e bateu seu punho nele. — Eu tenho um saco de fraldas e nenhum bebê para usá-las! Tenho um diário do bebê em branco sem nada para escrever! Nada de primeiro dentinho. Nem primeira mecha de cabelo. Tenho cabides no armário do bebê sem roupinhas para pendurar!

Ela pegou o tampo de plástico e começou a bater na parede com ele, uma vez e outra mais:

— Tudo isto está errado! Minha vida não era para ser desse jeito! Eu quero morrer! Eu quero que tudo isso acabe, eu só quero morrer! — seu corpo desabou por causa dos soluços desesperados.

Ela sentiu Gray curvar-se e cercá-la de novo.

— Estou contente por você não ter morrido. Eu preciso de você.

Mackenzie apenas cuspiu suas palavras em cima dele:

— Você precisa de alguém para ajudar a ganhar uma campanha! Você não precisa de mim.

Ele sacudiu a cabeça obstinadamente:

— Não. Isso não é verdade. Eu estava errado quando disse aquilo ontem à noite. Eu estava sofrendo. Mas eu preciso de você. Juro. Mas nada disso vai mudar nada. Não vai trazer Maddie de volta e nos arranjar outro bebê.

— Você me culpa! Vá em frente e diga que tudo é minha culpa! Você vem querendo dizer isso desde que Maddie morreu. Me diga o que você sente de verdade, pelo menos uma vez! — os punhos dela socaram seu peito. — Diga o que você sempre quis dizer à mulher que matou a sua filha!

Gray agarrou as mãos dela.

— Isso não é verdade. Eu não culpo você. Foi um acidente.

— Você está mentindo! Fale, Gray, fale!

— Eu amo você, Mack — as palavras saíram através de suas próprias lágrimas. — Isso é tudo que eu vou dizer... Eu te amo.

Gray a segurou até que o corpo dela não conseguia mais lutar. Finalmente Mack se rendeu e deixou seu corpo cair. Ela não tinha mais nada a perder. Por pouco tempo lá, ela pensou que a raiva poderia ajudá-la a sobreviver. Mas a vida era muito maior. A dor era muito grande. A escuridão dessa raiva parecia engoli-la inteira.

Ela acordou no meio da noite e encontrou-se na cama, vestida em um pijama macio. Os braços de Gray estavam apertados em torno dela. Ela voltou a dormir, desejando desesperadamente nunca mais acordar.

JEREMIAH

Nem tenho mais palavras pra dizer ao Senhor como me sinto agradecido hoje. Eu acordei e não tinha nenhuma flor marcada na minha cabeça pra entregar pra dona Mackenzie. Com certeza vou escapar do gancho. Mas daí eu vi a dona Eugenia descendo a escada do porão hoje cedo com uma caixa na mão. Daí me veio na mente a ideia de me esconder dela no meio das minhas plantas pra ela não me ver.

Mas a dona Eugenia veio e me deu uma surpresa daquelas.

— Tome! — disse ela entrando direto na minha sala de trabalho. Ela enfiou essa caixa bem no meio do meu peito. Quase me derrubou.

Eu abri. Era uma caixa de lenço branco. Lenço branco! O que um cristão vai fazer com um monte de lenços brancos quando trabalha no meio da terra o dia inteiro e fica suando que nem uma mula de carga? Não tem alvejante que arranque a sujeira dele.

Mas eu tenho minhas boas maneiras. Disse a ela:

— Obrigado!

Ela girou a mão como se tivesse dando adeus:

— Os seus estão imundos. Você precisava de lenços novos.

Mas mesmo assim ela ainda agiu como se isso não fosse nada, e eu sabia que, se Eugenia Quinn deu uns lenços brancos, aí tinha coisa.

Então perguntei:

— Mas por que a senhora me deu esses lenços brancos?

Ela me olhou daquele jeito inchado. Parecia que os botões daquela blusa rosa dela estavam apertados ou coisa assim. Ela pegou a caixa da minha mão:

— Mas não é um velho ingrato esse?

— Eu não sou ingrato. Só tava pensando, se você vai dá um presente pra uma pessoa, você tem que saber o que essa pessoa tá precisando mesmo. E todo mundo pode ver que um homem que trabalha na terra o dia inteiro não vai precisar de lenços brancos. Ele vai precisar de lenços escuros.

As rugas da testa dela subiram e ela apertou mais a caixa perto dos peitos:

— Bem, um homem educado saberia que ele deveria agradecer ao receber um presente, e não dizer à pessoa que o ofereceu como esse deveria ser.

— Então isso me faz um homem educado, porque eu falei obrigado primeiro.

Eu vi quando os olhos azuis brilhantes da dona Eugenia ficaram apertados e pensei por um minuto que o lábio dela ia ficar tão apertado também que eu ia precisar da minha pá pra soltar eles. Mas eu devia saber que ela ia arrumar um jeito de abrir de novo.

— Você é incorrigível — ela disse usando aquelas palavras estranhas que costuma usar. — Eu vim lhe dizer que pode dar as flores que quiser a Mackenzie.

Meus olhos se afundaram na minha cabeça quando ela falou isso:

— O quê?

— Você me ouviu, Jeremiah. Pode lhe dar flores, se quiser.

— Mas de qualquer tipo de flor? A senhora não vai atirar em mim?

— Bem, não estou dizendo que não acabarei atirando em você... — e pelo olhar na cara dela, eu sabia que devia acreditar que a dona Eugenia podia mesmo fazer isso. — Mas não será por causa das flores que você der a ela.

Mas daí ela resmungou não sei o quê, parecia que estava dizendo que eu estava certo. Mas eu sei que não tem nenhuma maneira nem no céu nem no inferno da dona Eugenia Quinn aceitar que eu estava certo sobre qualquer coisa.

— Se a raiva é o que vai mantê-la viva, então vamos nos contentar com a raiva por um tempo. E ter esperanças...

As palavras dela saíram da boca e sumiram no ar. Os olhos da dona Eugenia não conseguiam olhar pra mim. E teve um minutinho lá quando tudo aquilo que vive dentro de mim queria sair pra fora pulando, gritando, rindo e com vontade de esfregar na cara daquela mulher o fato de que ela devia aceitar que estava errada.

Mas num fiz isso. Senhor Misericordioso, bem que eu queria, mas não fiz. Só fiquei lá, sacudi a cabeça e deixei ela seguir em frente com a dignidade que ela acha que sobrou:

— Eu gosto de ter esperança — foi só isso que falei.

Ela girou toda cheia de estilo e agindo estranho:

— Tudo bem, então... Isso era tudo que eu tinha a lhe dizer.

Ela passou a mão do jeito que sempre faz por cima das minhas flores:

— E agora pode voltar a cuidar do que quer que você estava fazendo. Porque o bom Deus sabe que este jardim aqui precisa ser cuidado. Devia ter um jardineiro vindo atrás do jardineiro.

E a dona foi embora empinada. Como se tivesse feito sua boa ação. Como se tivesse marcando todas as boas ações que ia ter que fazer neste ano e conseguisse completar todas elas num golpe só, me dando aqueles lenços brancos idiotas.

Ela ainda não sabia que tem sempre um jardineiro que vem sempre atrás de mim. E logo que ela foi embora, eu ouvi Ele falar. Deus me falou pra dar pra dona Mackenzie aquele outro broto que estou cultivando na oficina.

Eu estava com medo de Ele fazer isso. Claro que ainda vai brotar por umas boas duas semanas. Mas o Senhor ajuda a gente, porque sei o que essa flor quer dizer. E se aquela orquídea deixou ela com raiva daquele jeito, nem quero imaginar o que vai acontecer com essa daqui...

CAPÍTULO 42

O mundo tinha perdido todos os seus marcos.

Mackenzie sentou-se em sua cadeira, incapaz de identificar qualquer coisa que passasse em frente à sua janela. Tudo o que ela podia focalizar e dedicar atenção era sobre o que estava acontecendo em sua mente, e isso não era nada além de tormento.

Ela sabia, à essa altura das coisas, que a dor era uma companheira cruel. Não se importava quão cansado ou fraco ou desesperado você estava. Ela pairava sobre e zombava de você, raramente se rendia e ia embora. Ela podia se afastar por um tempo muito curto, apenas para voltar com toda força novamente por meio de uma palavra ou de um olhar inocente.

Mas esses momentos de pausa pareciam ainda mais cruéis do que o sofrimento constante lhe martelando, porque podiam se acabar em uma fração de segundos, e você nunca se via capaz de saber de onde aquele novo ataque estava vindo.

Só que agora não havia mais pausas. Em algum momento daqueles incontáveis dias que já haviam passado por ela, a escuridão havia ficado mais espessa. Cada minuto acordada em vigília servia para que a escuridão sussurrasse em seus ouvidos como a vida era algo totalmente sem esperança.

Mackenzie havia chegado a pensar que aquela onda de raiva iria durar, que poderia usá-la em seu proveito e, de alguma forma, enganar a dor.

Mas ela tinha enganado apenas a si mesma.

Antes de atirar aquela orquídea em Jeremiah, ela nunca havia jogado nada em ninguém em toda sua vida. Mas depois daquele dia, sua vontade tinha sido arremessar tudo que caísse em suas mãos. A raiva profunda parecia vir da ponta dos dedos do pé. Mas, uma vez que gastou toda essa raiva, a raiva a havia deixado gasta. E desde então, Mackenzie não tinha mais nada. Absolutamente nada.

Ainda havia momentos em que o presente se apresentava. Ela ouvia uma palavra, percebia um vislumbre de alguma coisa que realmente registrava. Mas, durante a maior parte do tempo, vivia nesse poço vazio. Um poço de vozes sombrias e pesadas e atormentadas sempre bloqueadas na mesma frase: "e se...".

E se ela tivesse parado o carro e Maddie tivesse apertado o cinto de segurança?

E se ela tivesse dado melhores exemplos?

E se ela tivesse cuidado melhor de si mesma quando estava grávida, sem tentar fazer muita coisa?

E se...

As vozes se chocavam impiedosamente contra ela até que ela finalmente tomou o medicamento que Thad havia receitado. Então, as vozes simplesmente ecoavam de forma mais silenciosa e menos estridentes, juntando-se às de todas as pessoas que continuavam tentando se intrometer em seu silêncio.

Mais do que tudo, Mackenzie queria que todas aquelas falas parassem, que apenas a deixassem em paz.

Gray parecia diferente, porém. Isso ela havia notado. Ele estava lá com ela praticamente o tempo todo, tentando ao máximo chegar perto dela, alcançá-la. Mas não passava de mais uma voz distante que a chamava, pedindo para ficar em um mundo do qual Mackenzie queria escapar, de todo o coração.

Durante aqueles raros momentos em que as vozes silenciavam pelo tempo suficiente para que pudesse se concentrar no som que vinha de seu próprio coração, Mackenzie percebia que esse mundo vazio era muito mais assustador do que aquele de fúria. Ela estava certa de que, quando tivesse chegado ao fundo de onde quer que estivesse indo, não haveria maneira de se recuperar.

Mackenzie não sabia o que aquilo significava e, nesse correr tortuoso dos dias, não tinha muita certeza de que se importava. Mas, por um momento, chegou a se perguntar se poderia haver uma escuridão mais profunda do que aquela em que estava vivendo agora. E algo dentro dela mexeu com o pensamento de que sim, na verdade, havia.

CAPÍTULO 43

Quando Gray acordou na manhã seguinte ao colapso de Mackenzie, ela já havia se enclausurado novamente. Ele havia tentado se comunicar com ela, conversar, mas não recebera retorno nenhum.

No entanto, ficou por perto, de qualquer maneira. Durante as últimas duas semanas, Gray havia feito tudo pela esposa e tinha deixado bem claro para todo mundo que era assim que ele queria fazer. Gray trazia o café da manhã. Trazia o almoço. Dava banho na esposa e a vestia.

As palavras de Jeremiah sobre as azaleias giravam mais e mais dentro da mente dele: "Elas valem a pena gente cuidar. Vale lutar por elas. E um jardineiro daqueles bem esperto, um daqueles que sabem que não sabe tudo, ele fica esperto e dá atenção pro que o céu diz pra ele sobre como cuidar das florzinhas".

Tinha levado algum tempo, mas agora ele sentia que finalmente estava conseguindo ouvir.

Porque depois do colapso de Mackenzie no *shopping*, quando ele finalmente a conseguira levar para o carro, acreditara ter ouvido o céu sussurrar claramente: "Ame-a". Era isso que ele estava tentando fazer a cada momento. Estava amando sua esposa da melhor forma que era capaz.

Agora, se isso seria o suficiente, ele não tinha como saber.

Outras duas semanas viriam antes que a câmara e o senado votassem o orçamento. Os advogados estavam trabalhando diligentemente no caso judicial da VRA. E ele havia dito a Fletcher que não iria contratar um novo chefe de gabinete, ainda não. Durante as próximas semanas, Fletcher deveria simplesmente continuar fazendo seu trabalho e aguardar novas notícias. E as mais recentes eram que o governador estava tirando uma folga com sua esposa para tomar uma decisão final sobre se ia ou não concorrer ao segundo mandato.

Gray havia assegurado aos eleitores que comunicaria sua decisão antes do prazo final de filiação, em abril. E já estavam na primeira semana de março. Newman subia nas pesquisas e os índices de Gray caíam mais rapidamente do que as pereiras Bradford podiam florescer, e ali em volta isso ocorria praticamente da noite para o dia. Mas com Mackenzie naquele estado, ele sabia que só havia uma coisa que poderia fazer: ser o marido que havia se comprometido a ser. Na saúde e na doença.

A porta do quarto se abriu.

— Saia — a voz de Eugenia ordenou.

Ele a olhou por cima dos óculos e pousou no colo o livro que estava lendo para Mack:

— Não vou sair, Eugenia. Eu disse ao Fletcher que estaria de volta ao gabinete na segunda, e é isso que farei. Hoje ainda é quarta, não segunda.

Eugenia pegou Sophie como se fosse um rato de esgoto e a entregou a Gray:

— Fora, você precisa de ar fresco, e eu tenho que passar algum tempo com minha filha. Você já ficou tempo suficiente com ela.

Gray tirou os óculos, colocou-os na mesa ao lado dele e olhou para Mack. Ela continuava sentada imóvel em sua cadeira perto da janela, olhando só Deus sabia o quê.

Ele tinha necessidade de fugir. Para respirar. Para viver, mesmo que por apenas um minuto.

— Tem certeza de que não se incomoda em fazer isso?

Eugenia cutucou-o para fora da cadeira:

— Eu não teria oferecido se isso fosse me incomodar.

Gray se inclinou sobre Mack e deu um beijo na testa:

— Não vou demorar, querida, só vou levar Sophie para dar uma volta.

Ela não se moveu.

Eugenia tocou seu braço:

— Pode ir, filho, eu tomo conta dela.

— Obrigado, mãe — e deu um beijo nela antes de sair.

Ele e Sophie iam para a frente do palácio quando o ônibus escolar amarelo parou na porta ao lado. Ele assistiu aos cachos cor de café de Oliver pulando quando desceu e correu para a entrada de casa.

Cada vez que Gray via Oliver, a lembrança de Maddie não lhe dava respiro. Rugia para a vida de novo com o máximo impacto. E era tão vívida. Ele era capaz de ver sua filha e Oliver pulando na cama elástica montada nos fundos da mansão, brincando no balanço, divertindo Gray e Mack com suas atuações dramáticas de domingo à noite, depois da pizza.

Ele se recusou a afastar essa lembrança. Permitiu que a dor passasse através dela e sentiu o impacto dolorido produzido em suas entranhas. Essa havia sido a promessa que tinha feito a si mesmo no quarto do seu pai, uma que suas sessões com o terapeuta haviam reforçado. Ele não fugiria mais dessa mágoa, nunca mais. Ao contrário, quando o sofrimento aparecesse, iria correr diretamente para ele. Iria prendê-lo, segurá-lo, senti-lo, absorver seu impacto. Em seguida, voltaria para a vida que, por alguma razão, lhe fora deixada para viver.

Vida. Já se esquecera do que realmente significava. Quando Maddie ainda estava com eles, cada momento vibrava com a vida. Em sua dor, em sua raiva, em sua comiseração, Gray havia se esquecido de como a vida se parecia de verdade, e só agora se dava conta disso. Ele não tinha assistido a um único jogo de futebol ou de basquete, exceto naquela vez no bar de esportes onde passara a tarde bebendo cerveja. De fato, não tinha realmente visto nenhum. Não tinha soltado uma sonora gargalhada desde que... Nem conseguia se lembrar desde quando.

Gray ergueu seu rosto para o sol enquanto os raios banhavam delicadamente sua pele. Não tinha lembrança dessa sensação desde que a morte de Maddie havia retirado essa capacidade de sentir qualquer outra coisa que não fosse o sofrimento.

Então, abriu os olhos e gritou o nome de Oliver. Tinha acabado de pensar em algo que o faria se sentir incrivelmente vivo.

O menino se virou ao som de sua voz. Sua mão subiu:

— Oi, governador!

Gray aproximou-se da cerca de ferro escura que separava o palácio da casa de Oliver.

— Ei, rapaz, você pode dar um pulo aqui um minuto?

Oliver lançou sua mochila de livros por cima da passagem de pedra na frente da garagem de sua casa, seus joelhos brancos brilhando debaixo da bermuda cáqui. Gray sorriu. Março havia trazido um bom tempo para eles, mas não calças compridas. Era óbvio que essas crianças eram impermeáveis ao frio.

Oliver chegou até as grades:

— E aí, governador?

Gray agachou-se para que ele ficasse mais perto de Oliver e ao nível dos olhos. Sophie enfiou a cabeça entre as barras da grade de ferro, esticando-se para chegar o mais perto possível do menino. Ela conseguiu prender a atenção de Oliver primeiro:

— Sophie! — gritou ele, ajoelhando-se e esfregando a cabeça da cadelinha vigorosamente.

O governador afundou na grama macia do seu lado da grade:

— Oliver, estive pensando. Já que você e Maddie não chegaram a abrir aquela banca para vender limonada, o que você acha de você e eu abrirmos nossa banca de limonada nesta tarde?

Oliver torceu a cabeça. Sophie também. Ambos pareciam estar se perguntando se eles poderiam levar a sério o que Gray acabava de dizer:

— Tipo você e eu na calçada? — Oliver olhou em direção à rua. — Bem, a gente não tem calçada. Então... Tipo você e eu na entrada? Mas espera! Você não é o governador? Aposto como ia conseguir mandar alguém arrumar uma calçada pra nós rapidinho!

Gray riu.

— Bem, acho que não ia dar tempo para eles arrumarem uma calçada para nós nesta tarde. Então, o que acha de a gente montar nossa bancada aqui mesmo, na entrada de carros? Posso pedir para Rosa fazer um pouco de limonada e aí eu arranjo uma mesa e...

— Legal! E eu faço a placa! — Oliver deu um pulo de forma que seus pés fizessem um passinho. Mas, de repente, parou abruptamente. Com a testa franzida. — Mas preciso falar uma coisa, governador. A gente tem que cobrar pelo menos um dólar. Essa economia ruim do jeito que está pode matar a gente.

Gray teve que morder a língua para não rir:

— Mas você não acha que um dólar é muito caro por um copo de limonada?

As sobrancelhas espessas de Oliver se juntaram, quase criando uma única que atravessava toda a sua testa. Ele torceu seus lábios para frente e para trás e coçou a cabeça como se esta fosse a maior decisão que tinha tomado desde o início da segunda série:

— Não. — disse finalmente. — Como você é o governador e tudo, tenho certeza de que a gente pode pedir um dólar, sim.

Gray percebeu que não haveria modo de fazer o obstinado Oliver mudar de ideia sobre o preço, então foi tratar de conseguir uns copos grandes.

Oliver inclinou-se para a cerca e sussurrou, como se fossem traçar o próximo grande ataque militar:

— A gente se encontra aqui daqui uma hora, governador. E na hora que a gente for pra cama, o Warren Buffett[4] vai estar morrendo de inveja!

As risadas tinham que ser liberadas depois de uma declaração dessas. E Gray sentiu isso. Sentiu isso do fundo de sua alma. O menino devia estar ouvindo seu pai economista. Quem sabe Gray devesse contratar Oliver e seu pai para ajudarem a consertar o orçamento. Mas neste momento, porém, ele tinha uma bancada de limonada para tocar:

— Vejo você em uma hora! — disse ao menino.

Oliver esticou o dedo para ele, ameaçador:

— Melhor garantir que a dona Rosa não use essas coisas falsas. A gente tem que vender limonada com limão e açúcar de verdade.

Gray assentiu:

— Entendi! Limão de verdade, açúcar de verdade e nada de coisas químicas! Deixa comigo!

— Simbora, governador! — e, dizendo isso, Oliver se despediu.

Gray se levantou da grama, gemendo um pouco por causa do esforço, e então baixou os olhos para Sophie, que já estava latindo e pedindo para Oliver voltar.

— Vamos estar milionários na hora de ir para a cama, garota — disse Gray a ela. — A crise no orçamento estará resolvida.

Começou a caminhar de volta para a mansão. Sophie desistiu de chorar e foi atrás dele. Enquanto caminhava, Gray sentiu como se um pedacinho de seu coração tivesse voltado para casa.

---

4. Warren Buffett é um investidor, industrialista e filantropo americano. Ele é o mais bem sucedido investidor no mundo, o principal acionista, presidente do conselho e diretor executivo da Berkshire Hathaway.

A venda de limonada tinha sido um grande sucesso em muitas maneiras. Oliver ganhou quarenta dólares no período de duas horas. É claro que um de seus clientes tinha lhe dado uma nota de vinte apenas para que ele parasse de falar. E uma menina que parou com a mãe em sua minivan dera-lhe cinco dólares principalmente porque achou Oliver uma gracinha. E dois dos soldados da segurança do governador beberam dois copos cada um apenas porque teriam que ficar lá com eles.

É claro que Oliver não tinha a menor ideia dessa dinâmica. Naquilo que lhe dizia respeito, estava convencido de que o governador e ele eram magnatas do negócio de limonadas. Gray deixou que o menino pensasse assim. Porque toda aquela experiência havia feito muito bem a seu coração.

Eles começaram a desmontar a banca quando uma van preta parou ao lado:

— Custa um dólar! — disse Oliver enquanto oferecia um copo de plástico.

Gray reconheceu o som familiar de clique e olhou para cima até ver a lente de uma câmera estendida para fora da janela traseira da van. O motorista enfiou o braço para fora, segurando alguma coisa preta entre seus dedos. Os policiais se movimentaram rapidamente:

— Ei, ei! — o rapaz atrás do volante protestou. — É apenas um iPhone!

Um dos policiais o arrancou de sua mão. Gray se adiantou rapidamente enquanto afastava Oliver do caminho, espirrando a limonada no pavimento:

— Tudo bem, Clint. Devolva o telefone a ele. Não passa de um garoto que não tem coisa melhor para fazer do que checar o dia do governador.

O policial entregou o aparelho ao jovem, que então o esticou na direção de Gray:

— Governador, o senhor tem qualquer declaração sobre o orçamento que a Câmara e o Senado estão prestes a aprovar?

Gray percebeu que a função de gravação estava ligada no aparelho. Ele possuía um telefone exatamente como esse. E balançou a cabeça, negando.

— Então é isso que o senhor faz em seu dia de folga, brinca de vender limonada com as crianças da vizinhança?

Oliver estufou o peito:

— Ei, eu não sou criança, sou um jovem adulto.

Gray mordeu o lábio, tentando fazer o máximo para esconder sua raiva crescente:

— Estou fazendo o que as pessoas fazem quando tiram uma folga, estou relaxando.

— Mas o senhor realmente acha que este é o melhor momento para o governador tirar folga? As pessoas estão perdendo suas casas. O senhor está pedindo a todo mundo que faça cortes de despesas e tira um período de férias pagas pelos contribuintes.

Gray sentiu seu coração acelerar:

— Por mais de três anos vivi nesse gabinete, e tirei apenas vinte e um dias de férias para ficar com minha família. Francamente minha esposa precisa de mim agora. E eu não tenho que... Não, não tenho que me justificar a você ou a ninguém.

— Então, fazer limonada é cuidar de sua esposa? — a pergunta saiu maliciosa e rapidamente.

— Está na hora de você ir embora — disse Gray calmamente.

— É, se você não nos pagar um dólar, é bom se mandar de uma vez — concluiu Oliver. Então acrescentou um aceno de mão, desta vez de forma precisa, só para variar, e disse: — *Au revoir.*

Os dois jovens na van preta se foram, e Gray se assegurou de que Oliver estava bem antes de mandá-lo para casa. Ele só podia imaginar que histórias o rapaz iria tirar disso tudo ou o que os repórteres fariam quando descobrissem.

Mas Gray sabia o que conseguira extrair dessa tarde. Pela primeira vez em mais de seis meses, ele realmente se divertira.

CAPÍTULO 44

Eugenia escovou o espesso cabelo preto que caía sobre as costas da filha do mesmo modo como havia feito por mil vezes antes:

— Menina, você precisa comer. Rosa me disse que seus pratos voltam para a cozinha sem que você toque neles, e não dá para continuar fazendo isso. Seu corpo precisa de alimento.

A cabeça de Mackenzie inclinou-se ligeiramente para trás enquanto Eugenia puxava seu cabelo em um rabo de cavalo. A mãe lançou um olhar para um vaso repleto de violetas brancas. Foi tudo que Jeremiah tinha trazido a Mackenzie desde que Eugenia havia dito que ele poderia começar a dar-lhe flores novamente. As flores significavam "vamos dar uma chance".

Eugenia sabia o que ele estava tentando dizer com as violetas. Jeremiah queria chamar a filha de Eugenia de volta, incentivá-la a dar uma chance para a vida. E no fundo de sua alma, ela apreciava o jardineiro por ter feito isso. Mackenzie nunca nem sequer se preocupou em perguntar o que as flores significavam. Mas Eugenia fez questão de dizer-lhe isso, de qualquer maneira.

Enquanto sua mãe puxava o pufe para fora, Mackenzie mudou seus pés de lugar para abrir espaço a ela.

— Você não pode sobreviver dessa maneira, e eu preciso que sobreviva.

Mackenzie virou o rosto na direção de sua mãe. Seus olhos estavam afundados em olheiras escuras.

— Eu não quero sobreviver.

Eugenia sentiu sua respiração deixá-la. Ouvir Mackenzie dizer isso fez o medo atravessar seu corpo do mesmo modo que o sangue corria por suas veias.

— Você não pode dizer isso! — e agarrou a filha pelos ombros. — Se você que tivesse de ter morrido, já estaria morta há muito tempo. Mas não está. E não vou permitir que você morra. Está me ouvindo?

As lágrimas se derramaram com tanta força pelo rosto de Eugenia que ela atirou a cabeça contra o colo de Mackenzie, envolvendo os braços ao redor das pernas ossudas da filha.

Mas Mackenzie não se moveu. A força da explosão de angústia de Eugenia escoou para fora do quarto da filha. Mas ela não se importou. Ela não ligava mais. Se isso fizesse sua filha vê-la assim de coração partido, iria deixar que visse.

Ela finalmente levantou a cabeça e notou que Mackenzie não estava sequer olhando para ela, somente pela janela. Eugenia se levantou e caminhou calmamente até o banheiro.

Eugenia ouviu a porta do quarto se abrir.

— Mãe?

Ela escutou a voz preocupada de Gray.

— Estou aqui.

Ele chegou mais perto, o alívio aparente quando a viu. Mas então seu rosto mostrou preocupação:

— O que foi? Mackenzie disse alguma coisa?

— Não! — Eugenia não se importava com quem pudesse ouvi-la. E apontou para o quarto. — Ela não diz nada! Ela está morrendo, Gray. Minha filha está morrendo.

Gray puxou-a para um abraço, e ela deixou cair a cabeça sobre o peito dele.

— Você tem que conseguir algum tipo de ajuda para ela, Gray. Não podemos deixá-la murchar e morrer.

Ele segurou-a com mais força.

— Eu sei. Thad e eu já conversamos sobre isso. Ele pediu que um fabuloso psiquiatra viesse avaliá-la na segunda-feira. Ele disse que o tratamento que está aplicando nela não tem surtido efeito, então quer trazer um especialista.

Ele a afastou um pouco e segurou-a nos ombros, olhando em seus olhos.

— Eu não sei o que vai acontecer. O médico pode tentar outro tipo de medicação e dar-lhe um pouco de tempo para ver como ela responde. Ou ele pode concluir que Mack deve ser internada no Vanderbilt. Não sei nem faço ideia. Mas eu estou decidido a fazer o que for preciso para trazer Mackenzie de volta. Você sabe disso, não é?

Eugenia estudou seus límpidos olhos azuis. Eles pareciam tão diferentes agora do que estavam apenas umas duas semanas atrás. Mais calmos. Mais focados. Mais presentes.

— Claro que sei disso — disse ela calmamente. — Nunca duvidei do quanto você ama a minha menina, Gray — e esfregou os olhos. — Mas essas coisas de psiquiatras, não entendo muito bem disso. O que eu sei é que minha menina está doente, e estou aqui para ajudar em tudo que for preciso para que ela fique bem de novo.

Gray assentiu e soltou os braços de Eugenia:

— Tenho certeza disso. Agora, é melhor ir para casa. Deixe que cuido dela durante a noite. Mas volte amanhã porque preciso ver uma pessoa.

Eugenia enxugou o nariz.

— Tudo bem, mas, por favor, traga alguma coisa para Mackenzie beber ou comer.

— Farei o possível.

Eugenia entrou no quarto e se encaminhou em direção à filha. Ela se inclinou para baixo e apertou a cabeça contra a de Mackenzie.

— Eu não vou deixar você morrer. Você está me ouvindo?

Quando Eugenia levantou a cabeça, ela viu uma lágrima rolar por uma das bochechas pálidas de Mackenzie.

Um raio de esperança a atravessou. Se Mackenzie ainda podia chorar, significava que estava sentindo alguma coisa. Esta noite Eugenia levaria isso consigo.

CAPÍTULO 45

Mackenzie nem tentou deter as lágrimas. As palavras de sua mãe eram verdadeiras. As mães faziam tudo aquilo que estivesse a seu alcance para que seus filhos vivessem e não morressem. Ela sabia disso. E também sabia que ela era o maior fracasso de todos.

Ela ouvira Gray e sua mãe conversando e sabia muito bem o que ambos estavam planejando. Mas nem se importava com isso. Se eles a colocassem em um quarto de hospital e a entupissem de drogas pelo resto de sua vida, ficaria muito agradecida. Faria qualquer coisa que a ajudasse a esquecer.

Gray a ergueu da cadeira. Ele levou-a para dentro do *closet* e começou a despi-la para que ele pudesse vestir um pijama nela. O marido vinha fazendo isso todas as noites desde o colapso. Ela, em contrapartida, não fizera nada, não sentira nada. Na verdade, essa foi a primeira lágrima que ela derramou desde aquele dia.

Gray puxou a camiseta dela pela cabeça:

— Você se lembra de quando nos conhecemos? Você sempre adormecia no carro a caminho de casa depois de nossos encontros, e eu sempre tinha que carregá-la para dentro de seu apartamento — Gray nem esperou que ela respondesse. Sabia bem, à esta altura, que Mackenzie não abriria a boca. — Você conseguia dormir em qualquer lugar. E o carro era como se fosse um sonífero para você. Meio como era para Mad...

Ele se deteve e seus olhos faiscaram na direção dos dela, como se esperasse que Mackenzie tivesse outro de seus ataques. Mas não. Ela não disse nada. Mas ela sabia. Maddie podia adormecer em qualquer lugar. Em qualquer lugar.

Gray aparentemente decidiu que estava disposto a continuar nessa trilha:

— Maddie era assim também, não era?

Ele tirou o sutiã de Mack e ajudou-a a enfiar os braços em um pijama de seda cor de creme. Continuou falando enquanto abotoava a blusa do pijama:

— Sinto demais a falta dela, Mack. Sinto falta das risadas dela, de estar com ela em meus braços. Sei que você sente falta dela também. E tudo bem se sentir assim, sabia? Tudo bem a gente chorar por causa disso, tudo bem gritar, não importa, não há problema em nada disso. Mas a gente precisa passar por isso. Viver isso. Não apenas trancar a dor do lado de fora.

Gray puxou o *jeans* dela e ajudou a esposa a entrar nas calças de pijama, então ergueu os olhos para ela. Ela olhava para Gray, mas não podia vê-lo. Não da forma como costumava fazer. Não daquela forma familiar.

— Não podemos continuar assim, Mack— disse ele suavemente. — Você não pode continuar assim. Então é isso que precisa acontecer. Se você não fizer alguma coisa para se arrancar desse estado, teremos que chamar outro médico, quem sabe até internar você em um hospital. Você está me ouvindo? — ele envolveu suas mãos em torno dos braços dela. Mackenzie sentiu os dedos dele pressionando sua carne. — Eu sei o que existe dentro de você. E se você pudesse apenas conversar comigo ou fosse junto comigo ver o Ken ou algo assim, acho que seria possível atravessarmos tudo o que vem acontecendo de forma mais saudável. Mas você vem caindo em um lugar que me deixa petrificado, pois sei que não tem volta, de onde você não vai conseguir sair, por isso preciso de ajuda.

Gray tomou o rosto da esposa em suas mãos:

— Eu tentei amar você o suficiente para trazê-la de volta à vida, se pudesse, mas isso não é possível se você não tem vontade de viver. Não posso fazer isso por você, Mack, gostaria, mas não posso.

Ela simplesmente olhou para ele. Ela podia ver a dor em sua expressão e ouvir o desespero em sua voz. Mas ela não era capaz de alcançar, muito menos de responder a isso, nem que quisesse. As partes que existiam nela e que faziam esse tipo de coisa pareciam ter sido arrancadas de Mackenzie.

Ele ficou de pé e estendeu a mão. Mackenzie a segurou e deixou-se levar até o banheiro:

— Você precisa que eu escove seus dentes?

Ela negou com a cabeça, pegou sua escova e escovou os dentes. Quando ela deitou em seu lado da cama, o corpo de Gray veio por trás dela, quente e envolvente. Mas ela não tinha energia para se aproximar dele. Simplesmente ficou lá, deitada.

Em algum ponto no meio da noite, quando ele tinha recuado para seu lado da cama, ela mexeu os dedos até quase tocar o braço de Gray. Esse movimento usou tudo aquilo que ainda permanecia vivo dentro dela. Aquilo que estava lá no fundo, nos lugares onde as coisas da alma não ditas e frequentemente não tocadas residiam, essa tinha sido a última tentativa dela de sobreviver.

Porque parecia que, se houvesse mais uma queda para o desespero, ela não conseguiria sobreviver.

E Mackenzie e Gray teriam ido embora. Para sempre.

CAPÍTULO 46

Gray não tinha a mínima ideia do que iria encontrar atrás daquela porta. Ele levantou a aldrava da reformada casa de fazenda da estrada Hillsboro. Debbie Green respondeu, um pano de prato vermelho e preto pendurado em sua mão e um sorriso caloroso espalhado por seu rosto. Sem uma palavra, ela envolveu-o em um grande abraço. Ele a deixou fazer isso. Quando o soltou, ela disse:

— Ele está lá fora, na piscina.

Gray ficou parado na porta da frente, seus pés por cima do enorme G que ornava o capacho.

— Será que ele vai me bater?

Ela riu.

— Se ele fizer isso, não vou impedir.

— Me desculpe, Debbie.

— Ele entende. Nós dois entendemos.

— Isso não é desculpa.

Ela apontou para a porta dos fundos.

— Você está certo. Agora, vá dizer isso a ele.

Gray beijou a bochecha rechonchuda da mulher quando entrou na sala:

— Amo você, Debbie.

Ela acariciou o braço dele.

— Eu também te amo. E, Gray? — seus olhos cor de avelã mostravam preocupação. — Como está Mack?

Ele balançou a cabeça e disse:

— Nada bem.

Ela fechou a porta da frente, então o empurrou levemente para o fundo da casa.

— Vá!

A área da piscina podia ser vista a partir do *hall* de entrada através de três portas francesas que se alinhavam nos fundos da casa. Kurt estava sentado em uma cadeira debaixo de um guarda-sol, seus óculos apoiados na ponta do nariz, um jornal preso em suas mãos. Seu filho, Tyler, estava sentado na beirada da piscina, atirando uma bola de tênis para o labrador da família.

Gray caminhou até as portas francesas e passou para fora. Kurt olhou para cima, seu olhar transmitindo instantaneamente uma mensagem de boas-vindas. Ele colocou o jornal em uma mesa que estava à sua frente e moveu sua cadeira para trás a fim de cumprimentar Gray.

O governador avistou a primeira página do jornal. A foto dele e de Oliver olhava de volta:

— Essa foi rápida.

Kurt olhou para o jornal:

— Newman vai usar qualquer coisa que puder. Ele está capitalizando o seu "tempo livre".

Gray balançou a cabeça:

— Deixe ele — e levantou os olhos para encarar Kurt. — Preciso lhe fazer uma pergunta.

— Manda.

— Por que você escolheu justo esse momento para me dar ouvidos?

Os olhos de Kurt se estreitaram por trás de seus óculos de aro de tartaruga:

— Como assim? Sobre o que você está falando?

— Você nunca prestou atenção às coisas que eu dizia. Então, por que você escolheu justo esse momento para decidir me ouvir e se deixar ser demitido?

Kurt coçou a cabeça:

— Bem, você realmente nunca havia me socado antes.

Gray foi até seu amigo e passou os braços em torno dele:

— Sinto muito, Kurt. Por favor, me perdoe.

Os braços de Kurt se apertaram em torno do governador:

— Você está perdoado.

Eles ficaram lá durante algum tempo até que finalmente Tyler fez uma piadinha sobre os dois estarem abraçados. Mas é claro que ele faria isso. Tyler estava com treze anos agora. Todos riram.

— Sente-se.

Kurt puxou uma cadeira do outro lado da mesa. Gray sentou-se, e o estranhamento evaporou imediatamente.

— Preciso que você volte — disse Gray.

— Eu sei disso.

— Mas não para dirigir a campanha.

— Então você realmente não vai se candidatar?

Gray apoiou os cotovelos sobre as mãos e esfregou uma na outra:

— Eu não posso, Kurt. É a Mack. Ela está mal. Se alguma coisa acontecer, não sei o que vou fazer. A depressão dela está profunda. Simplesmente não consigo alcançá-la.

Kurt se inclinou para a frente.

— Eu sinto muito — ele balançou a cabeça. — Não sobre a eleição. Sobre Mack. E você. E todo esse pesadelo que você suportou. Você está fazendo a coisa certa.

— Tenho que fazer isso — Gray mal conseguia falar. — Mack é tudo que eu tenho. Não posso perdê-la. No dia em que eu... Bem, no dia em que...

Kurt o ajudou a desembuchar:

— No dia em que você me socou?

— É, isso. De novo, me desculpe, eu...

— Já escutei na primeira vez em que disse isso. Sem mais pedidos de desculpas.

Gray esfregou sua cabeça:

— Bem, tudo bem. Então, na noite anterior eu já estava começando a perder a cabeça, acho. E disse aquelas coisas terríveis para ela — sua voz tremeu.

— Gray, a Mack sabe o quanto você a ama.

— Mas eu disse a ela basicamente que a única coisa que me importava era a campanha. Que ela ia ter que se recompor. Tipo, ou se recomponha, ou caia fora, entendeu? E depois disso... Foi quando tudo desmoronou. Eu simplesmente a deixei de lado.

— Gray, não foi isso que você fez. Você apenas... Perdeu a cabeça por um minuto. Isso poderia acontecer com qualquer um.

Gray assentiu:

— Eu sei disso. E por isso estou recebendo ajuda. Mas ainda preciso de você e do Fletcher. Não posso fazer o resto desse caminho sem vocês dois — fez uma pausa e olhou para seu amigo. — E, também, não quero.

— Você sabe que estarei a seu lado caminhando para qualquer lugar.

— Você acha que poderiam redigir uma declaração para mim, para que anunciássemos que eu não vou disputar a reeleição?

— Absolutamente. Que especificidades você quer aí?

— Quero dizer que minha família é a coisa mais importante para mim. E agora ela tem que vir em primeiro lugar, de modo que este não é o momento certo para me concentrar em qualquer outra coisa.

Kurt concordou.

— Vamos deixar isso pronto por volta da metade da semana que vem, assim você fará o anúncio na sexta.

— Não — disse Gray. — Tem que ser mais cedo que isso. Existe alguma chance de você me mandar isso amanhã para que eu possa fazer o anúncio no sábado?

Kurt avaliou:

— Bem, não é comum fazer esse tipo de comunicado tão importante no sábado, mas estas são circunstâncias especiais — ele concordou de novo. — Tudo bem, faremos isso.

— Obrigado — Gray esfregou os olhos e balançou a cabeça. — É como se Mackenzie tivesse ido ainda mais longe naquele lugar sombrio onde ela se refugiou. E não tenho ideia do que poderá trazê-la de volta.

— Tudo o que podemos fazer é amá-la, Gray. Não temos mais nada. E vamos confiar nos médicos, que terão sabedoria para fazer o resto.

— Não quero que ela seja internada em uma ala psiquiátrica em alguma clínica — Gray nem mesmo tentou conter as lágrimas que surgiram com esse pensamento.

Kurt esticou o braço e agarrou seu pulso:

— Não vamos deixar que isso aconteça.

Os olhos de Gray não se desviaram do olhar do amigo:

— Pode ser tarde demais...

Gray estacionou e caminhou pelo corredor do porão. Ele viu uma luz vindo da oficina de Jeremiah.

— O que tem aí, Jeremiah?

Jeremiah olhou para cima lentamente, seus longos dedos pressionando a terra escura dentro de um recipiente de cerâmica verde em sua maneira familiar e sem pressa:

— Tô preparando uma flor pra dona Mackenzie.

Gray estudou a flor:

— Mas essa não é uma daquelas flores brancas que você está dando para ela.

— Não.

— Quer dizer então que você vai de novo correr o risco de entregar uma flor diferente?

Jeremiah riu.

— Acho que sim. Isso parece loucura, não é não? Mas a dona Eugenia veio e me deu permissão. E acho ela mais assustadora do que a dona Mackenzie.

Gray riu também:

— Não me lembro de ter ouvido uma afirmação mais verdadeira em toda a minha vida.

O governador olhou em volta na sala de trabalho, observando a longa mesa, as mudas de plantas debaixo das luzes, miniestufa e a chapa quente no canto.

— A Rosa ainda lhe traz mortadela para você fritar?

Jeremiah:

— Isso mesmo, gosto muito de comer minha mortadela no almoço. Uma das minhas comidas favoritas.

Gray riu de novo e depois apontou para a flor na qual o jardineiro estava trabalhando:

— Mas que flor é essa, afinal? Acho que vi uma dessas antes... No Natal, não foi?

— Sim, principalmente no Natal. Essa daí é uma amarílis. Mas eu tinha um botão desses desde sempre, daí eu botei um pouco de água em janeiro logo despois que ela perdeu o bebê. Demorou um bocadinho, mas agora ela tá brotando forte, então o bom Deus veio e me falou pra eu dar ela pra dona Mackenzie.

Gray ficou observando enquanto o velho jardineiro pegava um pouco de musgo de uma caixa e colocava-o na terra. Suas mãos trabalhavam com a delicadeza de um artista. Toda vez ele fazia alguma coisa diferente, apalpava a terra, cobria de musgo, puxava uma fita e atava um laço. Cada movimento parecia com uma pincelada que criava a pintura prefeita. E havia algo especial com a facilidade e a graça com que ele fazia cada movimento. Tanta simplicidade causou um impacto.

— Jeremiah, posso lhe fazer uma pergunta?

Jeremiah colocou o vaso pronto da amarílis de lado. O caule grosso e três flores de um vermelho vivo estavam ali imponentes e orgulhosos, como se soubessem do poder de sua presença.

— Pode mandar bala, governador. Não tô com tanta pressa assim de ir embora pra minha casa.

Gray concordou. Ele entendia. Tinha vivido bastante essa sensação ultimamente.

— Decidi que não vou disputar a reeleição.

Jeremiah enfiou as mãos nos bolsos e se deslocou um pouco para trás em seus calcanhares.

— Hum...

— Sim, no começo eu pensei que seria a melhor coisa para mim. Você sabe, para manter minha mente fora de tudo pelo que passamos — ele olhou para a velha mesa de trabalho de pinho que ocupava praticamente toda a extensão da sala e pegou com a ponta dos dedos alguns torrões de terra que haviam escapado do vaso onde estavam.

— Era pra ser uma distração, não é?

Gray apertou os lábios bem forte:

— Sim, provavelmente. De qualquer forma, Mack não está nada bem, e pensei apenas que sair nessa eleição agora não seria bom para mim. Ela precisa de mim exatamente agora.

Fez uma pausa, ainda sentindo o peso da decisão. Ele amava sua esposa desesperadamente. Ela importava mais para ele do que qualquer coisa neste mundo. E ainda assim, o ato de fechar essa porta ainda era muito real e impactante.

— Estou fazendo a coisa certa. Não acha?

Jeremiah se virou. Suas ferramentas de trabalho do dia foram colocadas mais longe, na outra ponta da mesa. Ele caminhou até a pia e pegou uma toalha da prateleira localizada acima de sua cabeça. Deixou cair um pouco de água sobre elas, pegou suas tesouras de poda de cima da mesa e começou a limpar as lâminas. Suas mãos enrugadas estavam firmes e fortes quando ele passava com força a toalha sobre as lâminas:

— Tô lembrando de uns anos atrás, quando meu pai tinha esse jardim aí fora. Uma noite, bem tarde, ele começou a correr atrás daquele coelho que estava acabando com as margaridas dele. Perguntei por que ele desperdiçava tanto tempo correndo atrás daquele coelho se tinha um bocado de outros que vinham atrás desse depois. Sabe o que ele me falou? Por que aquele coelho era o que estava lá naquela hora. Eu sei que às vezes, quando você passa por uma coisa atrás da outra, você nem se importa com o que estiver acontecendo naquela hora, porque você fica achando que depois que essa coisa de agora acabar, vai vim outra coisa em cima dessa. E é bem capaz que você vai estar certo. Mas é que esse coelho é o que tá aqui agora. E o único jeito desse bandido parar de comer suas margarida é se você correr atrás dele.

Gray o ouviu. E o que ele disse era verdadeiro demais. Se Gray estava destinado a ser governador de novo, a oportunidade voltaria para ele. Mas o que ele precisava fazer agora era ser marido de Mackenzie London. Na alegria e na tristeza.

Jeremiah interrompeu seus pensamentos.

— Tem mais alguma coisa, governador?

Gray olhou para os olhos vivos e escuros de Jeremiah. Eles não o estavam apressando. Apenas vasculhando:

— Não, eu realmente estimo demais você e sua honestidade. Você sabe disso, não sabe?

Os olhos de Jeremiah piscaram com malícia:

— O governador estima eu tanto assim a ponto de levar essa amarílis aqui pra dona Mackenzie?

— Você está com medo? — sorriu Gray.

— Tô — foi tudo que ele respondeu.

— Pode deixar.

Jeremiah colocou o vaso nas mãos dele.

— E você pode me dizer o que esta flor significa, Jeremiah? — perguntou Gray.

Jeremiah empurrou os lábios para um canto, como se estivesse pensando na resposta. E finalmente sacudiu a cabeça em negativa:

— Não. Desconfio que você vai descobrir bem cedo...

CAPÍTULO 47

Ela ouviu a porta se abrir, mas não se virou para olhar. Ouviu as passadas suaves de Gray sobre o tapete, o soar da coleira de Sophie quando ela se balançou toda para ele. Em seguida, seu marido estava ao lado dela, pousando uma flor na mesa ao lado da cadeira.

— Jeremiah lhe mandou isto.

Mackenzie não se importou.

— É uma flor diferente dessas que ele tem enviado nas últimas duas semanas — disse Gray, e sorriu para ela.

Os lábios da esposa não conseguiam mais formar um sorriso.

— Você acha que esta flor tem algum significado?

Mackenzie tinha certeza de que deveriam ter. Mas não se preocupou em perguntar qual seria.

CAPÍTULO 48

Eugenia se deparou com a flor antes mesmo de ver Mackenzie na sexta de manhã. Mas não era Natal. Que raios o Jeremiah estava pensando ao enviar amarílis para Mackenzie?

Ela olhou para a flor, pousada lá tão forte, tão orgulhosa e tão senhora de si. Jeremiah não ia lhe dizer, ia?

Ia, sim.

Eugenia levou alguns minutos apenas para fazer um telefonema. Em seguida marchou resolutamente pelos degraus da varanda e se dirigiu diretamente para o jardim. Avistou o bolso traseiro de seu macacão com aquele ridículo lenço azul pendurado. Ele estava curvado, a sua cabeça enfiada em um arbusto de tulipas.

Eugenia se inclinou, afastando as pernas para manter o equilíbrio. Então ela estendeu os braços, agarrou um bolso com cada uma das mãos e puxou o mais forte que conseguiu. Porém, ela puxou com tanta força que acabou caindo no chão, com Jeremiah diretamente sobre ela.

— Saia de cima de mim!

Ela gritou enquanto se contorcia e lutava para ficar de pé.

Jeremiah se virou para o lado, tentando ficar de pé, mas com dificuldade. E disse finalmente:

—Senhor misericordioso! Bem, mulher, se você ficar quieta, eu posso arrumar um pouco de apoio nos pés.

Eugenia finalmente parou de se debater e ele conseguiu se aprumar em seus pés. Estendeu uma de suas mãos para ajudá-la só depois de lhe lançar um olhar de quem achava que a dona havia perdido um parafuso. Eugenia afastou com um tapa a mão dele e ficou de pé sozinha, limpando a grama de seu cardigã verde e catando as folhas de capim que haviam se grudado em suas calças.

— Agora, eu não sei que diabos tá acontecendo, mas a madame veio e me disse que eu podia dar pra dona Mackenzie qualquer flor que eu quisesse, qualquer uma!

Ela puxou a bainha de sua blusa:

— Sim, foi isso mesmo que eu disse. Portanto, se você pretende declarar que minha filha é orgulhosa, você vai ser parte do remédio.

Eugenia agarrou sua mão e arrastou-o através dos jardins enquanto se dirigiam para a casa.

— Onde a madame tá me levando?

— Para uma rápida excursão.

— Mas eu não posso deixar o...

— O governador é meu genro. Podemos fazer tudo o que eu quiser.

— A madame vai me fazer ir pro olho da rua por justa causa!

— Você não vai ser mandado embora de qualquer maneira porque você tornou sua missão de vida me deixar louca.

— Não preciso fazer isso. A madame já faz isso sozinha.

Eugenia parou em frente à porta de trás e o encarou:

— Vou esquecer que você me disse isso.

— Esquecer uma coisa nunca fez ela ser menos verdadeira.

Ela agarrou a mão dele novamente e puxou-o através da parte principal do palácio e saíram pela porta da frente. Ela havia estacionado o carro em frente à entrada norte no grande pátio circular.

Jeremiah prendeu seus calcanhares no chão:

— Não vô entrar nisso.

Um sedã preto Cadillac estava parado em frente a ele. Eugenia abriu a porta do passageiro:

— Entre, Jeremiah.

Ele não se moveu.

— Não vô fazer isso.

— Vai, sim.

— Não vô, não, eu não posso largar o trabalho, e além do mais isso aqui parece carro funerário, e até onde eu sei, a madame quer me matar.

Ela dobrou o braço dele e o empurrou sobre o banco de passageiros usando toda a sua força, e quando finalmente ele parou de se debater, Eugenia usou seu traseiro. Ele não conseguiria lutar contra isso, mesmo se tentasse. Ela conseguiu enfiar Jeremiah inteiro para dentro do carro e bateu a porta, o sinal sonoro avisou que estava trancada. Depois, deu a volta até o lado do motorista e pulou para dentro.

— Nós vamos apanhar algumas amigas — anunciou, enquanto virava a chave na ignição e punha o pé no acelerador.

A força da partida pressionou a cabeça dele contra o encosto do banco:

— Senhor misericordioso, me ajuda — murmurou.

— Ele já fez isso — retrucou Eugenia. — Acho que já fez isso.

— Não me toque! — gritou Sandra do banco traseiro.

Eugenia torceu o espelho retrovisor e viu quando Berlyn deslizou para ainda mais perto de Sandra, que deu um tapa nela.

— Será que vocês duas podiam parar? Estou falando sério! — Eugenia repreendeu as duas como uma professora da pré-escola faria.

Dimples sentou-se do outro lado de Sandra, com o queixo apoiado nas mãos. Ela mantinha um olho neles e Eugenia podia jurar que o outro olho estava observando as árvores passar voando pela janela do carro.

— Dimples, você também, feche a boca.

Jeremiah balançou a cabeça e a colocou entre suas mãos:

— Eu vô chamar a polícia e dizer pra eles que fui sequestrado.

— Nós não sequestramos você — disse Dimples, imitando o sotaque de Jeremiah. — Nós emprestamos você.

— Não fale desse jeito! — e Sandra agarrou a mão de Dimples, aquela que segurava o queixo. — E feche sua boca, ou juro que vou jogá-la pela janela. Isso é nojento demais.

Dimples fechou rapidamente a boca:

— Eu tinha um fiapo de frango preso nos dentes — respondeu, oferecendo à Sandra uma expressão zombeteira. — E as damas não juram... — acrescentou, esticando a língua para fora para dar ênfase.

— O nível de maturidade aqui está me matando! — anunciou Eugenia. — Sandra, não toque nela. E da próxima vez, Dimples, pegue um palito de dentes. — Ela ajustou o espelho de volta para sua posição original.

Berlyn se inclinou para frente, o máximo que o cinto de segurança permitia.

— E então, para onde estamos indo?

— Nós estamos indo lembrar à minha filha de que ela não é a única pessoa no mundo que tem problemas.

Jeremiah virou-se bruscamente.

— O que você vai fazer, dona Eugenia? A dona Mackenzie não precisa de nenhum tipo de loucura agora.

— Bem, foi você quem deu uma amarílis para minha filha em pleno mês de março — lembrou Eugenia. — E pelo que me lembro, essa flor significa "orgulho". Então, se não era isso que você estava insinuando, me diga já, neste momento.

As mãos dela se apertaram em torno do volante. A cabeça de Berlyn se virou rapidamente para o lado de Jeremiah, como se a bolinha de tênis tivesse acabado de ser lançada para seu lado da quadra.

— Bem, eu dei aquela flor porque o Senhor me disse pra dar aquela flor.

— Quem foi que disse? — perguntou Berlyn.

— Não pergunte. — disse Eugenia.

— O Senhor me falou.

— Que senhor? — insistiu Berlyn. — Você quer dizer... Deus?

Sandra lhe deu um cutucão:

— Não use o santo nome em vão.

Berlyn sacudiu seu punho fechado na frente do rosto de Sandra:

— Me cutuque de novo. Eu desafio você.

— Vocês são todas malucas — gritou Jeremiah ao banco de trás. — É, Deus me contou um bocado de coisa lá no meu jardim. Ele gosta de passar um tempo por lá.

— E Deus lhe disse para dar à Mackenzie o vaso com a amarílis porque ele estava falando alguma coisa sobre orgulho, certo? — retrucou Eugenia.

Os olhos escuros dele a miraram como se estivessem estudando o risco que responder "sim" significava à sua vida. Mas, ainda assim, Jeremiah respondeu com sinceridade. Ele não conhecia outra maneira. Essa era uma das coisas sobre aquele homem que deixavam Eugenia maluca.

— A senhora tá certa. Não sei exatamente o que ele falou. Quer dizer, sou um sujeito inteligente e tudo, e sei muito bem como parece o sofrimento.

Já tive a minha parte disso. E sei que a dona Mackenzie está passando por um bocado de sofrimento. Mas essa dor pode ir e se misturar com todo esse orgulho e pena da gente mesmo e daí todas essas coisas podem te engolir por inteiro depois de um tempo. Pode ser que era isso que Deus tava tentando me explicar. Mas Senhor misericordioso, dona Eugenia, eu não sou ele. Nem sempre entendo os motivos de ele me mandar fazer certas coisas. Só sei que tenho que ir lá e fazer.

Eugenia esticou a cabeça em direção à rua que apareceu à sua frente:

— Bem, minha filha não vai ser engolida inteira por coisa nenhuma enquanto eu estiver viva e puder evitar isso. Aqueles médicos podem estar se preparando para cuidar da mente dela, mas eu me preocupo com o coração da Mackenzie.

Dimples deslizou até a borda do assento e também puxou o encosto de cabeça de Jeremiah:

— Então somos uma espécie de As Panteras ou algo assim?

— Algo assim, Dimples — respondeu Eugenia.

— Se somos As Panteras, eu sou a Farrah Fawcett — declarou Berlyn rapidamente.

— Ela já morreu, como você sabe — informou Sandra.

Berlyn virou a cabeça e encarou Sandra:

— Isso pode acontecer até com a melhor de nós. A qualquer momento, quando menos esperamos, quando não estamos olhando, pode acontecer mesmo com alguém que conhecemos — ela lançou um olhar significativo a Sandra, que apertou um pouco mais sua bolsa de couro preto contra o peito.

— Estamos indo para a Missão de Auxílio de Nashville — anunciou Eugenia.

— E lá tem homens? — perguntou Berlyn.

Eugenia viu o sulco se formar na testa de Jeremiah. Ele olhou para ela, que apenas balançou a cabeça:

— Não me pergunte nada.

— Nem quero saber — disse Berlyn.

— Não se trata disso — disse Eugenia. — Mackenzie costumava levar mães solteiras e seus bebês para casa e deixava que eles passassem a noite no quarto de hóspedes enquanto a missão não arrumasse camas para eles. Rosa preparava suculentos jantares para eles, e Mackenzie ensinava a Maddie o que significa cuidar de outras pessoas. O que importa nesta vida aqui não somos apenas nós, e sim compartilhar o que possuímos e ajudar a aliviar a carga daqueles que sofrem. Essa era uma das coisas que mais traziam alegria para ela.

O tom de voz de Eugenia suavizou quando ela continuou a falar:

— Mas ela nunca mais voltou aqui desde aquele aborto — e enrijeceu os ombros mais uma vez. — Jessica me disse ontem que o coordenador dos centros da missão telefonou, contando que eles não têm camas suficientes para receber uma família que vai chegar hoje. Eles queriam saber se poderíamos alojá-los no palácio. Jessica não soube o que responder a eles. Mas eu decidi que levaremos a missão até Mackenzie hoje à noite. Ela vai ter vontade de viver ao perceber que todos passamos por situações difíceis na vida, e não apenas ela.

— Mas por que o carro do governador tá seguindo a gente? — Eugenia notou receio na voz de Jeremiah.

— Aquele não é carro do governador — respondeu ela. — É do meu amigo Burt. Ela vai levar a família até o palácio porque não temos espaço neste carro, com todos nós aqui.

Ela percebeu os ombros de Jeremiah relaxarem. E então seus lábios se curvaram lentamente para cima, desenhando um sorriso.

— Está rindo de quê? — perguntou Eugenia.

Ele deixou escapar uma risada suave.

Eugenia não voltou a olhar para ele até que estacionaram o carro na frente da sede da missão. Quando fez isso, ela percebeu que Jeremiah continuava sorrindo. Um sorriso muito irritante, ela diria, se queriam saber.

Então, ela guardou sua opinião para si.

Ela sempre tinha que guardar as coisas para si mesma.

JEREMIAH

A loucura tem um rosto. Eu o vi. E parece com quatro senhoras de idade correndo até um abrigo para pessoas sem-teto pra buscar uma pobre moça e suas três crianças e dizer que eles estavam indo para casa do governador. Eugenia ficou gritando ordens como se ela fosse o governador. Dimples ficou provando o espaguete que as pessoas lá tinham pra comer de janta. E a Sandra ficou o tempo todo segurando a Berlyn, que queria ir vistoriar o banheiro dos homens.

E eu, fiquei só por lá. Não tem muita coisa que você pode fazer quando anda com pessoas loucas que nem essas quatro. Você só pode ficar por perto e esperar em nome do Senhor pra onde elas vão te levar depois.

Elas enfiaram aquela família naquele outro carro, os cabelos das crianças estavam todos sujos e a mãe parecia muito cansada, e daí elas botaram as roupas e as coisas deles na mala do carro da dona Eugenia. Acho que fazia um bom tempo que a mãe não tinha a chance de lavar aquelas roupas, porque eu vi aquela dona entojada, a Sandra, enrugar o nariz quando sentiu o cheiro delas. Até escutei ela sussurrar alguma coisa sobre os piolhos, e pela graça de Deus ela não falou isso em voz alta.

Fiquei rezando o caminho todo pra eu não me meter em problema por ter abandonado meu posto. Eu sei que a dona Eugenia é a sogra do governador e essa coisa toda, mas eu ainda tenho trabalho pra fazer, um serviço que me dá muito orgulho, e ela não precisa pedir pro meu chefe me dar uma folga. Eu sei que ele é um bom homem e que confia em mim, mas regras são regras. E a dona Eugenia não acha que as regras servem para ela.

E ainda não descobri por que ela me queria aqui. Se ela queria ir e arrastar alguém, ela devia ir atrás do bom Deus em pessoa, porque essa coisa da amarílis foi ideia Dele...

Mas daí eu fui e uma ideia apareceu na minha mente enquanto aquele caos todo estava acontecendo. Quem sabe essa flor não tinha a ver com a dona Mackenzie, no fim das contas. O Senhor sabia muito bem que a dona Eugenia ia ficar futucando o meu negócio de flores, e quem sabe aquela uma era pra ela. Quem sabe ela tinha que fazer a dona chacoalhar um bocado, deixar ela bem doida. Porque às vezes você tem que ficar doido de pedra pra o fazer parar de roubar. E a dona Eugenia com certeza estava cansada daquele safado que não parava de roubar dela.

Então, acho que Deus sabia bem o que fazer para dona Eugenia acordar e pensar numa coisa que poderia dar certo. Uma coisa que não ia mais ficar alimentando o sofrimento. Porque chega uma hora em que o sofrimento não precisa mais ficar sendo mimado. Ele tem que ser analisado do modo certo.

Então fiquei orando o dia inteiro para que esse dia valesse a pena. Por favor, Senhor, faça com que tenha valido alguma coisa o fato de eu passar duas das preciosas horas da minha vida com essas senhoras. E Senhor, se Você está querendo me dizer alguma coisa, é só me ajudar a ter os olhos pra ver e os ouvidos pra escutar.

Porque neste momento ainda não consegui ver nada.

CAPÍTULO 49

Então foi a isso que tudo se resumiu. Mais de três anos de serviço ao povo do Tennessee e este discurso marcaria o começo do fim.

Kurt tinha ligado para Fletcher logo depois que Gray deixara sua casa, e ambos começaram a elaborar uma declaração. Os dois tinham agendado essa reunião noturna para que ele pudesse olhar a proposta, que seria lida amanhã durante uma coletiva de imprensa programada às pressas. Dessa forma, ele tiraria toda a pressão de cima de seus ombros e seria capaz de estar com Mack durante toda a segunda-feira.

Não tinha a mínima ideia do que isso implicaria para suas vidas. Mas ele não permitiria que sua esposa passasse por isso sozinha.

Fletcher estava do outro lado da mesa, mexendo-se sem parar, inquieto.

— Sério, Fletcher, você poderia parar um minuto? — Gray riu enquanto fazia uma anotação no rascunho de sua declaração.

Fletcher arrumou os óculos:

— Sim, claro.

Mas sua perna ainda se contorcia.

Gray tirou seus óculos de leitura e pousou-os no tampo de couro de sua mesa. Ele entregou os papéis para Fletcher, que havia trocado sua usual gravata borboleta por uma camiseta de manga comprida:

— Essa declaração me parece ótima. Vocês dois fizeram um excelente trabalho. Agora, como vamos fazer para evitar que isso vaze antes de nós divulgarmos para a imprensa?

— Bem, quando programei a coletiva de imprensa para amanhã cedo, claro que isso desencadeou um milhão de perguntas. Todo mundo parece bastante confiante de que será o lançamento de sua campanha. Eles sabiam que você ia anunciar sua decisão quando terminasse seu período de descanso. Mas, até onde posso perceber, ninguém sabe ao certo que tipo de anúncio será feito.

Kurt falou:

— Nós faremos um anúncio em particular para os líderes da Câmara e do Senado, que precisam saber disso antes dos repórteres. Agendei esse encontro para as dez da manhã. Dessa forma, eles ficarão com a sensação de que ouviram a notícia em primeira mão e então estarão um passo à frente do frenesi da mídia que se seguirá após a coletiva de imprensa ao meio-dia.

Kurt estudou Gray:

— E você, está bem?

Gray passou as mãos pelos cabelos.

— Um pouco cansado. Um pouco triste. Todas essas coisas.

— Alguma dúvida? — perguntou Fletcher, brincando com as moedas dentro do bolso.

Gray balançou a cabeça.

— Não, nada de dúvidas. É que a Mack estava na cama quando saí. Eugenia veio até nossa casa para que eu pudesse me encontrar com vocês.

Fletcher assentiu:

— Bem, a nova propaganda de Marcus Newman foi ao ar hoje. Ele não menciona você diretamente, mas a insinuação é evidente.

Gray recostou-se em sua cadeira e cruzou os braços:

— E do que trata essa propaganda?

— Ele relembra o público que um prisioneiro libertado matou o caixa de uma loja. A família da vítima na verdade aparece no comercial.

Gray sentiu um aperto no peito, um lampejo de raiva. Ele havia telefonado para a família. Havia conversado com eles. O aperto no peito afrouxou um pouco: eles haviam perdido um ente querido. Estavam com raiva:

— Tudo bem — disse. — Eu entendo. Só não me agrada o fato de eles estarem tirando proveito do sofrimento dessa família.

— Bem, não importa agora. Pelo menos não pode ser usado contra você — respondeu Fletcher.

— Sim, mas isso está lá fora. As pessoas vão pensar ou que fiz a coisa certa, ou que não fiz. Mas sempre vou saber que fiz o melhor que pude com o que eu tinha. O orçamento, ele continua no prazo?

— Sim — disse Kurt. — Espero que tenha sua caneta vermelha à mão.

— Está. E pretendo usá-la.

— Bem, a boa notícia é que teremos votos suficientes para evitar que seus vetos sejam derrubados.

— Então nosso trabalho vai falar por nós quando deixarmos nossa última marca por aqui, hein? E bom trabalho nessa declaração, amigos. Vocês disseram as coisas exatamente como eu falaria. Como é que podem me conhecer tão bem assim?

Gray disse isso e sorriu.

Kurt e Fletcher concordaram com a cabeça e saíram pela porta.

Gray foi para as janelas que iam do chão ao teto e ficavam bem atrás de sua mesa de trabalho. Olhou por cima do gramado do capitólio, pensando em Mack enrolada na cama em posição fetal, as cobertas puxadas até o queixo, parecendo uma criança sozinha.

Ele queria salvá-la. Ele queria desesperadamente arrancá-la dessa dor. Mas seu próprio sofrimento se revirou com esse pensamento.

Então veio uma revelação. Entre tudo isso, lidar com sua própria dor, recuperar seu próprio coração, havia uma coisa que ele não tinha realmente feito por Mack.

Essa revelação o atingiu com tanta força que ele foi obrigado a se sentar:

— Não acredito que não tenha orado por ela!

Claro que ele havia rezado, sem dúvida. "Deus, nos ajude. Senhor, me dê sabedoria." Ele tinha feito essas. Mas não sentira realmente isso, não da forma como deveria. Não do jeito que os tempos de desespero na vida das pessoas exigem.

Jeremiah havia lhe contado uma história certa vez de quando seu filho caçula estava doente com meningite. Jeremiah disse que foi até o quarto do garoto, fechou a porta e não saiu até que os médicos dissessem que o menino estava bem. Disse que ele orou e jejuou por três dias inteiros. Que ele se sentia como o rei David, quando esse fez a mesma coisa por seu filho.

Gray caminhou até seu escritório privado. Sophie estudou-o de sua almofada quando ele passou por ela, fechou a porta e trancou-a. Ele puxou sua Bíblia de uma mesa lateral e então se ajoelhou na frente do sofá. E lá, na sede do governo do Tennessee, o governador daquele estado lutou pela vida de sua própria esposa.

CAPÍTULO 50

Eugenia irrompeu pela porta do Palácio do Governo, assustando o pobre Joseph. Ela pôde perceber pela forma como agarrou o peito assim que a porta se abriu:

— Está tudo bem, Joseph — disse ela ao mordomo. — Sou eu.

Ela gritou para Berlyn, que estava do lado de fora:

— Pode trazer todo mundo para dentro!

Berlyn virou o corpo para trás, mostrando a mesma estampa rosa choque de sua blusa enquanto caminhava.

— No próximo Natal, vou dar blusas com listras para ela — murmurou Eugenia para si mesma.

Dimples e Sandra saíram do carro. Sandra bufava e gemia como se estivesse morrendo.

— Pegue as roupas e coloque para lavar — ordenou Eugenia. — E é você quem vai fazer isso, Sandra!

O lábio superior de Sandra foi pressionado com força contra o inferior, mas Eugenia sabia com toda certeza que as maneiras sulistas ou o orgulho sulista de sua amiga, não importa como você os definissem, a impediriam de dizer alguma coisa parecida com "Não há nenhuma força neste mundo criado pelo bom Deus que me obrigue a lavar essa roupa fedorenta!". Eugenia tinha feito a jogada perfeita.

Jeremiah saiu do carro lentamente. Aquele homem precisava de uma banana de dinamite presa na traseira para se mover mais depressa. Dimples veio pelo outro lado do carro e trombou contra o para-choque. Eugenia abriu o porta-malas do carro com um pequeno botão, e a tampa disparou para cima, assustando o pobre olho esquerdo bom de Dimples.

Berlyn segurava a mão de uma daquelas três pequenas crianças enquanto as levava até a porta da frente da casa:

— Tudo bem, crianças, venham. É aqui que vão ficar até que eles arrumem algumas camas para vocês no abrigo.

A mãe daquelas três meninas era mais alta do que Eugenia. Ela devia ter aproximadamente um metro e oitenta de altura, mas era magrela, parecia uma avestruz. Seu pobre cabelo devia estar há muito tempo sem um xampu. Se é que um dia ele já usou xampu.

Jeremiah veio por trás e pegou o braço de Eugenia antes que ela subisse os degraus até Mackenzie:

— Aonde vai?

— Vou buscar minha filha, agora me solte.

— E se ela não quiser descer?

— Então vou arrastá-la para fora da cama.

— E que bem que isso vai fazer? A mesma cama vai estar lá amanhã.

Eugenia puxou o braço para libertá-lo das garras do jardineiro:

— E você acha que eu trouxe essa mulher e as filhas dela até aqui por minha causa?

— Não. Pra mim tá muito claro por que elas estão aqui. Só que pode ser que a madame não pensou tudo direito sobre o que precisa fazer agora que elas estão aqui.

Ela balançou a cabeça em frustração e bateu o pé:

— Fale em nosso idioma, Jeremiah, em nosso idioma. O que você está tentando dizer?

— Aquela flor quer dizer orgulho, dona Eugenia. Ela quer dizer isso, sim, senhora. Eu sabia disso quando dei ela pra dona Mackenzie. E eu sei que ter pena de si mesmo é uma das faces mais feias e o pior do orgulho. Mas tudo o que você pode fazer por alguém que está todo emaranhado no sofrimento é dar para essa pessoa uma chance de se curar. Mas se a madame acha que pode fazer mais do que isso pela pessoa, então quem sabe aquela flor não era pra dona Mackenzie.

Eugenia podia sentir sua testa enrugar:

— Você está dizendo que eu tenho um problema com essa coisa de orgulho? É isso?

— Esse é o máximo do nosso idioma que eu sei falar, dona Eugenia. O controle é orgulho, dona. Agora, soltar é curar.

Eugenia estava muito agitada para pensar sobre isso. Ela acabara de trazer uma família sem-teto para o Palácio do Governo. Sandra tinha vomitado assim que soubera que sua tarefa seria lavar aquelas roupas. Dimples precisava quase de tantos cuidados quanto a mulher e suas três crianças pequenas. E Berlyn não era alguém que pudesse ser largada sozinha na casa do governador: ela sempre ia embora com alguma lembrancinha. E agora vinha esse Jeremiah com essa coragem de dizer na cara dela que ela tivera todo esse trabalhão porque estava cheia de orgulho?

Jeremiah devia ter ouvido seus pensamentos:

— Tudo o que a madame tem que fazer é conduzir a dona Mackenzie até a água. Ela é a única que pode decidir se vai dar um gole ou não. Depois, deixa tudo nas mãos do Senhor. Esse Deus é grande e bom.

Eugenia passou a mão no rosto e, em seguida, pelos cabelos, que estavam duros de laquê:

— Pode ir, Jeremiah — disse ela. — Pode voltar ao trabalho.

Ela subiu as escadas, passando por uma aturdida Jessica, ainda sentindo os olhos do jardineiro sobre ela. Mas ela era Eugenia Quinn, e todos os dias eram dias de sol para ela. As coisas seriam do seu jeito.

A porta do quarto de Mackenzie estava trancada. Eugenia abriu-a lentamente para encontrar sua filha ainda na cama, o cobertor dobrado em torno dela. Era como se ela ainda tivesse sete anos, dormindo lá são e salva, de volta naquele tempo em que Eugenia e Lorenzo a mantinham protegida. Eles podiam dizer a ela o que fazer. Obrigar a filha a fazer isso. Mas Mackenzie sempre fora uma menina obediente, um pouco teimosa às vezes, mas no fim acabava fazendo aquilo que a tinham mandado. Mesmo que do jeito dela.

Eugenia foi até a janela, mantendo os olhos em sua filha. Mackenzie precisara dela nestes últimos seis meses, e ela esteve lá, presente. Houve momentos em que ela precisava ser empurrada, e Eugenia a havia empurrado. E houve momentos em que ela simplesmente precisava ser amada e abraçada, de modo que Eugenia fizera isso.

Mas Jeremiah estava certo. E Eugenia sabia disso.

Por isso odiava tanto essa afirmação, porque tinha vindo dele. Ela agitou a mão para os céus em desgosto e caminhou até a cama de Mackenzie:

— Mackenzie, eu quero que você se levante.

Ela viu os olhos de Mackenzie se moverem ligeiramente.

— Vamos lá. Sei que você pode me ouvir. Necessito que você saia dessa cama e se arrume. Você tem companhia e precisa cuidar delas — Eugenia estendeu a mão para o braço da filha.

Mackenzie abraçou seu travesseiro de modo ainda mais forte.

— Agora me escute, Mackenzie. Sua mãe lhe disse para fazer algo, e é hora de fazer o que eu mando — sua voz tremeu, e ela podia sentir o medo dela aumentar rapidamente. — Agora, vamos lá. Você precisa se levantar e se vestir, depois venha me ajudar a cuidar desses visitantes.

Mesmo quando as palavras saíram de sua boca, ela sabia que eram inúteis. Não passavam de palavras ao vento. Tudo era inútil. Mas ela era uma mãe, e mães não deixam que seus bebês se afoguem. Essas mães mergulham atrás deles e socam com os punhos nus os tubarões que ousam aparecer em seu caminho.

Eugenia estava se inclinando sobre a cama para cutucar novamente o braço da filha quando o puxão de outra coisa a arrastou. O corpo dela se moveu para trás instintivamente. Eugenia sentiu isso de novo. Algo estava afastando Mackenzie dela. Um pensamento voou através de sua alma... *Eu estou com ela.*

Ela quis lutar contra isso. Mas sabia de onde vinha.

— Eu não posso confiar em você com ela — sussurrou. — Agora não mais. Não depois de tudo isso.

Eugenia foi para mais perto da cama. Mackenzie estava agitada. Outro pensamento a perturbou mais ainda. *Mundos partidos sustentam coisas quebradas. Mas apenas um pode juntar tudo novamente.*

A mãe de Mackenzie recuou. Ela sabia que era verdade, que este mundo estava partido e rompido, e isso era cruel, nem um pouco parecido com o que devia ser originalmente. Ao perder Lorenzo, também descobriu que o céu era o único lugar grande o suficiente para abrigar a dor e a agonia que invadiam seu interior sem dar trégua até devastar metade de seu coração.

Era hora de se libertar. Estranhamente, parecia que ela sabia disso há muito tempo, bem antes de Jeremiah dizer qualquer coisa. Mas entre saber e fazer existia uma grande diferença.

Ela se retirou para a janela de sacada e ficou ali muito tempo, assistindo a um céu que ainda mantinha o azul fugaz do dia. Finalmente, falou:

— Pai, sou boa em um monte de coisas. Em jardinagem, muito melhor do que Jeremiah. Em decidir as coisas e ditar ordens. Sem mim, aquelas três lá embaixo estariam perdidas. E sou uma boa mãe. O Senhor sabe disso. O Senhor me fez assim. Mas eu nunca fui boa em abrir mão das coisas e libertá-las. Posso ficar insistindo numa coisa, depois retomar isso e insistir mais uma vez.

Eugenia riu para si mesma:

— Pelo menos isso é o que Mackenzie sempre diz, mas eu acho que o Senhor me fez desse jeito também — ela sentiu o nó crescer na garganta, e teve que esperar para que ele diminuísse. — Pai, a minha menina está despedaçada, e não consigo consertá-la. Eu vejo isso agora. Vejo de verdade. Fiz tudo o que podia, tudo o que sabia fazer. Mas agora não me resta mais nada.

Ela balançou a cabeça e ficou em silêncio durante o que pareceu ser dias. Finalmente juntou suas mãos e as levou em direção ao azul do céu.

— Tudo bem, Pai. O Senhor me deu aquela menina. Agora eu a entrego a Ti. Ela está em Tuas mãos.

As lágrimas escorriam livremente pelo rosto.

— Mas por favor, se o Senhor puder trazer minha menina de volta, a Mackenzie real, a nossa Mackenzie — ela teve que lutar contras essas palavras —, Gray e eu vamos apreciar bastante — a pausa seguinte foi longa, e aquilo que aconteceu no meio dessa reflexão redefiniria Eugenia Quinn para sempre. — Mas o que o Senhor achar que é melhor para minha filha... Eu vou confiar em Ti.

Quando finalmente entendeu que sua entrega havia sido completa, ou o mais completa que poderia ser para ela, Eugenia caminhou para Mackenzie e beijou-a suavemente no rosto. Com isso, ela a deixou sozinha.

Assim que fechou a porta do quarto, Eugenia ouviu um grito.

Obviamente Sandra tinha ido buscar a roupa no carro.

JEREMIAH

Eu soube na hora que soltei os braços dela, que aquela mulher não ia escutar uma só palavra que eu tinha dito. Então, fui embora e fiz o que sabia fazer. Desci a escada que dá direto na minha sala de trabalho e disse aos rapazes que estavam lá para me deixarem sozinho por alguns minutinhos. Todos eles sabiam o motivo. Quando peço para saírem da sala, é porque tenho coisa pra fazer.

Eu sabia que o governador e a dona Eugenia queriam salvar a dona Mackenzie. Eu também queria salvá-la. Mas o problema é que ela também tem que desejar ser salva. A dona Mackenzie tem que lutar também. É uma luta entre ela e Deus.

Então eu fiz a única coisa que tinha sentido. Dobrei meus joelhos, agradecido porque eles ainda estavam bons o suficiente para eu dobrá-los, e comecei a rezar pra todos eles. Pelo governador, por aquela dona maluca e pela dona Mackenzie. Que cada um desses três encontre a força pra poder abrir mão do orgulho, se ele existir.

E esse orgulho é forte, porque ele gosta de fingir ser outra coisa que não é... Que nem um salvador, um protetor, quem está lamentando ou sofrendo muito. Eu acho, às vezes, que o orgulho pode fingir que é um ancião dizendo pro governador como é que tem que fazer as coisas.

Mas não importa o que ele finge ser, o orgulho é um mentiroso. Ele faz a gente pensar que é uma coisa que não somos. Faz a gente achar que pode seguir na vida sem Deus.

Do jeito que vejo as coisas, Deus achou que ia ser uma coisa boa começar toda a vida em um jardim. Então, depois que todo mundo pensou que Ele tinha ido embora pra valer, ele se mostrou em outro jardim. As mulheres que O viram depois que se levantou dos mortos, acharam que era um jardineiro. Sempre gostei dessa história. Do modo como vejo as coisas, o Senhor é um Mestre Jardineiro. Então agora, bom Deus, por favor, ajuda a gente a manter nossas mãos orgulhosas longe de Seu jardim e fora do caminho de todas as coisas que o Senhor está tentando fazer brotar.

CAPÍTULO 51

Um grito estridente perfurou a mente de Mackenzie através da névoa. Ela piscou forte. O sol já estava alto. Ela não tinha ideia de que horas eram quando Gray foi trabalhar ou de quem era aquele grito que a havia despertado.

Tentou localizar seus pés para movê-los até a beirada da cama. Mas parecia que eles tinham sido enfiados em concreto durante toda a noite. Finalmente conseguiu movimentá-los para o lado e também se sentar. Tudo nela doía. Mas não deveria estar surpresa. O corpo dela tinha passado mais tempo deitado sobre aquele colchão do que em qualquer outro lugar. Era um verdadeiro milagre que seus músculos não tivessem atrofiado por completo.

Vozes soaram no corredor. Uma batida soou à sua porta, um som alto e forte.

— Senhora London?

Ela não respondeu, apenas continuou sentada na borda da cama.

Outra batida, desta vez mais forte, e a voz do outro lado da porta foi ficando mais alta:

— Senhora London.

— Quer parar com isso?! Ela está descansando! — a voz da mãe também soou alta, o suficiente para acordar os mortos quanto mais alguém que estivesse dormindo naquele quarto.

Mackenzie forçou-se para ficar de pé sozinha e pegou um moletom branco felpudo que estava caído ao pé da cama. Ela percebeu que Gray havia imaginado que sua esposa gostaria de vestir aquela roupa quando levantasse da cama. Aquele moletom realmente era uma opção para ela. Exatamente aquele. E Gray o havia colocado ali para ela.

Mackenzie vestiu o moletom e olhou em volta do quarto. Alguma coisa parecia... diferente. Seus sentidos pareciam estar mais alertas do que o usual. Ela caminhou até a porta e abriu-a.

Jessica e sua mãe olharam para ela, de olhos arregalados. Ela imediatamente entendeu por quê. Sua mãe a tinha visto naquela manhã, praticamente morta para o mundo. Jessica a observara ontem, sentada em sua cadeira como um zumbi. Agora ela não se sentia tão bem assim, mas certamente não era mais aquela pessoa sem vida.

— Oh, senhora London... — disse Jessica — ... Eu lamento, não sabia que estava dormindo. Eu queria só... — as palavras sumiram.

Mackenzie encostou-se ao batente da porta:

— Está tudo bem — ela colocou os braços em torno de si. — O que está acontecendo?

O olhar de Jessica era tenso. E suas palavras seguiram o mesmo padrão:

— A senhora decidiu trazer uma família da missão para cá hoje?

— Eu decidi por ela — retrucou Eugenia.

Mackenzie esfregou os olhos:

— O que você quer dizer? Que família?

— Há uma família aqui. Uma mãe com duas meninas.

Eugenia interrompeu:

— Três.

Jessica virou-se para Eugenia e balançou a cabeça.

— Tudo bem, há quatro pessoas lá embaixo, todas aparentemente esperando para serem alimentadas e alojadas pela noite. E eu sei que a senhora já fez esse tipo de coisa no passado, mas geralmente a senhora passa essa atribuição para mim.

Sua cabeça pendeu levemente em direção a Eugenia enquanto pronunciava a última frase, numa declaração sutil de quem era responsável por certas coisas naquela casa.

Mackenzie passou por elas e seguiu pelo corredor. Ela olhou sobre o corrimão para o *hall* de entrada lá embaixo. Uma mulher alta e imunda com três meninas ruivas e mal ajambradas esperava lá. Uma das garotas estava sentada no chão, outra no último degrau da escada e a terceira corria descontroladamente pelo salão, de braços estendidos e emitindo ruídos de avião por sua pequena, mas barulhenta boca.

Dimples a perseguia o máximo que conseguia, tentando não se esborrachar na parede. Berlyn estava sentada nos degraus com a cabeça de uma criança que descansava em seus enormes seios. E Sandra permanecia no canto segurando sua bolsa bem junto de si. Do outro lado da sala, viam-se os sacos de roupa suja, e de tempos em tempos ela dava tapinhas na cabeça da menina que corria como se a garota fosse um porco-espinho.

— Sim — respondeu Eugenia em um tom bastante suave. Ela andou até o lado de Mackenzie. — Mas não é para você se preocupar. Temos tudo sob controle. Então, basta voltar para seu quarto. E, bem, eu, as meninas e Jessica — ela agarrou o braço de Jessica e puxou-a em direção à escada —, pode deixar, nós vamos lidar com isso. Estamos apenas tentando ajudar algumas pessoas por aqui.

Jessica olhou para Mackenzie, com os olhos suplicantes, enquanto Eugenia a arrastava escada abaixo. Mackenzie observou enquanto sua mãe chegava ao piso inferior e entrava em sua rotina familiar de sargento. Muito mais o estilo dela.

— Então — disse ela —, Rosa acaba de me informar que vai levar algum tempo até o jantar ficar pronto. Isso quer dizer que podemos alojar essas pessoas.

A mãe deu um passo em direção a Eugenia.

— Senhora, se vamos ficar algum tempo por aqui... — ela pareceu hesitar — ... Será que minhas meninas e eu podíamos nos lavar em algum lugar?

Eugenia deu um tapinha no braço da mulher:

— Mas é claro, querida. Nós vamos cuidar de todas vocês — e virou-se para suas amigas. — Dimples, por que você e Berlyn não levam essas meninas para o quarto de hóspedes e dão um bom banho nelas?

A mais nova das hóspedes parou no meio do saguão, estudando a mulher que distribuía instruções. O olhar em seu rosto tornou evidente que ela não tinha interesse em ir parar dentro de uma banheira. Ela levantou o rosto para a mãe e perguntou:

— Mãe, a gente tem que ir?

A mãe acariciou a menina e se inclinou para sussurrar alguma coisa em seu ouvido. Os ombros da ruivinha caíram, mas ela começou a se encaminhar para a escada.

— Mãe, eu vou levá-la para o outro quarto de hóspedes, e lá você vai ter algum tempo para cuidar de si mesma — disse Eugenia. Em seguida, gritou: — Rosa!

Rosa saiu da cozinha.

— Queremos um jantar bem farto — ela parou de falar e deu aquele olhar para Rosa —, e de preferência algo frito! Muito!

Rosa lhe devolveu um sorriso da porta de madeira que balançava.

— Joseph, pode preparar a mesa de jantar e mostrar a Sandra onde está a lavanderia do andar de cima?

Eugenia olhou para Sandra, que apenas lhe lançou um olhar e se abaixou para pegar o saco de roupas com cuidado. Uma das empregadas da casa se apressou para ajudar.

Eugenia ainda não havia terminado:

— Berlyn, você e Dimples tratem de esfregar direito essas meninas usando bastante sabonete. E não se esqueçam de esfregar nos lugares que essas meninas nem sabem que possuem. E façam bastante espuma, crianças adoram espuma e bolhas! Entenderam?

— Sim, senhora!

Berlyn bateu continência, depois se curvou para a menina mais velha e disse:

— Ela sempre nos diz o que fazer. Acho que ela saiu de uma barriga mandona.

— Pode deixar!

Dimples tentou bater os calcanhares de suas pernas ossudas, mas a única coisa que conseguiu foi ondular ao vento o tecido que sobrava de suas calças *baggy* esverdeadas. A ponta das meias brancas mostraram quando os sapatos ortopédicos pretos se tocavam. Ela tentou bater continência também, mas errou a cabeça por quase um palmo.

— Jessica!

A cabeça de Jessica virou-se bruscamente para Eugenia.

— Vá continuar o que já estava fazendo. Eu tenho tudo aqui sob controle.

Mackenzie viu lá de cima quando Jessica se empinou e foi embora. Eugenia pegou a mãe pelo braço e, em menos de um minuto, aquele saguão cheio de movimento ficou vazio novamente.

E era assim que as coisas podiam acontecer, rapidamente. Mackenzie tinha vivido isso. Em um minuto, a vida preenche cada fenda, e no instante seguinte é arrebatada para nunca mais voltar. Desaparece em um instante. Mackenzie olhou para o espaço vazio.

Mas esta vida em particular não tinha ido embora. Estava bem ali à sua frente, subindo as escadas em direção a ela. Mackenzie se recostou instintivamente na parede quando todas marcharam pelo corredor. As crianças a olharam com curiosidade enquanto Berlyn as conduzia para o banheiro.

— Grace, essa é minha filha, Mackenzie — Eugenia apresentou a mãe das meninas. — Desculpe-nos, querida. Vamos tentar não perturbar você.

— Prazer em conhecê-la, Grace.

Mackenzie tentou esboçar um sorriso, mais do que ela havia dado a qualquer um durante o último mês e meio. Ela viu Sandra ao pé da escada, com um braço tapando a boca e puxando um saco de roupa com a outra mão enquanto a camareira esperava atrás dela.

A comoção que estava ocorrendo lá no fim do corredor não poderia ser ignorada. Mackenzie seguiu os ruídos até o banheiro de hóspedes. Berlyn estava inclinada sobre a banheira, experimentando a temperatura da água com o traseiro levantado na altura suficiente para uma criança ficar tentada a empurrá-la. Dimples distraía as crianças, ou as aterrorizava ao fazer seus dentes saltarem e depois sumirem dentro da boca.

— O que tem de errado no seu olho? — perguntou uma delas.

— Nada — respondeu ela. — Acontece que Deus me deu dois olhos que podem se mover em direções opostas, assim eu posso ficar de olho em crianças como vocês sem perder nada de vista.

Uma das crianças mais velhas encolheu os ombros. Outra deu um passo atrás para mais perto de sua irmã.

Dimples começou a puxar a manga da blusa da mais nova, e a cabeça da menina ficou presa em algum lugar da camiseta amarela de mangas compridas. Dimples puxava enquanto a menor gritava:

— Ei! Assim você vai arrancar a minha cabeça!

Mackenzie esticou o braço e tomou a manga da camiseta das mãos de Dimples, puxando delicadamente a camisa para cima. Cachos vermelhos saíram com um pulo, e grandes olhos azuis brilhavam com animação.

— Graças a Deus que você apareceu, senhora.

Mackenzie olhou para as três irmãs postadas em uma fila. Três degraus de uma escadinha, cada uma delas com selvagens cabelos vermelhos encaracolados e um rosto sardento e imundo. Naquele momento, algo dentro dela mudou, virou-se e se desalojou. Algo pequeno, mas fundamental.

Mackenzie ajoelhou-se diante da menor das três:

— Ei, e você, qual é o seu nome?

Aqueles grandes olhos azuis se viraram para ela, depois olharam para o chão, e a menina falou em voz baixa:

— Suzy.

— É um nome bonito.

Os olhos viraram para cima de novo:

— Eu tenho esse nome porque é o mesmo da minha tia.

— Sério? Bem, ela é tão bonita como você?

—É — sua cabeça balançava para cima e para baixo. — E sabe o que mais?

— O quê?

— Ela tem o cabelo vermelho também.

Mackenzie tocou um cacho de cabelo vermelho vivo.

— Seu cabelo é certamente muito bonito.

A criança acenou com a cabeça como se ela soubesse disso também.

— Sim.

A irmã do meio puxou Suzy.

— Quieta — ela repreendeu.

Mackenzie estudou o rosto dessa garotinha. Era muito sério para uma menina daquela idade. Ela não podia ter mais do que sete ou oito anos.

— Está tudo bem, querida. Eu estava apenas fazendo perguntas para ela.

A mais velha se virou para ela, então. E alguma coisa mais se agitou na alma de Mackenzie. Por um breve momento, não importava mais a morte, ou a perda, ou estar morrendo, não importava mais o passado ou o futuro sombrio sem fim. Tudo que importava agora era o momento, aquele momento. Aquelas três menininhas e uma mulher que, mais do que qualquer outra coisa no mundo, amava tomar conta de menininhas como aquelas.

— Que tal se vocês três vierem comigo? — disse ela — Porque eu tenho outro banheiro no fim do corredor que tem uma banheira velha e enorme, e aposto que vocês três cabem dentro dela juntas!

O sorriso de Suzy aumentou. As outras duas pareciam hesitantes. Mackenzie ficou de pé e se inclinou um pouco para a mais velha.

— Está tudo bem, aqui é a minha casa.

Ela sorriu para as meninas e colocou a mão sobre os ombros da mais velha:

— Berlyn, eu vou levá-las comigo por um minuto. Acho que elas vão gostar mais do meu banheiro do que deste.

Berlyn levantou a mão coberta de espuma:

— Isso vai ajudar. Eu e Dimples podemos dar uma força para Rosa com o jantar.

A língua de Dimples correu pelos lábios com a simples menção de comida. Mackenzie não tinha dúvida de que essas duas gozariam das atividades muito mais do que as meninas de quem deveriam cuidar. Agora, se Rosa iria apreciar a ajuda, bem, isso era outra questão. Ela levou as três meninas para fora do banheiro e pelo corredor.

— Eu num tinha visto uma casa tão grande como essa em toda minha vida — disse Suzy.

— Não fale num! — a irmã mais velha repreendeu.

— Qual é seu nome? — Mackenzie perguntou-lhe.

— Eu sou Lily, e esta aqui é Toby — a líder do grupo apontou para a irmã do meio.

— Nosso pai queria um menino — anunciou Suzy.

Toby deu um soco nela:

— Já falei pra não contar isso pra ninguém.

Suzy esfregou seu braço e franziu a testa:

— Mesmo assim é verdade.

Mackenzie sentiu uma bolha de risadas se formar em algum lugar dentro dela. O riso não chegou a escapar, mas ainda assim existia. E isso a atingiu de uma forma estranha e maravilhosa. Ela as levou para seu quarto, que elas admiraram maravilhadas como as crianças na rua principal do Walt Disney World.

Suzy correu direto para a janela e olhou para o quintal.

— Isso é uma piscina?

Mackenzie andou atrás dela.

— É.

— Você nada nela, senhora?

— Você deve perguntar o nome dela — disse Lily.

Suzy deu de ombros.

— Qual o seu nome, senhora?

Mackenzie colocou a mão nos cachos macios de Suzy.

— Meu nome é Mackenzie.

— Você nada nela, Mackenzie?

Lily se juntou a elas.

— Dona Mackenzie.

Suzy bufou.

— Que droga!

Ela revirou os olhos antes de se mostrar disposta a obedecer.

— Você nada nela, dona Mackenzie? — ela enfatizou o dona claramente por causa de sua irmã.

Mackenzie sentiu a súbita revelação subir por sua garganta. Suzy era como Maddie. Era muito cheia de si. Dizia tudo que passava por sua mente. E era cativante. A menina não podia ter muito mais do que cinco anos de idade. Olhar para ela era como admirar uma versão morango da versão chocolate que era Maddie. E Maddie sempre tivera vontade de nadar naquela piscina também, e eles tinham que a vigiar como falcões na primeira vez em que ela foi nadar.

As lágrimas vieram aos olhos do Mackenzie antes que ela pudesse detê-las. Elas se juntaram em seus cílios e turvaram sua visão. A piscina se transformou em um quintal todo azul.

— Não, querida, na verdade não nadamos naquela piscina.

Suzy olhou para ela e enrugou o nariz.

— Você quer dizer que tem uma piscina dessas lá fora e você não nada? — ela olhou para as irmãs. — Você não nada na piscina? Isso é louco.

Mackenzie olhou pela janela, lá para fora. Ela piscou com as lágrimas, e a beleza daquilo que existia lá embaixo de repente pareceu explodir para ela. As cores eram mais verdes, mais brilhantes, a água na piscina era mais azul. As nuvens brilhavam em um dourado impossível de existir lá em cima no céu.

— É, não é louco, Suzy?

Ela continuou olhando para fora por mais um momento até que sentiu Suzy se contorcendo ao lado dela. Mackenzie olhou para baixo.

As mãos da menina estavam entre as pernas:

— Preciso fazer xixi...

— Oh, sim, claro!

Mackenzie levou as três garotas para seu banheiro e deixou que Suzy cuidasse do que tinha que fazer enquanto ela enchia a banheira até a borda com água morna cheia de bolhas. Assim como Maddie sempre gostou.

Enquanto as três meninas entravam no banho, ela foi até o armário e abriu. Um frasco de xampu de bebês estava lá dentro. Ela puxou-o para fora e firmou-se enquanto caminhava em direção à banheira novamente. Recordações estavam em toda parte.

Mackenzie molhou a cabeça das meninas e começou a esfregá-las com xampu. Enquanto Mackenzie fazia isso, pareceu que todo o peso de um adulto que estivera sobre os ombros das irmãs mais velhas foi lavado junto com toda a sujeira que estava grudada em seus corpinhos.

Mackenzie pegou alguns dos brinquedos de banho de Maddie, que também estavam no banheiro, e sentou-se no chão enquanto as meninas falavam, brincavam, riam e sopravam as bolhas. Em certo momento, ela ligou os jatos de hidromassagem. As meninas ficaram surpresas por um momento, até que a água começou a girar e fazer mais bolhas que voavam para a superfície. Então o espanto das pequenas virou deleite.

— Dona Mackenzie, você tem um bebê? — quem perguntou foi Suzy, por trás do bigode de espuma que tinha feito nela mesma.

O estômago de Mackenzie se apertou, mas ela sabia que a pergunta vinha de um lugar onde só havia inocência:

— Não querida, não tenho.

— E não quer ter?

Ela congelou. Ainda não conseguia falar disso. Ela havia escondido esse assunto dentro dela, no local onde jaziam as coisas mortas. Mas os olhos azuis estavam olhando para ela.

— Bem, eu tive uma — disse finalmente. — Uma menininha, na verdade.

As duas irmãs mais velhas pararam de brincar. Suzy pegou um punhado de espuma e soprou-a. As bolhas voaram diretamente para os pés de Mackenzie.

— E onde você colocou ela?

— Bem, Deus a levou... — ela não tocava no nome de Deus fazia muitas semanas.

— Suzy, não faça mais perguntas! — a maturidade de Lily rapidamente retornara.

Mas Toby, obviamente, pensou que a reprimenda fosse apenas para Suzy. Ela colocou suas mãos na lateral da banheira:

— Ela morreu?

Suzy parou todo o movimento quando Toby falou. Ela veio para a borda da banheira e colocou as mãos sobre ela também.

Como é que você ignora crianças? Como é que você explica a elas que algumas questões na vida são muito pessoais, que algumas dores são muito particulares? Na verdade, Mackenzie as havia convidado para vir a seu banheiro, mas não as havia convidado para entrar nos lugares privados do seu coração.

Ela respondeu assim mesmo.

— Sim.

Os olhos de Suzy eram grandes e estavam arregalados. Mackenzie sentiu o estalo em seu coração. E deixou as palavras saírem de sua boca da forma como queriam:

— Meu bebê, Maddie, tinha a sua idade — disse, apontando para Suzy. — E ela era linda, exatamente como você.

Mackenzie esfregou os braços da menina. E as palavras seguintes que vieram à sua boca foram as que ela nunca havia pronunciado antes, pelo menos dessa maneira:

— Ela faleceu em um acidente de carro.

As três meninas olharam para ela, os rostos solenes, os olhos azuis grandes e agora envelhecidos:

— Você sente falta dela? — Suzy finalmente perguntou.

Mackenzie mordeu o interior de seu lábio para conter as lágrimas.

— Todos os dias.

Lily parecia estudá-la por um momento, depois abaixou a cabeça e falou baixinho:

— Sinto falta de nosso pai.

As outras duas cabeças viraram em sua direção, e a dor registrou-se imediatamente em seus rostos.

— Oh, querida, o seu pai morreu? — Mackenzie perguntou.

— Não, senhora. Ele está na cadeia.

— Ele atirou em um homem e o matou — Suzy disse isso com tanta naturalidade que estava claro que ela realmente não entendia o que aquilo significava.

— Ele tinha acabado de sair da prisão também — Lily acrescentou. — Disse que ia ajudar a mamãe a cuidar de nós do jeito certo. Mas ele não conseguiu encontrar um trabalho. Procurou e procurou por um tempão. Então uma noite ele entrou numa briga feia com mamãe, deu uma surra nela, então saiu e assaltou um posto de gasolina. Daí ele matou o homem que trabalhava lá. E eles o colocaram de volta na cadeia.

Mackenzie lembrou-se instantaneamente. A libertação de prisioneiros. Tinha aparecido em todos os jornais por um bom tempo, e havia até mesmo uma ação judicial, mas ela não sabia se tinha acontecido alguma coisa com relação a isso, se é que tivesse que acontecer. E as crianças afetadas por esse pesadelo estavam mergulhadas em sua banheira.

Mackenzie viu as lágrimas nos olhos de Lily. Ela observou a garota tentando desesperadamente lutar contra elas, mas a pequena não conseguia. Mackenzie alcançou a menina através da espuma e colocou os braços em torno de Lily. Toby abraçou sua irmã também, e Suzy deu braçadas pela banheira para chegar perto das duas.

Lily falou em meio às lágrimas.

— Papai fez tudo isso e não conseguiu dinheiro nenhum. E quando mamãe saiu do hospital, perdeu o emprego também. Então a gente não conseguia mais pagar o aluguel e mais nada, por isso ela foi com a gente até o abrigo para ver se a gente conseguia comida e algum lugar pra dormir.

— Vai dar tudo certo — Suzy beijou os cachos molhados de sua irmã. — Mama vai conseguir um emprego, e a gente vai arrumar uma casa e vamos comer todo o macarrão com queijo que a gente aguentar.

Mackenzie olhou para Suzy e deu-lhe uma suave piscadela:

— Você está absolutamente certa, claro que ela vai. Mas vocês três vão ficar tão enrugadas quanto ameixas se eu não tirar vocês daí agora.

Suzy protestou:

— Ah, não...

— Venham — ordenou Lily.

As três saíram da banheira, e Mackenzie as envolveu em toalhas. Então ela as levou para a lavanderia, onde a primeira leva de roupas secas e limpas estava saindo da secadora. Sandra as entregou para as meninas como se elas tivessem a Peste Negra, mas as garotinhas não pareceram notar. Assim que estavam vestidas, elas desceram com Eugenia para desfrutar o que lhes disseram que era uma festa mexicana, com um pedido de acompanhamento especial de macarrão e queijo.

Mackenzie voltou para seu quarto e estava em seu armário, surpresa ao descobrir que ela realmente queria colocar roupas "de verdade". Escolheu *jeans* preto de perna reta e vestiu uma camiseta branca de decote em V. Seus sapatos baixos vermelhos de fivelas douradas estavam pousados ali, então ela deslizou os pés para dentro deles.

Foi até o espelho e estudou seu rosto. Seus olhos pareciam praticamente encovados por conta do peso que havia perdido. Ela devia parecer tão assustadora para aquelas meninas quanto os dentes de Dimples.

Mackenzie levou alguns minutos para passar um pouco de maquiagem e escovar os dentes e, por um momento apenas, agir como se estivesse viva. Pela primeira vez em tanto tempo, ela realmente achou que pudesse estar.

Saiu do banheiro e viu a amarílis de um vermelho vivo em pé orgulhosa no vaso sobre a mesa. Ela se lembrou de que Gray a tinha levado até ali a pedido de Jeremiah e perguntado a Mackenzie se conhecia o seu significado. Ela não conhecia. Até aquele momento isso realmente não lhe importava. E ficou se perguntando sobre o significado daquela flor durante todo o tempo em que descia as escadas.

O rosto de sua mãe registrou um rápido choque ao vê-la aparecer na cozinha. Mas, como sempre, Eugenia agiu como se tudo estivesse normal.

— Você ajudaria esta menina a comer antes que tudo acabe no chão?

— Claro, vou ficar feliz em ajudar.

E durante o restante da noite, ela ajudou sua mãe, as amigas malucas da mãe e a muito menos frenética Jessica, que tinha ficado até mais tarde mesmo sem ser solicitada, para cuidar dessas três meninas.

Enquanto Lily, Toby e Suzy tomavam sorvete sentadas em uma longa mesa perto da janela da varanda da cozinha, Mackenzie sentou-se ao lado da mãe das garotas.

— Suas filhas são lindas.

A mãe concordou com a cabeça modestamente:

— Obrigada. Também acho.

— Perdão — disse Mackenzie, sacudindo a cabeça. — Não consigo me lembrar de seu nome.

— É Grace.

— Sim, Grace. Bem, sinto muito por tudo que vocês estão passando.

A mulher virou seus notáveis olhos esverdeados para Mackenzie:

— Nós vamos superar. É isso que sempre fazemos. Nós superamos e vamos passar por isso.

— É, nem por baixo nem dando a volta. Certo, mãe? — o rosto de Suzy ainda estava enfiado em sua tigela de sorvete.

A mãe da menina riu enquanto passava a mão pelo cabelo limpo da filha:

— Isso mesmo, filha. Vamos passar direto!

As mãos de Mackenzie caíram sobre a mesa enquanto o impacto daquelas palavras se acomodava dentro dela. As palavras ecoavam em sua mente enquanto ela continuava sentada lá ouvindo os apelos das crianças por mais sorvete. Finalmente Grace anunciou que a sobremesa tinha acabado e que era hora de ir dormir.

Quando Eugenia se levantou para limpar a mesa, Mackenzie agarrou o braço da mãe:

— O que amarílis quer dizer, mãe?

Sua mãe olhou para ela com uma expressão neutra.

— Ela significa "orgulho", Mackenzie.

Mackenzie sentiu a força da palavra.

— Orgulho?

— Sim, querida. E parece que todos nós temos lidado com a nossa própria forma de orgulho.

— Mas como eu sou orgulhosa, mãe?

Eugenia balançou a cabeça suavemente, da forma que uma mãe faz com sua filha quando não quer magoá-la:

— A autopiedade pode ser orgulho. Não estou dizendo que é nesse lugar que você esteja agora, mas em qualquer tipo de perda, o orgulho surge para nos assombrar.

As palavras pegavam pesado, o peso delas pressionava Mackenzie mais fundo no assento almofadado.

— Ela tem outro significado, porém, que eu acho que você deve considerar.

— Sim?

Eugenia mudou a melecada taça de sorvete para a outra mão:

— Significa determinação. Algo que sempre procurei incutir em você.

Eugenia pegou outra taça de sorvete e se dirigiu para a pia.

Mackenzie levantou-se lentamente da cadeira. E Suzy pulou da sua:

— A gente pode dormir com a senhora, dona Mackenzie?

Mackenzie hesitou um segundo, depois sorriu.

— Eu tenho algo ainda melhor do que isso para vocês.

E antes que pudesse mudar de ideia, lá estava ela de pé na porta do quarto de Maddie, com Lily, Toby e Suzy bem atrás dela.

Sua mão tremia enquanto ela ficava lá de pé. Ela sentiu que uma das meninas cutucou a outra e sussurraram alguma coisa. Então, ela abriu a porta lentamente, revelando a sala que estava praticamente selada como um túmulo.

O aroma de sua menina não estava mais pairando sobre o ambiente, mas cada milímetro dela ainda parecia vivo nesse mundo cor-de-rosa.

Mackenzie fechou a porta rapidamente. O pulso pulsava rapidamente.

— Você está bem, dona Mackenzie? — a mão de Lily pousou em seu ombro.

Ela olhou para baixo, para aquele rosto ansioso, e expirou lentamente. Ela queria recuar. E apenas sair correndo para seu quarto, pular sobre a cama e puxar as cobertas sobre a cabeça. Mas ela não podia. Não agora. Porque, se fizesse isso, tinha certeza de que Suzy logo estaria procurando por ela com vinte perguntas.

Por alguma razão, esse pensamento a acalmou. Ela girou a maçaneta e abriu a porta novamente.

— Vamos colocar vocês na cama, meninas.

Ela enfiou as duas mais velhas nas camas de solteiro e montou uma cama dobrável para Suzy, ou um "palácio", como ela o chamou. Então achou um livro e leu uma história para as meninas. Antes que terminasse, todas as três já haviam adormecido.

Mackenzie puxou as cobertas até o queixo de Suzy e ficou olhando a magia dos cinco anos de idade. Ela não queria que essa magia fosse embora. Ela queria agarrar isso e prender numa garrafa e desfrutar dela sempre que quisesse.

A luz do *closet* de Maddie brilhou através da porta que ela tinha deixado entreaberta por sugestão de Suzy. Ela caminhou até ele e segurou a maçaneta. Estas eram águas que nunca havia sonhado em navegar. Soltou a maçaneta e ficou ali.

Nem por baixo nem dando a volta. Direto!

Mackenzie abriu a porta inteiramente. Tudo que havia lá dentro estava exatamente do mesmo jeito como no dia em que Maddie morreu. Ela não havia tocado em nada, em nenhuma peça, embora suspeitasse que Eugenia ou as arrumadeiras estivessem limpando e passando o aspirador.

Ela entrou no *closet* e fechou a porta atrás de si. Mackenzie correu suas mãos ao longo das bordas de tule da "saia de princesa" de Maddie que pendia no cabide. Os sapatos de Maddie estavam ainda perfeitamente arrumados lado a lado, e os papéis de seus primeiros dias da escola ainda estavam em sua prateleira.

Mackenzie pegou da prateleira um livro escolar. Na primeira página estava escrito *Meu Mundo*, por Maddie London. Cada página trazia um desenho de Maddie sobre como ela via seu mundo. Lá estavam figuras palito de Mackenzie e Gray. Um desenho até benfeito de um cão peludo e uma criança com cabelo desgrenhado que Mackenzie presumiu ser Oliver. Havia também um desenho das panquecas de Rosa e uma figura alta e escura segurando uma flor.

Esse era o mundo de Maddie, tudo bem. Também tinha sido o mundo de Mackenzie. Mas o sofrimento havia engolido tudo isso. Ela havia permitido que isso acontecesse.

Mackenzie tinha uma imagem de seu mundo também. Uma imagem gravada em sua mente. Ela, Gray e pelo menos dois filhos vivendo suas vidas juntos, fazendo o que eles foram criados para fazer, amar as pessoas, amar a Deus. E então, quando ficassem velhos, estariam sentados na varanda da frente com seus netos.

Era uma imagem tão bonita. Uma imagem perfeita. E sua vida tinha se transformado em algo que não era nem de longe parecido com isso. Por conta disso, Mackenzie havia se revoltado contra o céu. Desde que Maddie morreu, de uma forma ou de outra, isso é o que ela estava fazendo.

Naquele momento, a verdade de como tinha vivido nos últimos seis meses desabou sobre ela, e Mackenzie sabia: só ela, e ninguém mais, poderia ter permitido isso. Sim, a dor e o sofrimento eram profundos e reais. Mas era ela quem havia escolhido deixar que eles a consumissem. E somente ela poderia escavar seu caminho para fora disso.

Mackenzie puxou mais papéis para fora da prateleira e estudou cuidadosamente um por um, deixando que a dor e a perda daquilo que se mostrava em sua frente fossem sentidas. Dizendo a si mesma, minuto a minuto. *Supere. Supere*.

As lágrimas desciam pelo seu rosto em fluxo contínuo durante todo o tempo. E, então, ela alcançou a última página. Um desenho feito pela metade. A ironia ainda não estava totalmente perdida nela. O desenho de Maddie nunca havia sido completado. Nem o dela própria.

Mackenzie caiu de joelhos, puxando uma camiseta de Maddie do cabide e prensando-a contra seu rosto para abafar o choro, um choro que vinha bem do fundo do coração. Parecia que essas lágrimas tinham sido empurradas tão profundamente para dentro dela que agora estavam obstruindo sua alma. Mas ao mesmo tempo em que estavam sendo desalojadas, acontecia o mesmo com outra coisa. Alguma coisa que estava ainda mais fundo... Algo... Saudável.

Rajadas de dor correram através dela por, pelo menos, trinta minutos. Quando as lágrimas finalmente se acalmaram, ela se sentiu exaurida, mas viva de alguma maneira. A dor não a havia matado. De fato, ao sentir a dor, ao vivê-la, ao atravessá-la diretamente, a dor permitiu que Mackenzie percebesse que estava viva.

Ela baixou seu corpo até o chão e se enrolou de lado, as finas fibras do tapete pressionadas contra seu rosto.

— Perdoe-me — sussurrou.

Mackenzie falou isso por tantos motivos diferentes. Mas disse isso em primeiro lugar para si mesma. Tinha que fazê-lo, para que pudesse viver. Se não tivesse soltado aquilo que vinha prendendo em seu próprio coração, nunca mais seria capaz de seguir adiante. Então, disse isso para Maddie, como havia feito tantas vezes antes. Mas estava determinada a fazer com que esta fosse a última vez. Isso tinha que acabar em algum momento, e ela estava então decidindo que seria aqui. *Sinto muito, querida, por favor, perdoe-me.*

Finalmente, disse aquela frase para o céu. Estava começando a perceber que o céu não a estava mantendo prisioneira. Sim, Deus havia permitido que Mackenzie fosse esmagada sob o peso de uma tristeza que ela não achava que a ninguém fosse permitido carregar, mas havia sido ela mesma quem aprisionara sua própria alma. Com a autopiedade? Sim, ela reconhecia isso. Havia sido a autopiedade que a havia aprisionado em uma cela repleta de sofrimento.

Não que essa dor não fosse real, não era isso. Mas de alguma forma tinha sido soldada ao ressentimento com o fato de que a vida real não correspondia à imagem que Mackenzie havia criado. Ela havia assumido que merecia ter a vida que desejava e, por isso não ter acontecido, teve vontade de desistir. Por isso dizia ao céu que estava arrependida.

Mackenzie levantou ligeiramente a cabeça e puxou o desenho inacabado para mais perto dela. Enquanto o avaliava, uma suave semente de esperança começou a se agitar, um pensamento de que talvez, quem sabe, um desenho incompleto pudesse significar que havia ainda alguma coisa sobrando com que o céu pudesse trabalhar.

Ela não conseguia nem imaginar como poderia ser esse seu novo desenho. Na verdade, apenas o fato de acreditar que poderia existir um novo desenho já seria o maior salto de fé que ela poderia teria dado. E naquele lugar profundo em sua alma, onde ainda existia o buraco negro que havia engolido por completo seu ser, como um lembrete daquilo que ela poderia escolher, Mackenzie tomou uma decisão.

Ela não apenas deu um passo, no entanto. Mackenzie London saltou.

CAPÍTULO 52

Eugenia manteve seu ouvido pregado na porta do quarto de Maddie enquanto Mackenzie colocava as três irmãs para dormir. Dimples havia dito a ela mais cedo que Mackenzie tinha levado as meninas para seu banheiro. Pelo menos Dimples pensava ser Mackenzie.

— Se não fosse — resmungou Eugenia —, então haveria outra atraente morena remexendo nas coisas por aqui, e você teria que chamar a polícia.

Berlyn assegurou que era Mackenzie e disse a Dimples que já estava mais do que na hora de ela arrumar um novo aparelho auditivo que acompanhasse seu olho bom. Então, as três amigas foram juntas checar como Sandra estava se saindo com seu trabalho na lavanderia. Elas a encontraram de sutiã e calçola da vovó esperando que suas próprias roupas secassem, porque tinha certeza de que todas haviam sido contaminadas. Jurou que havia piolhos.

Eugenia confirmou suas suspeitas. Claro que tinha a máxima certeza de que não havia nenhum piolho em lugar algum, mas, à essa altura, Sandra já a tinha deixado maluca, então confirmar que essa peste existia trouxe alguma satisfação e até alguma distração. As três continuaram assistindo a sua amiga tirar rapidamente suas roupas restantes mais rapidamente do que teriam sido arrancadas em sua lua de mel se o bom Deus realmente tivesse criado um homem na Terra que pudesse suportá-la. Eugenia teve que buscar um suéter de Gray para que elas não tivessem que ficar vigiando se ninguém apareceria enquanto Sandra aguardava suas roupas secarem.

Todos finalmente estavam acomodados para a noite. Jessica inclusive havia trazido uma enorme cesta de óleos de banho, loções e pijamas confortáveis para ajudar Grace a se sentir mimada e a dormir melhor no quarto de hóspedes. Eugenia foi obrigada a admitir que a assistente tinha mais dela do que as pessoas suspeitavam. Não apenas sua estrita organização, mas também a praticidade em cuidar das pessoas, e havia muita coisa a ser dita sobre essa questão.

Quando Mackenzie entrou no quarto de Maddie, Eugenia sentiu um baque de pânico colidir com suas vias aéreas. Ela não tinha certeza de como os acontecimentos daquele dia poderiam se manifestar nas emoções de Mackenzie. E ela certamente não tinha planejado contar à sua filha sobre a flor. Mas Mackenzie pediu. Eugenia poderia ter lá suas falhas, mas ela nunca acreditou ser capaz de proteger as pessoas da verdade.

A vida era o que era, e esta era a vida de Mackenzie. Foi por isso que contou à sua filha. Além do mais, Eugenia ainda estava tentando lidar com toda essa coisa de entregar, de abrir mão, de soltar.

Ela ficou lá no corredor por um longo tempo, orando por Mackenzie. E quando finalmente ouviu gritos abafados vindo de dentro, sentiu parte de seu pânico desaparecer. A não ser naquele dia no *shopping*, Mackenzie não havia demonstrado nem um pingo de emoção desde o aborto. Pelo que Eugenia conhecia das coisas, esse choro de verdade era sempre uma coisa boa. Embora fosse obrigada a resistir com toda sua força de vontade para não entrar correndo naquele quarto, pegar sua menina nos braços, e dizer que tudo agora ia ficar bem, ela sabia que Mackenzie precisava desse sofrimento mais do que ela precisava de sua mãe. Ela precisava sentir a dor de tudo o que tinha perdido.

Além disso, verdade seja dita, este dia tinha funcionado muito melhor quando Eugenia o soltou e o entregou nas mãos de Deus. Não que ela algum dia fosse dizer a Jeremiah que ele estava certo, nem daqui um milhão de anos.

Já fazia algum tempo que ela não ouvia os soluços de Mackenzie. E então, não havia nada. Eugenia abriu a porta do quarto e viu a luz espreitando por baixo da porta bem fechada do *closet*.

Ela sabia o que a perda de Maddie tinha feito para seu próprio coração. Mas como mãe, ela não tinha ideia de como era duro enterrar sua própria filha, ainda mais perder outros cinco. Por mais que tentasse, ela não podia compreender a dor de Mackenzie. Tudo que ela sabia era de seu profundo sofrimento ao ver a filha ferida.

Foi quando um sussurro alcançou o ponto mais profundo de seu coração. *Eu também*. E então ela percebeu. Ela sabia que todo esse tempo havia um Pai no céu que tinha apenas um desejo. O de curar o sofrimento de seus filhos.

Eugenia olhou para o teto acima dela, onde as estrelas fluorescentes de Maddie dançavam através da tonalidade rosa de um abajur.

— Tome conta dela.

Nunca parei de fazer isso.

JEREMIAH

Meu ônibus passou e me pegou às cinco e meia, como sempre fazia. Mas eu continuei orando depois disso. Todo mundo já sabe que, à essa altura da vida, deve me deixar sozinho quando estou orando. Então, quando cheguei no meu quarto, só precisei ajoelhar e continuar orando.

Lutei aquela batalha, e resisti bem. Deixei o Espírito rezar por mim como ele não fazia há muito tempo. Ele resmunga de um jeito que só Deus sabe o que ele está falando. Mas ainda bem, fico feliz em saber que Deus sabe.

Não sei o que aconteceu para fazer aquele fardo levantar. Mas teve um momento, bem no meio da minha oração, que Deus sabia da minha certeza sobre o que deveria – e seria – feito.

Então, deitei na minha cama, as molas rangiam como elas fazem toda vez, e deixei que o conhecimento viesse todo pra mim.

Eu sabia o que o amanhã iria trazer. Pela primeira vez, desde que nosso mundo tinha virado do avesso com aquelas notícias do que havia acontecido com a nossa bebê Maddie, nós iríamos ter um pouco de paz. Aquele tipo da paz profunda. Aquela paz que a nossa mente não tem capacidade de entender. E eu sabia qual flor falava isso melhor que ninguém.

Fiquei deitado lá olhando para aquele teto branco, imaginando como Deus tinha feito tudo isso. Me perguntando o que ele tinha feito pra valer. Aposto que a dona Eugenia tinha botado a mão pro céu do jeito que ela faz, mas não tinha certeza disso. Quem sabe Deus tinha pensado em um daqueles milagres bem grandes e deixado a dona Eugenia fora disso.

Uma coisa eu sei. Estou feliz que Deus me deixou participar dessa confusão toda. Trabalhar na mansão não era exatamente o sonho da minha vida. Mas não tem um dia sequer que não esteja grato por ele me deixar trabalhar por lá. Não tem um dia sequer. E hoje estou especialmente agradecido.

CAPÍTULO 53

A escuridão já havia se instalado quando Gray sentiu uma profunda sensação de paz que poderia apaziguar também o conflito no qual ele se via envolvido, pelo menos por enquanto. Durante toda a sua vida ele nunca havia orado como fez naquele dia, e também nunca havia jejuado. Mas as apostas eram muito mais altas, também. Ele realmente sentia que, pela primeira vez em sua vida, tinha lutado por algo profundamente espiritual.

Ele abriu a porta apenas para encontrar Sophie olhando para ele com aquele olhar que dizia "Por favor, você pode me levar para o banheiro e depois me dar um pouco de comida?".

— Precisa fazer o número dois?

Ela pulou até a metade da perna de Gray.

— Vou considerar isso como um "sim".

No caminho para pegar seu carro, ele parou e deixou que Sophie se aliviasse, depois garantiu a ela que lhe daria um pouco de comida assim que chegassem em casa.

O palácio estava em silêncio, exceto por algum movimento que vinha da cozinha. Ele empurrou a porta de madeira e encontrou Eugenia e suas companheiras, além de Rosa e Jessica, reunidas ao longo da mesa da cozinha e tagarelando como garotas da primeira série. O rico aroma do café preenchia o ambiente, fazendo seu estômago se revirar de fome. Agora ele sentia que podia comer alguma coisa.

Rosa pulou da cadeira:

— *Señor* London, boa-noite.

Ele se encaminhou até ela:

— Rosa, divirta-se. Seja o que for que vocês estejam conversando, parece bom demais para ser interrompido.

— Por favor, *señor*, deixe-me preparar alguma coisa para o senhor comer.

Gray colocou suas mãos sobre o ombro da mulher e a empurrou suavemente de volta para a cadeira:

— Sente-se, Rosa, já sou um homem crescido. Seu dia de trabalho já terminou, deixe que eu mesmo preparo alguma coisa para mim.

Ela finalmente se sentou, com relutância.

Gray descansou a mão sobre a mesa e olhou para as mulheres. Cada uma delas tinha uma expressão maliciosa no rosto:

— Se vocês jogassem pôquer, iam todas levar uma surra lamentável.

Berlyn limpou a garganta:

— Pois saiba que eu sou a melhor de todas em minha igreja.

— Sua igreja pagã — acrescentou Sandra.

— Calem a boca — disparou Eugenia, sem olhar para nenhuma delas. Ela se levantou com os olhos concentrados em Gray.

— Mack está bem? — perguntou ele.

— Você deveria ir vê-la.

Os ombros dele caíram:

— Foi um dia ruim, é isso?

Ela pegou a mão dele entre as dela e as afagou suavemente.

— Foi um dia perfeito. Vá vê-la. Ela está no *closet* de Maddie.

Gray não entendeu:

— No *closet* de Maddie? Mas como?

— Basta ir vê-la. E não repare nas crianças que estão no quarto — completou Eugenia enquanto ele se dirigia à porta da cozinha.

Ele ouviu uma risadinha dissimulada de Jessica quando parou e se virou. Gray nunca tinha ouvido Jessica dar uma risadinha dissimulada. E começou a sentir que nada seria o mesmo depois do que tinha acontecido ali hoje, fosse o que fosse. E não tinha absoluta certeza de que era uma coisa boa. Não com as amigas de Eugenia envolvidas.

— O que vocês aprontaram? — perguntou.

O sorriso de Eugenia era cálido:

— Nós apenas abrimos a porta, Gray. Mas foi Mackenzie quem decidiu entrar.

— Isso mesmo, a gente abriu bem as portas e ela entrou com tudo — confirmou Dimples. — Pelo menos acho que era ela. O Senhor sabe que podia ser outra mulher, mas até onde pude perceber era ela sim.

Gray percebeu que Sandra estava usando um par de *calças* de ioga e uma camiseta vermelha de gola V. Ele olhou, surpreso, para aquela milagrosa e estranhamente familiar visão:

— Sandra, sua roupa, o que você está vestindo? Isso é da... Mackenzie?

Sandra baixou a cabeça, olhando nervosamente para as roupas que estava vestindo e em seguida passou a mão em sua garganta nua antes que um olhar bastante satisfeito se instalasse em seu rosto:

— Bem, acredito que são... E eu... Eu tenho um pescoço!

Eugenia foi a primeira a rir. A partir daí, gargalhadas se espalharam pela mesa até que a própria Sandra estava rindo. Gray apenas sacudiu a cabeça. Ele não se lembrava de alguma vez ter visto Sandra rir... Ele checaria o bar quando voltasse lá de cima.

A porta do quarto de Maddie estava entreaberta e um feixe de luz rosa vinha do abajur. Gray abriu a porta um pouco mais e viu três ruivas de cabelos encaracolados, uma em cada cama e a terceira ao lado numa cama de abrir. Eram cachinhos multiplicados por todo o quarto. Por um momento, ele receou que o que tinha acontecido ali hoje iria acabar na primeira página do jornal pela manhã.

Gray foi na ponta dos pés, dando a volta no pequeno corpinho na cama improvisada e caminhou até a porta do *closet* ao fundo. Abriu a porta o mais silenciosamente que pôde e encontrou Mack dormindo no chão com uma das camisas de Maddie enfiada sob o queixo e um papel na mão. Como isto poderia ter sido "bom", de acordo com a avaliação de Eugenia, estava além de sua compreensão.

Gray fechou a porta atrás de si e sentou-se ao lado de sua esposa. Passou a mão ao longo dos cabelos pretos, fazendo-a se agitar. Mack piscou, obviamente tentando descobrir onde estava.

— Oi, querida. Deu para dormir dentro dos armários, agora?

Ela se forçou a ficar sentada, e o marido percebeu imediatamente que uma mudança havia ocorrido. Tinha desaparecido. Aquele ar perdido e sem esperança tinha desaparecido.

Ela lançou os braços ao redor dele e agarrou-se a Gray como se fosse isso que salvaria sua vida.

— Sinto muito, sinto muito — ela sussurrava mais e mais vezes em seu ouvido.

— Está tudo bem — disse ele, beijando seu cabelo. — Está tudo bem.

— Eu vou fazer qualquer coisa, Gray. Vou falar, vou comer, farei qualquer coisa. Por favor, não desista de mim — suas palavras saíam desesperadas contra a orelha dele.

Gray a apertou mais perto do seu corpo:

— Eu nunca vou desistir de você. Nunca mais repita isso.

Ela ficou ali, se prendendo a Gray, por muito tempo enquanto ele saboreava sua presença, seu medo, sua emoção. Tudo. Quando ela finalmente o soltou e recostou-se, ele embalou o rosto da mulher em suas mãos:

— O que aconteceu, Mack?

Ela balançou a cabeça:

— Não sei. Essas crianças de repente estavam aqui. E continuaram a me fazer perguntas. E obrigando-me a responder.

— Mas quem são elas?

A confusão no rosto do marido devia ser óbvia, porque uma pitada de riso escapou dela.

E isso o atingiu: ela estava rindo.

Ele tinha acabado de ouvir Mack rir.

Ele agarrou a cabeça de sua esposa de novo e puxou-a para perto dele, apertando a mulher mais fortemente. Ela se deixou ficar apoiada contra o peito dele. E então, ali, naquele abraço, Mackenzie lhe contou toda a história daquele dia.

— ... E então, você me acordou.

Gray a deixou se afastar um pouco, para que pudesse estudar seu rosto. Parecia tão diferente – como se houvesse um pedaço de algo vivo lá. Mas então o medo levantou-se dentro dele.

— Para onde vamos a partir daqui, Mack? Como vai ser o dia de amanhã? Não quero perder você de novo. Eu achei que... — sua voz falhou — ... Achei que nunca teria você de volta.

Suas lágrimas não obedeciam à sua ordem de parar de cair. Elas não se importavam se ele ainda era o governador ou não.

Mack as enxugou do rosto do marido:

— Não sei para onde iremos a partir daqui, Gray. Só sei que vou voltar a ter as consultas com Ken de novo. Vou até me encontrar com o psiquiatra.

Eu sei que preciso de ajuda para lidar com tudo isso. Posso até estar disposta a isso, mas não posso fazer tudo sozinha — ela afagou-lhe a mão suavemente em seu peito. — Não sei bem o que fazer com tudo isso. Toda a dor ainda está aqui dentro.

Ele concordou com a cabeça:

— Entendo. Eu também não sei.

— E você acha que podemos fazer isso juntos?

— Farei qualquer coisa com você, Mack. Você sabe disso.

Ela inclinou a cabeça sobre o peito dele novamente e deixou-a descansar lá.

— Mas preciso lhe perguntar uma coisa, Gray.

Ele passou a mão para cima e para baixo nas costas dela:

— Claro, pode me perguntar o que quiser.

— Você me culpa?

— Como assim, culpar de quê?

— Isso mesmo, você me culpa pela morte de Maddie? Tudo bem se fizer isso — ela sentou-se enquanto as palavras saíram rapidamente de sua boca. — Eu vou entender se fizer isso. É só que... Eu preciso saber.

Gray esticou as pernas para fora e trouxe Mack de volta para ele. E encaixou a cintura dela ao redor de seus braços:

— Eu já lhe disse isso antes, e é a pura verdade. Nunca a culpei por isso. Nunca. O que aconteceu com Maddie foi um acidente. Um terrível acidente.

— Mas eu...

Ele colocou um dedo pressionando os lábios dela:

— Querida, nada na vida acontece como era para ter sido. A vida era para ser perfeita, como no Jardim do Éden. Mas isso é passado agora. O que temos aqui é um mundo cheio de pessoas machucadas. E cheio de mágoas, dores, doenças, acidentes e mortes...

Suas últimas palavras de dissiparam suavemente, e Gray inclinou sua cabeça contra a de Mack:

— Mas Deus está aqui, bem no meio disso tudo, ao nosso lado. Ele está sofrendo conosco, lutando com a gente, torcendo para que nós suportemos tudo isso.

— Mas eu tive tanta raiva de Deus — disse ela. — Eu O odiei, Gray.

E ele riu:

— Tenho certeza de que Ele sabe disso.

Um sorriso suave varreu o rosto de Mack:

— Achei que Ele me devia um bebê.

— Eu também.

Ela baixou a cabeça.

— Ele não nos deve nada, não é?

Ele ergueu o queixo de Mack.

— Nada de nada.

— Qualquer coisa que a gente tiver é apenas um presente, não acha?

Gray concordou:

— Apenas um presente. Mas com certeza Ele nos deu um presente maravilhoso que foi Maddie, mesmo que a gente só a tivesse por um breve período. Pense nisso. De todas essas pessoas no mundo a quem Ele poderia confiá-la, ele escolheu a nós.

As lágrimas correram pelos olhos dela:

— Mas eu não queria ter que devolvê-la. E ainda não quero.

A dor de Gray voltou à vida com as palavras de Mack:

— Eu também não.

Nesse momento, pela primeira vez, eles compartilharam a tristeza. Verdadeiramente compartilharam a tristeza. Lá no chão do *closet* do quarto de seu bebê, eles choraram juntos... Como marido e mulher deveriam fazer.

Depois de um tempo, Mack enxugou o rosto com a manga de sua camiseta. Ela pegou a camisa de Maddie, que tinha caído no chão ao lado dela.

— Eu tenho que deixar isso pra trás. Se pretendo fazer isso, preciso me libertar. Aquela menina lá fora, aquela que está dormindo na cama de armar, o nome dela é Suzy.

— Suzy?

Mack sorriu:

— Sim, Suzy. Mas ela é tão... Ela se parece tanto com Maddie... Quero dizer, sua coragem, sua inteligência, suas perguntas. Oh, Deus, aquela criança faz tantas perguntas. De qualquer forma, ela e Maddie são aproximadamente do mesmo tamanho. Então eu estava pensando, você se importaria se eu embalasse as roupas de Maddie e desse para ela? E eu podia também empacotar alguns dos brinquedos de nossa filha para ela e suas irmãs e enviar o que sobrasse para a missão.

Gray inclinou a cabeça.

— Você tem certeza? Podemos dar um passo de cada vez.

Ela assentiu:

— Tenho certeza, sim. Já está na hora, Gray. Preciso viver de novo. E eu não posso fazer isso me segurando ao passado ou fingindo que essa coisa toda nunca aconteceu.

Gray puxou-a um pouco mais perto dele.

— E se não houver outra criança para nós, Mack? E se isso pelo que já passamos for tudo que teremos em nossa vida?

Ele podia ver o pensamento se revolvendo dentro dela, e ficou se perguntando se não tinha ido longe demais. Talvez ele jamais devesse ter tocado nesse assunto. Será que uma única palavra poderia impulsioná-la de volta para aquele lugar horrível onde tinha estado nesta mesma manhã?

— Sempre existem crianças para serem amadas, Gray — finalmente disse ela. — Seja tendo saído deste corpo abatido ou do de outra pessoa. Se eu amar essas crianças, seja por um dia ou pela vida toda, sempre haverá crianças para amar. E eu acho que é isso que eu deveria fazer.

O coração dele se confortou enquanto Mack sorria para ele:

— E nisso eu sou boa, Gray. Sou boa em amar bebês.

Ele a beijou suavemente:

— Sim, você é mesmo. É muito boa nisso. Agora, você está pronta para dormir numa cama de verdade?

— É que estou realmente cansada de dormir naquela cama. E na verdade só tirei uma soneca aqui.

— Bem, e você está com fome, então? Porque eu estou morrendo de fome. E duas das melhores cozinheiras em Nashville ainda estão lá embaixo na nossa cozinha.

Ela lambeu os lábios.

— Eu quero biscoitos com calda de chocolate.

Os olhos de Gray se arregalaram.

— E bacon.

Eles estavam longe agora.

— E ovos fritos.

A risada dela agora era franca e rica.

Ele se levantou e puxou-a do chão. Ele sabia que ambos ainda tinham um longo caminho a percorrer. E ainda assim ele se permitiu pensar nas palavras que quis dizer por tanto tempo: *Minha Mack está de volta.*

CAPÍTULO 54

Ela segurou a pequena saia bailarina rosa em suas mãos e nem sequer fez qualquer tentativa de conter as lágrimas. A limpeza do armário de Maddie foi uma das coisas mais difíceis que Mackenzie já tinha feito. Ambos, Gray e sua mãe, tinham se oferecido para ajudar, mas ela sabia que isso era algo que precisava fazer sozinha. Ela precisava viver cada sentimento, reviver cada lembrança antes de deixá-las ir. Assim, enquanto sua mãe e suas amigas levaram Grace e suas filhas para baixo, oferecendo-lhes um suculento café da manhã típico do Sul, cheio de colesterol e pães, ela ficou arrumando as roupas de sua bebê. Mack enviaria os brinquedos mais tarde. Isso era o máximo que conseguiria fazer hoje.

Depois de ter contado a Gray quem era o pai daquelas meninas, ambos souberam imediatamente que precisavam fazer alguma coisa. Ela pediu a Grace que se encontrasse com eles antes de ir embora do palácio. Mesmo depois de Gray dizer a Mack na noite anterior que tinha decidido não concorrer mais à reeleição.

— Vocês queriam falar comigo?

A mulher alta hesitou na porta de entrada da sala que ficava na ala dedicada à família. Seu olhar se desviou para as três grandes caixas que estavam ao lado do sofá em que Mackenzie estava sentada.

— Entre — disse Mackenzie o mais calorosamente que podia para a estranha parada à sua porta.

— Obrigada.

As palavras da mulher também foram calorosas, apesar de seu olhar denunciar toda a sua apreensão. Ela entrou na sala, com uma sandália de couro falso que deixava à mostra seus dedos.

— Por favor, sente-se.

Mackenzie apontou o outro sofá. Grace sentou-se onde indicado e Mackenzie mudou de lugar, indo sentar-se ao lado dela. Gray permaneceu em frente às duas.

— Grace, queremos agradecer por ter passado a noite conosco.

Um sorriso gentil varreu o rosto magro da mulher. Ela afastou uma franja de cabelo que tinha caído por cima de seu olho esquerdo.

— Sua casa é muito bonita. Nós gostamos muito de tudo.

Mackenzie sorriu.

— Pois eu adorei cada minuto com vocês — fez uma pausa e apontou para as caixas. — Eu tive uma menina. Ela era muito parecida com Suzy. E, bem... Ela faleceu no ano passado. E até hoje Gray e eu não doamos as roupas dela. Você ficaria ofendida se a gente as desse para Suzy?

Compaixão e uma tristeza compartilhada ficaram imediatamente evidentes nos olhos verdes de Grace:

— Puxa, mas são muitas caixas.

— Uma delas está apenas com fantasias. Maddie adorava se vestir de princesa.

— Minha Suzy é certamente uma Cinderela — o rosto de Grace mudou. — É muito gentil de sua parte nos oferecer isso, senhora... hã... Primeira-dama.

— Me chame de Mackenzie.

Grace estendeu a mão e empurrou a almofada de veludo por baixo dela, como se estivesse se reposicionando a si mesma:

— Bem, a questão é que... Nós não temos um lugar para guardar tudo isso.

Gray finalmente falou.

— Nós pensamos sobre isso.

— Sim. Berlyn, a amiga de minha mãe, tem um apartamento que está vazio agora. Não é enorme nem nada, mas seria um bom lugar para você e as meninas voltarem a se aprumar. O marido dela morreu faz alguns anos, e se você tiver sua carteira de motorista em dia, Berlyn não vendeu o carro, então você poderia usá-lo. Ele seria bem útil para você procurar um emprego.

A mulher levantou-se rapidamente. Gray e Mackenzie ficaram de pé também.

— Não, não, isso é demais. Quero dizer, é muito bom, mas se você soubesse o que o meu marido fez, nunca...

Mackenzie e Gray trocaram olhares.

— Grace, nós sabemos — disse Gray calmamente. — Na verdade, sabemos muito bem o que o seu marido fez. Mas também sabemos que você e suas filhas não tiveram nada a ver com isso.

Mackenzie colocou uma mão no ombro de Grace.

— Queremos ajudar você e suas meninas, Grace. Elas são tão inteligentes. E tão educadas. Tão doces. Você fez isso. Sua influência e sua maneira de criar fizeram essas crianças curiosas e encantadoras. Elas vieram de você. E só queremos ajudá-la a retomar sua vida. E então, vai permitir que façamos isso?

Grace mudou de um pé para o outro:

— Mas não posso aceitar tudo isso assim de graça. Eu vou ter que lhes pagar alguma coisa.

Mackenzie assentiu.

— Berlyn já tem algumas ideias de lugares onde você pode conseguir um emprego. Alguns deles, aliás, ficam bem perto de sua casa. E as escolas por lá são boas. Podemos matricular as meninas imediatamente.

Lágrimas brotaram nos olhos de Grace quando o impacto da oferta finalmente foi absorvido por ela:

— O que posso dizer?

Mackenzie colocou os braços em torno dela.

— Nada. Suas filhas fizeram algo por mim na noite passada que ninguém até então fora capaz de fazer. Por favor, apenas aceite isso como um presente em retribuição ao que você me deu.

Durante a hora seguinte, eles ajudaram a acomodar Grace e as meninas dentro do carro de Berlyn e finalmente conseguiram colocar todo mundo para fora de casa. Eugenia foi a última a ir embora, mas isso apenas porque a pobre Dimples havia batido a cabeça quando calculou mal a distância da porta da frente, que ela não percebeu também que estava fechada. Quando o galo na testa da mulher foi cuidado e o circo finalmente foi embora, Mackenzie e Gray ficaram parados à porta e soltaram suspiros simultâneos.

Mackenzie se virou e começou a subir as escadas.

— Precisamos conversar — foi tudo que ela disse.

Gray a seguiu até seu quarto.

— O que foi? — ela ouviu a preocupação em sua voz.

Mack se sentou no sofá e ajeitou as pernas.

— Eu não quero que você desista da eleição.

A tensão no rosto de Gray se aliviou. Ele se sentou ao lado dela.

— Mack, eu sei que você está se sentindo melhor, mas ainda há muita coisa que precisamos curar. Falamos sobre tudo isso na noite passada. Você está sem nenhuma condição de apressar qualquer coisa por aqui. Temos de lidar com tudo o que aconteceu para nós. Tem sido muito...

Ela balançou a cabeça lentamente.

— Eu concordo. Precisamos de tudo isso. Mas se houver alguma coisa dentro de você dizendo que deve participar disso, eu quero fazer isso com você.

Ele balançou a cabeça.

— Estamos abatidos demais para governar um estado.

— Olha, se o que é real e verdadeiro não existir nesta casa, então como poderá existir em qualquer outra casa de nosso estado? Nós não somos perfeitos, e não devemos agir como se fôssemos.

Gray abriu a boca de espanto:

— O quê? Você não é perfeita? E eu pensando que fosse — zombou.

Ela deu um tapa nele.

— Estou falando sério. Nós já passamos por muita coisa. Nós não somos super-humanos, e as pessoas precisam ver isso. Elas precisam saber que não é bom você sofrer e deixar de ir atrás de ajuda.

— Bem, não podemos passar por isso e continuar na estrada durante uma campanha eleitoral.

Ela balançou a cabeça.

— Você não pode vencer uma eleição sem campanha.

— Não, Mack. Não vou fazer isso. Quando descobrimos que você estava grávida, empurramos toda a dor que sofríamos pela perda de Maddie e deixamos de lidar com ela, e veja aonde isso nos trouxe. Tudo isso é novo, aconteceu há pouco tempo, e não vamos fazer isso outra vez.

— Mas...

Ele ergueu um dedo. Em seguida, Gray mordeu o lábio inferior e inclinou a cabeça ligeiramente. Ela poderia dizer que o marido estava pensando.

— O que foi? — perguntou Mack.

Ele balançou a cabeça como se fosse um pensamento louco.

— Que tal isto? Só vou concorrer sob uma condição, que não façamos nenhuma viagem pelas cidades. Pelo menos não do jeito que fizemos antes.

— E como você propõe fazer essa campanha?

— Você quer que a gente seja transparente e honesto?

Ela hesitou.

— Sim.

— De verdade? Você realmente quer oferecer algo a este estado que nunca foi visto antes?

Ela realmente queria. Desta vez, sua voz era forte e segura.

— Sim. Eu quero. Com você.

— Então vamos dar uma entrevista que possa ser exibida em todas as emissoras de TV do estado. E vamos produzir um comercial que possa fazer o mesmo. E seremos simplesmente honestos sobre tudo. Sobre este último ano. Sobre nosso sofrimento. Sobre nossa batalha contínua por nossa família. Sobre as razões de minhas decisões para equilibrar o orçamento e por que tomei essas decisões e a tragédia causada por isso. É isso aí. Nada de ônibus. Nada de viagens rodoviárias. Nada daqueles dias de vinte e quatro horas e de ficar surrando interminavelmente nossos corpos e nossas mentes. Se ganharmos, ganhamos. Se perdermos, perdemos.

Ela colocou a mão em seu joelho.

— Você vai dizer-lhes o que fizemos por Grace e suas filhas?

Ele não hesitou.

— Não, não há necessidade. As pessoas vão pensar que nós fizemos isso pela publicidade. E essa mãe e suas filhas já passaram por muita coisa.

— E se alguém descobrir?

— Eu não me importo — disse ele. — Pela primeira vez na minha vida, eu realmente não me importo sobre o que alguém possa pensar. Perdi minha filha. Quase perdi minha esposa. Eles podem ter esta casa, este cargo, ou podem ter um homem que não é perfeito, mas está empenhado em lutar pelas pessoas. Vamos compartilhar nossas coisas. Tudo isso.

Mack podia ver pelo olhar no rosto de seu marido que ele estava falando sério.

— Mas não tem tanta coisa linda assim, não é?

Ele jogou o braço em volta dela e puxou-a para mais perto.

— Não — disse ele —, mas é nosso.

— E não somos sortudos? — disse ela enquanto enterrava a cabeça no peito dele.

Gray beijou suavemente o topo de sua cabeça. E não havia nenhum lugar na terra onde ela se sentisse mais segura.

Eles cancelaram a coletiva de imprensa de Gray e agendaram uma entrevista para a sexta-feira seguinte. Gray queria começar as consultas com o terapeuta antes de continuar. O estado podia esperar ou seguir em frente. Tanto uma coisa quanto outra serviam para ele.

Na segunda de manhã, Joseph trouxe um lindo buquê de tulipas brancas para Mackenzie, juntamente com uma nota rabiscada. Estava bem claro que eram de Jeremiah.

Dona Mackenzie, não vou fazer a senhora sair e procurar pelo que essas flores significam. Elas são umas tulipas, a senhora bem sabe disso. É a flor da primavera. E elas querem dizer "perfeito amor". Isso é a única coisa que podia representar o que aconteceu por aqui. E quer dizer "perdão" também, porque, sem isso, nenhuma cura nunca acontece.

Ela passou os dedos através de uma pétala branca e sedosa, grata tanto pela flor quanto pelo homem que a enviara.

CAPÍTULO 55

Eugenia esticou seu barulhento colar dourado enquanto saía do carro. Ela tinha dito a Mackenzie que a levaria e a traria de volta da missão naquela noite, mas que antes disso tinha uma coisa a fazer. Eugenia então caminhou diretamente para o jardim dos fundos e encontrou Jeremiah sentado sob uma árvore, bebendo água de uma garrafa plástica.

Ela atirou um saco para ele:

— Aí está. Tive que procurar em todos os lugares, quase fui para Timbuctu para encontrar isso.

Seus dedos longos mergulharam no saco e ele tirou uma caixa de lenços azuis-marinhos. Um grande sorriso branco esticou-se através de seu rosto moreno:

— Bem, quem diria, você foi e me encontrou os lenços que eu posso usar.

Ela bufou.

— É ridículo. Eu nunca vi um homem tão inflexível sobre que tipo de lenços ele precisa. Você é pior do que uma mulher.

Ele se forçou para ficar de pé, então limpou a sujeira do traseiro, segurando o pacote com a outra mão:

— Sabe por que eles são tão especiais pra mim?

Ela ajeitou para dentro do cabelo uma mecha loira que a brisa tinha desarranjado:

— Não tenho ideia.

— Minha Shirley me comprou um desses logo depois que a gente casou. E desde então não liguei pra nenhuma outra cor que não fosse essa.

Eugenia havia esquecido que tinha perdido seu esposo também. Sua perda ainda era recente, como a de Jeremiah. Ela enrugou a testa:

— Você me disse que usava esses lenços por causa da sujeira.

— Isso é verdade também. Mas não é por isso que pego eles — ele colocou um lenço novo sob o nariz e cheirou longa e profundamente. — Ah, como eu gosto do cheiro de coisa nova.

Eugenia não tinha ideia de quantas vezes Jeremiah conseguia coisas novas. E ao vê-lo com o nariz enfiado contra um novo lenço azul, de repente ela sentiu uma ponta de remorso pelo modo como o tratava. Olhou para seu relógio dourado no pulso e viu que tinha que ir.

— Bem, desfrute de seus lenços — disse ela, virando-se no calcanhar. — Mas é melhor você voltar ao trabalho porque as suas rosas parecem uma... Bem, sou uma dama do Sul e uma senhora, por isso não vou pronunciar a palavra, mas ela começa com *m* e termina com *a*.

O comentário sarcástico escapou dela tão sem esforço quanto suas mãos fariam um bolo de chocolate de sete camadas. Claro, Eugenia sentiu uma pontada de culpa com relação a ele, mas só uma pontada. Enquanto caminhava de volta para a casa, ela ouviu Jeremiah rir.

Mas não o deixou ver que estava rindo também.

CAPÍTULO 56

Os amigos de Mackenzie a estavam esperando no saguão da missão depois que ela havia passado pelos detectores de metal. Era a primeira vez que ela voltava depois de perder a filha. Mack pedira que Eugenia a trouxesse.

— Mamãe, eu tenho que encarar as coisas difíceis senão nunca vou fazê-las novamente — disse.

Eugenia tinha concordado. Então, aqui estavam elas, e com alguns reforços. Eugenia decidira que suas amigas também tinham que vir. Havia dito a elas que estavam ficando velhas e narcisistas e que precisavam pensar em outra pessoa que não elas próprias durante algum tempo. Mas a suspeita de Eugenia é que tinham vindo muito mais porque já estavam ficando meio cansadas de jogar Skip Bo.

— Bem-vinda de volta! — dizendo isso, Anna puxou Mackenzie num forte abraço. — Nós defendemos o forte.

Mackenzie inclinou a cabeça no ombro da amiga.

— Eu não tinha dúvida disso.

Eugenia empurrou Mackenzie e Anna em direção ao elevador e até a cozinha, onde Harrison já havia colocado Berlyn, Sandra e Dimples para trabalhar. Berlyn picava os tomates, Sandra colocava os talheres nas mesas e, como não tinha permissão para lidar com objetos afiados, Dimples limpava as bandejas de jantar.

Mas Dimples foi sorrateira. Quando Sandra não estava olhando, ela pegou um garfo e roubou uma cenoura de uma das bandejas.

— Se você roubar outra, vou espetar sua mão com o garfo! — Sandra levantou seu próprio utensílio e ficou girando-o na mão, de forma a garantir que Dimples o visse, não importando com qual olho estivesse vendo.

Harrison virou os olhos para Mackenzie e perguntou:

— Como é que você saiu tão normal?

Ela cobriu seus cabelos com uma touca plástica:

— Quem sabe?

Eugenia trouxe uma enorme bandeja de alface para a fila onde seria servida:

— Meninas, se vocês não sabem se comportar, não trarei mais vocês.

Berlyn abaixou sua faca:

— Bem, eu voto que, da próxima vez que sairmos, a gente vá para um lugar cheio de homens, de preferência empregados.

— Concordo — retrucou Dimples. — Viver de aposentadoria é apertado.

— Vocês não precisam de homens, precisam ser internadas em um asilo — disse Sandra brincando, enquanto acariciava o lenço que pendia sobre o profundo decote em V de sua blusa.

Berlyn riu:

— Se for um asilo cheio de homens.

Harrison enfiou os dedos nos ouvidos e começou a cantar.

Mackenzie riu:

— Vocês o estão assustando.

— Ele? — perguntou Eugenia, acenando com sua mão na direção dele. — Elas estão me assustando!

— Ei, quem as trouxe foi você! — lembrou Mackenzie.

Berlyn se virou para Sandra:

— E você, está se achando? Você devia é nos agradecer! Nós finalmente conseguimos arrancá-la daquelas camisas de gola alta que quase a estrangulavam. Já está na hora de arrumar um homem para você.

Eugenia quase engasgou quando viu o olho bom de Dimples vagando em direção a Harrison.

— Dimples, nem ouse pensar nisso! — ela sussurrou vigorosamente.

Dimples baixou a cabeça rapidamente e começou a esfregar com força a bandeja em suas mãos.

— Pois eu já comecei a passar pelas mudanças dessa idade — retrucou Sandra. — É por isso que ainda preciso usar esses lenços.

— A natureza não perdoa — replicou Berlyn. — Você tem praticamente a mesma idade que eu. E não tem usado suas partes de menina pelo mesmo tempo que eu estou sem sexo.

Eugenia podia ver Dimples tentando fazer os cálculos em sua cabeça. Se ela não parasse, poderia se machucar. Berlyn deve ter visto isso também:

— Faz quinze anos, Dimples. Herbert morreu há quinze anos.

Berlyn levantou as sobrancelhas para Eugenia, que sacudiu a cabeça. Ela queria acreditar que eram quinze anos.

— Eu tenho todas as minhas partes no lugar, para sua informação — disse Sandra.

Harrison olhou para o relógio.

— Olha lá, pessoal, temos que ir ao trabalho.

As portas se abriram, e mulheres e crianças começaram a encher o salão. Uma garotinha de cachos negros estava na frente da fila, equilibrando-se no quadril de sua mãe. Eugenia ergueu os olhos apenas para ver Mackenzie desaparecendo ao virar no final do corredor.

Seu coração parou de bater por um segundo.

Mackenzie sabia o que ela teria que fazer. Foi uma das razões pelas quais desejava vir ao abrigo nesta noite, para acabar com isso. Mais uma primeira vez entre todas as que ainda permaneciam à sua frente.

A primeira visita a uma escola primária para uma reunião de planejamento.

O primeiro filme com Gray e sem Maddie.

O primeiro dia quente de primavera quente sem uma criança para levar ao parque.

Uma de cada vez, Mack estava determinada a enfrentar todas elas. Tudo se resumia a superá-las. Na verdade, ela começava a perceber que estava enfrentando tudo isso, indo a fundo sem evitar, pois Deus tinha prometido estar ao lado dela.

Deixando que a porta da cozinha se fechasse atrás dela, Mackenzie se aproximou da jovem mulher que estava no início da fila, aquela com a linda menina de cabelos pretos:

— Posso segurar sua filhinha enquanto você faz seu prato?

A jovem estudou o rosto de Mackenzie durante alguns instantes e finalmente concordou. Mackenzie pegou a menina em seus braços e puxou-a para perto de seu peito. Suas amigas que estavam servindo aquela fila pareciam estar segurando a respiração, esperando que ela entrasse em colapso bem ali, que ela gritasse, que fizesse alguma coisa que pudesse ser o verdadeiro rosto do sofrimento.

Mas isso também era sofrer. Ela estava enfrentando a dor, enfrentando do jeito que tinha que fazer naquele período em particular. Estava segurando no colo aquilo que ela não possuía e percebendo que os bebês continuavam nascendo neste mundo. Todos os dias, alguém teria um. Ela iria encontrá-los nos supermercados e nos postos de gasolina e aqui na missão. E os bebês nunca seriam dela. Ela não tinha escolha quanto a isso. Mackenzie tinha apenas uma opção, correr para longe deles ou em direção a eles.

— Oi, nenê! — disse, balançando o bebê no colo.

A menina estendeu a mão e puxou o longo cabelo de Mackenzie.

— Sim, esse é o meu cabelo. Eu gostaria de ter seus cachos, na verdade — disse ela, passando os dedos nos caracóis negros da bebê.

E a menina saltou em seus braços quando viu a mãe chegando com uma bandeja, seu rostinho se iluminando de entusiasmo. Mackenzie seguiu a mãe até uma mesa e acomodou a garotinha em uma cadeira. Pelo resto da noite, fez a mesma coisa bebê após bebê.

Houve um ou dois momentos quando todos aqueles "e se..." tentaram emergir com força para a superfície. Mas Mackenzie mentalmente os colocou de lado, sabendo que aquele jogo do "e se" iria roubar dela a capacidade de viver neste mundo "do que pode ser". Esta era a vida dela.

E Mackenzie havia escolhido vivê-la.

— Obrigado, Senhor — sussurrou Eugenia quando viu Mackenzie entrar no refeitório. Por um breve instante, ela teve medo de que sua filha estivesse sendo carregada em uma maca e, sem pensar, começara a procurá-la. Mas então parou, com uma forte sensação de que não deveria ir atrás da filha. Que agora era essa a jornada de Mackenzie, a jornada que a filha deveria percorrer em busca de sua própria cura.

Além disso, assim que começaram a servir, estivera ocupada demais para se preocupar com Mackenzie. Era sua função preparar a salada. Berlyn tinha feito o purê de batatas. Sandra servia os legumes. Harrison servia carne e Dimples passava os pãezinhos, boa parte dos quais conseguia chegar às bandejas, enquanto Ana e os demais voluntários mantinham tudo bem abastecido.

A partir de seu posto, Eugenia conseguia ver o prazer agridoce no rosto de sua filha e as lágrimas que ela derramava durante todo o jantar. Ela sentiu um nó subir até sua garganta com o pensamento sobre tudo aquilo que o ano passado tinha trazido para ela e para sua família. Então, olhou para suas amigas fiéis a seu lado e sentiu quão abençoada era ela. Eugenia também pensou sobre Jeremiah, aquele homem devotado e fiel que era tão gentil quanto ela era geniosa. Pensou no quanto aquele velho fora firme e irredutível em amar a família dela. Ela até chegou a pensar que poderia encontrar em seu coração um espaço em que pudesse se permitir cortar um pouco de suas críticas sobre aquele jardim.

Um enorme estrondo veio do fim da fila e agitou seus pensamentos, que voltaram ao presente. Ela olhou ao longo do balcão para ver a cabeça de Dimples saindo debaixo dele. Ela ficou de pé segurando dois pães em suas mãos:

— Eles ainda estão bons — anunciou.

E estava tudo bem. Seus corações jamais seriam os mesmos. Corações partidos daquele jeito nunca estariam curados completamente, e Eugenia não queria mesmo que isso acontecesse. Ela não queria voltar a ser a mesma pessoa.

Ela queria ser alguém melhor.

Ela estava aqui, de pé, com suas boas amigas, servindo comida para pessoas necessitadas. E olhando para o salão de jantar, vendo a alegria, a tristeza e a determinação fazerem sua dança no rosto de sua filha enquanto Mackenzie corria sem hesitar atrás de sua cura. E ela tinha acabado de dar a Jeremiah Williams uma caixa de lenços. Lenços azuis-marinhos.

Se isso não era um sinal de melhora, ela não sabia o que seria.

CAPÍTULO 57

As luzes tinham tomado conta da sala de estar, juntamente com três câmeras que haviam sido posicionadas para transmitir a história de Mack e Gray para os habitantes do estado. Dan Miner, âncora da afiliada da NBC, ajustava seu microfone de lapela e verificava suas anotações, preparando-se para a entrevista.

Aquela havia sido uma longa semana. Kurt, Fletcher e os demais membros de sua equipe estiveram trabalhando no lançamento da incomum campanha para a reeleição de Gray, fazendo planos, conversando com os doadores e apoiadores, bem como tentando manter os negócios de estado em tramitação. Mais importante que isso, Gray e Mackenzie tinham feito terapia com Ken Jantzen três vezes nesta semana. As sessões foram exaustivamente dolorosas, mas esperançosas também. Extrair um sofrimento tão grave quanto aquele poderia desgastá-lo, mas libertá-lo também.

Todas as noites dessa semana, ele e Mack se deitaram às nove. Durante as duas primeiras noites, ele tivera medo de fechar os olhos. Com receio de que, na manhã seguinte, Mack tivesse decidido que não valeria a pena abrir os olhos nunca mais. Mas todas as manhãs, lá estava ela.

Houve lágrimas, é claro, e raiva, mas ela se levantava da cama e enfrentava cada novo dia. E ele fazia isso também. Ambos faziam isso juntos.

Mack entrou na sala de estar, seu vestido verde primavera balançava suavemente contra seu quadril. Ela ainda estava magra demais, mas sua beleza era inegável, e Gray adorava perceber que havia um toque de cor em suas bochechas. Ela estendeu a mão para cumprimentar o âncora, e uma pulseira dourada balançou, pendendo de seu pulso delicado.

O repórter se virou para Gray:

— Governador, estamos prontos.

Gray olhou para Mackenzie:

— Está pronta, querida?

Ela confirmou, acenando a cabeça, a apreensão era evidente em seu rosto. Ele se inclinou em direção a ela, falando com voz baixa:

— Não precisamos fazer isso. Não é tarde demais para mudarmos de ideia.

Ela balançou a cabeça energicamente, negando:

— Não, podemos fazer isso. Como disse Ken, isso pode fazer parte de nosso processo de cura — ela ajeitou a gravata azul-celeste de Gray. — Você a colocou por minha causa? — sorriu. — Porque faz seus olhos ficarem elétricos.

Ele assentiu. Sim, tinha colocado por ela. Ele adorava vestir azul para ela, e ele gostava mais ainda porque sua esposa estava finalmente notando isso, outra vez.

— Tudo bem, então.

Ele pegou a mão de Mack e foram em direção a duas cadeiras que estavam dispostas em frente a uma enorme janela que dava vista para os jardins. Gray desabotoou seu paletó esporte cáqui e segurou a parte inferior de sua gravata enquanto se sentava. As câmeras começaram a gravar, e Dan começou:

— Governador, o povo do Tennessee sabe que este tem sido um ano difícil para o senhor e para sua esposa. E nós estamos aqui hoje porque o senhor nos convidou. O que o senhor e a senhora London pretendem compartilhar com o estado do Tennessee?

Gray e Mackenzie simultaneamente soltaram um profundo suspiro. Então ele começou a contar sua história. Ele falou sobre tudo, da morte de Maddie até o aborto, passando pela terapia até chegar à decisão de fazer sua campanha para a reeleição sem um formato tradicional.

— E o senhor está preocupado com a ação judicial da associação dos direitos das vítimas que vai a julgamento daqui a poucas semanas? — perguntou Dan.

— Estamos confiantes de que o tribunal verá que estávamos tomando decisões com base no que acreditávamos ser o melhor para todos os habitantes do Tennessee. E que nos foram deixadas poucas opções.

— E sobre o novo orçamento que a Assembleia aprovou? O senhor planeja vetar alguma parte dele?

— Estou empenhado em manter meu compromisso original. Se a Assembleia incluiu emendas que eu acredite serem prejudiciais a este estado e a seu orçamento, não vou deixar que permaneçam, e eu acredito que temos votos suficientes para que meus vetos prevaleçam. E então estes homens e mulheres adultos terão de enfrentar os eleitores com relação às decisões que eles tomaram.

— E os seus adversários?

— Meus adversários são formidáveis e, acredito eu, capazes. Posso dizer-lhe, além disso, que esta não será uma campanha de difamação, pelo menos de nosso lado. Vou participar de debates abertos e honestos, e minha equipe não irá responder a qualquer outra coisa que seja diferente disso.

O âncora voltou sua atenção para Mackenzie.

— Senhora London, para que possamos finalizar, a senhora tem certeza de que está pronta para esta campanha?

Ela olhou para Gray, em seguida, de volta para Dan. Ela balançou a cabeça.

— Não. Honestamente, Dan, eu não sei o que vou sentir dez minutos depois que você for embora. Muito menos como estarei me sentindo amanhã. Estou exatamente no ponto em que estou me forçando para sair da cama a cada manhã e para que minha vida não se esvaia. Eu não tenho como dar garantias para ninguém.

Ela abaixou a vista e pegou a mão do marido:

— A única coisa que eu sei é que estou viva. Por alguma razão, não morri naquele acidente de carro, o que em si já é um milagre. Minha dor e meu sofrimento não me mataram, embora muitas vezes eu tenha desejado isso. Mas tudo indica que vou viver. E agora, neste exato instante, é isso que estou fazendo. Estou vivendo.

Quando a entrevista terminou, as câmeras foram desligadas e a sala se esvaziou. E assim começou um novo tipo de campanha, que Gray e Mackenzie London iriam lidar um dia de cada vez.

CAPÍTULO 58

DIA DE ELEIÇÃO.

Gray olhou para seus amigos, que estavam amontoados na sala de visitas da ala da família no Palácio do Governo. Todos os olhos estavam grudados nos três televisores, sintonizados em diferentes canais. A notícia de que Gray havia ganhado a reeleição havia sido anunciada pela afiliada da NBC em primeiro lugar, mas em questão de segundos a Fox começou a transmitir a mesma notícia e, logo depois disso, a CNN anunciou também. Uma explosão de aplausos irrompeu a cada anúncio.

A barra da camisa azul de Gray tinha escapado de sua calça cáqui três horas atrás. Era quase meia-noite agora. Ele havia tomado diversas xícaras de chá de frutas de Eugenia e quase teve uma overdose de chili com queijo preparado por Rosa.

Kurt o agarrou primeiro, sua cabeça careca parecendo ainda mais brilhante do que há quatro anos. Ele envolveu o amigo em um abraço apertado e acariciou suas costas rígidas.

— Estou tão orgulhoso de você — disse ele.

Gray abraçou de volta.

— Obrigado, amigo. Eu não poderia ter feito isso sem vocês.

— Não, você é o principal responsável. Você assumiu o risco sobre o orçamento, e valeu a pena. E sua transparência sobre a questão da libertação de prisioneiros foi fundamental para tornar o caso da VRA favorável a nós.

— Ouçam, ouçam!

Fletcher se juntou a eles, as extremidades de sua gravata borboleta desfeitas pendendo em volta do pescoço, os dois primeiros botões da camisa abertos.

— Olha só, conseguimos até que Fletcher se soltasse um pouco. — brincou Gray.

Todos riram, e Gray deu um abraço em seu amigo.

— Você manteve o fluxo de informações, Fletch. Obrigado.

— Você e Mack tornaram tudo mais fácil, Gray.

Depois que todo mundo havia se beijado, se abraçado e se cumprimentado, Gray e Mack se despediram deles e voltaram para os destroços de sua festa da vitória. Pratos e copos estavam espalhados pela sala. A maior parte de sua equipe tinha celebrado com eles, mas Gray e Mack se recusaram a deixá-los limpar depois. Gray lhes tinha dito que, depois que tudo estivesse preparado e servido, eles estavam liberados para fazer nada mais do que se divertir. Eles realmente pareceram se divertir e se mostravam emocionados com o resultado. Sua resposta tinha calado fundo em Gray mais do que os outros eleitores.

Mack pesquisou os danos:

— Bem, você por acaso pensou alguma vez que seu primeiro ato como governador em segundo mandato seria limpar a sala de sua casa?

Ele riu:

— Pelo menos vou fazer isso ao lado da primeira-dama. Mas não conte a seu marido, hein?

Ela olhou para ele. Seus lábios se fecharam:

— Vaca amarela.

Ao mesmo tempo em que ela começou a empilhar os pratos, ele desceu para pegar um saco de lixo na cozinha.

— Eu não tinha certeza se isso iria funcionar — disse ela quando Gray reapareceu.

— Sério? —perguntou ele.

— Sim, honestamente. Isso é política, você sabe.

Ele deu uma risadinha:

— Acho que foi exatamente por isso que funcionou. Foi tão raro que pegou todo mundo de surpresa.

Ela deixou cair uma pilha de pratos de plástico e copos vazios para dentro do enorme saco de lixo preto:

— Um jantar fino no Palácio do Governo — riu ela. — Sou uma ótima anfitriã, não?

Ele a beijou na ponta do nariz:

— Excelente.

Quando o último prato foi jogado fora, ambos se dirigiram para o quarto. Ele parou na porta:

— Vou fazer um telefonema realmente rápido, e Sophie precisa ir lá para fora.

— Vá em frente. Eu vou para a cama.

Gray foi até seu escritório com Sophie em seus calcanhares e pegou o telefone. Ele discou e se sentou na beirada da mesa para esperar alguém responder. Uma voz de homem entrou na linha.

— Aqui quem fala é o governador London. Eu sei que é tarde, mas eu poderia falar com Jeremiah Williams, por favor?

— Sim... Hã... Claro, governador. Espere um momento.

Demorou alguns bons instantes até que Gray ouviu Jeremiah pegar o telefone:

— Governador? — a voz de Jeremiah estava tão nítida quanto no momento em que deixara o serviço. — Ouvi dizer que você tinha alguma coisa pra festejar nesta noite.

— Claro, e queria que você estivesse aqui conosco. Eu podia ter levado você para casa, você sabe.

Jeremiah riu.

— Você é o governador, eu sei que podia. Só que eu precisava vir com meu ônibus. Mas vi tudo na TV. *Tô* orgulhoso de vocês dois, o senhor e a dona Mackenzie. Orgulhoso mesmo.

— Obrigado. Eu só queria lhe informar que você está preso com a gente por mais quatro anos.

— Eh, eh... Acho que eu consigo viver com isso.

— Isso significa que você vai ficar preso a Eugenia também.

— Oooh, Senhor misericordioso... Bem, tem certas coisas na vida que vale o sacrifício.

Gray hesitou um minuto, sabendo quão significantes eram suas palavras.

— Sim, isso mesmo, meu amigo — disse Gray finalmente. — Durma bem. Espero que eu não tenha bagunçado demais sua noite de sono.

— Eu acordo sempre quando tiver um telefonema do governador — respondeu Jeremiah. — Sempre.

Mack estava no banheiro fazendo sua higiene quando Gray e Sophie voltaram para o quarto. Ele se encostou no batente da porta.

— Você é realmente uma graça.

Ela estava passando um creme no rosto. Suas pernas nuas mostravam-se por debaixo da camisola preta curta.

— Bem, obrigada — disse ela.

— Que tal fazer amor com o governador?

Ela olhou o rosto dele pelo espelho e negou com a cabeça:

— Não.

Os olhos de Gray arregalaram. Ela não o havia rejeitado desde que voltara para a vida.

Ela se virou com malícia em seu rosto.

— Mas eu adoraria fazer amor com meu marido — Mack caminhou até ficar muito próxima dele. — Agora, ele, bem, ele é muito homem. Você o conheceu?

— Eu acho que sim — respondeu Gray. — Alto, um sujeito legal e de boa aparência. Eu acho que ele é um belo espécime da raça humana.

Mack deu uma risadinha.

— Sim, ele é. Definitivamente um espécime. E ele tem lindos olhos azuis. — Ela passou por ele e foi para seu lado da cama.

— Sim, ouvi dizer que os olhos desse cara acendem quando ele usa azul — e Gray começou a desabotoar sua camisa azul.

— Isso mesmo. E ele faz isso por mim.

— Então, você tem certeza de que prefere ele ao governador?

Ela deitou na cama e puxou as cobertas até o queixo. Ele estendeu a mão e endireitou seu lado, puxando o lençol de cima e o edredom da melhor maneira possível.

— Absolutamente — disse ela. — Quem quer o governador quando você pode ter um espécime como eu tenho? — Ela mordeu o lábio, tentando, obviamente, não deixar o riso se soltar.

— Bem, você teve sua chance.

— Eu agradeço.

Gray colocou sua camisa na ponta da cama e tirou o cinto.

— Se importa se eu for procurar o seu marido?

— Nem um pouco.

Mack virou-se de lado, observando-o.

Ele pegou a camisa e entrou no banheiro. Ele veio depois em uma camiseta e um par de *shorts* de corrida.

— Ouvi dizer que você tem falado sobre mim.

— Que bom que você está aqui. O governador tentou me seduzir.

— É mesmo?

Gray desligou o ventilador e deslizou por baixo das cobertas, tentando manter seu lado do lençol o mais arrumado possível. Há muito tempo ele tinha desistido de endireitar o lado de Mack. Além disso, com o que ele tinha em mente, as cobertas realmente seriam obrigadas a ficar um pouco fora do lugar.

Ele levantou o braço e Mack deslizou para debaixo dele, colocando sua cabeça perto da dele. Ela sussurrou em seu ouvido:

— Mas não deu certo.

— Ele não sabe o espécime que eu sou, certo, gata?

— Não.

E com isso, ela perdeu. O riso atravessou seu corpo e a fez rolar para seu lado da cama. E tudo aquilo que eles tinham passado, e pelo que tinham lutado, valia aquela gargalhada.

Gray agarrou-a e puxou-a de volta para ele, mas foi em vão. Ela estava inútil. Deviam ter se passado pelo menos uns dez minutos antes que Mack conseguisse se controlar novamente, e ele aproveitou cada minuto.

Quando o riso acabou e aquela vontade de fazer amor passou, Mack se aninhou novamente debaixo do braço de Gray:

— Eu te amo, Gray London.

— Eu também te amo, Mack. Então, o que vamos fazer nestes próximos quatro anos?

Ela deu uma mordida no canto de sua orelha.

— Viver — sussurrou.

Ele não conseguiu pensar em nada melhor para fazer.

Ou em nenhuma outra pessoa com quem preferisse fazer isso.

CAPÍTULO 59

A remessa chegou à porta da frente. Joseph a levou até Mackenzie. E estava perfeita. Ela havia procurado por toda a parte pela que fosse mais apropriada. Aquilo iria crescer lindamente no jardim, mas agora não era o momento certo do ano. Ela tinha escolhido um recipiente há tempos atrás e sabia que ia ficar perfeito na oficina de Jeremiah, se ali ele quisesse mantê-lo. Nos meses de inverno, ele passava tanto tempo lá dentro reparando ferramentas e cuidando dos brotos quanto passava lá fora.

Mackenzie procurou por Jeremiah primeiro na oficina. Ela estava escura e silenciosa. Então ela saiu para o frescor da manhã de novembro e o encontrou cuidando de algumas pedras de ardósia quebradas em uma das áreas ao redor da piscina.

Ela estendeu o vaso, a flor pendurada de uma maneira elegante e humilde. Que não a surpreendeu, já que "humildade" era um dos seus significados.

— Isto é para você — disse ela.

Jeremiah estendeu suas longas pernas e ficou de pé, um pouco mais lentamente do que no ano passado.

— Oh, dona Mackenzie, esse deve de ser o lírio-do-vale mais bonito que vi na minha vida, e olha que já vivi bastante... Mas essa não é a época do ano pra ele. Como a senhora conseguiu?

Ela sorriu.

— Procurei por todos os lados, mas finalmente encontrei um. É a única flor que representa o que eu queria dizer.

Ele a tomou de suas mãos.

— Jeremiah, você sabe o que significa para mim?

O olhar no rosto dele mostrava que sabia. Mackenzie viu quando o branco de seus olhos se expandiu e as lágrimas os inundaram rapidamente.

— Nós não teríamos conseguido passar por tudo isso se não fosse por você. Nenhum de nós. Nem eu, nem Gray. Nem mesmo minha mãe, embora ela nunca admita isso.

Ele balançou a cabeça, com vigor.

Ela riu:

— Eu sei, certo? Não precisamos nem dizer isso.

— Eu não *vô* mentir, dona Mackenzie. Se eu fosse um bebum.

— Eu sei. Meu pai costumava dizer a mesma coisa. "Se eu fosse um bebum, teria me afogado na bebida agora mesmo".

Ambos riram.

— Eu sei que não preciso lhe dizer o que um lírio-do-vale significa, Jeremiah — disse Mackenzie.

Ele inclinou a cabeça.

— Não sei se posso dizer o que esse um quer dizer...

Ela entrou no jogou dele:

— Ele significa "retorno à felicidade". Isso é o que sinto ter acontecido com a gente. E você é uma parte enorme de tudo isso.

Ele balançou a cabeça.

— Não fiz muita coisa, dona Mackenzie. Só cuidei das plantas e orei.

— Seja humilde se quiser, mas eu sei a verdade. Você nos pressionou. Você apertou nossos botões. E abriu nossos corações. E então cavou lá dentro como o jardineiro que você é e cultivou nosso solo até que uma semente veio à vida.

— Nunca encontrei coração que valesse mais a pena cultivar.

Ela ficou na ponta dos pés e colocou os braços em torno de seu pescoço.

— E eu não encontrei um homem que valesse mais a pena amar como amo você desde que conheci Gray London.

As lágrimas vieram rapidamente enquanto ela o abraçava.

Mackenzie se afastou um pouco e Jeremiah entregou-lhe um lenço azul.

— Eles são novos. Bem, quase novos. Sua mãe foi e trouxe eles de volta em março. Isso quase matou a dona Eugenia, mas ela fez isso.

Mackenzie riu e assoou o nariz.

— Ele tem um outro significado, você sabe. O lírio-do-vale.

— Sério? E qual seria?

— Ele também significa "que você fez minha vida completa".

Ele baixou a cabeça, da forma humilde que sempre fazia. Mas Mackenzie segurou seu queixo e a levantou:

— É verdade, Jeremiah. Nossa vida aqui não seria completa sem você. Sinto muito que você tenha passado pelo que passou para chegar até aqui. Mas de uma forma muito egoísta, estou muito grata por você estar aqui.

— Não aconteceu nada para mim que não tenha acontecido pra Ele primeiro — disse Jeremiah, apontando para o céu azul brilhante do Tennessee. — Imagino que se Ele acha que posso aguentar, então eu posso aguentar. Mas eu agradeço. Nunca ouvi palavras mais gentis que as suas.

Ficaram ali por um momento, sorrindo, a flor entre ambos nas mãos de Jeremiah.

— Então está bem — Mackenzie bateu palmas. — Jessica tem um plano para o meu dia.

— Claro que ela tem — ele sorriu. — E eu aposto que pra amanhã também.

JEREMIAH

DIA DE INAUGURAÇÃO.

— Grande dia, hein, Jeremiah?

Eu coloquei meu paletó em cima da mesa de metal.

— Sim, Harvey. Grande dia.

— De volta ao mundo real agora, hein?

O muro de concreto olhava pra mim como sempre faz.

— Com certeza.

— Odeio fazer isso com você.

— Não peça desculpa pelo que você faz. O homem tem que trabalhar.

Ele sempre faz isso rápido, e sempre fico grato por isso. Mas não deixa de ser humilhante.

Peguei minhas roupas na mesa e passei por aquelas porta de metal. Elas trancaram atrás de mim tão forte e com certeza do mesmo jeito que elas fazem todos os dias nos últimos trinta anos. E nunca teve um dia desde então que meu corpo não sacudisse quando elas trancam.

Tomei um banho frio, eles não têm essa coisa de banho quente por aqui, e fui pra minha cela. Eles deram uma comida boa pra gente hoje. Não estou com nem um pouco de fome. Estou de barriga cheia e com os ossos cansados.

Eu fui e sentei na minha cama, um colchão tão fino que nem a pele da minha batata da perna. Deitei meu velho corpo cansado e olhei pra cima, pro teto. E foi como se todo o dia passasse na minha frente. O governador naquela plataforma jurando as coisas. A dona Mackenzie de pé do lado dele, naquele vestido cor de ouro dela. Nunca a vi mais bonita. E aquele sorriso feliz no rosto dela... Pensei que nunca mais ia ver isso novamente.

Dona Eugenia. Ela estava toda enfeitada também. Ela até deu uma risadinha pro meu lado uma hora. Estou começando a achar que a dona está apaixonada por mim. Fico arrepiado só de pensar nisso, bom Deus.

Eles até me convidaram pra aquele grande almoço lá no capitólio. A maioria daqueles homens nem sabe quem eu sou, nem que acordei nessa manhã em uma cela. Só porque eu estava naquele almoço, eles acham que sou alguém importante.

E sabe o que mais? Sou sim. Sou importante pro governador e pra dona Mackenzie, tão importante que eles colocaram eu e a Rosa na mesma mesa com a própria dona Eugenia. E ela não foi capaz de me dizer uma palavra por causa daquele arranjo na mesa tão mixuruca, porque quem fez foi um florista da cidade.

Nunca conheci pessoas tão boas pra mim que nem o governador, a dona Mackenzie e sua família... Só mesmo o diretor da prisão que chegou aqui ao mesmo tempo que eu. Ele gosta de mim, não sei por que e nunca soube. Ele sempre diz: "J. W., eu sei que você não fez as coisas que eles falam".

Eu não fiz mesmo. Eu não matei o dono da floricultura onde estava trabalhando. Mas trinta anos atrás, os negros pareciam todos iguais para os brancos. A gente não tinha nem rosto nem nome. A gente era só preto. Tudo que precisou foi ela falar que me viu saindo da loja tarde da noite, e no dia seguinte eles acharam ele morto. Doze pessoas brancas acharam que eu fiz isso. O juiz me deu setenta e cinco anos, sem condicional. Uma sentença dessas e eu estaria morto antes de ver a luz do dia.

Mas aquele diretor sabia que eu não era culpado. Shirley sabia. E meus filhos sabiam. Eu sabia. Isso era o que valia. E nunca me senti mais livre que nem quando aquele diretor me arrumou o trabalho no palácio. Não era porque eu estava livre. Mas porque tinha uma pessoa que estava vendo quem eu era de verdade.

E foi nesse dia que eu fiquei livre pra valer, porque nesse dia eu percebi que Deus sabia que eu era inocente. E quando isso aconteceu, eu me vi diferente. Não andava mais por aí com vergonha. Eu andava com algum respeito.

Minha Shirley sempre me dizia que quando Deus te faz inocente, ninguém na terra pode te fazer culpado. Eu sabia que mesmo que eu tivesse puxado aquele gatilho que os brancos disseram que puxei, Deus ainda podia me fazer inocente. E ele fez mesmo, eu acho. Porque em todos esses anos que passei trabalhando no Palácio do Governo, ninguém nunca perguntou sobre meu passado.

Todos os governadores e as primeiras-damas para quem trabalhei sempre souberam da minha história. E nenhum deles me tratou como um homem culpado. Acho que eles pensaram que, se o diretor aqui achou que eu podia ser de confiança pra família do governador, isso devia ser verdade. Também fiquei pensando se Deus em pessoa não os tinha ajudado um pouco, ajudado a enxergar a verdade.

Mas só o governador e a dona Mackenzie que confiaram o bebê deles à mim. Deve de ser por isso que os amo tanto. Porém, eu também gostava do governador que veio antes do senhor London. Foi ele quem comprou o meu macacão verde. Ele falou que o macacão laranja da prisão não combinava comigo. Mas eu sabia o que ele queria dizer. Ele queria que eu me visse do jeito que ele me via.

Isso fez um bem pro meu coração, mais do que eu tinha palavras pra dizer a ele. Isso me devolveu um tantinho da minha dignidade. Isso me deu esperança que um dia eles vão descobrir quem foi lá e matou mesmo aquele dono da loja.

Eu estava esperando que eles achassem esse homem rapidinho para eu poder acabar minha vida com minha Shirley em nossa cama, beijando minhas crianças e os meus netos, vivendo livre dessas barras de metal. Mas não foi assim que as coisas aconteceram. E até dois governadores foram lá e tentaram dar o perdão deles. Mas não dá para perdoar um criminoso no Tennessee antes que ele cumpra a pena. E eu vou estar morto antes disso acontecer. A menos que eles fizessem as coisas com o DNA que eu ouvi falar. Mas nesse ponto acho pouco provável.

Eu sempre soube que essas barras que me envolvem nunca deveriam ser minhas. Mas essas são as únicas barras que ainda tenho, porque as barras do meu coração, eu liberei faz um tempão.

Eu sabia que aquela dona de idade não me escolheu naquela fila porque tinha algum tipo de ressentimento. Ela só achou que era eu. E tenho que admitir, passei um bocado de tempo com muita raiva daquela velha, do juiz, do advogado e dos jurados brancos.

Mas um dia deixei de ficar com raiva dessas pessoas e deixei pra lá. Eu já tinha decidido, afinal, que uma prisão na vida já estava bom demais.

Agora estou contente de ter feito isso.

Porque do jeito que vejo as coisas, prefiro ser um homem livre na prisão do que um homem aprisionado que acha que está livre.

EPÍLOGO

Agora que terminamos nossa jornada juntos por meio deste livro, você pode estar procurando alguma razão profunda pela qual eu o escrevi. Ainda não tenho bem certeza do motivo. O que eu sei é que a ideia me veio do nada, e foi a voz de Jeremiah que ouvi primeiro (sim, meus amigos podem comprovar que eu realmente ouço vozes). Eu sabia que Maddie iria morrer. E eu sabia que, se estava pretendendo escrever uma história como essa, precisava fazer isso antes de ter filhos. E não fazia ideia também de que nas primeiras semanas em que me envolvi na escrita deste livro, iria acabar conhecendo um homem maravilhoso e finalmente ter o privilégio de ser mãe, recebendo de "bônus" os cinco filhos maravilhosos dele.

No momento em que escrevia sobre o sofrimento de Gray e Mackenzie ao terem perdido Maddie, descobri que seria capaz de usar muito daquela minha própria dor de não ter tido filhos. Essa havia sido uma dor muito profunda em meu coração, e durante muito tempo. Embora eu não saiba como é gerar filhos e depois perdê-los, eu realmente sei o que é se lamentar sobre os filhos que pensei que daria à luz.

Outra coisa que sei é algo que a vida me ensinou: Deus não me deve nada. Ah, eu pensei por um longo tempo que ele devia. Pensei que se eu fosse muito boa, se eu fosse muito gentil, ou se fizesse bastantes coisas boas, ele certamente iria garantir que eu tirasse a sorte grande no mínimo noventa por cento das vezes. Agora, estou muito ciente de que isso não é verdade. Deus não me deve nada. E o fato de eu ter algo de bom na vida é simplesmente porque ele é excepcionalmente bondoso. No seu amor, ele realiza as bênçãos mais inesperadas, com amizades incríveis, com as mais belas oportunidades. E sim, às vezes, ele permite inexplicavelmente que a gente sofra.

Outra coisa que eu aprendi é que Deus nos dará maravilhosos companheiros de viagem durante nossa jornada através do sofrimento se estivermos dispostos a abrir os olhos e procurar por eles. Às vezes, eles virão com a sabedoria de um Jeremiah. Ou terão a persistência de uma Eugenia ou a mão firme de um Gray. Seja como for que eles surjam, são também um presente de Deus para caminhar conosco, nos amar, e "atravessar" esse sofrimento com a gente.

Minha oração para você é que, nos períodos nos quais precisar de um Jeremiah (ou de uma Eugenia ou de um Gray ou de uma Anna), você os encontre. E que, nos períodos nos quais alguém precise que você seja um Jeremiah, então que você possa sê-lo.

AGRADECIMENTOS

Muito obrigada à minha incrível família Tyndale por acreditar nesta história comigo e me ajudar a aperfeiçoá-la até se tornar o que ela é: Karen, Stephanie, Babette e Vicky.

Para Anne Christian Buchanan, minha editora detalhista e destemida: você pegou minha bagunça confusa e me ajudou a aprimorá-la em uma bela história. Obrigada por seu trabalho diligente e pelas dicas sensatas.

Para o meu agente, Greg Daniel: você é um presente para qualquer história.

Para Jenny Sanford: Obrigada por me dar preciosas dicas sobre o que é ser a esposa de um governador e sobre viver em um Palácio do Governo enquanto cria os filhos.

Para Brenda Farris e a equipe da Missão de Auxílio de Nashville, especialmente Michael Davenport, meu fabuloso guia: obrigada a todos por sua generosa hospitalidade e pelo fantástico trabalho que vocês fazem pela nossa cidade.

Ao meu querido marido: obrigada por suportar meus ataques durante os prazos, pelas minhas incontáveis palavras (sim, você deve ter pensado que não restaria mais nenhuma à essa altura) e pelo meu coração ainda em processo de cura. Você me ama paciente e bondosamente. Você é o meu Gray. E agradeço a Deus todos os dias pelo presente que é você.

Aos meus lindos filhos: fico feliz por este livro estar terminado. E estou contente também por agora saber como é estar sentada na fila dos carros esperando pelas crianças na escola, o que é ler uma história antes de dormir e se enroscar no sofá para assistir *American idol* com um grupo de crianças que posso chamar de minhas. Vocês fizeram a minha vida ser mais rica e plena.

E para meu Pai Celestial: Você pode não me dever nada, mas me deu tudo.

SOBRE A AUTORA

Denise Hildreth Jones passou os últimos seis anos escrevendo livros de ficção que têm sido aclamados como "inteligentes e espirituosos". Sua habilidade para expressar a voz do coração do Sul a fez aparecer já por duas vezes na *Southern Living* e receber elogios tanto de leitores quanto dos críticos, mas é a simples alegria de escrever histórias que a mantém criando novas. Seus livros anteriores incluem a série *Savannah, Flies on the Butter, The Will of Wisteria, Hurricanes in Paradise* e *Flying Solo*.

Denise mora em Franklin, Tennessee, com o marido, os cinco filhos dele de bônus e dois cachorros. Em seus dias de folga, ela se alegra com uma longa caminhada ou um bom livro e um refrigerante.

Visite o site de Denise em www.denisehildrethjones.com.

PERGUNTAS PARA REFLEXÃO

1 Gray e Mackenzie lutam para equilibrar o papel dele como governador do estado, o trabalho dela e um tempo em que possam passar juntos como uma família. Você já experimentou uma luta similar ao procurar o equilíbrio entre trabalho e vida familiar? Como você lidou com isso?

2 De início, Gray fica ressentido com Mack por ela não o ter consultado sobre adotarem um cão. Mas, depois, é Sophie quem o salva de seu sofrimento em alguns aspectos. Por que você acha que isso aconteceu? Em tempos de tristeza, você chegou a ter alguma coisa ou alguém que tenha sido uma tábua de salvação para você?

3 Em um momento de frustração, Jeremiah diz: "Isso é o tipo da coisa que nunca entendi em Deus. Ele está sempre fazendo uma coisa que no natural da vida nunca faz sentido. E no meio dessa loucura toda, o Senhor vem e pede pra gente acreditar Nele...". Como você responderia a alguém que lhe pede para confiar em Deus mesmo quando Ele permite que tragédias afetem as nossas vidas?

4 Mackenzie diz a Gray que ela acha que sua gravidez é um milagre, um presente de Deus, uma vez que já tinham sofrido tanto. Você concorda com esse raciocínio, que Deus nos pune e nos recompensa? Por quê?

5 Mesmo Jeremiah não querendo dar a orquídea a Mackenzie, ele sente que Deus o está cutucando para fazer isso e O ouve. Você já experimentou um "cutucão" parecido, uma sensação de que deveria fazer alguma coisa? Você escutou? Quais foram os resultados?

6 Como você se sentiu sobre a descrição da depressão como sendo "buracos no cérebro"? O que você pensa sobre tomar medicamentos em oposição a outros métodos para tratar da depressão? Qual é o impacto do papel que as amigas de Eugenia exerceram na recuperação de Mackenzie da depressão e de seu sofrimento?

7 Eugenia se pergunta se Mackenzie colocou sua dor em espera e se isso vai levar à depressão pós-parto. Ela lê um artigo que fala sobre depressão pós-parto e como isso muitas vezes resultava de emoções não resolvidas acentuadas por alterações hormonais durante e após a gravidez. Você alguma vez sofreu de depressão pós-parto ou conhece alguém que tenha passado por isso? Você acha que isso pode ser resultado de emoções não resolvidas?

8 Eugenia considera que, se havia alguma coisa que ela aprendeu em todos os seus anos de vida, era que você não pode simplesmente fechar a porta na cara da tristeza. Ela iria acabar se infiltrando pelas frestas. Como você acha que a dor, o sofrimento e a tristeza podem funcionar para pessoas diferentes? Será que a dor e o pesar podem ser controlados ou retardados? Quais poderiam ser alguns dos efeitos de "fechar a porta" na cara da tristeza?

9 Perto do fim da história, Jeremiah finalmente convence Eugenia de que aquilo que Mackenzie mais precisava era um forte amor. Você concorda com ele? Alguma vez você já teve que mostrar o amor de forma mais presente a alguém com quem você se preocupava? Como você sabia que era isso de que eles precisavam? O que o ajudou a alcançá-los dessa forma?

10 "Mas quem é forte não quer dizer que falta a dor. Quem é forte quer dizer viver apesar dela..." Você concorda com o que Jeremiah diz? Você já viu isso refletido em sua vida ou na daqueles que você ama? Como?

11 Depois que Jeremiah dá a amarílis a Mackenzie, ele diz a Eugenia que "... ter pena de você mesmo é uma das faces mais feias do orgulho". O que ele quer dizer com isso? Você concorda? Como você vê o papel desse conceito na história?

12 Muito do sofrimento de Mackenzie é resultado do ressentimento que ela permitiu que fosse acumulado, da raiva de sua vida não ser da forma como ela esperava, como achava que merecia. Reflita então sobre sua própria vida. Você já enfrentou decepções semelhantes? Você já se sentiu ressentido ou ressentida contra Deus quando você esperava certas coisas e não as conseguiu?

Impressão e acabamento:

Orgrafic
Gráfica e Editora
tel.: 25226368